山水谣

其恕 著

浙江工商大学出版社
ZHEJIANG GONGSHANG UNIVERSITY PRESS
·杭州·

图书在版编目（CIP）数据

山水谣 ／ 其恕著 ． — 杭州 ：浙江工商大学出版社，
2024.5

ISBN 978-7-5178-6005-1

Ⅰ．①山… Ⅱ．①其… Ⅲ．①长篇小说－中国－当代
Ⅳ．① I247.5

中国国家版本馆 CIP 数据核字 (2024) 第 084426 号

山水谣

SHANSHUI YAO

其恕 著

出 品 人	郑英龙
策划编辑	陈丽霞　任晓燕
责任编辑	唐　红
责任校对	何小玲
封面题字	宋国强
封面设计	屈　皓
责任印制	包建辉
出版发行	浙江工商大学出版社
	（杭州市教工路 198 号　邮政编码 310012）
	（E-mail：zjgsupress@163.com）
	（网址：http://www.zjgsupress.com）
	电话：0571-88904980，88831806（传真）
排　　版	杭州舒卷文化创意有限公司
印　　刷	杭州高腾印务有限公司
开　　本	710 mm×1000 mm　1/16
印　　张	28.25
字　　数	336 千
版 印 次	2024 年 5 月第 1 版　2024 年 5 月第 1 次印刷
书　　号	ISBN 978-7-5178-6005-1
定　　价	98.00 元

诗画江南，美丽乡村，就是一幅幅徐徐展开的画。

——题记

愿侬多珍重，山水有相逢。

——金宇澄《繁花》

序

从这里，看得见美丽中国

孙　侃

作家其恕邀我为他的新作《山水谣》写个序，我感到有点为难，因为我一直是写报告文学的，但他说，可以从时代意义和现实价值的层面，对作品进行一番解读，这个就降低了难度，于我也十分相宜，就答应了他这个写序的邀请。

2025年，是习近平总书记在担任浙江省委书记期间，在浙江湖州安吉余村提出"绿水青山就是金山银山"理念的20周年，长篇小说《山水谣》的问世，可以说是恰逢其时。据我所知，以报告文学的形式，叙写"绿水青山就是金山银山"理念在浙江大地的生动实践已有多次，比如何建明老师的《那山，那水》。我也写过长篇报告文学《"两山"之路："美丽中国"的浙江样本》。但以长篇小说的形式，对"绿水青山就是金山银山"理念的实践予以艺术表达，《山水谣》应该是第一次。由此，从作品上说，《山水谣》具备了非凡的时代意义和独特的现实价值。我认为，《山水谣》与众多展现"绿水青山就是金山银山"理念实践历程和成果的报告文学作品相比，虽然表达方式不同，关注的侧重点也有差异，却有着异曲同工之妙。它把宏大主题和文学艺术融为一体，将大量鲜活生动的人物、出乎意料又在情理之中的情节细节，通过较为完美的艺术表现方式呈现给读者，让读者领悟到"美丽中国从这里开始"。

可以说，《山水谣》是一部具有强烈现实主义色彩的长篇小说，作品依托广阔的时代背景，植根于湖州生态文明建设的生动实践，以安吉余村、鲁家村等村庄的今昔蝶变为蓝本，解读了一个"四无"山村——桃岭村逆袭成功，一举成为美丽乡村建设示范村的密码，以此探索农业农村转型发展的新路子，为中国农村发展提供一个崭新思路和示范样本，抒写新时代"山乡巨变"的华彩乐章。小说围绕"一山"（青龙山）、"一水"（碧云湖）的修复和治污展开两条发展道路的激烈交锋以及沉重抉择，演绎了"诗画江南、美丽乡村"艰难蝶变的历程，生动诠释了"绿水青山就是金山银山"的丰富内涵，全景式地勾画出在"绿水青山就是金山银山"理念指导下，原本沉寂的大地正焕发出蓬勃生机。

从文本上看，对《山水谣》的解读可分为如下三个层次：一是"两条道路"的抉择。初春之日，新上任的安东县委书记杨安民在青龙山一带调研走访，无意间看见青龙山山脚下有一个很大的露天石坑，如同一个巨大的伤口，他为此深受震动。然而，在试图关闭这个石矿的过程中，他遇到了很大阻力。原来这个石矿隶属安东县元辉集团，老总周元辉是安东县首富，到处开发房地产，赚了很多的钱。仗着财大气粗，上面又有人给他撑腰，周元辉对杨安民的指令置若罔闻。元辉集团旗下的多个企业涉及污染问题，尤其是造纸厂和化工厂，对碧云湖造成的污染十分严重，周元辉却熟视无睹。杨安民决心恢复青山绿水，决计铁腕整治碧云湖污染，这就与以县政协主席汤达仁、常务副县长孔汉辉为代表的既得利益集团发生严重的矛盾冲突。这是一场不可调和的"对决"。杨安民毫不畏惧，带领干部群众打响了声势浩大的治污"零点行动"，关闭了碧云湖边一大批污染企业，尤其是关闭了青龙山石矿，成功恢复了碧云湖、青龙山一带的生态。二是"美丽乡村"的蝶变。女大学生徐诗画毕业后返回家乡桃岭村，担任村主任助理，开启了将桃岭村打造成"大花园"的艰难之旅。为了让元辉电源制造公司从村里搬走，让已经铅中毒的村民特别是孩子得到赔偿，她领头与富二代周晓辰的公司打官司，其间产生诸多矛盾纠葛，两人不打不相识，感情逐渐升温，徐诗画的绿色生态理念也深深影响了周晓辰，周晓辰后来与家族集团决裂，与徐诗画走到一起。最终，在多方努力下，桃岭村由一个"四无"小山村，变成了一个由十八个特色农场组成的乡村旅游网红打卡地。三是"全域美丽"的实现。县委书记杨安民运筹帷幄，将美丽生态转化为美丽经济，成功将安东县带上生态发展的快车道。已经成了网红打卡地的桃岭村，被杨安民作为美丽乡村建设的范本在全县推广，使得安东县实现了"全域美丽"，展现出"人在画中游，景在心中留"的景致，进而成为全国美丽乡村建设的典型。徐诗画成了美丽乡村的代言人，县委书记杨安民登上了央视节目，安东县的美丽乡村建设受到广泛关注，生态发展理念逐渐深入人心。

通读其恕的新作《山水谣》，我始终被一波三折、真实传神的故事吸引，时时被作品中颇具个性的人物打动。看得出，其恕创作这部作品，是动了真情、下了功夫的，他在小说创作领域的种种优势，也在这部作品中得以体现。如"两线交叉、双流合一"的叙事方式，不仅让作品拥有了一个奇妙而清晰的结构，充分展示人物命运，展现人物塑造的时代意义和现实价值，而且使得作品的主题表达始终站在一定的高度上。这部小说称得上是近年来浙江现实题材创作的重大突破。期待这部作品能成为解读"绿水青山就是金山银山"理念在浙江的生动实践、美丽乡村建设巨大成就的一扇窗口，能让我们从这里看得见美丽浙江，看得见美丽中国。

　　是为序。

2024年3月

　　（孙侃，中国作家协会会员，著名报告文学作家，已出版长篇报告文学、人物传记、人文历史随笔、散文集等50余部。作品曾获公安部金盾文学奖、浙江省哲学社会科学优秀成果一等奖、浙江省"五个一工程"奖、浙江树人出版奖等）

目 录

第一章

初见

远山如黛，层峦叠嶂，蜿蜒连绵的青龙山在天际勾画出一个淡淡的轮廓，漫山遍野的竹林在晨风中摇曳起伏，如同一片绿色的海洋，十分壮观。一团一团的晨雾在山间弥漫着，竹林在白色的晨雾中若隐若现，恍若人间仙境。

青龙山脚下的一个小山村此刻正渐渐从薄明的晨雾中醒来，空气里散发着一种雨后特有的清新气息。一阵骤然而起的吵闹声打破了这个小山村的宁静。循声望去，可以看见离村口不远处的元辉电源制造公司的大门口聚集了一大批村民，他们打着标语，喊着口号。那一张张扬起的面孔表明，每个人的情绪都很激动。

"让公司老板出来，给我儿子一个交代！"领头的是桃岭村的村民汪海，四十出头的年纪，身材敦实，脸色黝黑，额头上的青筋鼓起了好几根，因为愤怒脸孔都有些扭曲了。他的儿子就站在他身边，看起来十岁左右的模样，像一根木桩站在那儿，眼睛呆呆地看着前方，仿佛身边的喧闹跟他无关似的。

"还我儿子的健康！"在这个十岁少年的旁边，还站着一个三十几岁的女人，头发凌乱，脸色枯黄，身子也非常瘦弱，好像一阵风就可以将她刮走一样。显然，这个女人经受了什么打击，她说话的时候，嗓子嘶哑，眼睛发红，眼角渗出了泪水。数十天前，她发现十岁的儿子情况有点不对，时常走神，叫他好几声才答应，近来的学习成绩也急剧下滑。她带着儿子跑了好几家医院，最后儿子被确诊为铅中毒。而她在村里开着一家小杂货店，离元辉电源制造公司就只有几百米。

"还孩子健康！还我们健康！公司必须马上从我们村搬走！"围在公司大门口的村民们怒吼起来，他们挥舞着手臂，群情激奋，有的开始往大门里冲。两个保安赶紧冲过来阻拦，但他俩势单力薄，很快被人流冲到了一边。

就在汹涌的村民们即将破门而入的时候，公司的大门打开了，从里面走出来一个高大帅气的年轻人。他穿着非常时尚，是那种当下男明星们的流行装扮，配上他俊朗的面孔，显得飘逸洒脱，这样的人不去做电影明星是可惜了。他眉宇间有一股逼人的英气，一双眼睛明亮清澈，似乎隐含着微微的笑意，但又让人觉得不可亲近。他的出现，让沸腾的村民们一时不知所措，大家一下子都愣住了。

"我叫周晓辰，是元辉电源制造公司的总经理，你们有什么要求就对我说吧。"周晓辰站在公司门口，初升的太阳将光芒洒在他的脸上、衣服上，使他看起来像一座精致的雕像，他刚从英国留学归来不久，一身的时尚气息与这个小山村的简朴似乎有点不协调。

"他是元辉集团老板的儿子！"人群中有人嘀咕了一句。人们立刻骚动起来，这个村因为这个电源制造公司，不少村民都知道元辉集团的老总周元辉，有的人还见过他几次，这个安东县的亿万富豪在村民眼中就是一个传奇，现在他的儿子一下子出现在他们眼前，让人们突然产生一种奇怪的心理：这个少掌门将来要继承周元辉所有的财产，他会非常有钱，人又长得这么帅，他这运气咋就这么好呢？

"周总，你能出来和我们面对面谈事情，我很高兴。"汪海一看眼前这个帅气洋气的小伙子竟然是公司的老总，语气也缓和了下来，他将身边的儿子往前略微推了推，"这是我儿子东东，今年上四年级，他被确诊铅中毒，查出来轻度智力障碍，现在成绩在班上一落千丈，这都是你们公司制造蓄电池造成的，你们要负责看好我儿子的病！"

"啊，竟有这样的事？"周晓辰眉头皱了起来，他还真不了解这样的情况，因为他一个月前才从英国回来，一回来立即被父亲任命为这个电源制造公司的总经理，这也是给他一个锻炼的机会，毕竟这份大家业以后要由他来逐步接手掌管。

"当然有了，我说的千真万确。"汪海指着儿子激动地对周晓辰说，"你看，我好端端的儿子现在差不多变成一个智障了，这铅中毒很厉害的，村里还有不少孩子和大人都有中毒的症状，跟你们公司交涉了好几回，可没人理我们，我们这才商量着要一起来你们公司讨说法。"

"对，对，村里有一百多号人都是铅中毒，单孩子就有几十个！"站在壮汉旁边的一个瘦小的、身子佝偻的老头儿点着头附和道，然后抬头冲着周晓辰说道，"你们公司想赚钱是可以的，但不能拿我们村民的健康去换啊，那是昧良心的钱，不能赚！"

周晓辰走过来，用手摸了摸东东的头，抬眼对他的父亲说："我刚从国外回来不久，很多情况都不了解，你们说的这些问题我会去认真调查，如果情况属实，我会做出处理方案的，该我们公司承担的责任我们绝不逃避，一定会给大家一个满意的交代！"

"好，周总说话干脆，那我们可等着兑现了！"人群中突然传出一个女孩子清脆的声音。周晓辰循声望去，只见一个二十出头、模样漂亮的女孩儿忽闪着一双大眼睛看着他。在这样一个小山村里竟然有长得如此清新脱俗的女孩子，周晓辰的心不禁微微一动，嘴角不自觉上扬了一下。

大家扭头一看，是刚毕业回村的女大学生徐诗画，她读的是东江农林大学园林专业，大学毕业没留在城里要回来当什么村干部，被她爸妈骂了个半死，这几天正在家里憋得难受呢。她听说有这个"讨说法"行动，想也没想就赶来参加了。在她看来，这个电源制造公司导致村里这么多大人孩子铅中毒，在村边上就是个大祸害，一定得让他们尽快搬走。

"怎么，你不相信我说的话？"周晓辰朝徐诗画这边走近了两步，眼睛盯着她那张白皙的鹅蛋脸，嘴角露出许文强式的笑容，他觉得眼前这个女孩子真像一股山野吹来的风，那对眼眸看起来聪慧而狡黠，质朴又调皮，他一下子被迷住了。

"信不信，看你的行动啊。"徐诗画在他的逼视下竟然莫名地脸红起来，她也没想到一个电源制造公司的总经理会这么年轻这么帅——真正的富二代啊！可惜他负责的是这么一个重度污染的企业，她和他一定会成为对手的，因为她已下定决心要和村民一起将这个污染企业赶出村子。她想在桃岭村建一些各具特色的家庭农场，将整个村子打造成桃花源般的生态大农庄，前提就是这个电源制造公司一定得搬走，因为这种重度污染企业与她设想的家庭农场完全是格格不入的。但让安东首富将一个这么大的企业搬走，无异于与虎谋皮、痴人说梦，她又是一个刚刚大学毕业的黄毛丫头，拿什么来跟人家斗呢？

周晓辰听她这么说，不禁轻轻地咬了一下嘴唇，这丫头采取的明显是一种激将法，他冲她点了点头说："好，那你就等着看结果吧。"他转头对围在公司门口的村民们说："大家都回去吧，我周晓辰说话向来算数，我会很快给大家一个答复。还是那句话，该我们公司承担的责任我们一定不会逃避！"

村民们面面相觑，似乎对这个周家大公子的话将信将疑。汪海将儿子揽在怀里冲着周晓辰说道："很快是多久？我儿子病情已经很严重了，我们想让他尽快得到治疗！"

"就这几天！"周晓辰干脆利落地说了这么一句，转身走进了公司的大门。在进门的刹那，他忍不住回头向站在人群中的徐诗画看了一眼，没想到徐诗画也正注视着他，两人的目光碰撞在一起，徐诗画躲避不及，白皙的脸颊上不自觉又飞起了一片红云。

村民们得到了承诺，膨胀的怒气也消退下来，渐渐地各自散去，元辉电源制造公司的门前又恢复了平静。

周晓辰回到自己的办公室，打电话叫来公司的副总李健，让他说一说桃岭村村民铅中毒的情况。李健四十五六岁的年纪，瘦瘦高高的，整个人看起来像一个大虾米。五年前他从元辉集团总部调到电源制造公司，一手将这个新公司搭建起来，风风火火干了五年，正赶上电瓶车在全国普及的高峰时期，他们公司生产的蓄电池广受欢迎，销量一年一个样，近乎直线上升，他把这个电源制造公司从一家名不见经传的小企业变身为纳税大户，成为元辉集团除了管道、房地产之外的第三个支柱产业。元辉电源制造公司能有今天的规模，李健可谓功不可没，他也连续几年被评为元辉集团的创业能手，前年还被奖励了一辆价值百万的宝马汽车。现在，周家大少爷留学归来被他父亲委任为电源制造公司的总经理，李健虽被降为副总，但实际管理都还是他主导。只是有了这个大少爷在，毕竟跟自己想怎么样就怎么样的时候不一样了。

"周总，情况是这样的。"李健将屁股在沙发上挪了挪，身子朝周晓辰的方向倾了一点，小眼珠子骨碌碌地转了两转，说道，"今天来领头闹事的人叫汪海，他们家祖祖辈辈都生活在桃岭村。说句良心话，这个村原来是山清水秀的，这不，我们公司在村里建起厂房后，环境就变差了，可这也是没办法的事，我们公司主要是生产铅酸蓄电池，但我们一直没能建立废气、废水防污染处理设施，产生的铅蒸汽、铅尘以及含铅废水对周围环境造成了污染。铅尘大多聚集在离地面一米左右的空气中，所以对小孩子影响较大。另外，与成年人相比，小孩子铅排泄率较低。铅中毒对小孩子会产生多器官、多系统、全身性和终生不可逆的损伤，特别是对神经系统的损伤，会导致他们产生智力发育障碍。汪海的儿子就是这样的症状，属于比较严重的一类。这种情况即使经过治疗，依然会智力低下、反应迟钝，无法像同龄孩子一样正常上学和生活。据我所知，村里可能还有几十个孩子铅中毒。这个问题比较麻烦，你知道，五年前，我们公司经工商注册登记了，但没有经环保部门审批，现在村民闹起来，说不定我们要吃官司的啊！"

"李叔，这些情况你一直都清楚？！"周晓辰震惊了，他瞪大眼睛看着李健，好像一下子不认识他似的。

"当然清楚，可公司要发展，这个情况就不可避免，蓄电池企业本身就是一个巨大的污染源，这谁都知道。"李健苦笑了一下，因为脸庞太过瘦削，笑的时候扯动了脸上干巴巴的肌肉，使他的脸看起来有点像骷髅脸。

"环保部门不审批，厂子是怎么建起来的？"周晓辰不解地问道。

"这你得去问你的老爸。"李健嘿嘿一笑，"他的能量你又不是不知道。"

周晓辰叹了一口气，皱起了眉头，半天他问李健道："李叔，你说现在我们应该怎么办？”

“也好办，就是花钱的事。”李健耸了耸肩膀，用瘦长的手指挠了挠头皮，“我们第一步得把桃岭村所有的孩子送到市儿童医院做个体检，看看有多少人血铅含量超标，然后将情况严重的孩子送到上海的大医院进行驱铅治疗。只要病治好了，村民的怒气就平息了，再每家赔偿一些钱，基本上就没事了。”

“那就赶紧行动，这事不能拖延！”周晓辰将手一挥，“钱无所谓，孩子的健康要摆在第一位，我已经向村民们做出了承诺，是一定要兑现的！”

“好的，周总，我这就去办！”李健点了点头，从沙发上站起身来，弓着虾米一般的身子转身走了出去。

周晓辰重新坐回老板椅上，伸出颀长的手指轻轻地敲击着桌面，他的脑海里又浮现出人群中那个女孩子美丽的面庞，一丝微笑不自觉地从他的嘴角漾起来。

第二章

烦恼

夜幕降临，桃岭村沉浸在一片宁静的夜色中，点点灯火从浓密树荫的缝隙中透出来，恍若群星降落在大地上。间或传来几声犬吠，晚归的人脚步踢踏地走在村口的青石板路上，他们可以清晰地听见村头的溪水仍在哗哗流淌。刚刚经历了一个漫长的雨季，桃溪河的水量十分充沛，在低洼处形成一个个水潭，爬满青苔的石桥上湿漉漉的，村民走在上面很容易滑倒。村子里似乎也弥漫着一股湿漉漉的水汽，每家屋子里都有些发霉的感觉，这是江南雨季中最难熬的一段光阴，好在快要熬过去了，前两天连绵的雨终于停了。当人们看到久违的阳光从天空中洒下来，竟都如释重负地长长地吐出了一口气。

而女大学生徐诗画的家里，似乎梅雨季节还没结束。父亲徐乐山还在生着女儿的气呢，脸孔整天阴沉沉的。这些天，徐乐山的心口都像坠着一块很大的石头似的，压得他喘不过气来。白天他一声不吭地下地干活，一张皱巴巴的老脸上阴得能拧出水来。晚上回家他就坐在木桌边就着几个简单的炒菜，一杯一杯地喝着自泡的杨梅酒，一边抽着烟，一边叹着气，每次都是老伴倪彩琴过来夺下他手中的酒杯才完事。

"喝，喝，喝，你就知道喝，喝酒能把闺女给喝回头？"倪彩琴一边收拾着碗筷，一边絮絮叨叨地说，口气里全是对他的不满，"人家的娃儿上了大学都留在城里，我们画儿倒好，毕业了回村种田了，你还是个老村支书呢，我看你这张老脸往哪搁呀。"

"你啰唆够了没有？够了就到一边凉快去！"徐乐山没好气地将手中的筷子往木桌上一拍，起身坐到门口抽烟去了。

此时，徐诗画早已吃好晚饭，钻到自己的房间里翻弄起一大堆农业科技方面的书。父母的争吵声不可遏制地传到她的耳朵里，就像一群黄蜂一般赶也赶不走。自她从东江农林大学毕业回到家那天起，家里的气氛就降到了冰点，一直也没回温过。想想也不能怪爸妈，他们花费那么多钱财和心血培养出一个大学生，好不容易让孩子跳出农门，孩子却又跑回了农村，搁谁家都接受不了。村里人都对她指指点点，说这完全是脑子坏了的人才会做的傻事；这闺女看起来也没呆没傻，毕业了怎么不去城里找个工作？作为全村第一个考上东江农林大学的大学生，徐诗画曾经是一家人乃至全村人的骄傲，但她毕业的时候没有选择留在风景如画的省城江城，虽然她有很多的机会留在那里。她之所以回到桃岭村，是她一直有一个和别人不一样的想法，而且这个想法越来越强烈，到了毕业前夕已经发展到不顾一切要去实现的地步了，那就是她要回到老家桃岭村当个村干部，彻底改造这个山村，干一番跟别人完全不一样的事业。桃岭村太穷太落后了，对这个生她养她的小村庄，她在省城读大学的时候总是魂绕梦牵，它不该这么穷，不该这么脏、乱、差，在她的想象中桃岭村应该是这样的：灰瓦、白墙、木制门窗，一幢幢古朴典雅的小楼与周边的青山绿水相映成趣；随处可见石头的墙、石板的房顶，就连一些用具也是用石头砌起来的，如石桌、石凳、石磨、石碾、石槽、石臼。庭院里，绿草如茵，花香扑鼻；院墙一角，山泉在竹筒中静静地流淌……她在大学里学了那么多的知识，跟以前那个走在村边山路上的黄毛丫头已经完全不一样了，她觉得自己有能力来改造这个村庄，用自己的知识和智慧把它改造成一个世外桃源。她的梦想很美很美……因此，毕业时，她这个一直拿着一等奖学金的优等生竟然做出了一个惊人的决定：放弃在省城的工作机会，回桃岭村当个大学生村干部！

徐诗画的想法却遭到了父母亲的极力反对，村里人也很不理解，一个好不容易考上大学的女娃，不在城里找工作，又回到了这个山沟沟，这书不是白读了吗？但徐诗画心里有一个不为人知的蓝图，虽然这个蓝图现在还有点模糊，不是那么清晰，她更清楚，要实现这个蓝图，不知要经历多少艰难险阻，吃多少苦头，但既然做出了选择，她就会坚持到底。爸妈一时接受不了她这个选择不要紧，她有信心让他们慢慢理解和接受，毕竟做出这个艰难的决定她也是经过漫长、慎重的思考的。

她还清楚地记得当她把这个决定告诉男朋友肖亮的那一刻，他那一脸惊愕的表情。肖亮是她大二时有一次在图书馆里偶遇的男孩，当时她手机没电了，正在着急的时候，坐在她对面的肖亮递过来一个充电宝，她如遇救星，想也没想就拿过来给自己的手机充上了电，两人也就这么认识了。缘分就是这么奇妙，后来他们恋爱了。肖亮是一个文学青年，读的是中文系，多情而敏感，天天给她写赞美诗，那段时间两人坠入爱河，沉浸在美妙的爱情里。肖亮是一个标准的官二代，父母都在省城的机关里当领导，他被宠得像一个小王子。肖妈作为省总工会的副主席，见多识广，为人处事也有相当的手腕，对未来的儿媳妇早就有所谋划，定了标准，所以肯定不会同意儿子找一个山村里出来的黄毛丫头，因此肖亮一直将与她谈恋爱的事情作为一个秘密，没有告诉父母，这也是她心里最不踏实的地方。肖亮虽然是一个条件优越的官二代，对她却是百依百顺，一门心思都在她身上，按理说东江农林大学里美女如云，像他这样的条件想追谁都成，可肖亮就是"独眼龙弹棉花"看上了她这一朵。无数个日子里，她都在心里泛起过怀疑，可又被自己悄悄地在心里推翻。肖亮对她的爱是真诚的，并且在临近毕业的日子，他还调动他所有的资源为她物色好工作，最让她感动的是在肖亮的暗中努力下，省城一家有名的国企向她抛来了橄榄枝，这是很多毕业生都艳羡的肥缺啊！可就在这关键的时刻，她却走火入魔了，她要回那个生她养她的偏远山村桃岭村当大学生村干部。当她艰难地把这个匪夷所思的想法告诉肖亮的时候，肖亮的脸立马绿了，看她的眼神简直像看一个外星人一样，但她知道自己的主意改不了了，她知道自己的偏脾气，那就是认定了的事是九条牛都拉不回来的。

她觉得自己做出这个决定很对不起肖亮。说起来，这个让她走火入魔的决定竟然源自一次偶然的乡间之行。前年金秋十月，他们园林专业教园艺设计课的郭外斜老师带着一帮得意门生去了一趟位于东江省最南端的十八坊村。这趟半旅游性质的考察让大家眼界大开，这个村风景如画，进村犹如走进人间天堂，整个村庄布局精致，屋舍俨然，白墙黛瓦，错落有致，半山腰白云缭绕，满山翠竹如烟如雾。这个村最大的亮点是家家都会酿米酒，米酒铺到处都是，把四面八方的游客都吸引来了，有人借机做起了餐饮，把自己的房子改造成住宿和餐饮一体化的农家乐，有人则在山坡上种植了蓝莓、猕猴桃。后来苏州、上海这些大城市的人也在周末或假期争相涌来，十八坊一下子拥有了不小的知名度，不少村民借此东风洗脚上田，摇身一变成了做特产、民宿和餐饮的老板，收入是翻倍地增长，日子越过越红火。她的脑子里在那一刹那间好像突然被劈出了一道亮光，她想到了自己的老家桃岭村。这个村在当地可是出了名的贫困村，村民穷得叮当响。她爸是村里的老支书，跟她说过村里的账户上通常只有万把块钱，村民辛辛苦苦一年下来也就挣个八九千块钱。没钱啥事也干不成，村里的卫生评比在全县倒数第一，那个脏乱差真叫人惨不忍睹。不少人家的房子都是泥墙破瓦、歪歪斜斜，看起来摇摇欲坠的样子。屋主人基本都是常年在外打工，房子没人料理。村里的土路一到下雨天泥泞不堪，连个下脚的地方都没有。从她记事的时候起，村里的人口就越来越少，出门打工的人都不愿再回到这个贫困的山村。可桃岭村的自然条件比那个十八坊村一点也不差啊，也是有山有水；青龙山脚下的山坡也可以搞各种果树种植啊。别村能做到，桃岭村怎么就做不到？她正好读的是农林大学，这白纸一张的桃岭村不就是她最好的用武之地吗？那一刻，她的心忽然被一个念头充满了，她好像一下子找到了读农林大学以来最明确的梦想落脚地，那就是毕业了她要回桃岭村，把这个山村打造成十八坊村一样的世外桃源。这个想法实在是太疯狂了，可以说没有一个同学会跟她一样有这样的想法。大家基本上都在城里找了工作，最差的也在镇上谋了个职位，这样对家人对自己都有了个交代。独有她，冒天下之大不韪，毕业了要回到山村，那还要去辛辛苦苦读四年大学干啥？不管同学怎样劝她，也不管家里人如何反对，村民如何议论她，她真的回来了。那个念头像一棵顽强的小树苗在她的心里扎下了根，任谁也拔不了，连她的男朋友肖亮也无法阻挡，她已经像个发动起来的小火车呼啸着沿着自己预想的轨道奔驰起来了。

　　不知过了多久，外屋的争吵声渐渐平息了下来。徐诗画合上书，随手披了一件绒线衣，悄悄走出房间，来到了屋外。屋外月华如水，像撒了一地的碎银子。竹影婆娑，清凉的夜风扑面而来，她深深地吸了一口气，觉得昏沉的脑袋一下子清爽了许多。生存还是毁灭？这是一个问题。她的脑子里忽然闪现出著名的哈姆雷特之问。当下的选择让她陷入了几乎众叛亲离的地步，可她坚信自己是对的。哪怕男朋友因为不理解和她分手了，她也觉得没什么，毕竟他们的爱本身就不是坚如磐石的那种，虽然肖亮很爱她，但他那样的家庭不一定会接纳她这种家庭出身的女孩。现在她回农村了，这也正好是一个合适的分手理由，免得越往后走，她越被动，最后受伤害最大的还是她自己。眼下最大的问题是父母这边，她回村后就要与他们朝夕相处，如果不把他们二老的气给捋顺了，那她所有的梦想也都是枉然。这些天他们的争吵已经愈演愈烈，原因都在她身上。在毕业之前，她已经通过了全省大学生村干部统一招考的笔试和面试，并主动请求分到自己的家乡桃岭村。不出意外的话，她会以村委会主任助理的身份进入桃岭村村委会，干满一年就可以竞选村委会委员。虽然她信心满满，也可以说雄心勃勃，但不是经常有人说"理想很丰满，现实很骨感"吗？她有一腔热血，却也难保一定会成功。万一她改造桃岭村的梦想实现不了，她还可以往乡镇、县里提拔选调，成为真正的公务员，还可以考研究生，据说大学生村干部还可以加分，出路总是有的。现在最要紧的是说服自己的父母，成为公务员和考研都是最好的说辞。对，明天就这么对爸妈说，相信他们会慢慢地接受她这个选择的。

想到这里，徐诗画的心情一下子豁然开朗，她将披在身上的绒线衣紧了紧，迈着轻快起来的脚步，在如水的夜色中向屋内走去。

第二章

暗访

漫长的梅雨季一结束，气温骤然升高，远山在突破云层、喷射而出的阳光照耀下，似乎蒸腾着一种灼热的暑气。翠绿的竹林在雨水的浸润下以不可阻挡之势占据了青龙山的沟沟谷谷，仿佛不想给任何其他绿色植物留下生存空间。

在通往青龙山的一条弯曲的山路上，新上任的安东县委书记杨安民和秘书陈成正步履匆匆地走着。他们刚才将车停在了山脚下一处空地上，司机老赵留在车里，他和陈成徒步上山，准备亲自去看看青龙山那个最大的露天采石场。早在走马上任之前，有一次他坐车路过青龙山脚下，无意间看见青龙山山腰有一个很大的坑，像是山体上活生生被劈开的一个巨大伤口，看起来触目惊心。当时他就在心里打了一个大大的问号，谁有这样的胆子要将一座青山挖空？

青龙山位于安东县城的东北角，处于繁忙的国道和省道交会之处，来来往往的车辆多如过江之鲫，天南地北的人经过此地都能清楚地看见这道切割在山腰上的巨大的"伤口"，这无异于在告诉人们，安东县的人不会保护山林，只知道开山炸石挣钱。的确，开山炸石在安东县这个以山地为主的县里很普遍，特别是近几年房地产开发遍地开花，青龙山镇又新建了几家水泥厂，引发了对石料的极大需求，附近的村民们见有利可图，纷纷加入了开山采石大军。安东县的山一座座被炸开掏空，到了青龙山被开采的时候，问题似乎变得更严重了，因为青龙山对安东县来说有特别的意义。青龙山是环碧云湖海拔最高的一座山，也是黄浦江的源头之一。传说当年楚汉相争项羽就是在这里起的兵，现在青龙山上还留有一处项羽的阅兵台。另外，许多历史文化名人都曾来过青龙山，在山顶的松雪阁里留下了大量的诗词歌赋和墨迹碑刻，青龙山因此成了安东县的某种文化象征。原来山上茂林修竹，草木蓊郁，现在却变得千疮百孔，如果不叫停这种疯狂的开山采石行为，青龙山就有被挖空的危险。

"小陈，青龙山这个露天采石场的老板查清楚了吗？"在快要爬到半山腰接近那个"伤口"的时候，杨安民停下脚步，侧过脸问秘书陈成。

"查清楚了。"陈成擦了一下额头渗出的细细汗珠，喘着气说，"这几个石矿隶属元辉集团，老板叫周元辉，号称我们县首富，到处开发房地产，赚了很多钱。"

"哦，是他啊。"杨安民听了陈成的话，若有所思地点了点头。他的老家是北山县石马镇坪头村，读高中的时候他就听说邻县安东县出了一个叫周元辉的大能人，办厂，开矿，开歌舞厅，还搞物流，无所不能，当时心里对这样一位风云人物很有些仰慕。后来他去外地读大学，毕业后被分到外乡做了一名基层公务员，再一步一步做到庆州市委宣传部副部长，后来去青南县当县委常委、组织部部长，再做县长，其间因为工作的关系与周元辉打过几次交道。这仅有的几次照面，周元辉给他留下了不太好的印象，方脸大耳，脖子粗短，手指上戴着镶着绿翡翠的金戒指，手上还夹着一根雪茄，一副江湖大佬的派头，尤其是那双藏在粗黑眉毛下的眼睛，看人有一股阴骘的寒气。杨安民打心眼里不想跟这号人打什么交道，可他现在走马上任了安东县委书记，而周元辉是安东县的首富，掌控着庞大的产业集团，他不可能不跟周元辉打交道，甚至可能以后要经常跟他碰面。现在这个安东县最大的露天石矿就是周元辉开的，都快把青龙山掏空了，这一看就是一个要立即关停的矿区，这里，也许就是他们正面交锋的开始。这样想着，杨安民的心不禁沉重了起来。

接近半山腰的时候，两人从羊肠小道拐上了一条石子路。路上车辆来来往往，有卡车，也有拖拉机，都满载着刚炸出来的石头，刺耳的喇叭声此起彼伏，石子路上一片尘土飞扬。有一辆正爬坡的拖拉机冒着浓浓黑烟经过他俩身旁，陈成不禁捂住了鼻子，因为这味道太不好闻了。杨安民倒是一副不在意的样子，他从小长在山沟沟里，父亲也在采石场干过好一段时间的苦力，那时候他经常去给父亲送午饭，所以对这样的场景很熟悉，对拖拉机冒出来的浓烟也习以为常，不像陈成这个刚从中国人民大学毕业的研究生，年轻的面孔看起来还有几分书生气。

两人在奔跑着各色运石车辆的土路上小心地走着，好不容易才走到了露天采石场的入口处。站在边上往里一看，杨安民不由得心里暗暗一惊：这个露天采石场真是太大了，足足有两三个足球场那么大，半个山体都已经被掏空了。偌大的场地内一片忙碌的景象，挖掘机、装卸车，还有凿岩机、碎石机，随处可见，工人们正在紧张地作业着，凿岩机发出震耳欲聋的震击声，数台碎石机正将粉碎后的碎石块源源不断地由传送带输送到越堆越高的碎石堆上。采石场靠山体的一边露出大片的青石区，有壁立千仞之感。青石区上面是一层厚厚的红土，看起来摇摇欲坠。工人们正在这片青石区的各个工位上忙碌着，看这架势不把青龙山给挖空，他们是不会罢休的。

杨安民正要抬脚往里走，陈成拦住了他，对他说走进去太危险，还是站在场口看看安全。杨安民收住脚，两只眼睛在整个采石场扫来扫去。他心里闪过的第一个念头就是，这个露天采石场必须尽快关停，不管涉及什么人，青龙山不能再受到进一步的伤害了。他让陈成用手机拍几张照片，以便到时候有直观的证据。

陈成一边答应着，一边拿起手机对着采石场从不同角度一口气拍了十几张。他正想将拍的照片回放给杨安民看，冷不丁地，一个人从背后夺走了手机。

"你们是干什么的？为什么要拍照？"陈成回头，发现一个脸庞黝黑、右眼角边有一块紫红色疤痕、年龄约莫四十岁的男子，眼睛警惕地盯着他，质问道。

"没干什么啊，就看看。"陈成一看来者不善，心里有点发虚，伸手想要回自己的手机。

"就看看？那为什么要拍照？！"疤痕男目露凶光，盯着陈成，又扫了一眼站在一边的杨安民。

"拍照是……"陈成一时语塞，他还真不好说他为何要拍照，不过他反应挺快，指着杨安民对疤痕男说，"我们真的只是来看看，他可是我们县的……"

杨安民知道陈成要说什么，他用眼神制止了他，转过头看着疤痕男，问道："你是这个采石场负责的？"

"没错，我是负责监管场子的！"疤痕男没好气地说，"你们到底是干什么的？这手机里的照片我要删掉！"

"你敢！"陈成急了，冲过去又要抢回被疤痕男拿去的手机。

杨安民摆摆手再次制止了陈成，他语气平静地对疤痕男说："你先不要忙着删照片，你现在带我们去见见你们的矿长吧。"

"你要见我们矿长？"疤痕男看着杨安民一脸不屑地说，"我们矿长可不是什么人都能见的！"

双方正僵持着，一辆黑色的帕萨特从下坡一跃开到了矿区门口。车子一停，从车上下来两个人，走在前面的是一个身材敦实、脸膛黝黑的中年男子，他一手拎着一个黑色的公文包，一手拿着一个保温杯，脚步急匆匆地走过来。紧跟在他后面的是一个五十多岁的男人，脸庞瘦削，背有点驼，还秃了顶，露出一大圈白光光的脑壳儿。

"邵书记，宋矿长，你们来了！"疤痕男一见这两人走过来，眼睛一下子亮了，他三步并作两步跑过去，点头哈腰地跟这两个人握起手来，一边从口袋里掏出中华烟一人递上一支，一边掏出打火机，殷勤地将两人的烟给点着了。

"阿彪啊，现在石料需求量特别大，你们可得加班加点干啊！"被称为邵书记的黑脸男子吸了一口烟，拿眼扫了一下忙碌的采石场。

"是，是，邵书记，遵照您的指示，我们每天干得一口气都没喘呢，您看，今天又运出去几十车石头了。"疤痕男脸上露出讨好的笑容，抬手向采石场里指了指。

"这两个人是干啥的？"被称为宋矿长的瘦个子男人发现了站在一边的杨安民和陈成，不禁疑惑地问道。

"哦，对了，宋矿长，这人口气蛮大，他说要找您呢。"疤痕男将脸转向了杨安民，眼神里充满了不屑。

"你要找我，有什么事吗？"宋矿长弓着的腰微微直了直，用有些狐疑的目光将杨安民上下打量了一番。

"你就是矿长？"杨安民看着宋矿长不动声色地问道。他虽然只有四十出头的年纪，但两个鬓角已有了些许的白发，在阳光下显得格外醒目，这也给他平添了几分成熟和稳重之气。

"对，我就是矿长，你们是……"宋矿长越看越疑惑，心里已经预感此人来头不小，这副气定神闲的样子不是一般人会有的。

"哎呀，您是县委杨书记吧？我是青龙山镇邵荣义。"站在旁边的邵荣义突然一个箭步冲上前，伸出双手紧紧握住了杨安民的手，"我们真是有眼不识泰山啊，杨书记您这是来微服私访，察看青龙山石矿？"邵荣义记得，上次县里召开全县干部大会，宣布由年轻的杨安民接任县委书记，他因为出差在外没能参加，但他后来在电视上见过杨安民，刚才一见就觉得在哪儿见过，现在脑子里突然一番电光火石想起来了，眼前这位身材挺拔、长相英俊的中年男子就是刚上任的安东县委书记杨安民。

"什么，他是……县委书记？"疤痕男一下子愣在了那里，眼睛瞪大，四肢僵硬，像瞬间被施了什么魔法一般。

"哦，邵书记，我正好要找你，青龙山上的这个石矿必须得关掉！"杨安民神色严峻，一字一句地说出了这句话，仿佛每个字都重如千钧。

"啊，这个石矿要关掉？！"邵荣义听了杨安民这句话，一下子像遭了雷击一般，直愣在那里，面如土色。

第四章

官司

      " 周总，我们要吃官司了！ "下午两点钟光景，李健弓着虾米一样的身子闯进周晓辰位于元辉电源制造公司行政楼三楼的办公室嚷嚷道，脸上的神色很是仓皇。

    "吃官司？怎么回事，您坐下慢慢说。"周晓辰预感到了什么，但他还是很镇定地给李健拉开椅子，然后坐回自己的椅子上，淡定地看着他。

    "事情是这样的，"李健坐在沙发上，揉搓了一下骨节粗大的手指说道，"按照您的指示，这次我们配合庆州市医药卫生部门对桃岭村的村民进行了检测，结果血铅超标五十八人，其中儿童十八人，需要驱铅治疗三人。这三人中就包括上次那个领头来我们公司闹事的汪海的儿子东东。汪海等村民现在向安东法院起诉我们公司。我刚接到法院的传票，这个事情非同小可，搞不好我们公司要从这个村子整体搬迁出去，可能还有人会坐牢。"

    "这么严重？"周晓辰的眉头不由得皱了起来，"上次我们不是答应带他们到上海去治疗了吗？"

    "事情没那么简单。"李健叹了一口气，瘦削的脸上笼罩着一层愁云，"这么多人血铅超标，需要驱铅治疗的是三个正在读书的孩子，村民们意见非常大，要和我们打官司，让我们赔偿，厂子还要搬出去。"

周晓辰沉默了一会儿，抬头问道："桃岭村现在谁在牵头搞这个事情？"他的脑海里又闪现出那天人群中那个姑娘俏丽的面孔，心想，该不会是她在后面推波助澜吧？

"是一个女大学生，刚从东江农林大学毕业回村，好像要当什么村主任助理。"李健说，又补充了一句，"村里人好像蛮信任她的。"

果然是她！周晓辰心里微微一动，但表面上仍然是一副波澜不惊的样子："知道她叫什么名字吗？"

"她叫徐诗画。"李健毫不迟疑地答道，"我跟她打过好几次交道了，这丫头是一个厉害角色。"

"徐诗画，厉害角色？"周晓辰的嘴角微微向上一扬，在心里一笑：一个黄毛丫头而已，我倒要看看她能厉害到什么程度。

周晓辰找到徐诗画的时候，她正坐在桃岭村村委会一间破旧的办公室里，跟村主任李德海商量着事情。十天前她收到村主任助理入职通知，青龙山镇组织委员楚玉特意赶来村里宣布她任职就位，现在她已经可以名正言顺地为村里的事情奔忙了。李德海对这个本村出去又回来的女大学生却不是很欢迎，才几天时间两人就较上了劲，根本不想听徐诗画讲起诉元辉电源制造公司的事。

"胳膊拧不过大腿的，元辉集团那么大一个公司，你能告赢他们吗？"李德海睁圆了眼，黝黑的脸上挤满了肉褶子，下巴上还留着一小簇泛白的胡子。

"他们这属于重大环境污染事故，我们村这么多人血铅超标，三个孩子铅中毒，这都是铁的证据，怎么就告不赢他们？"徐诗画据理力争，白皙的脸蛋因为激动而泛起了潮红。

"你就这么想把我们公司告赢？"周晓辰一脚踏进这间简陋的办

公室，一身白色的休闲装好像一下子映得整个屋子都亮了起来。

"你是……"徐诗画显然没想到周晓辰会在这个时间突然出现，脸一下子涨红了。

"我是周晓辰，那天我们见过。"周晓辰也不客气，拖过边上的一把小竹椅一屁股坐了下来，眼睛直直地看着徐诗画，觉得她满脸绯红的样子很好玩。

"你怎么找到这里来的？"徐诗画被他看得有点发窘，脑海里又闪现那天第一次见到周晓辰的情景，不得不说，这个男人真的太帅了，很像她喜欢的一个韩国男明星。

"怎么找到的？"周晓辰盯着她红晕尚未褪尽的脸，俏皮地反问道，"你们村很大吗？我可只问了一个人就找到这里来了。"

"你来得正好，我正要找你呢！"徐诗画克服了刚才一刹那的慌乱，镇定下来，神情也变得严肃起来，"你们电源制造公司害了我们村这么多人，我们已经向法院递交了诉状，希望你们公司负起这个责任来。"

"我也正是为此事而来。"周晓辰扬起手在腿上一拍，微微眯起眼睛说道，"你不和我打个招呼就把我们公司给告了，你知道这个事情的后果有多严重吗？"

"知道，"徐诗画冷起脸，也不看他，"就是要让你们赔偿我们村受害村民的损失，另外，你们公司必须从我们村搬出去。"

"不只这些！"周晓辰霍地从竹椅上站起身来，激动地说，"我们公司还可能会有人因此去坐牢，而且，这个人极有可能是我，因为我现在是这个公司的总经理！"

"啊，不会吧，你会去坐牢？"徐诗画一下子愣住了。

"你刚才不是说了吗？重大环境污染事故，当事人要坐牢的！"周晓辰吼道，脖子上的青筋鼓绽起来。

"你是周董事长的儿子？我真是有眼无珠。"在一旁听了好半天的李德海终于回过神来，一下子从椅子上站起来，走到周晓辰身边，弓着腰伸出双手去握他的手。

周晓辰有点敷衍地握了一下李德海的手，眼睛却直直地瞪着徐诗画，看她还能说出什么话来。

徐诗画缓缓站起身，向周晓辰靠近了两步，说道："周总，如果有人要坐牢，那也是你们咎由自取。据我所知，你们公司长期违反有关环保规定，在铅蓄电池项目的卫生防护距离不达标的情况下，生产铅酸蓄电池，私自增加铅粉生产线制造铅粉，加大铅烟、铅尘等废气的排放量，并使用高度不达标的废气排放烟囱向大气排放废气，造成我们村临近你们公司的土壤、空气严重污染，不少村民血铅超标，几十名村民血铅中毒，还有东东等三个孩子要去医院做驱铅治疗，这个责任谁来负？"

"嗬，你对我们公司还真挺了解的，看来背后没少下功夫琢磨我们公司啊。"周晓辰不尴不尬地笑了两声，又马上收住，眼睛直盯着徐诗画，心想，这黄毛丫头的确不简单啊，看来他是真的遇到对手了。

"不把你们琢磨透，怎么能把你们从我们村赶走呢？"徐诗画用好看的丹凤眼瞪了周晓辰一眼，没好气地说道。如果说以前她还可以超脱一点，那么自从到岗村主任助理一职之后，她就可以说与桃岭村同呼吸共命运了，而且村里的状况也让她揪心。既然选择回乡当了这个村干部，那她就要真正担起这个责任，要用自己的聪明才智、青春热血换得桃岭村大变样。但这一切谈何容易，现任村支书徐永和只关心自己的那个小竹制品厂，根本不过问村里的事。村主任李德海是个退伍军人，整天只知道胡吃海喝，对村里的发展什么想法也没有，村里现在账户上只有八千元，靠这点钱什么事也做不了。她的理想是要把桃岭村变成一个桃花源式的美丽乡村，环境优美、产业兴旺、和谐安宁，把周围大都市的人都吸引到山里来，走一走，看一看，住一住，到那时，连山里的空气和水都能卖钱，真正达到那种山美、水美、人更美的境界，这就是她大胆抛弃了城里的好工作回乡当村干部的动力所在。可回来这么多天，冰冷的现实却似乎要把她头脑里的梦想一下子击个粉碎，村里的现状几乎让她陷入绝望，别的不说，单是村里脏乱差的环境整治改造起码就得上千万，这钱从哪里来？村两委几乎是瘫痪的，村支书徐永和整天不见人影，村委会主任李德海有酒喝就是神仙，跟他商量事情也是白商量，还劝她说村里年轻力壮的都出去打工赚钱了，就剩下一些老弱病残，她还能折腾个啥，在城里找份正经工作多好啊，当什么大学生村干部啊，到时候后悔都来不及。在村委会听李德海说教，回到家里父母又是一番唠叨，徐诗画心里很憋屈，但又无人可以诉说，肖亮已经好多天没跟她联系了，应该说自从她决意回到桃岭村那一刻起他们的感情就算是走到头了。现在她真正变成了孤家寡人，除去拿了一个大学毕业证书和怀揣了一个梦想之外，她什么也没有。但她并不后悔，她坚信前途是光明的，道路是曲折的，她现在唯一需要的是坚持。眼下，处理元辉电源制造公司造成的村民铅中毒事件是当务之急，刚才她就是和李德海商量着跟元辉电源制造公司打官司的事情，律师已经找好，起诉状也已经递交安东县人民法院，正好趁这个机会让元辉电源制造公司从村里搬走。要打造家庭农场和美丽乡村，这个公司必须搬迁，否则就像一个随时散毒的毒源体，会贻害无穷。但她也了解到这个公司的背景十分强大，是安东县首富周元辉很倚重的一家子公司，这些年经突飞猛进的发展快要上市了，要让这样一个公司搬迁谈何容易，何况她还知道公司现在的总经理是留学归来的周晓辰，有钱有识，在他眼里，她可能就是一个白纸一张的黄毛丫头，要与他斗，能有几成胜算呢？

"你想赶我们走？！"周晓辰睁大了眼睛，剑眉倒竖，好像真的有点生气了。

"小徐，你跟周总怎么说话呢？"李德海显然没有在意周晓辰对他的怠慢，瞪了徐诗画一眼，转头对周晓辰说，"周总，您不要跟一个黄毛丫头一般见识，她刚来村委会上班，说话办事都还是一股学生腔。"

"哟，原来你是大学生村干部，果然不一样啊。"周晓辰朝徐诗画靠近了一步，挑了挑眉毛，故意油腔滑调地说道，"美女村干部，以后可要靠你多关照我们公司了。"

"谁跟你嬉皮笑脸？"徐诗画仰起脸，杏眼圆睁，毫不示弱地看着周晓辰，一字一句地说道，"你们公司一天不搬走，我就一天跟你过不去！"

"好啊，那我们骑驴看唱本——走着瞧！"周晓辰表面上放了这句狠话，但奇怪的是，他看着徐诗画那张漂亮的鹅蛋脸，心里一点也没有生气。

第五章

风声

夜幕降临，青龙山脚下古色古香的小镇——青龙山镇隐没在初夏一片宁静的夜色之中。通往镇政府的水泥路上，一辆黑色帕萨特打着雪亮的车灯开了过来，不一会儿，车子拐进了镇政府大院，熄了火。司机小姚麻利地下了车打开后座的车门，邵荣义拎着他那从不离身的黑色公文包从车里钻了出来，他眉头紧皱，一张黝黑的脸阴得能拧出水来。他向小姚挥了一下手，后者会意，钻进车子，油门一踩，将车子一溜烟开走了。

邵荣义抬头看了看黑黢黢的夜空中渐渐亮出来的满天星斗，忽然感觉有阵阵寒意从脚底袭上身来，禁不住打了个喷嚏。

这两天他都没有睡好觉，总是在凌晨三四点就醒过来，然后就再也睡不着了。"青龙山上的这个石矿必须得关停！"县委书记杨安民那天在矿区大门口说的话像摆脱不了的魔咒一般无数次在他的耳边响起，盘旋，挥之不去。"这怎么可能？这还不要了我的命！"他感觉被人当头狠狠地打了一棒，没有人知道这个青龙山石矿现在对他意味着什么。他环视了一下空无一人的镇政府大院，拎着公文包，有气无力地上了三楼，在挂着镇党委书记门牌的办公室前停下脚步，掏出钥匙，打开门走了进去。

他也不开灯，摸黑走到办公桌边放下公文包，一屁股坐在那张黑皮靠背椅子上。他陷在黑暗中,一股巨大的孤独与无助感瞬间在他的心里蔓延开来,他感觉到一种从没有过的危机正悄悄向他袭来。

他担任青龙山镇党委书记这个职位已经五年了,只有他自己知道,这五年中他的步子迈得有点大,大到可能再也回不了头了。他是在安东县国土局副局长任上被提拔成青龙山镇党委书记的,但他对组织上的这个安排很是不满,因为他想当的是县国土局局长,即使要到下面的镇去当一把手,那他也应该被安排到一个富裕的镇上去,比如江口镇、辛安镇,人口多,经济实力强,他可不要来这个鳖不生蛋的青龙山镇,没有什么工业企业,穷得叮当响,有点门路的人都不会选择到青龙山镇来当书记。在县国土局他一直兢兢业业,分管的那几块工作做得风生水起,改革力度上也算得上大刀阔斧,本以为靠实干能更进一步,但没想到组织上却从外面安排进来一个新局长,这让他深受打击,让他更受打击的是后来给他安排的是青龙山镇党委书记这个位置。他是带着很大的怨气上任的,上任第一天,他就在心里想,以他这个年龄、这个处境,仕途上是不要去想再进一步了,他得为自己的后半生考虑考虑了。说白了,就是找机会多搞点钱,但这个穷得叮当响的小镇,到哪儿去搞钱呢?让他想不到的是,在担任镇党委书记还不到两年的时候,一个赚钱的绝好机会竟然摆到了他的面前。

他现在还清晰地记得那是一个阳光很强烈的春日上午,他刚开完一个会,回到办公室靠在椅子上闭目养神还没几分钟,门外传来"笃笃笃"三声敲门声。他说了句"请进",门被推开了,门口露出李德海那张紫红色的脸。他这才想起李德海昨天给他打过电话,说今天来找他有要事相谈。李德海的身后还跟着两个人,都是西装革履,派头不小,但他一个也不认识。他赶紧站起来,走过去招呼他们在沙发上坐下来。李德海抢先走过去，给每人泡了一杯茶。李德海是个退伍军人，长得五大三粗，性格很豪爽，转业回乡后一直在桃岭村村委会工作，几年前做了村委会主任。在一次偶然的饭局上他们认识了，彼此性情相投，又都能喝个半斤八两的，就经常聚在一起打打牙祭，久而久之成了关系还挺不错的朋友。真是山不转水转，没想到他来青龙山镇当了书记，成了李德海的顶头上司。李德海乐得合不拢嘴，三天两头往他的办公室跑，有时候还直接把山里打下来的山鸡野兔送到镇政府食堂里，让厨师做成美味，他们几个中午或傍晚时候往包厢里一坐，就喝起小酒来。他觉得这样的日子也不错，把被安排到青龙山镇来当这个落魄书记的不快暂时给忘了。

"德海，有一两个星期没看见你来了，今天咋得了空？"他在对面的沙发上姿势舒展地坐了下来，笑呵呵地看着李德海说。

"今天我来，可有一件大好事要告诉你呢。"李德海满脸灿烂，他嘴巴很大，嘴唇厚实，方正的脸膛呈现出一种紫红色，一看就是一个常年爱喝酒之人。

"哦，什么好事啊？"他呵呵一笑，没有在意，转脸看了一眼两位陌生来客，对李德海说，"这两位好像没见过，德海，你给介绍一下啊。"

"哦，邵书记，我正要给您介绍呢，这两位可是贵客啊。"李德海在沙发上斜了斜身子，右手往两位陌生来客这边一摆说道，"这位是元辉集团的王总；这位呢，是元辉矿业的郝总。他们这次来青龙山镇，是有一个大项目要和你谈一谈。"

"王总、郝总，幸会幸会！"邵荣义从沙发上欠起身，伸手与两位来客一一握了手。两位来客也很客气地跟他打了招呼。他很疑惑李德海怎么会认识元辉集团的两位老总级人物。李德海立马看出他的疑惑，解释道："邵书记，也是巧了，郝总是从我们村出去的，跟我还算是拐了弯的亲戚，他让我把他们两位引荐给你，我当然乐意了。"

"哦，原来是这样。"他转向两位来客说道，"你们元辉集团那可是大名鼎鼎的企业，来我们青龙山镇这样的小地方真是让你们屈尊了啊！"他重新在椅子上坐了下来，看着他俩的神情里不自觉地多了几分敬意。

"邵书记客气了，你们青龙山镇虽不大，但处处是宝啊，别的不说，就这满山的翠竹别的地方就很少有，我们刚才坐车过来，一路上的风景真是令人心旷神怡啊。"王总说话声音中气十足，像敲洪钟一般。他身材高大，梳着个大背头，戴着一副金丝宽边眼镜，修长的手指上还戴着一颗大钻戒，是属于有钱又有闲的那种派头。

"这倒是，像我们桃岭村，百分之八十的山被毛竹覆盖了，毛竹全身都是宝，老百姓一年靠卖毛竹日子过得也不差了。"李德海插话说，话语里有一股抑制不住的自豪。他们那个村是个典型的小山村，山上茂林修竹，空气清新，村前还有一条小溪终年流淌着清泉。李德海曾经很想搞农家乐，发展乡村旅游，这个主意好倒是好，但村民们不干，他们觉得搞旅游太虚了，还是卖卖毛竹、开山炸石来钱快，李德海很无奈，只能听任村民们去折腾了。

"王总，郝总，你们刚才说的大项目是什么？"邵荣义问道，其实他心里也有点预感了。最近镇里要大力开发青龙山石矿资源，要在山上建一个大型露天采石场，山上的石头更值钱了，这个消息像长了翅膀一样，引来了不少公司竞争这个石矿的开采权，前面已有好几家石料公司的人来找过他了，难道元辉集团也要插手进来？他在做县国土局副局长的时候，曾与元辉集团董事长周元辉打过数次交道，知道他是一个狠角色，黑白通吃，青龙山石矿这块大肥肉他肯定不会视而不见，眼前这两位看样子就是为这件事来的。

"哦，邵书记，我不说您也应该清楚，就是青龙山石矿的事。"个头矮小的郝总一直默默地坐在一边喝着茶，这时开口说道，"我和集团的王总这次来，就是为了这个事。"

啧，商人真是无孔不入啊，邵荣义忍不住在心里骂了一句。前些年他在县国土局工作，一直做到副局长，和他打交道的商人不计其数，受到的诱惑也特别多，那些房地产开发商一出手都是十万八万的，甚至几十万，各种请吃，还送卡和礼金，花样百出，好像他们的钱都是大风刮来似的，但他都守住了底线，所以国土局虽然有两任局长还有三个副局长都被抓进去了，只有他岿然不动，因为他那时候还想着往上走，心中的那根弦一直紧绷着，所以一直干干净净，也没有出什么事。

"对，我们是有这个项目，但是要通过正常招标、走程序的，你们可以来竞标。"他摆出一副公事公办的样子。但既然这个郝总跟李德海沾着点亲戚，他也不能一点面子不给，就又补充了一句："当然，在不违反招标程序的情况下，我会尽力给你们方便的。"

大背头王总见他说话打起了官腔，便干脆打开了天窗说起亮话来："邵书记，我们这次来，周元辉董事长亲自做了指示，要不惜一切代价拿下这个石矿，我们不想走正常招投标程序，我们想……走个捷径。"

"走捷径？怎么走？"他一下子紧张起来，眼睛盯着王总。

"邵书记，这就得靠您周旋了。"王总嘿嘿干笑两声，"事成之后，我们绝不会亏待您的！"说这话的时候王总的眼睛里射出一道光，仿佛一道犀利的闪电，要将他的心脏击穿。

这时，李德海悄悄站起来走到他身旁，弯下腰附在他耳边低声地说道："邵书记，他们已经答应我，这个石矿拿下来后让我俩共同入股五百万元，您可以占三百万元。"

"什么，我能占三百万元？"他失声叫了起来，马上又意识到什么，一下子闭住了嘴。他有点尴尬地看了看王总，王总却对他颔首微笑，然后点了点头。

李德海等人离开办公室之后，他还久久地将身子陷在老板椅里，他的脑子一时间被各种念头捣成了一团糨糊。入股三百万元，这可是个稳赚不赔的大买卖啊，要不了几年他就会发大财，而且只要他动动嘴皮子，这入股的钱还不用他来出。眼下他的仕途可能就要在青龙山镇止步了，他还图什么，趁在这个位子上多捞两个钱才是最实在的。另外，他儿子大学也快毕业了，到时候肯定要送到国外去留学两年，最好是去英国。留学英国的花费很大，他需要一笔钱。现在，这么一个大好的机会来了，他再不抓住就是傻瓜一个了。

想到这里，他像根弹簧似的从老板椅上一跃而起，在文件夹里找到了那份青龙山石矿采矿权的招标文件，从头至尾认真地看了起来。原本事不关己，他都没有怎么看这个文件，想的就是公事公办，到时候走个程序就得了。现在不一样了，忽然有了巨大的利益诱惑在里面，他得好好研究一下，看能找出什么漏洞，然后做点手脚，帮元辉矿业公司得到这个采矿权。

他仔细分析了青龙山石矿采矿权招标的主体与程序，发现招标主要是以市、县国土部门为主，其中最头疼的是，要在省级平台进行，这就很难进行私下运作，元辉矿业公司能否中标就很难说，他们不中标，答应的入股分红就是水中月、镜中花。想到煮熟的鸭子可能就这样飞了，他懊恼不已，将那沓文件重重地扔在桌子上，点上烟，一口一口地猛抽起来。

后面接连好几天他脑子里都在盘算这件事，可一直也思谋不出个所以然来。那天下午他把李德海叫到办公室，把那份招标文件递给他，让他出出主意。李德海拿起文件坐到一边的沙发上仔细地琢磨起来，一开始也是抓耳挠腮，想不出什么好办法来。忽然，李德海抓起文件冲到他跟前，指着文件激动地大叫道："邵书记，有了，有了！您看这句话'青龙山镇是矿场资源所在地，可以配合国土部门对竞拍设置相关条件'，突破口就在这里，这个对'竞拍设置相关条件'是可以大做文章的！"

他不禁眼前一亮，对啊，这个"相关条件"他们镇政府是可以自行设置的，他怎么就没想到这一层呢？后来他计算了一下，如果竞拍企业缴纳一点五亿元的政策处理费，那么承包采矿权肯定是赚不到钱的。于是，他就以青龙山镇镇政府的名义设置了几项有利于元辉矿业公司的竞拍条件，其中最关键的一项就是要求取得采矿权的企业必须先行缴纳一点五亿元的政策处理费。

后来的事情发展果然在他的预料之中，在一点五亿元政策处理费这头拦路虎面前，参加竞拍的绝大多数企业望而却步，最终元辉矿业公司如愿拿到了采矿权。事实上，所谓政策处理费就是群众的征迁补偿款，一点五亿元只不过是他与元辉矿业公司串通后，为阻拦其他公司参与竞标虚报的"天价"，而在实际操作中，元辉矿业公司支付给群众的征迁补偿款只需五千万元。

作为回报，元辉矿业公司同意李德海和他投资入股五百万元。在这五百万元的投资款中，他占了三百万元。随后几年的分红中，他陆续获得分红四百多万元，上演了一出"空手套白狼"获得超高回报的投资"奇迹"，他曾为此得意不已。可如今新上任的县委书记暗访青龙山石矿，并要他立即关停这个石矿，断了他的财路不说，搞不好还要拔出萝卜带出泥，查他个变相受贿出来。这可能把他的官帽给弄丢还在其次，说不定他还要进去吃十年八年牢饭，那问题就严重了。

想到这里，邵荣义的后背不禁冒出了一层冷汗。黑暗中，他一支烟接着一支烟地抽着，不一会儿桌上的烟灰缸里就堆满了烟头。他觉得不能这样坐以待毙，元辉矿业公司是元辉集团下面众多子公司之一，集团董事长周元辉的能量巨大，肯定不会对关停青龙山石矿坐视不管的，虽然这事让新任县委书记给盯上了，但周元辉是什么样的人物啊，肯定有办法把这事给摆平的。对，他得先给王总打个电话。

手机通了，他赶紧将手机贴到耳边，肩膀也不自觉地耸了起来："王总吗？我是邵荣义，这么晚打扰您了！"

"哦，是邵书记啊，你有什么事吗？"王总好像有点睡意蒙眬。

"王总，新上任的安东县委书记要关停青龙山石矿。"邵荣义抛出了这句直击要害的话，只感觉喉头发紧，不自觉地咽了一口唾沫。虽说因为青龙山石矿的合作他和王总打过一些交道，但人家没太把他当回事，毕竟他拿了人家的，他小心地接着说道："王总，您看能不能想个什么办法……"

"这事我听说了。"王总打断了他的话，顿了顿，又语气淡然地问道，"那个新来的县委书记是不是叫杨安民？"

"是的是的，他是刚从青南县调过来的。"邵荣义连忙说，他心里暗自吃惊王总的消息灵通，这件事这么快就传到王总的耳朵里了。

"好的，我知道了，这事你不用操心。"王总带着困意说了这么一句，就挂了电话。

邵荣义将手机扔到桌子上，这才感到自己的嗓子干得快冒烟了。他转身去饮水机上接了一杯水，一仰脖子咕嘟咕嘟地喝了下去，心里立马舒坦了许多。他用手擦了一下嘴角的水，脸上紧绷的肌肉渐渐松弛下来。黑暗中，他从牙缝中挤出了一句话：杨安民，你想关停青龙山石矿，没那么容易！

第六章

热土

炎热的夏天过去，转眼秋风凉了，山上层林尽染，一道黄，一道红，还有散落在其间的淡紫和深绿，像给山林穿上了五彩斑斓的衣服。天空似乎显得格外高远，云朵也在头顶上悠闲地游弋，还有一群群飞鸟，扑棱着翅膀一掠而过。身边有一片绿意盈盈的竹林，山脚下就是炊烟袅袅的村庄，眼前就是一幅乡村的秋景油画。从少年时起，徐诗画记不清有多少次会一个人来到这个山坡上，呆呆地看这黄昏之时油画一般美丽的家乡。

现在，余晖打在她的脸上，漂亮的鹅蛋脸，秀挺的鼻子，轻轻抿着的嘴唇，披散在脑后的秀发，当然还有浑身洋溢的青春，在这一刻都显得那么美好、那么宁静，与这幅乡村油画完全融为一体。谁能知道，此刻这个二十二岁的女大学生心里正酝酿着一个惊天动地的计划，她要彻底改变桃岭村的面貌，她要把这块生她养她的土地变成一个人人梦想的大花园。

"这么多低丘缓坡，正合适开农场。"站在桃岭的半山腰上，徐诗画眼睛在近处、远处扫了一圈，很欣喜地在心里想着。桃岭是青龙山的余脉，蜿蜒在这座山脉的西南面。围绕着桃岭成放射状，又形成了大大小小的沟谷和坡地，桃溪河从沟谷中流淌而过，仿佛一条银色的玉带在阳光下闪闪发亮。这些天她查阅了各种资料，看得眼睛都花了，想得脑壳都疼了。回桃岭村当大学生村干部不是她一时冲动，但现在面对的现实却让她感到困难重重，虽然徐永和与李德海都不管事，但他们毕竟都还在村支书和村主任的位子上，自己只是一个小小的村主任助理，人微言轻，说话也没几个人会听。好在离村委会换届选举不远了，到时候她要努力去竞争一下村主任，有了这个位子，她才好在桃岭村施展手脚。不过，最大的问题还是没钱。那次她从村财务张春花那里看到了村委会真实的账目：账上只躺着八千元，外债还欠了一百五十多万元。整个行政村有十二个自然村，共有两千多号人，现在村里的青壮年除了少部分在青龙山石矿开山炸石挣钱，其余的都出门打工去了，留在村里的大多是老弱病残。就拿村委会所在的桃岭村来说，村子破破烂烂，到处都是简易厕所，一下雨就污水横流，臭不可闻。村里也没有一条像样的路，碰上下雨天总是泥泞不堪，连个下脚的地方都没有。去年在全县卫生检查评比中桃岭村成了倒数第一名。倒数第一就倒数第一吧，反正村里也没几个人了，还都是些上了年纪的老人，谁会在乎？整个桃岭村从上到下都弥漫着一股破罐子破摔的情绪，滑倒了跌倒了不想爬起来了。可偏偏在这时候她回到桃岭村当了大学生村干部，村里人第一个反应都是这女娃的脑子坏掉了。可她偏不信这个邪，她要把这个烂摊子盘活，不但要盘活，还要让它开出一朵花来。但常言道，理想是丰满的，现实却是骨感的。这些天她用一双脚跑遍了村里的角角落落、沟沟坎坎，这些地方小时候她就很熟悉，那时候只知道和村里的小伙伴们疯玩，但这一次的跑意义不一样，她是在给这个生她养她的村庄把脉，它似乎衰老不堪了，她想看看有没有办法让它起死回生，重新焕发生机和活力。现实的例子不是没有，本省和外省都有建特色村成功案例，但桃岭村的情况不一样，它一穷二白，虽然村周边开办了电源制造公司和青龙山石矿，但那都是元辉集团旗下的企业，与桃岭村没有什么关系。村民们顶多只能在石矿里扛活挣点钱，因此，必须走不寻常之路，才能凤凰涅槃，获得重生。这些天跑下来，她有了一个大胆的设想：桃岭村基本上都是低丘缓坡，很适合建设各种特色家庭农场，然后把全村做成一个特色乡村旅游基地，让外出的年轻人都回归村里成为旅游基地的员工，让村民们真正洗脚上田，彻底告别以前面朝黄土背朝天的生活。这是多么美好的一个设想啊，要知道家庭农场的理念可是中央一号文件提出的，当初她就是看到了这个前景才下了决心回村的，但要把设想变成现实，还不知道有多遥远的路要走呢！

徐诗画从半山腰上走下来，不远处就是绕村而过的桃溪河，这条小河一直陪伴她长大成人，小时候她和小伙伴们经常来河边游泳嬉戏、摸鱼捉虾。那时候桃溪河水清澈见底，连游弋在溪底的小鱼小虾都看得见，这山泉水捧起来就能喝，还有一股沁人心脾的甜味儿，让人喝了一口还想再喝一口。可如今呢，桃溪河里到处漂浮着白色塑料袋，各种垃圾塞满了河道，水面上还漂浮着一层薄薄的水泥灰一样的东西，鸡、鸭、猪、牛、羊的粪便也随处可见，散发着一种难闻的臭味。这条河已经被糟蹋得不成样子了，原来清秀可人的模样早已不见踪影了。她站在桃溪河边，心里有一种针扎一样的痛，她知道这些年青龙山石矿开山炸石，桃岭上也被开采得东一个坑，西一个坑，像被挖出的一块块伤疤，难看不说，开山炸石引发的灰尘和附近的水泥厂散发的烟尘天天铺天盖地，弄得山上的树木、竹子的叶片上都蒙上了一层厚厚的灰尘，桃溪河里也漂满了一层灰色的污染物，小鱼小虾已经不见了踪影，桃溪河成了被人遗弃的垃圾场。这一切都必须要改变了！她站在溪边暗暗地握了握拳头，别的不说，为了桃溪河这条母亲河恢复本来清秀美丽的模样，她就愿意去拼一拼。

"首先，得把村里的卫生状况来一个根本改变，特别是要把简易厕所、露天茅坑的问题给解决了。"下山的时候徐诗画在心里暗暗地说了一句。她知道桃溪河的污染不是一天两天造成的，要治理难度非常大，最大的问题是缺少资金，但改变垃圾乱扔的习惯，拆掉简易厕所，填平露天茅坑，代价不会多大，还是可以马上见效的。

第二天一早她去了村主任李德海家，把这个想法跟他说了一番，并建议找一个专门的人来每天运送村里的垃圾。哪知道李德海听了，撇了撇嘴说："诗画啊，不是我说你这个丫头，做什么事情都不能头脑发热，你把这简易厕所和露天茅坑给弄掉了，老百姓到哪里去上厕所？像城里人那样坐抽水马桶吗？不就是拉屎撒尿这点事吗，谁愿意花那个冤枉钱啊？"

"李主任，拉屎撒尿这个事可不小。"徐诗画不服气地说道，"您看我们村都成什么样子了，又脏又破，还整天臭烘烘的，这不都是简易厕所和露天茅坑惹出来的？"

"是啊，是臭不可闻，这我知道啊，可有什么法子呢？"李德海皱了皱眉，叹口气说道。

"办法总是人想出来的。"徐诗画说，"我们村就是不注意环境卫生，慢慢变成了现在这个样子，再不整治，这个村子就没人待得下去了。"

李德海鼻子里"哼"了一声，斜睨了一眼徐诗画说道："谁不想整治啊，全县卫生评比我们村倒数第一，我心里也难受，人都是要个脸的，我早就想把我们村搞得干净一点、漂亮一点，可钱呢？村里的账上只剩几千块了，外债还有一百五十多万，这动一动都需要钱，没钱啥事也干不成。"

徐诗画低头不语，她知道钱也的确是个大问题，村里这么穷，这厕所整治和垃圾清运都需要钱，以后治理桃溪河的污染，搞家庭农场，每走一步都需要钱，而且需要很多很多的钱，没有钱什么都是空谈。可是这钱从哪里来呢？

从村委会出来，她去了汪海家，想跟他商量一下同元辉电源制造公司打官司的事。东东去上海的大医院接受治疗回村后，状况不错，秋季开学已经能正常上学了，但后续赔偿等问题还得通过打官司解决。一个多月不见，汪海似乎苍老了很多，两边的鬓角也白了不少，儿子铅中毒影响了智力，对他打击很大。东东后续还要长期吃药，他们家本来就没什么收入来源，这下更是雪上加霜，他就指望着与元辉电源制造公司打官司能得到一些赔偿了。

"画儿，我知道，我们村现在没人管事了，就靠你了。"汪海的脸愁得像一根苦瓜，他低着头抽着一根粗烟，半天才抬头对徐诗画说道，眼神里充满了期待。

"汪叔，您放心，我一定会帮乡亲们打赢这场官司。"徐诗画说。

在回家的路上，徐诗画满脑子转的都是去哪里搞钱的事，向别人借，从银行贷款，还是别的什么办法。半天都没想出什么头绪，心里不禁烦躁起来。

在走过一座小石桥的时候，她脑子里忽然冒出一个人来，就是她的高中同学万庆强。万庆强和她是一个村的，算是发小，从小就玩在一起，他学习不行，但脑子很灵光，高中毕业没考上大学，就去上海他父亲的建筑公司里上班了。他父亲的公司做得很大，有几百号人，据说资产已经有好几个亿了，他们家在桃岭村也算得上是首富了。他父亲万广志是一个靠苦干拼出来的人，也很有眼光，他有意让儿子在多个基层岗位上历练几年。徐诗画上次在一场高中同学会上见到万庆强，惊讶地发现他已经是一个腰缠万贯的富二代了，聚会的费用没要同学们分摊，他大手一挥就给包了，同学们也乐得这个土豪同学买单。万庆强当场向同学们宣布，他已经是上海万安建筑有限公司的副总了，同学们不管谁到了上海，只要给他打个电话或发个信息，吃喝住他都给包了。对，去跟这个富二代同学借钱！他们家公司都几个亿产值了，向他借个百来万整治村庄面貌，以后家庭农场办起来进入良性循环了再连本带利还给他，他应该会同意的。桃岭村也是他的家乡啊，他们家是村里的首富了，为家乡建设出点力难道不应该吗？还有就是，当年读高中的时候，万庆强追求过她，给她写过一封长长的情书，达九页之多，但她觉得他又矮又黑，自己却是公认的班花，就没有接他这个茬。后来万庆强还一直不死心，时不时地给她发个信息，打个电话，邀请她去上海玩。现在她这么需要钱，如果向万庆强开口，他会不会同意呢？想到这里，徐诗画苦笑着摇了摇头。时过境迁，此一时彼一时，人家现在是上海大建筑公司的副总，去向他借钱，数目还不小，万庆强会理睬她吗？

走过小石桥，徐诗画又想到了与周晓辰公司的铅中毒官司，不禁在心里又叹了口气。起诉书虽然递交给了安东县人民法院，案子也已进入受理阶段，但时间都过去好几个月了，进展却十分缓慢。她知道元辉电源制造公司的后台太强大了，周元辉能量巨大，这个官司他们肯定在背后拉了很多关系，而她和村里的受害村民只是白纸一张，完全凭一腔热血，这个官司能赢吗？如果元辉电源制造公司这种重度污染的企业不从村里搬走，那她所有关于桃岭村的美好蓝图都将无从谈起，更无法实现。可她一个刚出大学校门的小小大学生村干部怎么斗得过周晓辰和他背后那个庞大的元辉集团呢？她没想到回村才这么点时间，现实就给她这么多打击，几乎每走一步都很艰难。她这才意识到，空有美好愿望和一腔热血是行不通的，刚才李德海鄙夷的表情就是对她的一种赤裸裸的否定，那意思很明显，一个乳臭未干的黄毛丫头想变天，可能吗？太不自量力了！难道她真的太幼稚了，就像那个和风车战斗的堂吉诃德那么荒唐可笑吗？

不知不觉，徐诗画走进了自家院子，看见父亲正在用柴刀剖毛竹，再剖成一条条细细的竹丝，这种竹丝可以编织竹篮、竹筐、筛子、席子，甚至是灯罩、枕头套。父亲是一个老篾匠，常年与竹子打交道，练得一手好篾匠活，几乎没有他编织不出来的东西。小时候父亲就给她用竹片做过各种各样的玩具，现在家里的椅子、凳子、桌子都是父亲亲手做的。桃岭村的山上长满了竹子，她的家里堆满了父亲亲手做的各种竹制品，她生活的世界可以说就是以竹子为精魂的。满山翠竹曾给她的童年和少年带来无限的欢乐，可如今开山炸石不断地破坏着青龙山山体，竹林也大片大片地在消失，也许没几年，整座青龙山就会被掏空，桃岭当然也会在劫难逃，到那时山上可能连一棵竹子也看不见了。

"画儿，看你整天东跑西颠的，在寻思啥呢？"徐乐山见女儿走进院子，停下了手中的活，用充满疑惑的眼神看着她问道。

"没寻思啥，就是到处看看。"徐诗画觉得跟父亲一下子也说不清自己内心的一些打算，虽然父亲现在对她回乡当了大学生村干部不再有什么反对意见，但也不看好她在村委会里能有什么作为。这个村子父亲太了解了，他几乎在这里生活了一辈子，一草一木他都再熟悉不过，他一直认为女儿想在这个穷村干一番事业，是痴人说梦、天方夜谭。

"徐永和与李德海都不管事，你也别在那瞎起劲。"徐乐山意味深长地看了女儿一眼，加重语气道，"这个村烂透了，又没几个人，你一个女孩家家的，难道能把天给变过来？"

老父亲的话竟让徐诗画无言以对，愣愣地在院子里站了好一会儿，才脚步有些沉重地转身进了屋子。但她脑海里只转动着一个念头：这回哪怕要上刀山下火海，她也铁了心要沿着自己选定的路走下去！

第七章

湖边

一望无际的蓝藻漂浮在湖面，铺天盖地，几乎将碧云湖的每一个角落都盖得严严实实。远远看去，像一大片广阔的绿草地，蔚为壮观。可惜它们不是草，而是污染严重的蓝藻，不仅塞满了整个湖面，还散发出一阵阵难闻的臭味，在初夏微风的吹拂下，带给人一种沉重的窒息感。在湖边，随处可见死去的鱼儿，一条条翻着白肚皮，身子陷在厚厚的蓝藻中，眼珠发白，明显已经死去多时。那些平时在湖面上飞来飞去的水鸟也不见了，只有远处有几条零星的渔船，孤零零地停泊在湖边，很明显，湖里已经无鱼可捕了。很难想象这就是以前让安东人民引以为豪的碧云湖。以前的碧云湖是一片碧波荡漾，春夏秋冬风光各异，引得外地游客慕名而来，流连忘返；现在的碧云湖在蓝藻的攻击下变得面目全非，似乎已经死去了。

　　杨安民面色沉重地站在碧云湖边的一块大石头上，眉头紧锁，目光一直落在湖面上那望不到尽头的蓝藻上，一句话也没说，好像在思索着什么。

　　站在他身边的是安东县县长郑乔林、县人大常委会主任穆水清、县政协主席汤达仁，还有县国土局、环保局、水利局等局的局长们，他们个个都神情肃然、沉默不语，仿佛碧云湖被蓝藻污染得这么严重他们都是第一次这么真切地看到。如此触目惊心的场面，对在场的每一个人内心都产生了极大的震撼。

"你们都看到了吧，再不治理，碧云湖就真的要毁了！"许久，杨安民才从湖面收回目光，转头心情沉重地对在场的人说道。众人一片沉默，每个人的心里都像是被压上了一块石头。杨安民从大石头上跳下来，秘书陈成怕他跌倒，赶紧上前去扶，他摆了摆手，意思是不用。他走到湖边，在一条被蓝藻包裹的死去的草鱼前弯下腰来，仔细地看了看这条死去的草鱼，心情变得异常沉重。这条草鱼本来可以在水里自由自在地游来游去，现在它却悲惨地躺在这个角落，说是蓝藻污染害了它，可这背后的黑手又是谁呢？谁来为这条死去的草鱼负责呢？

其实杨安民在到任安东县委书记之前，就开始关注碧云湖的蓝藻污染问题了。他查阅了大量资料，基本搞清楚了碧云湖蓝藻问题的来龙去脉。所谓蓝藻是一种原核生物，又叫蓝绿藻细菌，在地球上已存在三十三亿年，是所有藻类生物中最简单、最原始的一种，也是地球上出现最早、分布最广、适应性最强的光合自养生物。夏初气温渐渐升高，一直吹的是东风或东南风，加上风力比较小，十分适宜蓝藻生长，每天都有源源不断的蓝藻被吹进碧云湖湾，发生蓝藻水华现象。蓝藻、绿藻、硅藻等藻类成为水体中的优势种群，大量繁殖后在短时间内从水中上浮到水体表面，或是由于风的作用在局部地区大量聚集，水体就呈现大片的蓝色或绿色。一旦到蓝藻暴发的时节，安东县城的居民就苦不堪言，因为被蓝藻污染的水不仅有一种臭味，还会对人体产生危害。因此每到蓝藻暴发的夏天，人们总是会打捞起成吨成吨的蓝藻。而碧云湖蓝藻如此猖獗，是因为早些年很多工厂将污水直接排放到湖里，造成湖水富含氮、磷等元素，蓝藻疯狂繁殖，水体中蓝藻的大量堆积会产生微囊藻，微囊藻有着伪空泡，可以漂浮在水面上，导致它大量堆积，而且它富含蛋白质，特别是含硫蛋白，在进行厌氧分解时，会产生各种异味强烈的硫化物。很明显，碧云湖蓝藻污染既是天灾更是人祸，当年安东县政府为了经济业绩大量兴建排污严重的化工厂，却对碧云湖的污染治理不力，造成了今天这样的局面，而政府的弄虚作假，使得碧云湖污染问题日益严重。杨安民知道，改善湖体水质除了控制内源释放，关键在于流域污染治理，从源头上削减入湖污染负荷。同时，要从根子上解决蓝藻暴发问题，应确立治藻先治水的理念，严控污染物入湖，在入湖河道口设立生态缓冲区。同时定期清淤，削减内源污染，逐步恢复自然净化能力，从源头减少蓝藻的产生。

"再不行动，我们人也要像这条草鱼了，只有死路一条。"杨安民直起身来，看了看大家，语气严厉地说道，"大家知道碧云湖被蓝藻污染意味着什么吗？整个安东县的饮用水源都在这里，这种水谁还敢饮用，现在县城超市里的纯净水都被老百姓抢购一空了，我们连一口干净的水都喝不上了。"

"碧云湖蓝藻污染治理刻不容缓，哪怕是壮士断腕！"县长郑乔林向杨安民走近了一步，目光灼灼，语气坚决，"杨书记，就等你一声令下了！"

"壮士断腕！乔林你说得好，我也想到了这个词。"杨安民紧锁的眉头稍稍舒展了一些，他看了看众人，声音洪亮地说道，"今天我带了县四套班子和相关部门负责人来碧云湖边实地察看，就是为了让大家亲眼看看碧云湖蓝藻污染严重到了什么程度。生态环境部会同监察委和省政府领导坐镇我们县督办污染治理，对我们发出了'黄牌警告'，我们一点都不冤，碧云湖的治理的确到了火烧眉毛的地步。我认为，碧云湖的污染根本问题还是早年在发展经济的时候忽略了环境保护，等出了问题，才意识到环境保护的重要性。我们不能贪图眼前利益而毁坏了绿水青山啊，你们想想，我们如果失去了碧云湖，那安东县还剩下了什么？"

"杨书记说得对，决不能让碧云湖毁在我们的手里！"县人大常委会主任穆水清大声说道，脖子上的青筋都暴突了出来。他是一个近六十岁的老同志，身材瘦削，头发已经花白，他以前做过安东县委常委、宣传部部长。见众人的目光都投向了他，他清了清嗓子接着说道："我在安东县工作三十多年了，对安东县的发展史我应该最有发言权。我们县曾是贫困县，二十世纪八九十年代看到周边兄弟县市搞工业发了家，致了富，我们是又急又羡慕，不加选择地引进了一大批企业，如造纸、化工、建材、印染等，生产总值高速增长，贫困县帽子很快摘掉。但我们还来不及惊喜呢，就突然发现，环境被破坏，生态恶化，黑烟滚滚，污水横流……特别是水污染严重，不仅糟蹋了自己的绿水青山，而且危及整个碧云湖流域。我曾多次提出治理意见，但当时的一把手不听啊。"

"穆主任，您说得对，县里的一把手思路决策很重要。好在我们现在有杨书记这么年轻、这么有魄力的一把手，碧云湖有救了，整个安东县有救了！"县政协主席汤达仁不失时机地说道，他看起来五十七八岁模样，脖子很短，阔脸大耳，面色红润，一看就知道属于生活优渥、平时还特别注意保养自己的那类男人。

杨安民没有说话，他感到肩头沉甸甸的。组织上调他到安东县来当县委书记就有这番考虑，要他带领整个安东县转变发展思路，如同一个新船长，要改变这条船的航向，破浪前进，也就是要迎难而上，以壮士断腕的精神恢复碧云湖周边被破坏了的生态。但，这谈何容易！在来安东县任职之前，他的上级领导也是他的伯乐兼知己，庆州市委常委、政法委书记王天翰就曾单独跟他谈过一次心，告诉他安东县比较复杂，各种关系盘根错节，牵一发而动全身，是一块很难啃的骨头，让他务必有思想准备。说白了，这次跟他来调研的安东县四套班子领导，除了他算是一个根子浅的外来"和尚"，谁在安东县不是一个响当当的人物？而要大刀阔斧地进行污染整治，必须要强行关停数家污染严重的工厂、公司，很有可能还要去动一下那些关系很硬的大公司大集团的奶酪，这要牵涉多少人，涉及背后多少利害关系？可以说，一旦进行污染整治，就是开始一场战斗。他虽然是县委书记，安东县的一把手，但面对一个个隐形的强大的对手，单枪匹马的他有最终取胜的把握吗？

"杨书记年轻有为，也想为安东人民做点事情，可就怕有人从中作梗啊。"穆水清显然对汤达仁这种阳奉阴违、当面近乎肉麻的吹捧很反感，斜睨了汤达仁一眼，话中有话地说道。

"有人作梗？谁敢作梗？"汤达仁将鱼泡眼一翻，梗着粗短的脖子瞪着穆水清道，"这治理碧云湖污染可是事关整个安东发展和老百姓福祉的大事，谁敢冒天下之大不韪来阻挠反对？"

"治理碧云湖污染，很多在碧云湖周边的污染严重的企业就要搬迁。"穆水清没好气地瞪了汤达仁一眼，"别的不说，元辉集团的一个造纸厂、一个化工厂，都是污染严重的企业，你搬得动吗？"

汤达仁心里一惊，穆水清这个时候在县委书记面前把元辉集团拎出来，用心险恶啊，明显是冲着他来的。在安东县，无人不知他和穆水清是一对老冤家，两人原来都是县里的实力派人物，穆水清是县委常委、宣传部部长，他是县委副书记、县长，后来他们几乎同时退居二线，一个去了县人大，一个去了县政协，名义上都还属于县四套班子领导，但他们都明白在很多重大决策上已经没有多少话语权了。可俗话说，瘦死的骆驼比马大，他们的余威还在，他们提拔的那一拨人现在都是安东县要害部门的一把手，最关键的是他们还可以利用自己的影响力帮人办事、拿人好处。汤达仁跟元辉集团董事长周元辉是拜把子兄弟，元辉集团能做大做强也全仰仗他在县长位子上给予的方方面面照顾，周元辉对他也是投之以桃报之以李，给他送过别墅、豪车、古玩、美女，当然这些都不能摆在台面上说。他与周元辉走得近一直为穆水清所不齿。穆水清属于那种榆木疙瘩性格，认死理，当年周元辉也想拉拢他，但他就是油盐不进，一来二去，周元辉只好作罢。穆水清将他们私底下的勾肩搭背都看在眼里，心里是十二分的不满，在当时的县委常委会上，两个人经常为元辉集团的事吵得面红耳赤、不欢而散。汤达仁和周元辉早就是拴在一根绳上的蚂蚱，唇亡齿寒，他可不能让元辉集团这棵大树倒下，他还指望周元辉把他退休后的生活安排得舒舒服服的呢。现在穆水清首先拿元辉集团的造纸厂和化工厂说事，用心不可谓不险恶，但他汤达仁也不是好惹的，这些年来，在和穆水清的明争暗斗中从来没有处于下风过。

"老穆，碧云湖边污染严重的工厂有好多家，你为何单单就提元辉集团的两家？"汤达仁瞪着穆水清，好像被激怒的公鸡，摆出一副要斗架的姿势。

"因为元辉集团如日中天、财大气粗，安东县又有人在背后给他撑着腰，可以为所欲为！"穆水清也涨红了脸，这是他要发怒的前兆。

"谁在给元辉集团撑腰？"杨安民一听，又是元辉集团，他心里似乎也升起一股无名之火。他来安东县这不长的时间里，听到跟元辉集团有瓜葛的事情已经掰着手指头数不过来了。

穆水清没好气地看了看汤达仁，欲言又止。这时，县长郑乔林走过来，横插在两人中间，看着杨安民说："杨书记，这事很复杂，一句话也说不清，我们回头再说吧。"

杨安民点了点头，抬头又把目光投向一望无际的铺满蓝藻的湖面，他在心里想，上次青龙山石矿关停的问题还在处理，这碧云湖边污染工厂要全部搬迁难道周元辉也会在背后使绊子？看来这个周元辉就是横在他面前的一块大石头，他要在安东县迈开大步向前走，去实现自己的抱负，必须先搬掉周元辉这块大石头。

第八章

家宴

在安东县梅山镇上湾村东头，有一栋带院子的宽敞洋房，背山面水，白墙红瓦，在一片绿色竹林的映衬下，显得分外醒目。最奇特的是，这个小洋房圆圆的屋顶上安装着避雷针，透着几分神秘和威严。小洋房内部装修得十分讲究和别致，用数十根罗马柱来承重，加上墙壁上一些古罗马风格的浮雕，流露出一种浓浓的西洋风情，与周边的环境很不相称。这个洋房的二楼有一个很大的设施齐全的娱乐间，摆放着大盆的花草。走廊两侧摆满了各色木雕，迎着正门的是一个巨型红柚木雕，木雕顶端是一只展翅的雄鹰，这是周元辉非常喜欢的一个木雕工艺品，他还将这个雄鹰木雕的照片当作自己的微信头像，向人们暗示自己就是一只雄鹰。

此刻，夕阳西下，余晖洒满了这个掩映在竹林中的洋房小院。周元辉斜靠在一把褐色藤椅里，抽着雪茄，目光穿过院门，长久地停留在对面满眼翠绿的山峦之上。他喜欢遇到什么烦心事就到这个隐在竹林中的洋房来，坐在院子里，抽着烟思考对策，一坐就是大半天。

上湾村是他的出生之地，老屋就在洋房后面几百米不到的地方。父母早已离开人世，他现在创下的荣华富贵他们都没有福分享受了，这是他最遗憾的事。他的发家史还要追溯到三十多年前上湾村的一块约二百亩的农用地。这块土地原本归属于上湾村集体。当时梅山镇政

第八章 家宴 069

府派了三名代表来到上湾村要求借这块二百亩的土地做农场，梅山镇给出的条件是解决上湾村劳动力就业问题。按当时的情况，梅山镇政府将其建成了一个种子基地，叫作"五七农场"。农场在上湾村里招了超过一半的工人，解决了村里人的就业问题。当时梅山镇政府借地并没有写书面证明，都是口头表达。那个时候农村有很多空地没有耕种，并不像现在这么紧张。梅山镇政府承诺给上湾村解决劳动力就业问题后，大家都表示同意借出。十五年后镇政府借用土地到期。同年，镇政府开始实行"包产到户"政策，对"五七农场"进行承包招标。不少村民参加投标，其中就有他周元辉。最后，"五七农场"被梅山镇政府转包给了他。承包期限为二十年。他将这二百亩土地用来种植葡萄、草莓等。当时人们的消费水平还没有那么高，他的水果生意并不太好，也赚不了什么钱。曾经有很多居民质疑：这二百亩土地原本属于上湾村集体，镇政府承包到期后，土地理应还回上湾村。但是他把这二十年的承包金全部交给了镇政府，上湾村集体却一分钱都没有得到。后来这块土地又被承包给了另一家公司。但是镇政府与他的合同还没有到期，他跟镇政府几番交涉之后，终于从此前承包地中拿到了八亩土地。后来，他与当时镇上的能人汤达仁合作，在这块地上修建了加油站，并以此名义成功办理了土地证。这是他人生的第一桶金。后来他一路高歌猛进，进军矿山、房地产、化工、物流等领域，一路顺风顺水，势如破竹，成立了元辉集团，各类子公司也在安东县、庆州市乃至东江省遍地开花，事业如日中天，赚得盆满钵满。每思及此，他都发自内心地要感谢汤达仁，这个人称得上是他生命里的贵人，一直到今天他都把汤达仁奉为座上宾。现在汤达仁已从县委副书记、县长的位子上退了下来当了县政协主席，他却已成了安东县首屈一指的大富豪，在庆州市乃至东江省都有相当大的知名度，还曾经获得过"全国优秀民营企业家"称号，可谓风光无限。但正当他考虑把庞大的家业传给儿子周晓辰自己退居幕后享受悠闲人生的时候，平地里却起了风浪，而且这个风浪的浪头还不小，似乎有一股要掀翻他这艘大船的架势。县委书记杨安民自上任这一年来动作不断，在环保和治污上大动干戈，似乎要拿他的元辉集团开刀，一要关停他在青龙山镇的石矿，二要关停他在碧云湖边的造纸厂、化工厂，三要让他搬迁在桃岭村的元辉电源制造公司，这三刀，可谓是刀刀致命，要任凭杨安民折腾，那么他一手创立的元辉集团就将岌岌可危，这是他绝不愿意看到的，他必须出手力挽狂澜。

太阳落到了西山的背后，夜幕降临了，一股凉意慢慢地袭上了身，周元辉坐在朦胧的树影里，像一座年代久远、衰朽了的木雕。这时，一直拴在院子角落里的那条大狼狗忽然站起来，汪汪汪地叫了起来，他知道这是小女儿周晓燕回来了。

"爸，天都黑了，您怎么还不进屋？"周晓燕一脚跨进院门就冲他嚷嚷起来。她身材高挑，皮肤白净，烫着个很时尚的卷发，在边上还挑了几缕紫色，看起来很洋气。她现在是安东县最有名的五星级酒店——安东国际大酒店的总经理，这家六十多层高的豪华大酒店现在也是安东县的地标性建筑，更是他们周家财富地位的象征，可谓无人不知无人不晓。

"外面凉快，挺好啊。"周元辉漾开了笑脸，见到小女儿他总是很开心，三个孩子中最懂事的就数这个小女儿，对他也最孝顺，他也最疼她，把资产十几个亿的安东国际大酒店交给小女儿打理，就是对她的信任和宠爱。

　　"爸，您是不是又遇到什么不开心的事了？"周晓燕走到她爸爸跟前，打量了他一番。

　　"没，没，我能有什么不开心的事啊？"周元辉偏过头去，极力掩饰着，他其实什么事都瞒不过小女儿，这丫头心思太细了。

　　"我看哪，您就是遇到什么事了，还不赶紧告诉我，好让我帮您分担一下。"周晓燕一眼看透他心事似的说道，伸出一只手拉起她爸爸的一只胳膊，要把他从藤椅上拉起来。

　　"干吗拉我，我还没老呢。"周元辉笑着，从藤椅上起身，只有和小女儿在一起，他那颗坚硬的心才会变得稍稍柔软一点，"栋梁怎么没跟你一起回来，周末了嘛还在外面瞎忙些啥？"郑栋梁是他的小女婿，现在是庆州市财政局副局长，刚和他小女儿结婚的那会儿还只是一个小科长，对小女儿唯命是从，对他这个岳父也很是恭敬，现在官渐渐地当大了，慢慢地人就有点变了，对他这个岳父似乎也爱理不理的了。

　　"他啊，别提了，每天都在外面应酬，也不知道在干什么。"周晓燕没好气地说。郑栋梁现在一周也回不来一次，她已经听到他在外面有女人的传闻，但每次问他，他都是百般抵赖，看来不捉奸在床他是不会承认的。

　　"日子还是要好好过，下回我来做做他的思想工作。当了这么一个芝麻粒大的官，尾巴就翘到天上去了，要是以后当了市长那还得了！"周元辉一边带着怨气嘀咕道，一边转身往屋子里走，臃肿的身子有点迟缓，移动的脚步也显示出了几分老态，毕竟岁月不饶人啊，他已经六十八岁了，离他那个在江湖上打打杀杀闯天下的年代已经很遥远了。

　　周元辉进屋不久，大女儿周晓鸥和丈夫程才宝、外孙女程思妍也来了，儿子周晓辰是最后到的。一家人在桌子边坐定，等保姆孙阿姨麻利地上齐了菜之后，周元辉拿起桌上的一瓶飞天茅台倒了一杯，眯着眼喝了一口。他现在别的嗜好已慢慢戒了，比如抽烟，但这喝酒他戒不了，而且一喝就是茅台，还得是二三十年的陈酿，否则他是不喝的。他这辈子积累的财富已足够庞大，怎么用都用不完了，本来他这一生已可以享尽荣华富贵，直到寿终正寝。但现在看来，他这安稳的日子还有点悬了，新来的县委书记提倡生态经济，剑指环保，他名下的多处产业都涉及环保问题，如果都要关停，那他这个元辉集团就要倒闭了，所有的财富也都将化为泡影。这太可怕了，他这个年龄经不起太大的风浪了，这就是他这些天来忧心忡忡的原因所在。

"老周，你血糖高，少喝点。"老伴邱红云每次看他喝酒，总是这句话，虽然知道说了也没用，因为不让他喝酒，就等于要了他的命。

"我已经喝得很少了，每次就两小杯。"周元辉眯起眼冲老伴嘿嘿一笑。他们是结发夫妻，邱红云是在他最困难的时候嫁给他的，所以虽然后来他外面女人不断，但不管是多么漂亮的女人，他也只是逢场作戏、玩玩而已，没有想过要把邱红云给抛弃了，这是他唯一觉得自己做的对得起良心的事。

"说是两小杯，一喝就是四五杯。"邱红云嗔怪地瞪了老伴一眼，然后拿起筷子往外孙女的碗里夹菜。她很满意现在的生活，当年她也是一个穷人家的女儿，因为长得俊俏，被周元辉看上了，有点死缠烂打、强娶回家的味道，当初她心里是一百个不情愿的，因为周元辉年轻的时候完全是一个愣头青的样子，腿短脖子粗，还整天打打杀杀、不务正业，谁家愿意把女儿嫁给他这个混世魔王？但后来发现还就是他这种身上带着匪气的人有出息，对别人狠，对自己更狠，挣下这么大家业的，在整个安东县没有第二个人了。还有就是三个儿女让她舒心，大女儿周晓鸥通情达理，大学毕业后去了自家的造纸厂当了厂长，找了个老公人也踏实能干，当了化工厂厂长，夫妻俩夫唱妇随，把两个厂搞得风生水起。外孙女程思研也十分聪明伶俐，正在读小学五年级，成绩在班上一直名列前茅。小女儿周晓燕长相出众，是个人精，又在海外留过学，现在管理着安东国际大酒店，同样也做得像模像样，小女婿已是市财政局副局长了，真是夫荣妻贵。儿子周晓辰呢，那可是她的心头肉，是含着金钥匙出生的，一直以来都是要什么给什么，现在从英国留学学成归来，已经就任了元辉电源制造公司的总经理，虽然性格有点叛逆，但这孩子心地善良，跟他父亲完全两个样，这是最让她感到欣慰的地方。

周元辉却是一脸的愁云，他闷闷地喝了两杯酒，放下筷子，叹了口气，看着大女儿问道："晓鸥，你们厂最近有没有接到什么整改通知？"

"爸，我正要跟你说这件事呢。"周晓鸥将伸出去夹菜的筷子缩了回来，脸上的神色也黯淡下来，"两天前县环保局的人来过我们厂了，说是要保护碧云湖水质，我们这两个污染严重的厂子大概率要关闭，要我们早做打算，另谋出路。这厂子一关，损失得有多大啊！"

"我早就有预感了，你们这两个厂恐怕是保不住了。"周元辉两眼失神地看着眼前的一盘菜，喃喃自语道，"这个杨安民，是真的想把我们元辉集团给灭了啊，这一步步地往死里逼，再这样下去，我们真就没什么活路了。"

"爸，我们不能坐以待毙啊，"周晓鸥不知道被什么触动了，眼圈一下子红了，说话的语气也激动了起来，"我们的造纸厂和化工厂都不能关，这些年我们投入的心血和汗水太多了，这才没好个两年呢，来了个新县委书记，要搞什么'零点行动'，要把碧云湖周边的污染企业一下子都关了。我就不明白了，当初让我们上马这个项目的也是县政府，现在又是他们让我们关，这还有没有王法了？我偏不关，看他们能怎样，我们元辉集团也不是吃素的！"

"胳膊拧得过大腿吗？"周晓辰扬了扬眉毛，看了一下大姐，说道，"大姐，你知道这个杨安民最近都干了些什么事吗？全县有五十多家企业已经被他关掉了，包括竹制品公司、印染厂、矿山等污染严重的企业，我们的青龙山石矿迟早也要被关掉，我那个电源制造公司在桃岭村也快待不下去了，那个女大学生村干部天天追着我打官司，真是疲于应付啊。"

"青龙山石矿的事我知道，我会处理好的。"周元辉眼皮抬了抬，看了一眼儿子，突然又从眼皮下射出一道光来，"晓辰，你们公司和那个村的官司还在打？那个大学生村干部叫啥名字？"

"还在打，她叫徐诗画。"周晓辰嘴里报出这个名字的时候，脑瓜里像划过了一道闪电，他的嘴角又不自觉地上扬了一下，这丫头够狠的，这样闹下去，他们公司得有人去坐牢，说不定就是他自己，太可怕了。

"徐诗画？"周元辉一字一顿地念出了这三个字，耷拉下眼皮，好像在咂摸着什么，过了半天，他抬起眼对儿子说，"晓辰，一个黄毛丫头都搞不定，你怎么管理好一个公司？"

"爸，不是我搞不定，是我们公司的确理亏。"周晓辰皱起了眉头，"我们当初建这个公司的时候就没有通过环保局验收，导致后来附近很多村民和孩子铅中毒。这个问题很严重，证据确凿，他们这样追究下去，我们恐怕有大麻烦。"

"好的，我知道了。"周元辉摆了摆手，脸色有点难看，他将杯子一推，站起身来，走到了院子里。

周晓燕担心地起身跟了出去，她走到父亲身边，小声地说道："爸，你不要难过，我们一定会想到应对办法的！"

"燕儿，你对这个县委书记怎么看？"周元辉转过身，凝视着小女儿那张精致的脸孔问道。

"爸，您说的是杨安民？"周晓燕问道。

"对，就是杨安民，他现在是我最大的对手。"周元辉的语气里隐隐有几丝恨意，行走江湖这么多年来，他还不曾遇到过让他感到有些慌乱的对手。

"杨安民是我的高中同学。"周晓燕幽幽地说，过去的时光在她的眼前掠过，"我和他曾经还互有好感，只是后来……"

"什么？你和他是高中同学？！你们还……"周元辉像被什么猛然刺激了一下，嗓门不自觉大了许多，"你这个同学真够可以的，他现在可是想要你老爸的命！"

"爸，我知道，我正要去找他，你放心！"周晓燕说完，紧咬嘴唇，暗暗地点了点头。

第九章

冤家

梅雨季节一过，桃岭村村主任助理徐诗画在一个晴朗的上午，步履匆匆地走进了青龙山镇政府大门。上了镇政府大楼三楼，她轻轻地敲开了镇党委书记邵荣义办公室的门。

看着坐在自己对面的年轻女孩，邵荣义的心里吃了一惊。现在的大学生村干部真是太年轻了，但一双眼睛里却闪着光，身上透着一股劲儿。他年轻的时候似乎也有过这种闯劲，只是现在这股劲儿在他身上早就没有踪影了。

"你要改造桃岭村？"他反问道，目光一直在徐诗画的身上扫来扫去。心里想，这么漂亮的女大学生回到鳖不生蛋的桃岭村当村干部真是可惜了，她是不是一时头脑发热才做出这个选择，将来一定会后悔的。桃岭村怎么改造？这个村他太了解了，又穷又脏又破，村里的年轻人差不多都逃到外面去了，剩下的都是一些老弱病残，说实话就是个烂摊子，村支书和村主任都"躺平"了，现在这个黄毛丫头要改造桃岭村，真是异想天开、白日做梦。

"对，邵书记，我是想彻底改变一下桃岭村的面貌。"徐诗画看着端坐在老板桌后面的镇党委书记，眼睛里闪着热切的光彩，说话的语速不由得快了起来，"桃岭村现在虽然很穷困，但它的地理位置好，适合发展农家乐和家庭农场，将来一定会火起来的。"

"发展农家乐和家庭农场？！"邵荣义在鼻子里嗤了一下，"你相信桃岭村这个鳖不生蛋的地方会有人来？再说了，村里现在那个破烂样子，你怎么改造得过来，你知道要砸多少钱进去吗？"

徐诗画眼睛眨了眨，这些问题这些天在她脑海里反复折腾，她当然知道难度很大，甚至是难于上青天，最大的难题就是资金问题，手上没钱，啥事也做不成。她这次直接来镇政府找邵荣义，就是想从镇上获得一些资金支持，但邵荣义这口气让她心里止不住发凉，理想和现实差距总是那么大，她的一腔热血碰上冰冷的现实，会不会就此冷却呢？

"给你一千万扔进去都不见得听到个响儿。"邵荣义说着，将桌上的一份文件拿起又撂下，"再说了，镇上近来财政状况也很不好，青龙山石矿将要被关停，我们最大的财政收入来源将被切断，我知道你来是要钱的，我可以明确地跟你说，镇上是一分钱也拿不出的。"

徐诗画一听，知道此次来镇上想讨点钱有点悬了，但她仍想再努力一把，字斟句酌地说："我想先从村里的那些茅坑和简易厕所开始改造。这个可能花不了多少钱，我听说县里正在搞美丽乡村建设，镇上应该有这方面的专项经费，邵书记，您看能否先给桃岭村拨付一部分？"

邵荣义一听，心里就腾地升起一股无名之火。美丽乡村建设是杨安民来安东县搞的名堂，他来安东一年，就搞得全县上下鸡飞狗跳，到处关停企业，又要搞什么"零点行动"，估计还有一大批污染严重的企业都要被他关掉。其他企业他可以不管，但关闭青龙山石矿是直接断了他的财路。这还没有完，镇长俞永根拿起鸡毛当令箭，一直在元辉矿业公司起劲地追查镇里干部入股的事，说是清退了就没事了，但大家都人心惶惶的，害怕被追究什么责任，而他自己这些天更是像热锅上的蚂蚁。他在元辉矿业入的股最多，分的红也有好几百万了，一旦被俞永根给查出来，这家伙肯定像蚂蟥见了血一样不肯松口，势必要借机把他拉下马来，说不定还要将他送到牢里。从元辉矿业的老总郝昆那里得到的消息来看，形势对他很不利，俞永根像打了鸡血似的，整天领着一班人在他们公司查账，他入股分红的事情迟早要暴露，看来他的好日子要到头了。每每想到这些，他都把杨安民恨得牙根发痒，因为这一切都是拜他所赐，要不是他来安东县当书记，搞什么经济发展转型和什么"零点行动"，他现在的日子肯定过得安稳得很。

"小徐，美丽乡村建设是县里杨书记搞的，你想要这个经费，冲他去要！"邵荣义强压住心里腾腾升起的怒火，没好气地对徐诗画说道。他眉头紧锁，一张带着些许麻坑的脸已经涨成了紫色。

"杨书记？他那儿可以要到经费？"徐诗画睁大眼睛问道，她已经觉察到邵荣义的不快。

"对，我们安东县现在都任他折腾，钱也找他去要。"邵荣义心情烦躁地丢了一句，从桌上的烟盒里抖出一支中华烟，点着抽了起来。

"好，那我去找杨书记！"徐诗画见邵荣义如此不耐烦，就霍地站起身，不想跟他再多费什么口舌了。她这次来镇上是下了很大决心的，一定要给村里的厕所改造搞到一笔资金，但看这个架势，想在镇上弄一笔钱无异于镜花水月。她心一横，决定到县里找杨书记去，他在抓全县的美丽乡村建设，一定不会对她改造和发展桃岭村的热切愿望无动于衷的。

邵荣义吐出一口烟，在缭绕的烟雾中看着徐诗画离去的背影，在鼻子里哼了一声。这个黄毛丫头太不知天高地厚了，一个小小的村主任助理敢直接去跟县委书记要钱？

要不说年轻人身上都有一股初生牛犊不怕虎的劲儿，徐诗画出了镇政府的大门，马不停蹄地来到街上，准备搭中巴车去县城。她决定今天就去找杨书记，对这个年轻县委书记雷厉风行的做事风格，她早有耳闻，报纸电视上都能看到他，但就是没有机会去当面领教一番，现在为了桃岭村，她豁出去了，要去见一见这个把安东县搅得天翻地覆的杨书记。

可是，让她尴尬的是，她赶到站点的时候，中巴车刚发出一辆，后面要等半个小时才会再发一辆。等就等吧，她无奈地抬头看了看蔚蓝的天空，日头升得老高了，估计赶到县城也该过了中饭这个点了。

"嘟嘟——"正在她等车等得心焦之际，身后忽然传来了几声汽车喇叭声。她回头一看，是一辆黑色宝马车停在她的旁边，她正纳闷呢，宝马车的车窗玻璃摇了下来，从里面探出了一张帅气的面庞，她定睛一看，竟然是周晓辰！她的脸一下子不由得红了。

"徐助理，在等车？"周晓辰微微一笑，看出了她的窘态，心想，这个女孩子真的太淳朴可爱了，脸上的红晕真的美如桃花一般。

"嗯，我……我要去一趟县城。"徐诗画有点迟疑，垂下目光不敢去看他。跟周晓辰打过的几次交道都是因为他们公司导致村民铅中毒的事，现在还在跟他们打官司，她不知道周晓辰会不会记恨她，因为这场官司一直都是她在张罗应对的。

"太巧了，我也要去县城办事，我带你一道吧。"周晓辰又是迷人一笑，立马从车子里钻出来，拉开副驾驶的门，对徐诗画说，"来，上车吧。"

"我……我还是坐中巴车吧。"徐诗画没想到他会来这么一出，一时有点不知所措，脸越发地红了。

"中巴车还要等很久呢。"周晓辰说，看着她窘迫的样子嘴角不自觉漾起一丝微笑，"我的车正好空着，你就当搭个顺风车吧，我又不会吃了你。"

"我们还在打官司呢，你一点都不记恨我？"徐诗画镇静下来，拿眼去瞟了周晓辰一下。阳光打在他的脸上，棱角分明的面庞仿佛是刻刀精心雕刻而成，健康，阳光，干净，她不敢再看第二眼了。

"记恨你干吗？我们不打不相识嘛。"周晓辰眯起眼看着她，嘴角漾起一条弧线，觉得她窘迫的样子真的好可爱，"请吧，免费的顺风车，还犹豫什么啊。"趁她不知所措的当儿，他伸开手臂，很绅士地将她往车上让，但手臂一直和她保持着距离。

"上就上，谁怕谁！"徐诗画将心一横，弯腰钻进了周晓辰的车里。刚才在邵荣义那受的气还没消呢，这又碰上了周晓辰，看来不是冤家不聚头啊。她也顾不了这么多了，就一股劲地想去县里见杨书记。后面一辆中巴车还不知道什么时候才能发车，能不能等到还是个未知数，搭周晓辰的车也是个不错的选择。

"徐助理去县城有何贵干？"周晓辰启动了车子，似乎是没话找话。

"去县委找杨书记！"徐诗画实话实说。坐在这辆豪华的宝马车里，她感觉浑身不自在，她还是第一次坐这么好的车。

"找杨安民？"周晓辰随口说出了这个名字，他的心情也很复杂。这个杨书记之名他已经如雷贯耳，也因为参加会议等缘由见过几次，的确是年轻有为、敢想敢做，从安东县的发展来看，有了这样一位县委书记，安东县未来令人期待。但从另一面来说，他在全县推行的生态发展路子受影响最大的却是他们周家，大姐他们的化工厂和造纸厂将直接面临声势浩大的"零点行动"，估计被强制关停的可能性很大。自己的电源制造公司也面临着搬迁，还有他家的青龙山石矿也在清理关闭之列。可以说，杨安民挥起来的几板斧都砍在他们周家的要害处，而且刀刀见肉、招招致命。作为周家未来的接班人，他不可能置身事外，看到父亲苍老的面容、长吁短叹的仓皇，他在心里也恨过这个杨安民，觉得这个人现在是周家最大的敌人。但他毕竟是留过学看过世界的年轻人，思维开阔，不拘于眼前利益，他明白安东县的发展的确要壮士断腕，他们元辉集团作为安东县最大的民营企业有责任有义务适应社会新的发展趋势，不能充当拦路虎，否则就是逆潮流而动，最后要被抛弃到历史的垃圾堆里。他和父亲谈过一次，也和两个姐姐聊过这个话题，但他们似乎都不理解他这种挺前卫的想法。只有他知道，时代潮流滚滚向前，大浪淘沙，他们这个家族企业现在似乎真的到了生死存亡的关头，他这个别人眼中的富二代现在需要勇敢地站出来，迎接这场整治风暴，凤凰涅槃，求得新生。

"对，就是杨安民，找他看能不能给我们村拨点款，我要先改造桃岭村的简易厕所！"徐诗画竹筒倒豆子似的说出了自己此行的目的。她看着周晓辰的侧脸，心想，上天真是不公平啊，赐予了这个人那么多的财富，还给了他这么一副好皮囊。

"他会拨钱给你吗？"周晓辰转头看了一眼徐诗画，有点狐疑地问道。

"我也不知道，去讨讨看。杨书记现在正在安东县搞美丽乡村建设试点，应该会有这方面的专项经费，如果我们桃岭村能成为试点村，那经费不就顺理成章地解决了？"徐诗画一边说，一边也不由自主地兴奋起来。是啊，现在杨书记正在关停污染企业，整治碧云湖周边环境，走的就是生态立县的路子，与以前的发展模式完全不同，这需要很大的勇气，因为这种决策是吃力不讨好的，关停那么多纳税大户，很可能会导致全县的生产总值在一段时间里断崖式下跌，肯定会遭到很大的阻力和很多的非议，但美丽乡村的前景是诱人的，正如她想象中的桃岭村的十八个农场。他们的共同之处在于，心中都有一个梦想，但都与梦想相隔着十万八千里的距离。不过，她可没法跟杨书记比，想到这里她不禁在心里一笑，她的梦想只是在小小的桃岭村，而杨书记放眼的是整个安东县，甚至可以辐射到庆州市、东江省。想到杨书记也处在很艰难的阶段，她刚才莫名的兴奋很快就没了踪影，神色也有点黯然起来。刚在镇上邵书记那里碰了钉子，现在又这么冒昧地闯到县城杨书记那里，会是一番什么景象，她心里一点底都没有。先到县城再说吧，她有一个表叔在县城开了个酒庄，这些年赚了不少钱，人脉也很广，去他那里化化缘也好，说不定能借上个十万二十万，那也是钱，她现在最缺的不就是钱吗？不过，她这个表叔心高气傲，他们两家也有好几年不走动了，她这次找上门，不知道这个表叔还欢不欢迎她？她也管不了那么多了，她这不是病急乱投医嘛。

周晓辰听了，转头看着徐诗画问道："改造你们村里的简易厕所，需要多少钱？"

"大概两三百万吧。"徐诗画眨了眨眼，似乎在心里估算了一遍，"我想顺便把村里的环境整治一番，然后搞农家乐，再建特色家庭农场，这都需要很多的钱。"

沉默了一会儿，周晓辰慢悠悠地说："徐助理，我可以考虑借给你二百万。"

"啊，你要借给我二百万？！"徐诗画惊讶极了，她把眼睛睁得大大的，不相信刚才这个话是从周晓辰嘴里说出的，从一定意义上说，他们现在还是仇人呢。愣了一会儿，她有点心虚地低声道："我不是还带着村民在跟你们公司打着官司吗？"

"你们打官司，那是我们有错在先。这是两码事，这个钱我真的可以借给你！"周晓辰回头冲她一笑，"我们公司欠你们桃岭村很多，我正好借这个机会弥补一下。不过……"

"不过什么？"徐诗画警惕地瞪大眼睛看着周晓辰，似乎预感到了他的来意。

周晓辰手握着方向盘，眼睛定定地看着前方，似乎在考虑用什么样的措辞，半天他回过头来，对她认真地说道，"实不相瞒，我今天是先去了你们村里找你，他们说你来镇上了，我就又来到了镇上，就是为了那个官司，我想让你撤诉。"

"什么，你要我撤诉？"徐诗画瞪圆了眼睛，明显是生气了，脸也涨红了。

"对，撤诉。"周晓辰加重了语气，"不然我要去坐牢的，现在我是元辉电源制造公司的老总。"

"你会去坐牢？"徐诗画脸色一变，似乎不相信自己的耳朵，这有点出乎她的意料，她原以为这官司打下去让元辉电源制造公司赔点钱就行了。

"是啊，即使我不去坐牢，我们老李肯定也要去的。"周晓辰用手在方向盘上拍了两下，语气沉重地说道，"这次我们公司造成的血铅事件属于重大环境污染事故，据我所知，如果法院判决的话，除了赔偿金之外，主要责任人还得负刑事责任，这可不是闹着玩的。我虽然接手这个公司不久，但是这个公司的法人，这个责任大概率要由我来承担。"

"真的会让你去坐牢？"徐诗画根本不敢相信眼前这么一个大帅哥会与坐牢这种事发生联系，她发自肺腑地说道，"我们打官司的目的只是要你们多给村民赔点钱。"

"所以啊，你的想法太单纯了，事情远远没有这么简单。"周晓辰叹了一口气，忧心忡忡地说道，"这官司这样打下去，不光是我们公司要担责，因为我们这个公司的迁扩建项目当初存在审批不严、监管不力的情况，对此事件负有直接责任的相关领导还要受处分，比如安东县环保局分管副局长、青龙山镇分管这块的副镇长，还有安东环境监察中队中队长，大概率都得停职检查。"

"有这么严重？"徐诗画有点傻眼了，当初代表村民将诉状递交给县人民法院的时候，她心里想的就是为铅中毒的村民和孩子争取更多一点的赔偿，尤其是那个东东，需要驱铅治疗，像他这种需要治疗的还有另外两个孩子，治疗的费用都不低。

"当然有这么严重！"周晓辰低下头，用手捶了捶自己的额头，然后转头看着徐诗画有点灰心地说，"没想到我留学归来就碰上这样的事，另外我们这个电源制造公司面临着搬迁，上面已经下了死命令，我爸还在扛着，但看这架势早晚得搬，再说，这不搬走你也不会答应的，对吧？"

"对，你这个公司不搬走，我们村的特色农场就没办法规划建设。"徐诗画毫不示弱地迎向这个富二代的目光，直率地说道，"这个是没的商量的，还有，你刚才说的撤诉，也是办不到的，村民们不会答应我的。你的二百万我不要了，我会去想其他办法。"顿了顿，她忽闪着眸子看了看周晓辰，又加了一句："不过，我可不希望你去坐牢，我相信你也不会去坐牢的，毕竟这血铅事件跟你没什么关系，因为你刚刚才留学回来担任这个公司总经理，是不是？"

"话是这样说，但我现在是总经理，他们找的人是我。"周晓辰说着从口袋里掏出一张纸，对着徐诗画晃了晃，"瞧，这是县人民法院的传票，被告人写的是我的名字。"

徐诗画将那张纸接过来看了看，果然被告一栏写的是周晓辰，原告是桃岭村村民汪海等，心里一下子像打翻了五味瓶，高兴的是这个案子到今天终于要开庭审理了，她和汪海等几个村民这么多天来辛苦奔走终于有了这样一个大的进展，她还一直担心元辉集团树大根深，在安东乃至整个庆州几乎一手遮天，法院不会受理他们递交的诉状，更不会为这样的案子开庭审理，现在从周晓辰的手上看到了法院开庭的传票，她真的喜出望外，这也就意味着他们这边就在这两天也会接到法院的通知，汪海叔要是知道了，不定得多开心呢。令她尴尬的是，周晓辰成了被告，很难想象他这么一个阳光帅气的年轻小伙作为被告站在被告席上是一个什么样的场景，她甚至都不敢去想。

"打这个官司，我没想过让你去当被告。"她有点心虚地低下了头。

"但是你看，这张传票上明明白白写的我就是被告。"周晓辰有点沮丧地咬紧了嘴唇，"说真的，一回国就要打官司，还成了被告，这感觉很不好，早知道这样，我不如在英国再待个两年。"

"可这官司不能不打啊，村民们都等着赔偿呢。"徐诗画说，眼睛里似乎都憋出了泪水。

"多少钱我都可以给，就是别再打这个官司了，再说前面那几个孩子的驱铅治疗费用我们也付了不少了，我的态度你应该都看到了吧。"周晓辰停下车，看着徐诗画，近乎哀求地说道。阳光从车窗斜射进来，涂在他的脸上，让他的脸在光与影的交织中更具有一种雕刻般的俊朗感。

"周总，这个我一个人不能作决定，我得回去和村民们商量商量。"徐诗画说着一把推开车门，跳下周晓辰的宝马车，逃也似的跑开了。

第十章

暗流

盛夏到来，阳光变得毒辣起来，落到地上像着了火。天上的云白亮亮的，一切笼罩在一种逃不开的炽热当中。今年的夏天似乎格外热，热得有点不正常，这点一进入这个夏天很多人都感觉到了。

在青龙山镇政府南楼会议室，镇党委扩大会议已经开了差不多一个小时。会议室里烟雾缭绕，也弥漫着一种沉重的气氛。邵荣义坐在主位上，明显有些神色不宁、心事重重。相反，坐在他边上的镇委副书记、镇长俞永根看起来有一股莫名的兴奋，又好像在极力压制着自己，不把这种兴奋在脸上表露出来。

参加会议的还有镇纪委书记王骏民，副镇长陈宝平、胡恩庆、高金才、朱江海，镇党委委员王向东、楚玉、汪建华等人。另外，镇二级机构负责人、镇直有关单位、有关村负责人也列席了会议，这在青龙山镇算得上规格最高的会议了。会议传达了县委县政府有关创建美丽乡村的精神，强调要加强对青龙山和碧云湖的水源头保护，其中关闭青龙山石矿是必须马上采取的行动，因为大家都知道这是县委书记杨安民主抓的一项重点工作，可是因为涉及安东首富周元辉，这项工作一年来阻力重重，可谓一波三折，进展十分缓慢。但杨安民的决心似乎很大，大有不关掉这个石矿绝不收兵的意思，青龙山镇夹在中间，所有人都感到了一种从未有过的巨大压力。

邵荣义坐在台上，心里却像煮着一锅粥。这些天来他没有睡过一个囫囵觉，这个石矿现在像一个随时会爆炸的炸弹埋在他的身边，让他百爪挠心、寝食难安。现在不仅仅是石矿关停的事，最要命的是他在矿上有干股，拿了好几年的分红，加起来也有几百万了，这万一查起账目来，他肯定得暴露，镇党委书记的乌纱帽丢了不说，可能还得去坐牢。这几年靠着在这个石矿入股的分红，他的小日子过得相当滋润，家里换了别墅不说，还暗暗地在碧浪小区给情人王玉梅买了一套一百三十多平方米的房子，成了真正的金屋藏娇。王玉梅原来是县第一招待所的服务员，十八九岁的花样年华，人长得俊俏，皮白肉嫩，又很会来事，是邵荣义在县国土局副局长任上一次吃饭的时候认识的，当时他已有一个上了高中的女儿，一直苦于没有儿子，王玉梅竟然答应给他生一个儿子，这让他欣喜若狂，越加相信这个聪明伶俐、活泼漂亮的王玉梅就是上天送给他的这辈子最后的也是最好的礼物，所以在她身上花钱向来连眼睛都不眨。王玉梅原来就是一个乡下姑娘，现在也变得很时尚了，吃的用的都很高档，金银首饰就不说了，单价值上万元的LV包就有好几个。他送给她的这套房子价值不菲，几乎用掉他这些年到处搞来的钱，但他一点都不后悔，图的就是让她开心，这么一个花容月貌的女孩让他老牛吃嫩草，还要给他生个儿子，他还有什么怨言，不要说花点钱了，就是要把他的心掏出来他都愿意。原本他想着有这个石矿每年的分红，养一个王玉梅一点都不用操心，没想到半道上会杀出个程咬金，风云突变，这个石矿让杨安民给盯上了，步步紧逼，现在到了要关停的边缘了，这等于把他手中捧着的金疙瘩给活生生砸碎啊。杨安民这样做未免也太狠了点吧，脚跟还未站稳就拿县里龙头企业动刀子，这是何居心？关键是一旦这石矿关了，他主要的财路一下子就断了，滋润的小日子也将从此玩完。没有钱王玉梅还会跟他好，给他生儿子？再说这个石矿的关闭，说不定会牵扯出他入股分红的旧账，那样就太可怕了。所以他必须得施展浑身解数阻挠这个石矿的关闭，不过看这阵势他有点扛不住了，县环保局来主抓这件事，一定是得到了杨安民的直接指示，下一步动作肯定会更加果断坚决。何况镇政府里面赞成关闭石矿的也不乏其人，镇长俞永根就是个急先锋，虽然这小子装作一团和气的样子，但明眼人都能看出来，关闭青龙山石矿最开心的就是他，所幸自己入股分红的事没让这小子抓到什么把柄，要不然肯定会坏事的。当初他来青龙山镇任党委书记的时候，最不开心的就是俞永根，这小子本来是想更进一步当书记的，但被他空降到镇上把这个位子给占了，心里怎能没有怨气呢。俞永根在副镇长、镇长的位子上可是已经熬了快十年了，人生能有几个十年？这么看来，俞永根很有可能想借这次关闭青龙山石矿的机会把他给整趴下，自己乘机上位。但他这些年也不是白混的，肯定不会束手待毙。这个石矿是属于元辉集团的，周元辉这样手眼通天的人肯定不会袖手旁观的，他只要静静地等着就可以了，不必惊慌害怕。

想到这里，邵荣义总算稳定了心神，到他讲话的时候，他清了清嗓子道："县里要打造美丽乡村，要求我们尽快关闭青龙山石矿，这都没有错，但是——"他故意顿了顿，环视了一下众人，"大家都知道这是我县龙头企业元辉集团在我们镇的投资项目，不是说关就能关的，我们还要好好研究研究。否则，打击了大企业在我镇投资的积极性，那造成的损失可就大了。"

大家听了，都保持着一种奇怪的沉默。半天，只有俞永根鼻子里轻轻地哼了一声，说道："邵书记，研究是要研究的，不过，我听说这是县委杨书记亲自督办的事项，是拖延不得的。再说，这个石矿对青龙山的破坏有目共睹，再不关闭，整座青龙山就要被挖空了。山被毁掉就不可恢复了。再说青龙山还是碧云湖的源头所在，毁了青龙山也就是毁掉了碧云湖。另外，青龙山在我们县算得上是一座有历史文化底蕴的山，绝不能就这样毁在我们的手里，现在关停一切还来得及，也是刻不容缓了！"

"对对，俞镇长说的有道理！"组织委员楚玉附和道，一边拿眼瞟了一下邵荣义。

"有什么道理？！"邵荣义不满地瞪了楚玉一眼，低沉地说，"青龙山这么大，一个小小的石矿就能把整座山给毁了？这是危言耸听。我们现在有些人就是眼红人家民营企业赚了很多钱，处处要打压人家，这是小肚鸡肠，干不了大事！"

俞永根知道邵荣义针对的是他，他的脸上红一阵白一阵，似乎想发作，最后又忍了，其实他很想说，眼红不要紧，就怕有些人已经和企业老板勾搭在一起，甚至穿上了一条裤子，那才真危险呢！但他什么也没说，人家现在是一把手，说了也是自讨没趣。好饭不怕晚，邵荣义这几年在青龙山石矿入干股参与分红私下里无人不知，这可是犯罪行为，现在给县委杨书记盯上了，不需要他亲自出手，他只要等着看好戏就行了。

镇党委扩大会议在讨论完了几个议题之后草草收场，邵荣义憋着一肚子火回到办公室，把笔记本狠狠地甩在办公桌上。他一屁股坐在老板椅子上，拿过桌上的一包拆开了的软中华香烟，抽出一根，用打火机点着，狠狠地吸了一口，然后吐出一大片烟雾将自己淹没在其中。眼下的形势对他来说真的很不利，青龙山石矿关停已成定局，如果没有周元辉在背后动用各方力量使绊子，可能早就关停了。关停说到底倒不是什么太大的事，但如果有人去查账，将他和李德海入股分红的事给兜出来，那对他来说绝对是一个灾难。他得想个万全之策，解铃还须系铃人，得找到关系去杨安民那里疏通一下，让他罢手不再盯着青龙山石矿不放，只要县委书记放手了，这事也就不了了之了。可谁能有"天线"搭上新来的县委书记呢？邵荣义抓耳挠腮了半天，始终理不出一个头绪来。

正在邵荣义六神无主的当儿，放在桌上的手机突然响了，他赶紧伸手抓起手机，一看，是青龙山石矿的监理阿彪打来的。他滑动了一下应答键，话筒里立即传来阿彪急促的声音："邵书记，元辉集团周董来矿上了，要见您，您赶紧过来！"

邵荣义立刻像弹簧一样从老板椅上弹了起来，在心里说，有救了！周元辉这些天突然按兵不动，其实只是一个假象，这么大一个石矿，这么大一块肥肉，这个老狐狸不会丢下不管的，他这趟来必是要在这个最关键的时刻出手相救了。

邵荣义打电话叫司机小姚将车开到镇政府门口等他，然后拿了两包软中华往皮包里一塞，拎起包出了办公室，三步两步便下了楼。小姚已经把车停在了大门口，见他下来，机灵地走过来拉开了车门，让他坐了进去。

"去青龙山石矿！"他语气急促地对小姚说了一句，脑子里在飞快地转着等会见到周元辉该怎么应对。他对周元辉是又爱又怕，这个老狐狸给他带来了财运，可又把他死死地捏在手里，根本没把他这个镇党委书记放在眼里。这也难怪，周元辉是安东县的首富，在庆州市也是数一数二的大富豪，县市领导对他都很恭敬，把他像神一样地供着，他一个小小的青龙山镇党委书记又算什么呢？

青龙山石矿离镇上不远，十五分钟左右车子就开进了采石场的大门，还没停稳，一个脸上留有明显疤痕的男人就殷勤地走过来拉开了车门。"阿彪，周董在哪？"邵荣义一边下车，一边问道。

"在二楼办公室里等您哪。"疤痕男转着他那颗发白的假眼珠子说道，转身给邵荣义引路。

到了二楼办公室，只见周元辉挺着个啤酒肚微闭着眼睛斜靠在沙发上，他俩走进去，他连眼皮也没抬一下。邵荣义不自觉地耸起了肩膀，人也似乎缩小了半截，他忐忑不安地站在一旁，等周元辉发话。

"小邵，你来了啊。"过了半天，周元辉好像才从一个梦中醒来似的，半睁着眼睛斜睨了邵荣义一眼。

"周董，我不知道您到矿上来，所以……"邵荣义的嗓子好像被人捏住了似的，发不出什么声音。在青龙山镇这个地方他可是一个说一不二的主，谁见到他不是毕恭毕敬的，可周元辉来了，他的骨头似乎不自觉就软了几分，可见财富和权势对人的压迫是多么大。

"没事没事，我就是来搞个突然袭击。"周元辉干笑了两声，看着邵荣义说，"眼下情势紧迫，杨安民可着劲折腾要关闭青龙山石矿，我周元辉还就不信了，强龙斗得过地头蛇？"

"他一个毛头小子怎敢跟您老人家斗呢，估计也就是新官上任三把火，虚张声势而已。"邵荣义讨好地说，他耸着两个肩膀，全身的肌肉不自觉地紧绷着。

"小邵啊，你错了！"周元辉忽然坐正了身子，正色道，"我看这个杨安民不是盏省油的灯，如果他油盐不进，硬要拿我们开刀，那也够我们喝一壶的，毕竟人家是县委书记，安东县的一把手，哪有那么好收拾的，我们万不可掉以轻心！"

"周董说的是，我们得认真对待。"邵荣义被周元辉抢白了一顿，脸上红一阵白一阵，马屁拍到了马腿上，他恨不能抽自己两个耳光。俗话说吃了人的嘴短，拿了人的手短，如果不是在这个石矿入股分红了几百万，他现在用得着在周元辉面前低三下四吗？他好歹也是青龙山镇的党委书记——这个镇的一把手，何况当年在做县国土局副局长的时候，周元辉还曾有求于他。

周元辉鼻子里轻轻地哼了一声，也许是对邵荣义说的这句话感到一丝不屑，他重新松弛了身子，在沙发上斜靠了下来，眼睛微闭着说道："最近那个姓杨的在动真格的了，要关停我这个石矿，还要关停我碧云湖边的化工厂、造纸厂，另外我那个电源制造公司也要从那个村子搬迁出来，村民们还在跟我们打官司呢。哎，真是山雨欲来风满楼啊，都明显冲着我来的，这是要搞垮我们元辉集团的节奏。不过呢，我周元辉这么多年过来，什么大风大浪没见过，谅他一个外来的和尚也掀不起什么大浪，不能把我怎么的！但你们也要记住一条，万事都不可大意，我们不能坐以待毙，得使出招数，跟他们斗智斗勇，稳扎稳打！"

"周董说的是，"邵荣义渐渐稳定了心绪，咽了口唾沫道，"我们镇今天刚开了会，主要议题就是要关闭青龙山石矿，我虽然想力挽狂澜，但眼红我们的人太多，又有县环保局和矿治办督办，我真的不知道怎么办了。"

"你一个镇党委书记就这点水平？！"周元辉看向邵荣义的目光里满是轻蔑，"我就是担心你这边搞不定，所以立马就赶过来了，我们这个石矿说什么也不能被关停，这是我们元辉集团一个桥头堡，不能失守！"

"周董，那我们应该怎么办呢，上面追得紧啊。"邵荣义几乎是带着哭腔说，他心里明白周元辉这趟来一定是带了大招来的，他这些天绞尽脑汁，已经是黔驴技穷了。

"找汤主席去！"周元辉吐出了这句话，瞪起那双鱼泡眼死死盯着邵荣义，一字一句地说道，"现在整个安东县，只有他可以阻止杨安民的疯狂行为，只有他才能救我们！"

邵荣义心里一惊，找汤达仁！他当然知道，汤达仁在安东县一直是个炙手可热的人物，现在虽然退居二线当了政协主席，但他在安东县那么多年，苦心经营，树大根深，各方面关系盘根错节，想在安东县混出个名堂，不到汤达仁那里拜个码头是根本行不通的。他也知道周元辉和汤达仁的关系非同一般，这时候的确也是该用上汤达仁这层关系的时候了。

"明天你去县里找汤主席，见了他就说是我让你来的。"周元辉抬了一下肿胀的眼皮，看着邵荣义说，"当然了，你去汤主席那里不能空着手，直接跟你说了吧，起码得这个数。"说着，他伸出了右手掌，张开了五个指头。

"五十万？！"邵荣义见他张开五指不禁失声地叫了出来。

周元辉不说话，只是缓缓地点了点头。他知道邵荣义这小子这几年也拿了不少好处，是该他放点血的时候了。

邵荣义的心一下子像掉进了冰窟里，他不知道自己是怎么走出青龙山石矿二楼办公室的。下楼的时候他的脚步有些打晃，心里好似有一万匹马在奔腾：周元辉你这个老狐狸，明明是你的采石场，凭什么要我带五十万去找汤达仁？！他现在到哪去弄五十万现金啊，他所有的钱都给王玉梅买了房子，这不是在要他的命吗？

第十一章

交锋

安东县城是一个典型的江南小山城，面南背北，后面是连绵起伏、林壑苍翠的青龙山，前面有一条风光旖旎的东苕河环城而过，如同一条玉带将这座小巧的山城拦腰束起，一下子让这座小城变身为一个婉约柔美的女子。东苕河还有几条汊河穿城而过，城里便有了一座座造型别致的石拱桥。有的已经很古老了，石头的颜色是古旧的，上面还爬满了青苔，估计建造的年代是很久远了。有的一看就是近几年才造的，桥面石栏杆上雕刻的花纹还是新的。这些桥立在那些汊河上，默默地承受着时光流转，世事变迁，也给这座小城增添了几分别致的韵味。

一大早，县委书记杨安民照例在简单地用了早餐之后，就独自一人沿着一条小河向县政府方向走去。他来安东县上任之后就一直住在安东宾馆，也就是以前的县第一招待所，这儿离县政府大楼不远，步行二十分钟左右就可以到达。他不喜欢坐车，喜欢步行，因为独自一个人走路可以思考很多问题。

最近的事情太多，仿佛一团乱麻缠绕在他的心头，而且很多事情处理的难度远远超过了他的想象，他没想到一个小小的安东县竟然如此复杂，复杂到让他感到每走一步都左右掣肘、步履艰难。别的不说，就连关闭青龙山上的一座石矿这件事竟然折腾了大半年都毫无进展，可以说一座石矿牵动了各方面的利益，打招呼的，说风凉话的，直接阻拦的，什么都有，但闹得最起劲的竟然是县政协主席汤达仁，这让他万万没想到。他直觉这里面一定有很大的利害关系，否则汤达仁这只老狐狸不会这时候跳出来充当急先锋的。他感觉到周元辉在安东的势力太大，黑白通吃，政界也早已被他渗透，有些官员之所以乐于听他使唤，不外乎是周元辉早已用糖衣炮弹将他们俘虏了。

"这是一块硬骨头，但必须要啃掉它，否则将会寸步难行！"他在心里说了这么一句，暗暗地紧握了一下拳头。今天要开常委会，主要讨论的就是"零点行动"方案核心部分——关停碧云湖边污染工矿企业的事，这个方案已经讨论好几次了，今天该有一个决断了，不管遇到什么阻力，他都要以雷霆万钧之力去劈开一条血路。作为一个县的领头羊，要彻底改变以前的发展模式，不动动刀子，炸几个响雷，是不可能将局面扭转过来的。目前他在安东就是孤身一人，没什么太大的顾虑，省市领导都信任他，当初让他来安东撕开一个口子，探索一种新的发展路子，可以说责任重大、使命光荣，他就是赴汤蹈火，也会在所不辞。

杨安民走到一个小亭子边的时候，看见一个老人穿着白色中式马褂在打太极拳。他对老人笑了笑，还挥了两下手。老人见状收起招式，也对他友善地笑了笑。显然老人没有认出他是谁，毕竟他来安东才一年左右。那边公园里都是一些晨练的人，跑步的，打球的，跳舞的，一派安宁祥和的气象，但这一安详的景象之下又隐藏着多少波谲云诡？他深深知道，安东县再不转型，再往前走就是死路一条了。治理碧云湖，还安东一片绿水青山，这是全县老百姓的期待，也是他这个领头羊的职责所在，他没有理由退缩，只能勇往直前。想到这里，他不由得加快了脚步。前方，十二层高的县政府大楼已经遥遥在望。

上午九点，县委常委会准时召开，杨安民环视了一下会场，参加这次常委会的有县长郑乔林，县委专职副书记王学虎，常务副县长孔汉辉，组织部部长林智，纪委书记向谈，政法委书记冯坤同，宣传部部长赵秋韵，武装部部长李志文，统战部部长安如平，还有两名分管副县长、县委办主任及两个大镇的党委书记列席。大家脸上的表情都比较严肃，似乎都已清楚今天会议的主题不轻松。

这次常委会专题讨论治理碧云湖污染的"零点行动"方案，方案讨论稿发到每个人手上的时候，会场上的气氛莫名地紧张起来，杨安民的心也禁不住跳得快起来，他知道这个会场上坐着的人各怀心思，不少都是汤达仁的人，与周元辉也有着千丝万缕的联系，而这个行动方案要关停的污染企业就涉及元辉集团旗下的化工厂和造纸厂，其他被列入关停名单的企业也在观望县里如何对待元辉集团的这两个厂，如果元辉集团这块骨头没被啃下，它们也不会轻易就范。毕竟关停一个运转多年的工厂，对任何一家企业来说都是一件十分艰难的事情。

"安东县不能再沿着污染治理再污染再治理恶性循环的老路走下去了，必须快刀斩乱麻，彻底解决这个问题！"杨安民扫视了一下会场，神情严峻地说道，"我们要打响治理碧云湖的'零点行动'：关一批，停一批，治一批，转一批！这次行动我们是坚决的，不管涉及什么样的企业、什么样的人，我们都绝不手软！"停了停，他语气稍微和缓了一下道："省、市领导对安东县的转型发展寄予厚望，我们要走出一条生态发展绿色发展的新路子，再不能像以前那样把山掏空、把水污尽，我们得留下绿水青山，把绿水青山变成金山银山！今天，我们将对'零点行动'方案做最后一次讨论，这是一次牵一发而动全身的行动，我们不能不慎重对待，大家有什么意见尽管提出来，我们好进一步去完善行动方案。"

　　会议室里一片寂静，寂静得让人有一种窒息之感。这时，常务副县长孔汉辉鼻子里轻轻地哼了一声，他将手中的水笔掷在摊开的工作笔记本上，脸上露出一股很不屑的神情。

　　杨安民将目光投向他，问道："孔县长对方案有什么意见吗？"

　　"也不是什么意见。"孔汉辉正了正身子，也不看杨安民，但语气里流露出一股轻慢之气，"我只是有一个疑问，关停关停，说起来容易，可这要关停的每一个工厂每一家公司都曾是安东县发展的顶梁柱，都是纳税大户，说关就关，谁来为它们的损失负责？！"

　　"这个问题我们已经讨论多次了，现在不要再在这样的问题上纠缠。"杨安民的心里腾地升起了一股怒气，他早就知道，孔汉辉是汤达仁一手提拔起来的，对汤达仁可以说言听计从，跟得很紧，在几次会上都跟他唱对台戏，看来背后一定是汤达仁在指使。

　　"如果不重视这个问题，会把全县经济搞乱！"孔汉辉毫不示弱，"就拿元辉集团来说吧，它对我们县的贡献大家都有目共睹，可以说没有元辉集团，就没有安东县的今天，可现在我们竟然要关闭它的工厂、企业、矿山，这是典型的过河拆桥、卸磨杀驴！"

　　"汉辉同志，请你不要偷换概念，误导大家！"杨安民扫了孔汉辉一眼，语气坚决地说，"我们这次发起'零点行动'，治理碧云湖，是壮士断腕之举。众所周知，用牺牲环境来发展经济，可能得到眼前虚假的繁荣，但长远来看却贻害无穷，青山没有了，绿水没有了，蓝天也没有了，到处是雾霾和被污染的水源。你们那天也都看到了，现在的碧云湖都成什么样子了，每到夏天蓝藻就大规模暴发，又脏又臭，安东人民最基本的饮水都出现了问题，我们要这样的发展有什么用？我们该醒醒了，安东现有的发展模式已经走入一条死胡同了，再不革新，痛下猛药，只能是死路一条！现在治理肯定会让一些企业和一些人的利益受损，全县的经济也会受到一定影响，但从长远来说，肯定会让安东走上一条正确发展的轨道，那样的路才会越走越宽，绿水青山才会真正变成金山银山！"

有人忍不住鼓起掌来，会场上的气氛一下子变得活跃起来。孔汉辉的脸色有点难看，他扭过头不满地瞪了一下鼓掌的人，不服气地争辩道："不管怎么说，一个地方没有大企业支撑经济发展是不行的，这样粗暴地关停它们的工厂、企业，就是在打击它们的积极性，这样下去，安东县的未来令人担忧！"

"如果我们不转变思维，铁腕整治污染企业，那我们的未来才真正堪忧！"杨安民握起拳头在桌子上重重地捶了捶，"有些事情我们一定要讲原则，不能含糊，现在我们就要顶住一切压力，尽快实施'零点行动'，还碧云湖一个清清净净的好环境！"

见杨安民这么强硬，孔汉辉只好先忍一忍，人家毕竟是县委书记一把手。前天汤达仁把他叫到安东国际大酒店贵宾楼，当面交代了不少事情。周元辉派青龙山镇党委书记邵荣义找过汤达仁了，要汤达仁保住被杨安民盯上的青龙山上的那个大型石矿，汤达仁交给他的一个最重要的任务就是要在县委常委会上干扰阻止"零点行动"方案的通过。他们早已是一条绳上的蚂蚱，也都是安东国际大酒店贵宾楼的VIP会员。周元辉为了能拢住安东县的政商界关键人物，搞了这么个贵宾楼，虽然只是四层高的裙楼，外观看起来很普通，却十分神秘，外人一般不明就里。据进去过的人说，那里吃喝玩乐一条龙，里面的小姐年轻漂亮，要颜值有颜值，要身材有身材，令人神魂颠倒。县里的一些手握实权的官员被周元辉拿捏得很准，几乎没有经过一条龙服务之后还不缴械投降的。在汤达仁任县长的那段日子里，贵宾楼几乎成了他办公的地方，是不是他的人，一到贵宾楼来就立马清清楚楚。孔汉辉当时还是县工商局一个不起眼的副局长，能攀上汤达仁这层关系也等于是接通了天线，汤达仁看他为人八面玲珑，对自己又是百般忠心顺从，就有意栽培他，也为以后自己退下来的时候留个后路。孔汉辉也的确没有辜负他的期望，如今已坐到了县委常委、常务副县长这个位置，在县里掌握实权的人中也算排在第四。孔汉辉也是周元辉很看重的一个官员，所以早就对他进行长线投资，房子、车子、女人都送过，应该说对他的投入仅次于汤达仁了。周元辉对汤达仁的拉拢是安东县人所共知的秘密，有人说周元辉送给汤达仁的财物加起来应该有好几千万了，当然汤达仁对周元辉的回报也是惊人的，现在元辉集团总部所在的上千亩土地就是在汤达仁当县长时给批下来的，而且价格极低。有人估测过，单这上千亩的工业用地划给元辉集团，周元辉就能赚好几个亿。两人投桃报李，你来我往，各得其所，其乐融融。虽然举报汤达仁的信件如雪片般飞向各级纪委，但他就是稳如泰山，一点事儿都没有，现在还在县政协主席的位子上稳坐钓鱼台呢。有人说汤达仁在省里甚至京城都有靠山，别人动不了他。他在碧云湖边有一栋价值几千万的豪华别墅，这明显是腐败得来的，但别人只能看着它愣是一点脾气都没有。也有人说，汤达仁早晚要翻车，他在安东捞得太多了。常言道，夜路走多了，总会遇到鬼。但更多人感到的是悲观，一来汤达仁在安东官场经营这么多年，培养拉扯了一大批自己的人；二来周元辉这个安东首富不会让汤达仁倒台，因为对他的发展扩张没有任何好处。这两个安东县的强人，一个官，一个商，互相支持，互为呼应，已经形成了强大的合力，形同一个独立王国，针插不进去，水也泼不进去。现在杨安民作为一个外来的年轻县委书记，想一下子来一个乾坤大挪移，在汤达仁、周元辉头上动刀子，这不是自不量力吗？对于这个局面，孔汉辉心里是再清楚不过的了。

在孔汉辉上演内心戏的当儿，与会人员对"零点行动"方案进行了细致认真的讨论，大家七嘴八舌，气氛十分热烈。这个方案计划在两年时间里，治理九十家水污染企业，关闭三十五家严重污染的企业，投入费用初步预算达八千多万元。这对一个刚刚摘掉贫困县帽子、财政收入捉襟见肘的山区县来说，无疑是一个巨大的压力。那些即将被关停的污染企业，大多是纳税大户。这一关，关掉的将是安东县三分之一的税源。发展之路到底怎么走？大家对着这一串数字心里都不由得打起了鼓。但不管怎样，也不论孔汉辉等人在会上怎么阻挠，在杨安民的坚持下，"零点行动"总体方案最后还是在这次县委常委会上获得了通过。

一阵热烈的掌声响起，表明这个万般艰难的整治行动正式吹响了号角，它所引起的震荡和阵痛在安东县的历史上都将是空前的，杨安民在心里对自己说："开弓没有回头箭，哪怕前面是万丈深渊，我也将一往无前！"

"'零点行动'完全是胡闹，我看结果很可能就是一个零蛋！"在这片掌声中，孔汉辉却黑着一张脸，丢下这句话，将手上的行动方案狠狠地摔在桌子上，起身哗啦一声拉开椅子，头也不回地走出了会议室。

第十二章

发小

站在万安建筑集团总部所在的上海浦东陆家嘴一座摩天大厦下面的那一刻，徐诗画仰头望去，直接被震撼到了。这栋大楼设计独具匠心，采用翼形造型，使整栋建筑看起来像是一只准备扑飞而去的大鸟，充满未来感和现代气息。钢结构外壳表面光滑、流畅，楼体一侧设置有超大面积的LED屏幕，一股时尚感扑面而来。大厦内部有一个中央天井，让自然光线和空气流通，大楼内的办公室都是敞开型，配备了先进、齐全的电脑和通信设备，还设有会议室、休息室等公共空间，可以想象在这栋大楼里上班有多么幸福！

电梯停在了四十五层，电梯门徐徐打开，徐诗画一下子看到了万庆强那张笑意盈盈的脸，感觉他变白了不少，也帅气了几分，只是个子还是高中那会儿的样子，很难想象她这位当初毫不起眼的高中同学现在已经是上海滩一家颇有实力的建筑集团的副总。三十年河东三十年河西，这人生的变化是无法预料的。

"诗画，可把你盼来了，快，这边请！"万庆强看见从电梯里缓缓走出的高中女同学，几乎不相信自己的眼睛，这个曾经日思夜想的女同学就这么活生生出现在自己的眼前了，这不会是在梦里面吧？

"万总，好久不见了，你这公司办公大楼也太豪华了吧？"徐诗画好像没有看到万庆强热切的眼神，她的眼睛睁得大大的，只顾着东瞧瞧西看看，好像刘姥姥进了大观园。

"别叫我万总，还是叫我阿强亲切。"万庆强一边引着徐诗画往里走，一边做着介绍，"这个大厦我们是去年搬进来的，也算是浦东最繁华的地段吧。在上海这地方，竞争太激烈了，尤其是我们建筑行业，你得扯起虎皮做大旗，否则你就会被淘汰掉。"

"阿强，你现在真是做大了，简直不敢相信啊。"徐诗画好像还没有回过神来，被万庆强领着穿过了两边用透明玻璃隔断的一间间办公室。办公室里有许多在电脑前忙碌着的年轻人，有些人全神贯注地忙着手上的活没有注意到外面有人进来，少数人抬头看了看她，又埋头忙活起来。

"你们公司现在有多少员工？"徐诗画看着两边的办公室，很感兴趣地问道。

"几百号人吧，如果加上施工人员，那就是上千号人也不止了。"万庆强的目光一直停留在徐诗画的脸上，他觉得这个高中女同学越来越美了，如果说以前读高中的时候她美丽质朴，好像"山野吹来的一股风"，那么现在经过大学的熏陶和浸润，她变得更有气质了，如一朵白玉兰一般淡雅而高贵。

"这么大规模啊，好厉害！"徐诗画心里压制不住地兴奋，不由得心想：万庆强公司这么大，支持桃岭村两三百万用于村容村貌改造应该问题不大。

在万庆强宽大豪华的副总经理办公室坐下来之后，徐诗画在心中感叹人和人的差距真的很大，有一个能干的爹可以少奋斗很多年。谁能想到当年在桃岭村泥土路上和自己追逐打闹的那个又矮又黑的傻小子现在摇身一变成了上海最繁华的浦东陆家嘴商业区的新贵，管理着几百号人的建筑公司，坐拥几个亿。这也有点太魔幻了吧，以致她看着端坐在眼前西装革履、头发梳得一丝不乱的高中同学，感觉一点也不真实。要是那时候知道他有今天，她说不定会答应他对自己的追求，那封情书人家可是一口气写了九页啊……呸呸呸，这脑子里想的都是啥呢，徐诗画在心里一笑，就算他有几个亿，她还是不会嫁给他的，她可是一个颜控。当初跟肖亮谈恋爱，很大一部分原因不是因为肖亮是一个官二代，而是因为他长得帅。

"听说你要到上海来，我高兴了好几天呢。"万庆强给徐诗画倒了一杯茶，在她对面的沙发上坐下来，眼睛直勾勾地看着她。

徐诗画红了脸，被他火辣辣的目光看得有点不自在，她垂下眼睑，有意躲避着万庆强的目光，心想，都过去这么多年了，这人不会还有什么想法吧？

"阿强，我早就想到上海来找你了。"徐诗画端起茶杯轻轻地喝了一口，又把茶杯放回原位，说道，"上次同学会之后，就一直计划着来，但总是抽不出时间，这次下决心来了。不过，我可是无事不登三宝殿哦。"

"你该不会是想来上海发展吧？"万庆强眼睛一亮，他知道这位高中女同学大学毕业回桃岭村当了村干部，记得当时他听到这个消息时，还愣怔了半天，她一个农林大学的高才生回到他们那个鳖都不生蛋的小山村能干什么，肯定是一时头脑发热。现在她应该是后悔了，来找他是想在上海寻求发展了。如果她来上海发展，那他们……想到这里，万庆强心里不免有些激动。

"不是，"徐诗画微笑着看看万庆强，顿了顿，抛出了一句，"我是来向你借钱的。"

"向我借钱？"万庆强一愣，问道，"你借钱干什么？"

"哎，这个说来有点话长。"徐诗画叹了口气道，"简单一点，就是我想改变一下我们桃岭村的村容村貌。说出来也不怕你笑话我，自从我当了这么一个小小的村主任助理，糟心的事可多了。我们县自从杨书记来了之后，转型生态发展，要建设美丽乡村，可我们桃岭村在前不久的全县卫生评比中竟然是倒数第一，你说这让我的脸往哪放啊，村支书徐永和根本不管事，村主任李德海也只会敷衍，每天有酒喝就行，你说这样下去，我们桃岭村还有一点希望吗？"

听到徐诗画谈的是村里的事，万庆强脸上明显露出一点失望的神色。作为生养自己的故土，他对桃岭村太熟悉了，前几年还经常回去，但总是回去一次就灰心一次，这个他童年少年时的乐园现在变得又破又脏，碰上下雨天车子都没法进村，只能把车停在村口的坡地上，然后下车踩着泥泞深一脚浅一脚往村里赶，到了老家的屋里头，一双皮鞋已经脏污不堪，还进了水，只能脱下来放在火堆旁烘烤半天。现在他已两年多没回桃岭村了，爷爷去世了，奶奶被接到了上海，他们一家子都在上海了，除了清明节给爷爷上坟还要回去一下，他似乎与桃岭村没什么关系了。父亲曾经动过给村子修条柏油路的念头，但想到以前穷的时候受过不少村里人的白眼和欺负，也就放弃了这个念头。现在，他总算明白了这个同村发小也是他一直暗恋的女孩来找他的用意了。

"诗画，你想改造桃岭村？"万庆强的目光在徐诗画好看的鹅蛋脸上逡巡了一下，含着笑意问道。

"是啊，我不但想改造，而且想把它变成一个大花园。"徐诗画忽闪着她那双乌黑的大眼睛，脸庞因激动而泛起潮红，"这段时间我看了很多书，也做了不少研究，我们桃岭村那些山坡适合开发各类特色家庭农场，可以变劣势为优势，把桃岭村十二个自然村连成一片，打造成特色乡村旅游基地，也就是网红村。"

"特色家庭农场？网红村？"万庆强的胃口似乎一下子被吊了起来，身体不由得往前倾了倾。作为富二代也是创二代，他与父亲万广志的思维已经有很大的不同，开发房地产是他们家的主业当然不能放弃，但他已经开始在寻求别的发展赛道，投资农家乐、家庭农场和乡村旅游他都考虑过，但一直只是一个模糊的想法，现在被徐诗画这么一点，他那些曾经盘旋在脑子里的想法又一下子被激活了。

"是啊，你想啊，"徐诗画也将身子往前倾了倾，她看出发小对这个话题感兴趣，心里不由得暗暗高兴，"我们桃岭村的条件比东江省其他一些已经发展起来的村都不差，为什么人家能做好，我们就不行？"

"对啊，桃岭村是完全可以打造成一个乡村旅游网红村的。"万庆强将手在沙发上一拍，兴奋地说，"上次我去贵州旅游，看到一个村发展特色传统产业，成了网红村，村里人都发了财，连在外面的大学生也纷纷返乡创业了。当时我真的想到了我们桃岭村，也考虑过把桃岭村包装打扮一番，说不定哪天也红了。"

"阿强，不，万总，这我们算想到一块了！"徐诗画拍着手兴奋地叫道，"现在安东县整体环境氛围非常好，杨书记铁了心要搞美丽乡村建设了，你回去投资正是时候，我可等着借你的米下锅呢！"其实那次她一时冲动去了县城，但到了县政府大楼门前，她却没有勇气去找杨书记了，觉得这样没头没脑的，太莽撞了。后来她去找了表叔，表叔倒是热情地接待了她，还给了她一个安东县在外乡贤的名单，让她如获至宝。她发现发小万庆强赫然被列在这个名单的前十位，不禁大喜过望，也直接触发了她专程来上海找万庆强的念头。如果这次成功，她接下来还要挑一些重要的乡贤去一一拜访，说动他们回家乡投资，为此，她花了半个多月的时间做了一个特色家庭农场创意计划PPT。

"这倒是一个机遇。"万庆强看着徐诗画，若有所思地说道，"房地产业在上海太卷了，市场已经饱和，以前跟上面的人搞好关系还可以承接一些市政工程，现在不行了，我们被更大的公司包围了，早晚得被吞噬，所以我最近都考虑怎么打开新口子，找到新门路，你来得正是时候啊，诗画！"

徐诗画嫣然一笑，看着万庆强调皮地说道："来得早不如来得巧，那我俩算不算一拍即合啊？"

"一拍即合，我俩是你情我愿，哈哈！"万庆强哈哈大笑了起来，话里有话，似意有所指。

徐诗画被他这句话说得羞红了脸，端起茶杯猛喝了一口，算是掩饰了过去。然后忽然想起了什么说道："哦，对了，阿强，我来之前做了一个PPT，是关于桃岭村未来特色家庭农场规划的，放在U盘里了，你有兴趣看一下吗？"

"当然有兴趣了，你赶快放给我看看。"万庆强说着站起身来，对徐诗画说道，"你把U盘给我，我现在就到电脑上去看一看。"

"好的，我来给你做讲解。"徐诗画说着走过去，站在万庆强的身后。U盘插上，PPT被打开了，第一页是一幅青山绿水、树木村落、蓝天白云的美图，图片上压着几个黄色的大字：未来的桃岭村——特色家庭农场建设构想。

万庆强看到这个画面，转头看着徐诗画惊讶地说道："诗画，有你的啊，脑瓜子好使啊，这个主意不错啊。"

"我也只是一个粗略的想法而已，就是画大饼的那种，不知道能不能实现啊。"徐诗画受到了鼓励，眼睛里有了异样的神采，"我想把我们桃岭村十二个村组的坡地因地制宜打造成十八个特色农场，包括茶叶、猕猴桃、水蜜桃、芍药、牡丹、红枫等，然后用小火车把它们连成一片，形成一个特色农场游览景区，既可以发展特色生态产业，也可以做成乡村旅游，引进资本，成立乡村旅游公司，将村里的人都变成公司员工，整个桃岭村就是一个乡村旅游基地，吸引上海、苏州、杭州的大城市人周末节假日来桃岭村度假旅游，前景应该会很不错。"

"你这个设想，我看行！"万庆强一边翻动着PPT，一边兴奋地说，"其实我早就有类似的想法了，每次回桃岭村都在琢磨这件事，希望能为我们村做点事，也顺便解决我们公司投资方向的问题，这可是一举两得的好事，现在看了你的设想规划，我一下子知道该怎么做了。"

"阿强，真的吗？"徐诗画睁大了眼睛，为自己的构想得到老同学的认同感到高兴，但转瞬又皱起了眉头，"不过，这需要很多很多的钱，我们村里没这个钱啊。上次我跟我们镇书记邵荣义谈了这个想法，想让镇里支持一下，但他这个人太官僚了，不但不支持我，还挖苦了我一番。"

"邵荣义这个人我知道，他到上海来招商引资我跟他打过几次交道，的确是很官僚，别跟这种人一般见识。"万庆强说道，眼睛定定地看着徐诗画："不过，我可以支持你！我早就想成立一个旅游类的公司，干脆就借这个机会把它给成立了，然后跟你们合作，我们一起来做这件事，我感觉这个特色家庭农场真的非常有潜力，诗画，我们一起干吧！"说着，他向徐诗画伸出了手。

徐诗画见他伸过手来，一时间感到有点手足无措，脸也不自觉地红了。万庆强脑子里电光一闪，仿佛一下子又回到了少年时代，他仿佛又看到了那个蹦蹦跳跳走在竹林间山路上的小女孩，对着他，扬起灿烂的笑脸，阳光透过竹梢打在她的脸上，那一刻多么令他心动！

"诗画，不管要多少钱，我都会帮你去筹措的！"万庆强不容分说地握住了徐诗画的手，心也止不住地怦怦跳了起来，"我们安东老乡在上海有一个老乡会，不少人发展得不错，到时候我带你到他们那去化化缘，你这个PPT一放，准保他们都会心动的。我呢，先支持你二百万，你可以先把村里的环境整治一下，对了，就是把那些简易厕所改掉，我每次回村最受不了的就是去那种石棉瓦支棱起来的厕所，真是又脏又臭！诗画，你要是能把村里的简易厕所都给消灭了，第一个感谢你的人肯定是我！"

"二百万？太好了！"徐诗画简直不敢相信自己的耳朵，眼睛睁得大大的，她脑子里突然闪现周晓辰也说过支持她二百万的事，他肯定只是随口一说，不能当真，万庆强的这二百万却是实打实的，有了这二百万，她就可以在桃岭村施展拳脚了。

"不止二百万，"万庆强一笑，看着徐诗画激动得绯红的脸蛋，觉得她真是太漂亮了，"我还要成立一个旅游公司，到时候帮你去筹资，你尽管放开手脚按你的想法去干吧。我呢，后面就带着你一个一个去见我们安东在外面混得还不错的老乡，资产过亿的就有好几个，你有这么好的创意项目，他们一定会感兴趣的！"

"阿强，真的太感谢你了！"徐诗画这些天来心中的阴霾好像被一扫而空，一下变成了晴空万里，她用力回握了一下万庆强的手，真诚地说，"我们桃岭村往后的发展就全靠你大力支持了！"

"诗画，放心吧，我会尽全力的！"万庆强说道，他感觉像在梦里一般，这白皙细腻的手曾经令他魂牵梦绕，现在却被他握在手里，他能真切地感觉这只手的温度，似乎从这一刻起，他们之间有了一个新的约定一般。

第十三章

上访

周一一大早，庆州市行政中心广场上聚集了一大群上访的群众，打着标语，喊着口号，不停地往广场前围起的一排栅栏发起冲击。十几个身穿黑色制服的特警组成人墙挡在前面，气氛剑拔弩张。

人群中有一个黑脸大汉闹得特别起劲，他身材魁梧，理着板寸头，脖子上挂着一条粗大的金链子，眼睛白多黑少，眼珠子瞪得溜圆，嗓门也是出奇地大："安东县委书记杨安民要关闭青龙山石矿，我们都是把家底掏出来入了这个石矿的股，这石矿一关，还让不让人活了？！请市长、书记出来给我们一个说法，不能让杨安民在安东县为所欲为！"人群立刻又是一阵骚动，众人跟着高声嚷嚷："对，不能让杨安民为所欲为，我们要活下去！"一个穿着花格衬衫、身材瘦小的年轻人趁机突破了特警们拉起来的防线，冲到围栏前想攀爬上去。一个特警见状一个箭步冲过去，身手敏捷地将他按在地上制服，然后像老鹰抓小鸡似的将他拎了回来，一使劲将他重新塞回到人群中。

"请书记、市长出来，给我们做主！"黑脸大汉忽然振臂高呼起来，大家也都跟着纷纷举起了手臂高喊道："请市长、书记出来，给我们做主！"一时间群情激奋，巨大的声浪似乎能将广场上的空气搅得沸腾起来。特警们严阵以待，防止场面失控。

　　杨安民匆匆赶到市政府大楼七楼一间办公室的时候，市委常委、政法委书记王天翰正在等他。

　　"王书记，让您久等了，抱歉！"杨安民看着王天翰满脸歉意地说道。

　　"安民，你来了啊。"王天翰挥挥手让他在对面的沙发上坐下来，对他说，"我们是自己人，我就不兜圈子了，这次是市委程汉章书记要你来的。他一大早就听见广场上闹哄哄的声音，然后让市委秘书长去了解了情况，他给我打来电话说，关停石矿，保护环境，这是对的，但也要从入股群众的角度考虑问题，要先把入股的事情解决好再关停。他把劝退上访群众的任务交给了我和你，这次集体上访来势汹汹，其背后应该是早有组织和预谋的。现在你来了，这事也是因你在安东县要关闭他们的石矿而起，你倒是说说有啥好办法没有？"

　　"王书记，我暂时还没想到什么好办法。"杨安民诚实地回答道，他眨了眨有些发红的眼睛，眼白里透着几丝血丝，这些天他的睡眠都不是很好。他心里很清楚这次群众来市政府集体上访的原因。在他的强势推进之下，关闭青龙山石矿已经如箭在弦，一时间各种小道消息和谣言满天飞，那些小股东一下子慌了神，大家都犹如热锅上的蚂蚁一般不知所措。有些小股东还去了青龙山石矿一探究竟，石矿虽还没有关闭，但除了几个看门的，里面空荡荡的，他们禁不住心底发凉，感到自己的钱真的是要打水漂了。元辉矿业的人趁机在背后煽风点火，说是他这个县委书记要强令关停石矿的，于是这些股东就被纠集起来，赶到市政府门口集体上访。杨安民交叉双手，抬起眼睛看着王天翰道："我知道这次上访背后有人在组织策划。但青龙山这个石矿破坏了那么好的山体，给周围环境造成了那么大的污染，一定得关掉，否则贻害无穷，还会让我们县的经济发展转型成为一纸空谈。这是一块硬骨头，但越是硬骨头我越是要把它啃下来。”

王天翰点了点头说：“这的确是一块硬骨头，据我所知，从县里到市里都有人跟元辉矿业有利益来往。这个青龙山石矿，牵扯到的人太多了。”

杨安民一惊，不自觉地坐直了身子：“什么，市里都有人牵涉进来？”他只知道县里有政协主席汤达仁等一帮人与周元辉有千丝万缕的联系，但市里也有人入局，这是他没想到的。之前，他已经了解到一些情况，元辉矿业通过私底下某种运作取得了青龙山石矿的开采权之后，不少人看到这个石矿有暴利可图，再加上元辉矿业的背景雄厚，大家纷纷在青龙山石矿入股，甚至还吸引了不少县里领导及其亲友来入股。这事越传越邪乎，最后竟然引得镇上但凡有几个闲钱的普通百姓都想来入股。这时候元辉矿业就端起了架子，一般人不让入股，入不了股的人就四处托关系入。周元辉更是通过送干股这种手段拉拢了县里的更多机关干部，利益链条也是越编织越庞大，可以说是牵一发而动全身。因此很多人都认为，杨安民现在想来动青龙山石矿这块大奶酪，实在有点太自不量力了。

“当然有，而且情况比你想象的还严重。”王天翰叹了口气，目光投向了窗外，“你们县那个首富周元辉能量可不是一般的大啊，市里头甚至省里为他说话撑腰的人也有不少呢。”

“哦，是这样啊。”杨安民不由得倒吸了一口凉气，难怪周元辉在安东县可以横着走路，原来他这一路编织关系网，用糖衣炮弹把上上下下的各路神仙都早已打点好了。

王天翰说：“在金钱的诱惑面前，没有几个人抵挡得住。有句话说得好，金山银山不如绿水青山。这青山得留着，但一些人却不这么想呢！绿水青山，其他地方也有，他们想去看，只要出点钱出去看就行，但是这金山银山却关系到政府财政，也关系到手中权力的大小。所以，有些人是绝不会为了绿水青山放弃手中的金山银山的。"

杨安民心里很惊讶，他没想到王天翰看得这么透彻，像周元辉这样的富豪，在安东县乃至庆州市盘踞多年，早已是树大根深，与周元辉斗绝不是简单的一件事，什么情况都会发生，什么困难都会遇到。现在这么多群众赶到市政府上访，一定是周元辉在后面组织运作的。但一想到因为有了周元辉处处掣肘，他想做点事情总是举步维艰，他的犟劲又一下子上来了，他抬眼看着王天翰语气坚决地说道："王书记，这段时间在安东县推进环境污染整治，我已经切身感受到周元辉能量的巨大，但不管他周元辉如何手眼通天，我还是要对青龙山石矿实行关停，对碧云湖周边污染企业进行并转搬迁，如果任这种状况发展下去，就是对安东县几十万老百姓的不负责任！"

王天翰点了点头说："安民，我支持你！你们那个青龙山石矿如果任其滥开滥采下去，那里的绿水青山就将彻底被毁掉。如果能够马上停止矿石开采，对碧云湖周边山水进行绿色生态旅游开发，青龙山镇说不定会走出一条完全不同的发展新路子。"

杨安民暗暗惊叹王天翰的眼光精准，毕竟也是当过县委书记的，一眼就能看出怎么样的发展才是长远的，他有些兴奋地说："王书记，我正是有这种想法，青龙山石矿必须关停，青龙山镇包括我们整个安东县都必须停止现今粗放式的发展模式。安东县今后应该走怎样发展的路子，我思考的结论就是建设美丽乡村，等把这青龙山和碧云湖都保护好了，安东县不就可以在新的起点上扬帆起航了吗？"

"安民，你说的没错，安东完全可以尝试走绿色生态发展之路。"王天翰端起茶杯喝了一口茶，目光灼灼地看着杨安民说道，"不过，要实现绿色发展，那就得先取消矿山这座提款机，更要将这提款机后面的利害关系都一网打尽。但是你看，你还没关掉青龙山石矿，他们就来市政府门口闹事了，这背后的利害关系得有多大！程书记要求你亲自过来疏散上访群众，我倒是在想，这些小股东诉求的也不外乎是他们那点入股的钱，只要你们能在关停青龙山石矿之前让元辉矿业将他们入股的钱全部退回，他们自然就没什么怨言，也不会再闹下去了。"

杨安民眼前一亮："您是说，抓住周元辉的牛鼻子，让他返回小股东的入股钱？"

"对，必须让他还钱！"王天翰猛地拍了一下腿，"周元辉这人我打过交道，是一个老江湖了，老奸巨猾，他在背后煽动小股东上访，目的就是不让你关掉青龙山石矿。这几年他靠这个石矿赚得盆满钵满，得想个办法让他乖乖地把小股东们入股的钱吐出来。"

"是啊，能想个什么办法呢？"杨安民低下头，脑子飞快地转了起来，"哦，对了，我以前就听说，元辉矿业在青龙山石矿涉嫌非法开采、偷税漏税的情况很严重，可以从这里找个突破口。"

"这个主意不错，与周元辉这样的地头蛇斗，得讲究点策略。"王天翰点头道。

杨安民目光恳切地看着王天翰说道："我得争取市里的支持。"

王天翰一笑说："恐怕光有市里的支持还不够，我看到时候你还得要去争取省里的支持啊。"

杨安民说："王书记，我想向您要一个人才，是懂矿山的，对有关矿山的政策进行梳理，对青龙山石矿的非法开采和偷税漏税问题进行调查。"

王天翰沉吟了半晌，说："我看有一个人挺合适，就是市发改委矿治办的施庆柯，他是一把好手，肯定能帮你办好这件事。"

杨安民眼睛一亮："太好了，王书记，您推荐的人肯定错不了。"

"我这几天就给你牵线搭桥。"王天翰站起来，朗声道，"现在我陪你一道去广场上，先把上访的群众安抚遣散了再说吧。"

"王书记，真是辛苦您了！"杨安民看着王天翰鬓角露出的几丝白发，充满歉意地说。

王天翰哈哈一笑，走到杨安民身边伸手拍了拍他的肩膀说道："安民哪，跟我你就不用这么客气了，想当年你在市委宣传部当副部长的时候，我在组织部，当时我就觉得你是个人才，我这个人就是有一个毛病，爱才，一直很看好你，你的发展我一直很关注，现在你已经是县委书记了，这个岗位非常重要，是对你全方位的考验，我会一直帮助你的。处理群众上访本身也是我的工作职责所在，只不过正好是关系到你而已。"

杨安民听了，不禁心头一热，都说官场复杂，一个人在仕途上就犹如一艘小船行驶在茫茫的大海上，什么惊涛骇浪都可能遇到，触礁翻船的人比比皆是，而他是很幸运的，在踏上仕途之初，就遇见了王天翰这样的伯乐，一直对自己关爱有加，让他在前行的道路上不会感到孤独无助。现在，他又遇到了难题，又是王天翰和他站在一起。他有点激动地说："王书记，我一定不会辜负您对我的期望，眼下这个难关我一定会闯过去，把安东县带上生态发展的轨道！"

"好，我要的就是你这句话！"王天翰又在他的肩膀上用力地拍了一下，"走，我们到广场上去，听听他们的诉求，然后见机行事。"

　　"我们只要答应他们全部返还入股钱就行。"杨安民信心满满地说，跟在王天翰身后走出了办公室。

　　站在走廊上，远远地可以清晰地看到广场上聚集着一片黑压压的人群，他在心里默默地说了一句：这回面对的就是刀山火海，我也要去闯一闯！

第十四章

回乡

万庆强说回来就回来了，这让徐诗画有点喜出望外。万庆强回来得正是时候，在她为村里简易厕所改造资金一筹莫展的当儿，万庆强带来了二百万的资金。就像瞌睡时候有人递来了一个枕头，徐诗画感觉像一个快要渴死的人得到了一瓶甘泉，瞬间满血复活了。

最让徐诗画意想不到的是，万庆强这次还带来了一个厕所改造的技术能手郑师傅。他也是桃岭村人，一直跟着万庆强的父亲在外打拼，从早年的包工队到现在的上海滩建筑公司，郑师傅一直都是骨干成员，当年是一个一身泥水的小瓦工，现在已经变身为万安建筑公司的副总工程师，看图纸、绘图纸、技术攻关，他几乎无所不能，这厕所改造的事对他来说就是个小儿科。换句话说，万庆强带他回村搞厕所改造，完全是高射炮打蚊子——大材小用了。但对徐诗画来说，却无异于又是一种雪中送炭，她一直想的就是将村里的简易厕所给消灭掉，但到底要怎么改造这方面她可是一窍不通，现在有郑师傅在，她的心里一下子踏实了许多。

"阿强，谢谢你，这次你可帮了我大忙了啊。"在桃岭村简陋的村委会会议室里，徐诗画给坐在对面的万庆强和郑师傅加了茶水之后，看着昔日的老同学感激地说道。她说的是真心话，这些天来，她思来想去觉得首要的还是要先整治村里的卫生环境，先是改造遍布全村的简易厕所，然后是清运垃圾，再就是河道治理，最后是房屋外观统一亮化美化，这样才能将桃岭村的村容村貌来一个彻底改变，后面才谈得上去规划农家乐、家庭农场，甚至将整个村庄打造成一个大花园。

"诗画，你跟我还用得着这么客气吗？"万庆强眼光热切地看着眼前这个令他魂牵梦绕的女孩——她出落得越来越美了。上回她去了上海之后，他埋藏在心底的热望一下子全都苏醒了过来，他比任何时候都盼着回桃岭村，这个力量太神奇了，他可以放下手中所有的工作，只要能回到桃岭村见到她就行。他觉得也许一切都是天意，这个女孩曾经离他远去，现在又奇迹般地回到他身边，这一次他不会再让这个机会轻易溜走了。

"不是跟你客气，是真心感谢，你这是雪中送炭啊。"徐诗画感觉到了万庆强眼里的灼人目光，她知道他心里在想什么，不过，眼下她顾不了那么多了，解决全村简易厕所改造资金问题搬掉了她前进路上第一块大绊脚石。万事开头难，只要开了头，后面的路就会好走许多。万庆强在最关键的时候帮了她，她会永远记在心里的。

"我也不只是在帮你，也是在帮我们村，或许还在帮我自己呢。"万庆强转动着手上的茶杯，看了一眼徐诗画，嘴角漾着微笑，"你上次给我看的PPT很让我振奋，我在想，等我们村环境整治好了，我也来投资一个农家乐或家庭农场，在桃溪边上建一个大酒店也行，凭我的直觉，我们村将来要火，我们可要抓住这一波发财的机遇啊。"

"阿强，不愧是在外面闯荡的，见过大世面，看得比我们远。"徐诗画说，脸上溢满了笑意，仿佛是开了一朵花，"要是我们桃岭将来真的能像你说的那样好，那我一切的努力和付出都值得了。"

"一定会的，只要我们一起努力！"万庆强显得异常兴奋，说这句话的时候，目光一直停留在徐诗画那张秀丽的鹅蛋脸上，久久不愿挪开。

　　这潜台词似乎已经很直白了，徐诗画的脸上飞起了一片红云，她眨眨眼睛，忽然想起了什么，说道："阿强，我们现在就去汪海叔家看看，上次我去过他家一趟，跟他约定好了，村里改造的第一个厕所就从他家开始，先拿他家的厕所做个示范，再在全村铺开。"

　　"好啊，今天我带老郑来就是要实地勘察，再回去做个施工方案。"万庆强起身，冲着郑师傅挥了挥手。

　　徐诗画给汪海打了个电话，告诉他在家里等着，他们马上就过去。汪海在电话那头说，他就在后山砍毛竹，十分钟就能到家。

　　几个人刚要出会议室的门，就见村主任李德海慌手慌脚地赶了过来。接到徐诗画电话的时候，他还在镇上那个洗衣店老板娘的被窝里躺着，昨晚跟邵荣义在一起又喝多了。最近他们两个人的心情都不好，可以说是惶惶不可终日，风声似乎越来越紧，他俩在青龙山石矿入股的事看来马上就要纸包不住火了。邵荣义比他还要沮丧，因为这几年拿了几百万的分红，一旦被查实，官帽子丢掉不说，还得去坐牢。两人讲到县委书记杨安民都是咬牙切齿的恨，没有他这么折腾，他们的小日子过得都很滋润，现在青龙山石矿眼看着就要被关闭，几乎没有什么力量可以阻挡了。两人说到这里，又把周元辉和汤达仁都骂了一遍，说关键时候这些大佬也不顶个屁用，还是要丢卒保帅，牺牲他们两个小跟班。喝了一晚的酒，也把该骂的人骂了个遍，不知不觉就喝多了，邵荣义是被司机接走的，他呢，是一个人摇摇晃晃地摸到洗衣店老板娘屋子里的。反正死猪不怕开水烫了，大不了他这个村主任不干了，也没啥，本来他就不高兴干这个差事了，桃岭村破村一个，穷得叮当响，老鼠尾巴榨不出几两油来，谁爱接手这个烂摊子他马上拱手相让。还真别说，现在真有一个不知天高地厚的黄毛丫头要当接盘侠，那就让她去折腾吧，他就不信了，倒要看看这丫头有什么能耐在这条破麻袋上绣出花来。

"不好意思啊，万总，我从镇上赶过来的，公交车太慢了。"李德海一边说，一边拿眼去观察万庆强，这小子是他看着长大的，当年穿开裆裤的时候是一个又黑又瘦的小毛孩，没想到这些年也混得人模狗样了，还当了上海大建筑公司的副总，说白了还不是靠他的老子？

"没事的，李叔，我们刚才也是闲聊，现在你来了正好一起去汪叔家里。"万庆强对李德海印象还蛮深，当年李德海当兵回家探亲的时候，一身草绿色戎装，很是威武，当时他看人的目光也是炯炯有神，好像一道闪电，现在却变成一个满脸油腻、胡子拉碴的中年男人，岁月真是一把杀猪刀啊。

"后生可畏啊，"李德海看了一眼万庆强，又看了一眼徐诗画，话里有话地说道，"万总和诗画都是在我们村长大的，现在都有出息了，我记得你们两个小学、初中和高中都是同学，说是青梅竹马也不为过吧，现在又合作在一起，这不是缘分是啥？"

说着李德海自己忍不住笑了起来，其实他心里一直看不上徐诗画在村里的这些折腾，总觉得某一天会撞了南墙，这么多年在村里他太了解村里的情况了，说白了就是烂摊子一个，谁能让这个村咸鱼翻身，让他李德海顺村跪着爬三圈他都愿意。现在，徐诗画招来了万庆强这个有钱的富二代，殊不知桃岭村就是一个无底洞，万庆强回来掺和村里的事也许就是一时头脑发热，等一脚踢到钢板上，他就会疼得缩回脚。要不了多久村委会就要换届了，他正好把这个虚头巴脑的村主任给卸了，乐得浑身轻松，这丫头愿意干就让她干去吧。

"李主任，你说啥呢，完全不着调嘛。"徐诗画的脸被李德海的一番话说得通红，和万庆强虽谈不上青梅竹马，但他曾经热烈地追求过她倒是事实。

万庆强对李德海这句话倒是非常受用，他不禁又去瞄了徐诗画一眼，觉得她飞起红云的脸蛋十分好看，忽然觉得在上海生活了这么几年还没遇见过像她这么耐看的女孩，人生兜兜转转，还是回到了最初的起点，他要追求的真爱难道就在桃岭村？记得当时他向父亲提出支持桃岭村二百万搞简易厕所改造并要投资家庭农场的想法时，父亲动了怒，说他这是把钱往水里扔，还听不到一个响儿，但经不住他软磨硬泡，父亲最后还是答应了他的请求，毕竟二百万对他们家来说不是什么大数目了，儿子愿意去折腾那就让他去吧，说不定还能打出另一片天地。何况还是投资家乡，人都有一份乡愁的，他在外摸爬滚打这么多年也还没有忘掉自己的根。要是失败了，就权当花钱买个教训，让儿子长长记性。他呢，要说是什么战略投资，一时半会是绝对考虑不到桃岭村这样的穷乡僻壤的，那么之所以这么选择，唯一的解释就是因为桃岭村有他一直暗恋的女孩徐诗画。

一行人来到汪海家。汪海家在村东边的坡地上，是两层砖瓦结构的楼房，四周圈着围墙，场院不大，东边是一个猪圈，西边还有一个鸡棚，一进院子就能感受到一片鸡飞鸭叫的热闹气氛，还有浓浓的猪粪鸡粪味儿。

"画儿，你们来了啊。"汪海站在场院里，热情地打着招呼，将客人往屋里让，"先进屋喝点茶，茶我都给你们泡好了。"

"汪叔，茶先不喝，刚才我们在办公室都喝过了，你还是先带我们去看看你家的厕所吧。"徐诗画说，自从村里发生铅中毒事件她带领村民跟元辉电源制造公司打官司以来，她跟汪海接触比较多，汪海也非常信任她，现在他们家因为给东东看病已经一贫如洗，就等着官司打赢了，元辉电源制造公司能再赔偿一笔钱，继续给东东治病。因此，他对徐诗画的工作十分支持，说要将他家作为简易厕所改造示范第一家，他二话没说就应承了下来。

汪海家的简易厕所在场院外南边，人还没走到那里，一股异味扑鼻而来。

"你们瞧，这就是我家的简易厕所，说起来就是两块砖头一个坑，夏天臭烘烘，冬天冷飕飕。"汪海眉头紧蹙，指着自家的旱厕说道，"其实吧，我早就想改了，我自己是不要紧的，我最放心不下年逾八旬的老母亲。有一年冬天阴雨连绵，我母亲撑伞出门上厕所时，险些被湿滑的台阶绊倒。从那之后，每逢雨雪天气，我都是一手撑伞一手搀扶，陪着母亲出门解手，太不方便了。"

"不但不方便，而且非常不卫生，我们就是来解决这个问题的。"徐诗画一边说，一边忍不住用手捂住了鼻子，这臭味太刺鼻了，心想汪海叔家的厕所也太脏了，这样的环境下还怎么如厕？她家虽然也是简易厕所，但每天清理得干干净净，所以没有什么异味。不过，村里的厕所大多跟汪海家的一样，有的还是露天的，挖个坑，用石棉瓦四面一围，路过的人都忍不住掩鼻，遇到刮风下雨天，满村污水横流，老远就能闻到一股异味。这个状况不改变，村里人自己都待不下去，还指望外面的人来，这不是痴人说梦吗？徐诗画越想越发觉得自己这步棋走对了。

"怎么解决呢？"汪海皱着眉头问道。

"就是改成冲水式厕所。"徐诗画说，在这之前她已经做了一些功课，大致的改造程序和资金投入她心里都有数了，"我们今天请来了一个技术能手，是我们村走出去的，现在应该叫郑工了，郑工，您给大伙说说怎么改。"

郑师傅搓了搓手，腼腆地笑笑说道："不要叫我郑工，我原来就是一个泥水工。这个厕所改造其实也不复杂，首先是移到室内，跟城里一样，弄个坐式的抽水马桶，这对老年人如厕是特别方便和安全的。配套的主要是建一个三格化粪池，第一格储存粪便与残渣，第二格过滤，第三格是贮存高效肥水，满了可以自动流到田里，使用起来很方便。"

"真有这么好？那要不少钱吧？"汪海睁大眼睛问道。

"当然有这么好，以后我们农村人就跟城里人一样，用上抽水马桶，上完厕所，手一按，就都冲走了，一点异味都没有了。"徐诗画有点激动地说，她脑子里甚至浮现了全村人都使用上了抽水马桶的景象，那全村该有多干净和卫生啊。"至于投入的钱嘛，这次我们取得了万总的支持，村里出大头，农户出小头，改造一个简易厕所大概需要两三千元，农户只要出千把块钱。"

"只要出千把块钱就能用上冲水马桶？"汪海有点不相信自己的耳朵。

"对，就千把块钱！"徐诗画肯定地点了点头。

第十五章

对垒

屋外，大雨在哗哗地下着，扯天扯地的，什么都看不清，四周全响全迷糊，感觉不是在下雨，而是天上的水在往地下倾倒着。靠近窗子的一棵高大的法国梧桐的树叶被暴雨冲击得疯狂摇摆着，却好像被洗得更加绿油闪亮了。安东人每逢这种暴雨天气最担心的就是山洪暴发。青龙山镇就处在那种最容易暴发山洪的地势上，一不小心就发洪水，所以一碰到这种大暴雨天气，镇政府里的人都会绷紧神经，各部门都会提前做人员调度，书记镇长也会严阵以待。但镇书记邵荣义最近的心思不在这里，换句话说，外面再大的雨也没有他心里的雨下得大。

接到县委办打来的要他和镇长俞永根去一趟县里的电话，邵荣义心里就打起鼓来，看样子该来的还是要来的。青龙山石矿股民到市政府去集体上访那一天，他也去了现场，县委书记杨安民看他的眼神有些不对，虽然最后股民们得到了退钱的保证散去了，但后面怎么退钱，这钱从哪里来，都是毫无头绪，记得杨安民当时对他说，这摊子事主要是在他们青龙山镇，要他先考虑一个解决方案。他回来之后一直没睡好觉，一边是县里首富周元辉开的石矿，他和镇上一批干部还都入了股，一边是县委书记要拿这个石矿开刀，搞自己的政绩，他就像进了风箱的老鼠，两头都受着气。

邵荣义和俞永根赶到县政府大楼七楼会议室的时候，县委书记杨安民和县长郑乔林已经等在那里了。杨安民脸色凝重，看起来有几分憔悴，他说："今天把你们两个叫来，主要是传达市委、市政府关于妥善处理青龙山石矿股民股份退还工作的要求。你们也知道，上次股民到市政府上访影响很恶劣，市委程汉章书记很不满，说这是影响社会稳定的大事，要我们抓紧解决。我和乔林县长压力都很大。你们是镇里的党政主要领导，一定要齐心协力，把青龙山石矿的退股事情解决好。"

退股哪有那么好退？邵荣义一听，脑门子上立马渗出了细汗，那天从市政府上访现场回到镇上，他就给元辉矿业的郝总打了个电话，说县委书记当众表态要退还股民在青龙山石矿入股的钱，希望元辉矿业能如数给股民退钱，没想到郝总态度很傲慢，说一旦青龙山石矿被关闭，他们一分钱也不会退还给股民，还警告说逼急了就把他这几年在石矿拿干股的事情给抖搂出来，几百万的干股收入足够他坐个十年八年的牢了。那天夜里，他是整夜无眠，心里害怕得发抖，一场风暴就在眼前了，他能够全身而退吗？虽然内心乱得像一锅粥，但他还是当场表态："我和俞镇长一定全力以赴，在最短的时间内推进工作。另外，希望领导还能够跟元辉集团去协调一下，让他们拿出钱来对所有股民进行补偿。"

杨安民点点头说："元辉集团的工作我们会去做的，你们当务之急是拿出一套解决方案，现在青龙山石矿关闭工作就被卡在这个点上，动弹不得，希望你们回去立马行动。"他颇有意味地看了邵荣义一眼，他已经耳闻邵荣义在青龙山石矿有干股，并且这几年所得的分红数额还不小，县纪委已收到了好几封举报信，如果调查属实，那邵荣义镇党委书记这位子就得动一动了，可能还要进去吃几年牢饭。

在杨安民目光的直视下，邵荣义感觉自己的身子一下子缩小了许多，他很心虚地瞄了一眼杨安民，总觉得这位年轻的县委书记已经抓住了他的把柄，就像猫抓耗子一般随时可以将他捕获。他最近可以说是屁股坐在火山口上，他的小情妇王玉梅天天吵着要他给她买一辆车，牌子起码得是奥迪或者雷克萨斯，他现在哪来这么多钱？王玉梅步步紧逼，上次在专门买给她的一百三十平方米的房子里，在激烈的争吵中他的脖子还被她的手指抓破了，留下了两道长长的指甲印，搞得他没法向老婆做出合理的解释，导致他老婆跟他一直冷战到现在。本来以为王玉梅是上天送给他的最好的礼物，现在却发现她不是礼物，而是一颗定时炸弹。王玉梅的脾气越来越坏，只要想要的东西得不到满足，马上就发火。他还发现王玉梅是一个无底洞，她还有一个弟弟，正在读中学，以后还要上大学。王玉梅很宠这个弟弟，经常大把地给她弟弟零花钱，这些钱当然都是邵荣义给她的。王玉梅说，她给他生个儿子，他就要负责她弟弟一直到大学毕业。这得要花多少钱啊，可他又不敢不答应，王玉梅现在动不动就说，要到县纪委去告发他养小三，还在石矿拿干股。这招真的毒，他感觉自己是上了贼船了，心里那个悔呀，恨不得扇自己两个大耳光。可天下哪有什么后悔药，他现在也是夹在老婆和王玉梅中间两头受气，最让他崩溃的是这个石矿一旦关闭，他最大的灰色收入来源就被切断了，到时候王玉梅肯定不会放过他。现在县委书记在督查退股这件事，看来他是在劫难逃了。

邵荣义在愣神的当儿，就听杨安民说道："荣义，我和乔林商量过了，因为还有元辉电源制造公司搬迁出桃岭村的事情要你去处理，这次青龙山石矿退股的事就由永根同志负责吧。"

邵荣义心里不由得一惊，难道他在青龙山石矿入干股的事已经被杨安民掌握了？让俞永根负责就是对他不信任了，他感觉一个巨大的危机正在慢慢向自己逼近。

从县政府大楼七楼会议室出来之后，邵荣义和俞永根分别上了自己的车。半路上，俞永根打了电话给邵荣义："邵书记，回去后，我想应该马上召开领导班子会议。"

"好，那你去召集吧。"邵荣义忍不住在鼻子里哼了一声，这个俞永根太老奸巨猾了，肚子里有什么小九九，他早就看得一清二楚，就是想趁这个关闭石矿的机会把他干掉，好让自己上位。他知道，在青龙山镇政府的干部中，除了俞永根等少数几个人没入股外，大多数人都或多或少地入了点股，但凭干股几年下来分红了几百万的可能就他一个人。其他人可退股，退了股应该就没事了，但独独他入的是干股，说白了就是变相受贿，这要是认真查起来他搞不好就要丢掉乌纱帽去坐牢。虽然心里翻江倒海，但邵荣义表面上还是一片风平浪静，他又说："永根同志，关于镇政府干部退股的事，既然县里要求你来负责，你把你的想法，说出来听听吧。"

俞永根说："邵书记，关于石矿退股的事情，我认为，上面要求我们怎么做我们就怎么做。虽然有很大难度，但只有迎难而上，立即进行全面清理。这事已经迫在眉睫，拖不得了。"

邵荣义听了鼻子里又是一嗤，心想，你当然要全面清理了，最好是把我这个镇党委书记也清理掉，好让你上位。他干咳了一声说："那你说怎么个清理法？"

俞永根说："我建议让入股的班子成员先退股，再扩大到普通干部，这样才会立竿见影，快速推进！"顿了顿，他又意味深长地加了一句："不过，这得看你邵书记的。"

"看我的？"邵荣义心里一沉，"你这是什么意思？"

俞永根那头静默了片刻，然后就听他一字一句地说道："这退股的事当然要看你邵书记的了。"他隐约耳闻邵荣义在青龙山石矿有干股，分了不少钱，否则他拿什么去包养那个叫王玉梅的女人？但苦于一直没有什么真凭实据，看看这次清查能不能把邵荣义的老底子给查出来，那样的话邵荣义肯定要被拿下，他就可以顺利上位，当上镇党委书记，这可是他一直梦寐以求的位子啊。

挂了电话，邵荣义瘫坐在座位上，心里乱成了一团麻。

俞永根一回到办公室，马上打了个电话给镇党政办公室，要求通知班子成员下午两点钟准时在三楼会议室开会。镇党政办公室马上去落实了。不到十分钟，班子成员已经齐整整地坐到了会议室里。

青龙山镇政府班子共有十一个成员。除了邵荣义和俞永根，还有党委副书记孔浩东、人大主席傅友、组织委员楚玉、宣传委员李晓华、纪委书记兼政法委员王骏民、工业副镇长胡恩庆、农业副镇长高金才、社会发展副镇长朱江海、派出所所长郝进，大家坐下来也是满满一桌了。

邵荣义一脸沉重，他看了看大家，转头对身边的镇长俞永根说："俞镇长，今天你来主持一下会议吧！"

俞永根一愣，但马上恢复成一副波澜不惊的样子。他带着几分意味地瞧了一眼邵荣义，以前几次班子会议，一直都是邵荣义唱独角戏，让他心里感到很憋屈，现在他终于可以扬眉吐气了，而且石矿整顿这件事很可能会把邵荣义的镇党委书记位子给整没了，到时候他就可以水到渠成地上位，成为青龙山镇的一把手。想到这里，他的心里不免有些得意，于是清了清嗓子说："最近发生的事我想大家应该都知道了，青龙山石矿的部分股民受人指使聚集到市政府门口上访示威，问题很严重。关闭青龙山石矿势在必行，县委杨书记一直盯得很紧，我们没有任何退路了，就在最近这段时间内，一定要搞定，否则，恐怕我这个镇长也要被免掉。在座各位的日子，同样也不会好过……今天开这个班子成员会议的主要目的就是让大家有入股的先退股。"

镇人大主席傅友突然怪异地一笑："俞镇长，这不是在开玩笑吧？就因为县委书记盯着，我们就要听他的了？矿山开采权已经承包给了元辉矿业公司，人家开采期限还没有到，我们强行让它关停，这不等于是违约吗？而且，我们的财政收入，一大部分靠的是人家石矿税收，没有这些税收，恐怕我们镇政府都得关门，大家都得去喝西北风吧！"

傅友这番话仿佛是扔了一颗炸弹，大家一时面面相觑，不明所以。但不少人都清楚，傅友跟元辉矿业有千丝万缕的联系，入的股份也很多，他第一个开炮反对关闭青龙山石矿也在意料之中。

俞永根看了傅友一眼，突然话锋一转道："这段时间，大家也许都知道了，我们镇政府有不少干部在青龙山石矿入了股，这已经成了这个石矿能否顺利关闭的关键所在。所以，今天我们特意在这里召开班子会议，就是要大家主动从这个石矿退股，这是县委县政府盯牢我们的一件大事，必须无条件在规定的期限内完成，否则大家都没好日子过！"

俞永根停下来，目光犀利地扫视了一圈在座的人，看到有些人脸上有点发红，有些人神情莫名紧张。他不慌不忙地端起茶杯喝了一口水，继续说道："我们镇干部当中，有人在青龙山石矿入了股，每年都拿数量可观的分红，我想你们每个人心里都应该有数。我们省在四年前就已经出台了领导干部和国家公职人员不得在经营性企业中入股、分红的规定，这是红线，碰不得的。据我所知，有的人还在里面入了干股，那就更不行了，那是犯罪，要坐牢的！这点大家应该都是懂的。所以，我希望，如果我们领导干部中，有人入股了，主动退出来，那就没事。"

一屋子人面面相觑，各自打起了小算盘，不少人这几年在青龙山石矿里入股得到了实惠，很担心这种好处从此就没有了日子会难过，所以都左看右看，看看别人如何表态。

俞永根话说完了，自然应该是由邵荣义来做总结部署。因为俞永根的这番话，邵荣义更加心神不宁，特别是那句"那是犯罪，要坐牢的"，让他的心脏咕咚一下，好像掉到了地上，半天都没有缓过劲来，他觉得俞永根说这句话就是针对他的，不然不会用眼角的余光扫他一下。想到这里，他的心情更加愤懑，也无心做什么总结，只是敷衍地说了一句："关于青龙山石矿退股这个事情，请大家想明白，下一步我们将再专门召开班子会议讨论如何具体操作。"其实说这番话的时候，他心里有些绝望地想，自己这几年拿了那么多分红，除了赌博之外，基本都花在王玉梅身上了，拿什么去退？

第十六章

纷乱

时节已进入深秋，晚上已经有点凉了。汪海家的院子里，一盏高悬的白炽灯将院子照得通亮。院子里坐了一圈村民，大家正在七嘴八舌地议论着改厕的事。

"厕所放在房子里，我们还怎么挑粪浇菜呢？"

"在屋里上厕所，家里会不会跑臭味？"

"旱厕都用大半辈子了，我家不改！"

"一千块钱，我可出不起，还是为拉屎撒尿这点事！"

……

徐诗画做梦也没想到在村里进行旱厕改造有这么难，她想象中的好事在一些村民眼中却成了吃饱了没事干，你好心好意贴钱给他们改建抽水马桶，他们却一点也不领情。工作伊始，除了汪海等少数村民大力支持之外，大部分村民都对改厕抱着一种抵触态度，他们的陈旧观念成为阻碍改厕工作的最大"拦路虎"。

"这就是桃岭村一直脏乱穷的根源所在！"徐诗画在心里想。当她沉到这个村的深处想做点事情时才发现，现实并不是她想象的那么简单和美好，这个村不是一张白纸随便她怎么在上面画，她想象中的"处处皆风景"的美丽农场式村庄与眼前这个破烂村子相差十万八千里，要彻底改变村里的面貌不知要花多少钱、多少心血。很多次在夜里醒来，她都会问自己，这样做到底值不值得？她的耳边又一次响起前男友肖亮的话："回到你那个山村里你会后悔一辈子的！"她在村里只是一个大学毕业才不到一年的黄毛丫头，没有任何根基，也没有铁杆支持她的人，村支书徐永和与村主任李德海是一路人，他们都去过自己的小日子了，对这个村早就放手了，现在看她一个黄毛丫头这么起劲，私下里都在嘲讽她的莽撞无知，就等着看她的笑话。可她偏不信这个邪，这厕所改造的第一步迈出去了，她就不会再回头。汪海家的旱厕改造得非常成功，郑师傅不愧是旱厕改造技术能手，他带领几个工人只用了几天的时间，就将三格化粪池建好了。当那个从县城买回的冲水式马桶安装好，手一按完成了冲水，汪海的脸上乐开了花。他可能做梦也没想到这辈子还能坐在抽水马桶上方便，这不就跟城里人一样了吗？虽然花了一千块钱，但生活品质一下提升了很多，而且他再也不用担心老母亲的如厕问题了。徐诗画组织了好几拨村民去汪海家参观，大伙儿站在三格化粪池跟前，充满了好奇，再看到汪海家里新修建的卫生间里摆放的雪白的白瓷冲水马桶，眼睛里充满了羡慕，但参观完回去了就没有了动静，最大的原因是怕花那一千元钱，还是觉得拉屎撒尿的事这样折腾是小题大做。

这一次她又组织了一批村民来汪海家参观，然后在场院里跟村民们聊天交心。既然选择了回村，她就要学会耐心地跟每一个村民打交道，真正融入他们当中。她知道自己脑子中想象的那些蓝图美景与桃岭村的村民们息息相关，如果做不通村民的思想工作，转变不了他们的思想观念，那么她想要实现的梦想只能是空中楼阁。她必须从改厕这件不大不小的事情开始，让村民们对她刮目相看，她回到这个生她养她的山村，绝不是一时头脑发热，而是要让这个村脱胎换骨，让所有的村民脱贫致富，让自己的家乡丢掉脏乱差的帽子，让它变成一个如诗如画的大花园。

这样的梦想就是她所有行动的动力所在，是她百折不回的精神依托。她知道这条路十分崎岖漫长，她才刚迈出第一步，她绝不能轻易退缩。无论阻力多大，桃岭村的旱厕必须全部改造成冲水式厕所，这是让桃岭村卫生条件获得改善最具立竿见影效果的一步，也是她整个规划蓝图上最具革命意义的一笔。

她要抓住这个牛鼻子紧紧不放，就像父亲剖竹子一样，只要打开第一个竹节，后面所有的竹节都会迎刃而解，啪啪打开，一路畅通。

"大家安静一下，我来给大家算笔经济账。"徐诗画站起身来，环视了一圈场院上坐着的村民们说道，"这次旱厕改造不是我一时头脑发热，目前我们国家正在广大农村兴起一场声势浩大的厕所革命。小康不小康，厕所算一桩。要想过上有质量的生活，不改造厕所就是空谈。现在的简易厕所其实就是一个茅草房，下面埋个大缸，拿两块板子架在缸中间，臭气熏天，非常不卫生。家里有亲人或亲戚在城里的，都不敢在我们乡下住。为啥呢？就是上厕所这块受不了，那个旱厕叫人家下不了脚，这多尴尬啊。我们桃岭村哪儿都不差，就是给这旱厕和满地的垃圾搞坏了，现在到必须改变的时候了，否则我们桃岭村就变成狗不理了，没人会到我们这又偏僻又脏臭的村子来。现在乡村旅游渐渐火起来了，我们桃岭村的山水比其他乡村一点也不差啊，怎么没人来？大家细想想，连我们自己都嫌弃，人家凭什么要来这里给自己添堵？本来我们村有良好的自然条件，却因为脏乱差招人嫌弃，本来该我们赚的钱让别人赚去了，你们想想是不是太亏了？"

村民们听了这番话，明显受到了一些触动，纷纷交头接耳地议论起来，但也有不以为然的，小声嘀咕道："我们这穷乡僻壤的，什么看头也没有，难道就凭改造成冲水厕所就有游客来了？"

这个小声嘀咕的村民徐诗画很熟悉，他叫山根，她平时遇见都叫他山根叔。山根叔快五十岁了，胡子拉碴，头发花白，脸皱得像个核桃。他的眼睛在青龙山石矿干活的时候被飞来的碎石子砸瞎了一只，那一次极其危险，因为有一块更大的石头擦着他的头顶飞过，稍微低一点他命就没了。山根叔有三个孩子，两女一男，除了大女儿外出打工之外，两个小的还在上学，一个读高中，一个读初中，老婆常年卧病在床，家里经济条件十分窘迫，全靠他一个人在石矿挣钱，闲的时候上山砍毛竹再挣些补贴。他家屋后用毛竹圈了个茅房，徐诗画第一次去他家要他改造旱厕的时候被他一口回绝了，认为花上千块钱改造厕所简直是疯了。

"山根叔，您说得对，我们当然不能仅仅靠改造厕所了。"徐诗画冲着山根笑了笑，又转向在座的村民，提高了嗓门说道，"改造厕所是第一步，是将整天飘荡在我们村里的臭味除去，特别是夏天，那种味儿我相信大家都有切身体验吧。这第二步呢，是清理村里的垃圾和桃溪河里的垃圾。负责清运村里垃圾的人我已经找到，就是潘金良夫妇，他们常年在外捡拾垃圾，很有经验，我让他们定期回村清运垃圾。我已经订了几十个可以放置在村里各个角落的垃圾桶，大家以后倒垃圾就方便了，村里也会变得干净整洁。桃溪河的清理我正在想办法，可能要组建一个专业的清理队伍，专门负责河里各种垃圾和污染物的清理，相信不久大家就能看到一条清澈透亮的桃溪河！"

村民们听到这里，忍不住鼓起掌来。汪海鼓得最起劲，那张黝黑的脸孔兴奋得发红，最近一段时间他和徐诗画接触得最多，越来越感觉到这个小丫头身上有一股别人都没有的劲儿，脑子活，腿脚勤快，跟村支书徐永和与村主任李德海完全不同，他有时候会不禁在心里想，也许这个破破烂烂的桃岭村在这个小丫头的手上会来一个大变样。别的不说，现在他家中的卫生间内瓷砖锃亮，坐便器、淋浴花洒等设施一应俱全，在卫生间内洗漱，在冲水马桶上坐着方便，真的感觉自己已经变成了城里人。

"徐助理，清理桃溪河垃圾，我第一个报名！"汪海鼓完掌兴奋地喊道。

"好，汪海叔，算你一个！"徐诗画冲他笑了笑，接着又道，"这第三步呢，我就打算硬化我们村里的路。不是说'要想富先修路'吗？这外地游客要来我们村，你最起码得让人家的车能开进来对吧，特别是上海、苏州、杭州这些大城市里的人，你得让他们感觉交通很方便，人家才会来。我们要把村里的路修得像城里的柏油马路，沥青浇筑的那种，下雨天鞋子都不沾一点泥巴。这第四步呢，我们要在村里建农村文化礼堂、村史馆、图书室，还有休闲公园和健身锻炼处。这第五步呢，就是我要真正在我们村做的一件大事了，建上十几个特色农场，让所有的村民都变成农场主或农场员工，再造一条铁轨把这些农场串联起来，用一辆小火车载着外地来的游客们在这些农场里看个够，玩个够！"

徐诗画越说越激动，完全沉醉在自己所描画的美好前景中，冷不丁地被山根反问了一句："徐助理，你说这么多，简直说的比唱的还好听，这每一步都得要大把的钞票，可是钱从哪儿来，我们村这么穷，你这不是在给我们画大饼吗？"

"钱从哪来？"徐诗画一下子也被问住了，头脑里一片空白，是啊，这每一步都得一大笔钱呢，她还没认真想过这钱的问题，虽然厕所改造的钱基本上解决了，但后面一步步需要的钱又从哪里来呢，这个问题很现实，她一下子醒了过来，发热的脑门像被泼了一盆冷水。

"钱，我会慢慢想办法的。"她有点底气不足地低声说了这么一句。

"那你就慢慢想办法吧，即便你能把水说得点着灯，我家的厕所也不改造！"山根嘲讽地丢出了这么一句，"要么我就一分钱不出，随你们去折腾。"

徐诗画被他这句话一刺激，又好像从云端回到了地面。刚才她真的有点扯远了，这些都是这段时间一直盘旋在她脑海里的事，她心情一激动都给抛了出来，村民们可能都会认为她在说大话，还是从第一步改造厕所做起吧。

"山根叔，我知道你家的情况，不过，我告诉你一个好消息。"徐诗画转向山根，诚恳地说道，"我们安东县刚通过一个美丽乡村建设总体方案，这次县委杨书记决心很大，要在全县范围建设美丽乡村，这农村改厕是其中重要的一环，我们的机会来了，改厕资金实行'政府奖补、农户自主、多元投入'的筹措机制——中央和省级奖补资金标准为每户五百元，庆州市级配套奖补标准为每户二百元，县级配套资金不少于每户三百元，各项奖补资金合计每户一千元以上。我们村呢，现在筹措到了一部分资金，打算每户补助一千元，大家如果自愿选择投工投劳，自己掏的钱更少。也就是说，你们家可能花不了几个钱，就能用上抽水马桶，拥有一个像城里人那样干净的卫生间。"

"有这样的好事？"不少村民听了，不由得都睁大了眼睛。

"当然有，更多的好事还在后头呢！"徐诗画充满激情地说道，在白炽灯愈来愈亮的灯光映衬下，她两只漂亮的眼睛看起来闪闪发亮。

第十七章

施压

临近一月一日凌晨零点，安东县县政府大楼后面的大会堂里灯火通明，人头攒动，气氛肃穆紧张。"安东县整治生态环境'零点行动'决战动员大会"正在召开，县委书记杨安民神色坚定，声音洪亮地宣布"零点行动"正式开始！警笛长鸣，警灯闪烁，警车呼啸，安东县公安、法院、检察院、城管、市场监督、环保等部门组成的执法队伍，分头行动，直扑碧云湖边，驱赶污染严重的元辉造纸厂、元辉化工厂等工厂的夜班工人，切断电源，关闭大门，贴上封条，对个别抗拒执法的碧云湖船上酒店业主采取强制措施。安东及庆州的电视台、报社记者随行报道了此次雷霆行动。

"零点行动"正式打响的第二天一早，安东县政协主席汤达仁踱着小方步走进了县委书记杨安民位于县政府大楼七楼的办公室。

汤达仁身子矮胖，脑门儿大，头发稀疏，但脸色十分红润，左手上套着一个硕大的沉香手串，右手无名指戴着一只翡翠戒指，整个人显出那种整天泡在酒局上的人才有的富态和自得。

"汤主席，您有事通知我一声，我去拜访您才对。"杨安民见他进来，忙从办公桌后起身相迎，伸出双手握住了汤达仁那双肥厚的大手。

"安民哪，你是书记，当然是我来拜访你！"汤达仁脸上堆满笑意说道，一双小眼睛陷在肉里，但射出来的目光却有点咄咄逼人。

"哪里哪里，您是前辈，您请坐。"杨安民心里虽然对这只老狐狸有十二分的不满，但脸上表现得十分诚恳，"汤主席是无事不登三宝殿，我有什么做得不当之处您尽管批评。"

汤达仁也不客气，一屁股在沙发上坐了下来，矮胖的身子立即陷进了沙发里，看起来像一只正鼓着气的癞蛤蟆。

"你是我们县的一把手、大当家的，我哪敢批评你啊。"汤达仁仰起头，睁着一双鱼泡眼看了看屋顶，然后垂下目光，叹了口气说，"不过，你发起的这个'零点行动'好是好的，就怕一下子关停这么多企业，而且不少企业是我们县的纳税大户，这样下去会对安东的发展不利啊。"

果然是有备而来！杨安民从汤达仁打来电话的那一刻起，就预感到这只老狐狸是来做说客的，而且百分之百是来为元辉集团站台的。治理碧云湖的"零点行动"打响之后，安东县果断做出治污决策：关一批，停一批，治一批，转一批。元辉集团旗下规模和利税在全县名列前茅的元辉造纸厂属于严重污染企业，制浆生产线必须拆除。他知道厂长是周元辉的大女儿周晓鸥。另外元辉电源制造公司也要立马搬迁，新任总经理正是周元辉的儿子周晓辰。上次桃岭村孩子和大人铅中毒事件闹得很大，元辉集团不仅要给受害者付医药费，给予一定的经济赔偿，还要尽快将这个公司搬迁到青龙镇新建的工业园里去。他下这么大决心在全县开展"零点行动"，就是要啃下周家的这几块硬骨头。这才刚开始呢，汤达仁就找上门来了，看来他跟周家真的有扯不清的关系啊。

"汤主席，这个我知道。"杨安民让秘书陈成给汤达仁倒了一杯茶，自己在汤达仁对面的沙发上坐下来，看着他沉缓而有力地说道，

"不过，我们安东县现在的状况您应该最清楚，靠损害环境换发展的老路子坚决不能走了，我们必须还安东一个清清的碧云湖，还安东一个青青的青龙山。为此我们要壮士断腕，痛可能是痛了一点，但痛过一段时间就好了，我相信安东的企业家们一定有这样的胸怀和担当。'零点行动'不是我一个人拍脑袋想出来的，是县委常委会一致通过的重大决策，全县各单位各部门都必须严格执行，谁阻拦这个行动就是妨碍安东的发展，这个责任可不小啊！"

汤达仁心里咯噔一下，他没想到杨安民上来就给他这样一个下马威，准备好要说的话竟然一下子不好说出口了。虽然他曾经一再交代他的心腹——县委常委、常务副县长孔汉辉在常委会上极力阻拦"零点行动"方案的通过，但孔汉辉一人毕竟势单力薄，没能起到什么作用，这一直让他很恼火。因为周元辉私下又打点了他好几次，让他无论如何要想办法阻止这个要命的"零点行动"，但他竟然没有完成这个任务，这让他脸面很是挂不住，毕竟他曾经在安东县是"脚一踩地要晃三晃"的主儿，谁敢违逆他的意思？元辉集团就是他的摇钱树和聚宝盆，谁跟元辉集团过不去就是跟他汤达仁过不去。现在他毕竟还当着政协主席，瘦死的骆驼比马大，全县上下谁不给他让着点儿？偏偏就是这个杨安民根本不给他面子，还要把他往死里整，这口恶气他早晚得出。想到这儿，他那张磨盘一般的脸上露出几丝不阴不阳的尴尬神色，端起茶杯喝了一口，又将喝到嘴里的一片茶叶吐了出来。

缓了一会儿，他抬起头看着杨安民说："安民哪，你发起的这个'零点行动'，我是赞成的，都是为安东县的发展嘛，这是一件大好事。不过，什么事情都有个具体情况具体对待。就拿元辉集团来说吧，他们可是我们安东县的纳税大户，这些年对安东的贡献有目共睹，如果这次一下子关闭他们在碧云湖边的化工厂、造纸厂，还要关闭他们在青龙山的石矿，连在村里的电源制造公司都要搬迁，这不是一下子要了他们的命嘛。这样对待一个有很大贡献的民营企业，不是让广大民营企业家都寒了心吗？"

"汤主席，恰恰相反。"杨安民脸上挂着微笑，他早已摸清了眼前这只老狐狸的套路，所以应对汤达仁已是胸有成竹，"在全县经济发展全面转型的重要关头，像元辉集团这样的大企业更应该站出来有所担当才对，我们安东这些年靠粗放型经济取得了一些发展，但这种杀鸡取卵、竭泽而渔的模式该停止了，否则若干年后安东将会坐吃山空，彻底失去发展的后劲，我们不仅无法向安东几十万老百姓交代，对子孙后代也无法交代。我们把青龙山挖空了，把碧云湖污染了，把良田侵占了，原来好好的一片青山绿水都被我们糟蹋殆尽，到那时候，我们就成了人民的罪人、历史的罪人！"

汤达仁沉默不语，脸色愈发难看，他右眼角有一颗黑痣，黑痣上有一根毛，这时候杨安民清楚地看到这根毛在轻微地颤动。汤达仁又端起茶杯喝了一口茶，但端茶杯的手在微微发抖，看得出他在极力控制自己的情绪。

"安民，我今天来不是要听你这些说教的。"汤达仁脸上带着愠色，语气有点打结，"我今天来的唯一目的就是想让你对元辉造纸厂和化工厂网开一面，可以整治，不要关停。"

"汤主席，这个我不能答应您。"杨安民神色也严峻起来，他微微皱了皱眉，语气十分坚决，"碧云湖边有污染的企业一律必须关停搬迁，全县人民几十万双眼睛都盯着呢，我杨安民哪敢去搞这个特殊啊。再说这次'零点行动'牵动了很多部门，每个部门的负责人都签了军令状，就是要硬碰硬，不取得彻底胜利绝不鸣锣收兵！"

"好吧，算我什么都没说！"汤达仁终于绷不住了，他把手中的茶杯往茶几上使劲一墩，霍地站起来，怒气冲冲对着杨安民嚷道，"杨安民，不要以为你是县委书记就了不起了，你油盐不进我也没办法，我只是提醒你，得罪了元辉集团，你在安东县是待不长的！"说完他转过身，晃动着矮胖的身躯向门口走去，到了门口他还回头看了杨安民一眼，鼻子里哼了一声，然后摔门而去。

看着汤达仁离去的背影，杨安民在原地愣怔了一会。他在心里感叹周元辉能量的巨大。就在昨天，省里的一位领导打电话来为周元辉的公司说情，表面上讲得也像汤达仁这么冠冕堂皇，什么要保护民营企业家的积极性，地方发展离不开这些大企业的支持，转型发展不能搞一刀切，要慢慢来，如果一下子都去搞生态发展，整个县的经济就会垮掉，对他这个县委书记也非常不利，现在生产总值上不去就是当政者无能的表现，是要受处分挪位子的。省里的这位领导说起来一副语重心长的样子，但他心里明白，还是在给周元辉做说客。这次的"零点行动"风险显而易见，两年时间里，要治理近百家污染企业，关闭四十家严重污染的企业，投入费用高达上亿元，这对一个刚刚摘掉贫困县帽子、财政收入捉襟见肘的山区县来说，无疑是一个巨大的压力。那些即将被关停的污染企业，大多是纳税大户。这一关，安东县将损失三分之一税源，全县的生产总值可能要倒退很多，这就是"零点行动"的痛点所在，也是需要下最大决心才能打响这一战役的原因。不光是元辉集团，还有不少在这次行动中将要被清理整顿的企业都托方方面面的关系来他这里疏通说情。一时间，他仿佛陷在一个巨大的旋涡中无法自拔，他感觉自己要被吸进一个黑洞中，他这才真正发觉人情社会关系网是多么绵密和强大，这个网有点像堂吉诃德面对的风车，以前他觉得堂吉诃德与风车大战十分可笑，但他现在觉得堂吉诃德很悲壮，这个风车是一个象征，它代表着一股庞大的势力，你要与它作战几乎没有取胜的可能，但堂吉诃德能勇敢地与之战斗，已经超过了很多人。他感到现在自己就是堂吉诃德一样的人，在安东县陷入了一个包围圈，这个包围圈越缩越小越缩越紧，他感觉都快要不能呼吸了。关键时候又是王天翰书记的一个电话给了他勇气，王书记在电话里问他压力大不大，顶不顶得住。他坚定地表示压力再大也要啃下这块硬骨头，必须让这匹野马勒住缰绳，安东只有这次机会可以涅槃重生了，他的这顶乌纱帽能不能保住无所谓，只要能将安东推到生态发展的正确道路上，他付出一切都心甘情愿。

想到这里，他感觉浑身又充满了力量。他缓缓移步来到窗前，青龙山远远的剪影在天边勾勒得十分清晰，在青龙山的北面就是一望无垠的碧云湖，这个安东人民的母亲湖，将迎来历史上最声势浩大的整治行动。所有的污染企业都将关闭搬离，还有积聚在湖边的一些污染严重的养殖场，各种往湖里倾倒垃圾的船家饭店，都将被一一清理，要还碧云湖一个清清朗朗的环境，要让碧云湖的湖水重新变得清澈透亮，再不会发生那种大面积的蓝藻污染，不会让鱼儿们悲惨地死去。碧云湖环境的整治将是整个安东县经济发展转型的一个标志性事件，有了"零点行动"这个雷霆万钧的整治开头炮，后面的路就好走了。

这是一场硬仗，只能赢，不能输！杨安民望着远山，握紧拳头，抿紧嘴唇，此刻他觉得自己就是一个指挥千军万马的将军，心里涌起了一股悲壮之情，他在心里说，开弓没有回头箭，前面哪怕是万丈深渊，是地雷阵，他也要义无反顾、勇往直前。

第十八章

寿宴

临近春节，气温骤降到零下三度，上午天一直暗沉沉的，中午的时候天空中忽然飘起了雪花，一开始还是星星点点的，后来就慢慢大起来。雪花漫天飞舞，一片片鹅毛般的雪花落在山坡上、房屋上、树梢上、场院里，渐渐地堆积起来，万物开始变白，这景象竟然令人莫名欣喜，因为现在的冬天很少能看见下雪了。像安东这样的山区县，大部分地方的气温比平原地区都要低上一两度，所以山上的雪下得早，堆积得也会更厚，特别是那些绵延起伏的长满毛竹的山峦，这时候真的是银装素裹，美不胜收，一派雪域风光。

这雪一下，特别是夜晚的灯火一映照，一种过年的喜庆氛围就有了，按往年的惯例，桃岭村这时候要开始准备长寿宴了。这长寿宴一年一度，很让人期待和欣喜，虽然这些年村里外出的人很多，平时村里有点冷清，但到了吃长寿宴这天，一般都会赶回来，不管有多远的路，何况没两天就要过年了。

雪后天气是出奇地冷，出门得穿羽绒服，戴上风帽，甚至是耳捂子。尽管冷，但整个村庄里似乎涌动着一股热流，因为今年的长寿宴与往年相比有点特别，所有费用都由村里出去的富豪万庆强买单，而且请了县里的文艺家们来村里办一场"我们的村晚"，这是徐诗画到县里好不容易争取到的。至于由万庆强买单，这是他心甘情愿的，说富了不能忘记乡亲，更何况他将来还要把一部分事业放到家乡这个地盘上来发展，靠的还是本乡本土的乡里乡亲，与乡亲们搞好关系就更在情理之中。其实，只有徐诗画心里明白，万庆强之所以这么慷慨大方，主要是为她考虑的。上回万庆强回村，她说起改厕和整治村里环境卫生的艰难还有遇到的阻力，感叹农村工作真不好做时，万庆强立马一拍胸口说以后村民的工作他来做，他和她现在是一条船上的人，不支持她支持谁呢？徐诗画心里一暖，这时候她太需要人支持了，以前她的想法很单纯，觉得只要自己是为村民好，事情就很容易办，但她没想到的是，自己很多时候是剃头挑子一头热，村民心里在想啥，其实她是一无所知。在那一刻她终于认识到，自己的书生气还是太浓了，难怪父亲经常批评她，脑子太简单了，村主任助理哪有那么好当，如果再想当村主任，没有村民的支持是根本不可能的，村主任都是通过村民选举大会投票决定的，大家不买你的账，你就是老水牛掉进枯井里，有劲也使不出。母亲也唠叨说，还是别在这个穷村折腾了，趁早去城里找份正经工作，再找个靠谱的人嫁了才是正道。农村的情况复杂她早就知道，但没想到会那么复杂，好几次她都想打退堂鼓了，想逃离桃岭村，但一想到自己一直勾画的蓝图美景就这么轻易放弃，她实在是心有不甘。万事开头难，她现在已经开了个头，村里一大半的村民家里都改成了抽水马桶，赞誉声越来越多，几十只垃圾箱和垃圾桶也已在村里安装就位，村民们不再乱扔垃圾了。开着小四轮的潘金良跟他老婆隔三岔五将垃圾清运干净，村里的卫生面貌已经大有改观。万庆强支持的二百万资金起了决定性作用。徐诗画觉得接下来就是清理桃溪河了。一次偶然的机会她从县里得到一个好消息，桃溪河治理可以申报省里的中小河流治理项目，如果申报成功可以拿到上千万的治理专项经费，那就解决大问题了。总之，她的命运现在与桃岭村已经完全捆绑在了一起，前面哪怕横亘着无数座高山，她也要义无反顾地翻越过去。这次长寿宴就是她与村民拉近距离的绝佳机会，她是一定要抓住的。有万庆强的全力坚持，她更是信心倍增，只是不知道欠了万庆强这么多人情，将来她拿什么去还？

傍晚的时候，雪终于停住了，徐诗画催着村财务张春花再去确认一下长寿宴的菜量够不够。三天前，大家已经陆陆续续地忙碌起来，关于长寿宴的议程和分工，一周前就都定下了。村书记徐永和不见人影，村主任李德海虽露了几次面，但也只是在敷衍，何况他在青龙山石矿入股分红的事已经到火烧眉毛的地步了，一旦镇书记邵荣义真的被查，他也得跟着完蛋，哪还有什么心思来顾及长寿宴的事。徐诗画能调动起来的就是财务张春花、驻村干部李培松，对她一直心存感激的村民汪海，还有几个自然村的村组长，不过有这么几个人也够了，只要心往一处想、劲往一处使，就没有干不成的事。

雪停的时间不长，不多一会儿，又开始纷纷扬扬地下了起来，徐诗画将几个负责长寿宴的人召集到自己家里，徐乐山在一旁默默地给炭盆里又添上了一些炭火。外面的风呼呼作响，窗子被风吹开了，冷风呼地灌进来，徐诗画赶紧起身走过去把窗子关上，她用手搓了搓脸，微笑着问道："我们村的长寿宴明晚就要举行了，都准备得怎么样了？"大家都说："一切就绪，没什么问题了。"

汪海还特意大声地说："到时候几个大铁锅就由我承包了，几个厨子的事大家就不用操心了！"

徐诗画听了很高兴，看着围在炭火前的一张张脸，说道："有劳大家了。为了确保这次长寿宴万无一失，我们再把几个关键环节捋一捋。”接着她把长寿宴邀请的人数、菜品、菜量和座位安排等细节问题都一一再核实了一遍，又问李培松：“‘我们的村晚’这边对接得怎么样了，我们村出的三个节目准备得怎么样了？”

“跟县文联那边已经对接好了，”李培松是县文旅局下派的驻村干部，三十五六岁，中等个子，圆脸，一团和气的样子。“我们村的三个节目也排练好几次了，一个是二胡演奏，一个是民歌独唱，还有一个是街舞表演，表演的都是回村的几个小年轻，他们热情很高。”

徐诗画点点头，又想起了什么似的问道：“是不是要搞个节目评比？评出个一、二、三等奖出来，发点奖品，大家都开心。你们看看发什么奖品好？”

大家都琢磨起来，一下子还真想不出什么合适的奖品。忽然张春花一拍大腿说道：“我有一个提议，村里陈大林的竹雕和折扇画很有名气，在上海、杭州都有人买，可以拿一些来做奖品。”

“对啊，我怎么没想到？”徐诗画眼睛不由得一亮，“陈老师的家我去过，那些竹雕和折扇画太绝了，他绝对是我们村里的一个人才，我还跟他说过，等我们村整治好了，我要给他专门建一个竹雕工作室，他以后可是我们桃岭村的一个招牌啊。”

大家都点头赞同，奖品的事情就这么定下来了，由徐诗画负责去跟陈大林对接，到时候按市场行情付给他一定的报酬，不能白拿他的作品，他不种地，也不去石矿打工，就靠卖竹雕和折扇画养家糊口。

事情都商量好了之后，大家各自散去。屋外天寒地冻，几束亮光在雪地上移动，不断传来一阵阵的狗叫声。雪花又飘了起来，村口的道路已经积了几寸深的雪，脚踩在上面会发出咯吱咯吱的响声，这种声音莫名让人愉快，好几年没下过这样的大雪了，明天的长寿宴在这样的雪天雪地里显得更让人期待。换句话说，桃岭村冷清很久了，不管是大人还是孩子都在心里巴望着能回到往昔的热闹气氛中。

徐诗画站在门口送走了刚才来家里开碰头会的几个人，心里感到踏实了不少，这次长寿宴主意是万庆强出的，但具体能不能办好担子全部压在她的肩头上，她知道这是对她能力的一次考验，将来要想干更大的事，这一关必须过，而且要过得漂漂亮亮的，不能让村里那些本就对她这个黄毛丫头有看法的人看笑话。

转身回到了堂屋，见母亲坐在炭盆边烤着火，她乖巧地在母亲的身边坐了下来。"妈，明晚的长寿宴你和爸都要去参加啊，我到时候忙可能顾不上你俩。"她对母亲说，猛然发现母亲头上的白发多了起来，不经意间，母亲已经变老了。徐诗画心里一紧，她知道自从她回到村里，母亲的心像被什么扯住了似的，时不时会看着她走神，有时候还会不自觉地叹息一声。村里人的议论不可避免地传到了母亲的耳朵里，辛苦培养一个大学生毕业了却回到村子里，这四年的大学不是白读了吗？母亲年轻的时候家庭条件不好，没读过多少书，一心巴望着女儿能为她扳回这一本，谁承想女儿太倔了，一条道走到黑，一开始她还唠叨着劝说，后来就沉默不言，随女儿去折腾了，但心里还是闷闷的，这口气压在心头不知道什么时候才能畅快地出来。这些天看着女儿进进出出，为村里的事情忙碌着，她又心疼起女儿来，在村里一晃生活几十年了，她太了解这些乡邻的脾性了。这村子有几百号人就有几百条心，哪有那么好办事的？别的不说，就说这改厕的事，村上人说什么的都有，说那补贴的钱，是女儿跟万家小子签了卖身契换来的，简直让她气炸了肺，难道一心为村里人谋福利也有错了？她不担心女儿会做出什么出格的事，从小到大，女儿是什么样的人她心里跟明镜似的，她就是担心女儿好心没好报，出了力还不讨好。女儿说的那些愿景她一点都不看好，可女儿不听劝，那就只能等女儿撞了南墙再回头了。

"明晚我一定去，我们画儿支棱起来的大场面，我跟你爸一定去给你捧场。"倪彩琴边说边从炭盆前站起来，招呼着女儿道，"来，看看你爸都给你这个长寿宴准备了啥。"

"啊，我爸能准备个啥，不会编了几个蝈蝈笼去现场送小孩子们吧？"徐诗画一下子雀跃起来，自从她回了村，父亲一直是板着脸的时候多，难道现在转变了观念，开始支持她了？

娘儿俩先后进了东厢房，一进门，只见桌子上、椅子上，还有地面上，都铺满了用红纸写的对联，红彤彤的一大片，每个字都写得端端正正，笔法一丝不苟，颇有书法家的气韵。徐诗画不禁一乐，对母亲说道："我爸考虑真周到啊，我怎么没想到这一层？我们只想到大林叔的竹雕和折扇画了。我爸的书法是派上用场的时候了，这对联明天在礼堂一贴，氛围一下子就起来了。"

"看，这里还做了不少红灯笼呢。"倪彩琴提醒女儿看看堆在墙角的灯笼，"你爸一听说你要为村里办长寿宴，就闷头闷脑在家里忙活了好几天，他这手艺可不能失传了。"

"妈你放心吧，我们村变成网红打卡地之后，主打产品可能就有我爸编制的各种竹艺品，我会安排村里的年轻人来跟我爸学习，我们村发财致富可能还得靠这些竹艺品呢。"

"你爸编的那些小玩意儿真能卖掉吗？"倪彩琴一脸的不相信。

"能卖掉的，我们看着不起眼，城里人可稀罕了。"徐诗画兴奋地说，脑子里又冒出了一个新念头，靠山吃山，靠竹吃竹，竹子浑身都是宝，桃岭村这满山的翠竹也该变成真金白银了。

第二天一早，村礼堂旁的场地上就有了人声。有人用板车搬来一捆捆晒得干干的柴火，有人则拉来一根长长的皮管子接水，还有几个人在安置着灶台，一派忙碌热闹的景象。汪海开货车从镇上运来六扇新鲜的猪肉，叫人搬到场院边上火灶旁临时搭建的小厨房里。桃岭村在西安开饭店特意赶回来的厨师李木竹忙着指挥着大伙儿将猪肉分成很多份，分别做成排骨，剁成肉馅，切成大块。肉馅可以做肉圆子，大块的则要炖成红烧肉。厚厚的板油被撕下来，先炼上一大盆猪油，炒菜的时候能派上用场。又有人开车运来了一大堆菜蔬，大葱、菠菜、韭菜、冬瓜、莴笋、茭白、辣椒，还有鱼虾河蟹，堆满了厨房。长寿宴主打的就是吃，所以才把在外面的大厨请回来，这架势让大家对晚上的宴席充满了期待。

下午两点左右，礼堂里的灯一齐亮了起来。这个礼堂是以前村里的一座老会堂翻修的，里面摆了十几张八仙桌，徐诗画指挥着大家擦拭干净桌椅板凳，然后贴对联、挂灯笼，又将"我们的村晚"红底黄字横幅挂在前面舞台的横梁上。那边的音响师在调试音响。从县里请来的舞协主席邓老师是这次"村晚"的导演，她开始对一个个节目进行彩排，一拨演员走完台，又上来另一拨演员，大家都很认真。台下站了不少村民，他们的眼睛里都充满了好奇，毕竟这种演出在桃岭村已经很久没有举行过了。孩子们最开心，他们在舞台下面追逐打闹，让人感觉这"村晚"已经提前上演了。

由于人多，大家在礼堂的西面搭了一个灶头，这样两个灶头同时开火做菜，大厨李木竹忙得不亦乐乎。他将豆腐切成碎块，拌进馅，包上豆皮然后放进油锅里，一会儿，一根根油黄黄的春卷就"游"上来了，在场的小孩子先每人分到一根，然后一溜烟散开去玩耍了。灶台上冒着蒸汽，看不清人的脸，大家一边叽叽喳喳地说着话，一边热火朝天地忙碌着，烧火的，配菜的，炒菜的，生炭火炉子的，各司其职，忙而不乱。离得近的老人早早地来了，围坐在场院上搭建好的棚子里，烘着火，唠着嗑，一边还不忘呵斥着自家的孩子别疯跑，小心摔跤。有的偷偷拿了个鸡腿，悄悄塞到不远处自家孩子的嘴里，孩子撕扯着鸡腿又去和小伙伴满场院疯跑了。熬了好几个小时，炭火上的大锅子终于开始被一个个打开，各色菜品很快被分装到一个个盘子里，第一道菜是油焖大虾，第二道是菜炖豆腐，第三道菜是老鸭煲，第四道菜是本鸡煲，第五道菜是红烧羊肉，第六道菜是炖蹄髈……村里几个充当跑堂的小伙子，已经摩拳擦掌，准备往礼堂里端菜。

傍晚时分，天暗了下来，雪也恰到好处地停了，万庆强驾驶着他那辆凯迪拉克回来了。徐诗画上前迎接，万庆强看着她被冻得通红的脸，眼睛里满是爱意。徐诗画今晚穿了一件雪白的羽绒服，衬得她的脸蛋更加明艳动人，万庆强看得呆了，徐诗画提醒他："快，别愣着了，长寿宴就等你来开席呢。"

"好的，我们进去吧。"万庆强怜惜地看了徐诗画一眼，说了一句，"看这场面就知道你这几天没少操心啊。"

天还没完全黑，人们已经陆续在礼堂里的八仙桌边坐好了。徐诗画对着名单，和几个自然村的小组长合计着人数。一个村里，七十岁以上的老人，平时见的面其实也不多，见面时，总是很亲热。和年轻的时候一样，喝酒的老头子多数聚在一桌，相熟的老姐妹也蜷在礼堂一角，长寿宴算是他们的热闹日子，话都比平时多了。这次的长寿宴，炖菜多，热乎着吃，考虑到老人的牙口，也都炖得很烂。礼堂的舞台上,"村晚"节目也开始上演了,熟悉的越剧最受人喜欢,也有年轻人演的小品,虽然表演欠火候,但成功地把大家逗乐了。菜就像是开了闸的水一样上来,大家"啪啪"地打瓶盖儿,分碗筷,倒酒。万庆强给老人们斟酒,敬了,一口喝干,又满上。不知道谁叫了一声"好",整个礼堂就响起了鼓掌的声音,场面更热闹了。"村晚"由村里在外面当主播的一个时尚女孩唱了一首《父老乡亲》而推向了高潮。这些老人看着长大的孩子,现如今在台上唱着一首首他们不曾听过的歌曲。笑声在人群里响起,吃席的老人都笑眯眯的,也有的边吃边拿出塑料袋,将一些鸡肉鸭肉装了进去,心里惦记着家里还没喂饭的狗。

"村晚"快接近尾声的时候,徐诗画歪过头对万庆强说:"阿强,我最近在琢磨一件大事,过几天我要找你好好合计一下。"

"巧了,诗画,这趟回来,我也想在我们村干一件大事。"万庆强抬手在徐诗画的肩膀上轻轻地拍了一下,"说不定我们想的是同一件事呢。"

第十九章

清查

春节之后第一天上班，青龙山镇政府就弥漫着一股紧张的气氛，楼道里的人都步履匆匆、神情严肃，好像有什么大事要发生。屋外一直下着连绵的冷雨，让本就寒冷的天气变得更加让人不堪忍受。

镇长俞永根在自己的办公室里跷着二郎腿若有所思地抽着烟，年前的一天，县委杨书记和县长郑乔林又把他叫去了一趟。这次谈话很严肃，整治碧云湖环境的"零点行动"已经到了攻坚阶段。前两个月里，虽然周元辉在背后使出各种解数极力阻挠，但位于碧云湖边的元辉集团造纸厂和化工厂还是被强行关停。造纸厂厂长、周元辉的大女儿周晓鸥煽动厂里工人和工作组人员一度发生严重对峙，后来县公安局调集了二十多个民警才控制住了局面。解决了元辉集团的造纸厂和化工厂，其他重度污染的企业一看大势已去，纷纷开始从碧云湖边搬迁出去，不到两个月，湖边的污染企业已经基本搬迁结束，那些当初建在湖水中的船型饭店酒家也被陆续拆除，碧云湖边从此没有了冒着白烟的高高烟囱，也不再有倾倒的油污垃圾，河水慢慢变得清澈起来。这些有目共睹的巨大变化更让杨安民坚定了信心，要让安东县这趟列车真正驶上生态发展的轨道，就必须将被破坏的一山一湖恢复本来的面貌。这样修复青龙山生态更是成了当务之急，而关闭青龙山石矿就成了关键一战，必须啃下这块硬骨头。这次书记和县长给他下了死命令，必须排除万难拿下青龙山石矿。他也知道青龙山石矿之所以拖到今天迟迟不能关闭，最主要的还是周元辉在幕后指挥，调动各种关系和力量企图将青龙山石矿保住。另一个重要原因就是镇政府里有很多干部都在矿上入了股，尤其是镇党委书记邵荣义还在里面拿了好几年干股，对这项工作采取的态度就是推诿扯皮，那架势就是能拖到什么时候就拖到什么时候。让俞永根心里暗喜的是，杨书记和乔县长好像对邵荣义的违纪违法行为已经了然在胸，话里话外都在暗示邵荣义将被拿下，而他到时候就可以顺理成章地坐上镇党委书记的宝座了。

"这个事情得抓紧，我有办法了！"俞永根把烟头往烟灰缸里一按，然后放下跷着的二郎腿，抓起电话打给了财务小李让她到办公室来一下。

很快，小李就推门进来，脸上有点惶恐不安。她是一个三十四五岁的女人，尖脸，头发黄黄的，在脑后扎着一个马尾。"镇长，您找我有事？"她惴惴不安地问道，她一直是邵荣义的人，对俞永根有一种本能的排斥和防备。

"你去帮我拿一份镇班子成员每年全部收入和福利的明细来。"俞永根瞄了她一眼，加了一句，"这件事你不要跟其他人去说。"一边在心里想，等我当书记了，得把这个财务换掉。

"好，我这就去办。"小李说着转身走出了俞永根的办公室，心想，这事情很难办，做了这么多年财务，她知道这里面的猫腻多着呢，有些收入是不能拿到台面上来说的，她不知道俞永根要这个明细到底要干什么，但她知道一定与镇上最近正在清退青龙山石矿股份有关，而且邵荣义在矿上拿了几百万分红的事她都一清二楚，这明细如果照实拿出来，那是要出事情的。

小李思忖了半天，还是敲开了邵荣义的办公室。

"邵书记，俞镇长让我拿出一份镇班子成员每年收入的明细，我觉得……"她嗫嚅着说，用手搓着衣角，不敢用正眼去看邵荣义。

邵荣义坐在老板椅上，看上去好像一下子老了十岁，脸色憔悴，眼袋明显，鬓角的白发也冒了出来，这段时间他压力很大，感觉屁股就坐在火山口上。县纪委的人已经找他谈过一次话，虽然态度上很客气，但他知道他们应该已经掌握了他在青龙山石矿拿干股的事，这事只要一暴露出来，他就得被"双开"并且有牢狱之灾。这些天随着"零点行动"的战鼓越敲越紧，他更加惶惶不可终日。他恨死杨安民了，如果不是他来安东这一番折腾，自己的小日子肯定还过得有滋有味，跟情人王玉梅也能隔三岔五地幽会一次。现在他已经好久没踏入王玉梅那个房子的门了，整个人都不在状态，哪还有那份闲心？现在唯一能救他的就是汤达仁了，上次东拼西凑了五十万送给了他，听说汤达仁也在到处为他活动，只是目前还没有什么实质性的进展，可自己这边已经是风声鹤唳、险象环生了。

"他要，你就给他。"邵荣义疲惫地叹息了一声，顿了顿，又道，"不过，你也放灵活点，有些项目就别放到明细上去了，可以删除掉。"

"好的，邵书记，我明白了。"小李点点头，转身走出了办公室。

待到俞永根拿到那份班子成员收入明细的时候，他不知道上面的收入已经少了五六万，但他看到小李惴惴不安离去的样子，心里也产生了几分怀疑，但也不好问她什么。他把手中的明细又端详了一番，拿起电话给组织委员楚玉打了个电话，叫她过来一下。在现在的班子成员中，他唯一能信赖的就是楚玉了。楚玉是他一手提拔起来的，算自己的铁杆，而且他们之间有着另一层别人不知道的亲密关系。如果他当了书记，他一定会想办法将楚玉提拔成副镇长，将来还可以进一步让她当上镇长，到那时候，青龙山镇就是他们的天下了。

楚玉进来的时候，无声无息，像一只猫一样，她上身穿着一件黑色的紧身羽绒衣，下身配的是一条宽松的牛仔裤，婀娜的身材在这样随意的搭配中展露无遗。俞永根看了心里就有些发痒，但表面上一点没有显示出来。

"楚玉，你看看这份收入明细。"俞永根将小李送来的那个文件递给楚玉，"你能从中发现什么。"

楚玉接过来，眯起眼睛看了看，抬起头看着俞永根说道："很正常啊，我没发现什么不正常。"

"这就说明不正常。"俞永根将身子往皮椅上一靠，双手交叉到脑后，意味深长地看了楚玉一眼。

楚玉一笑，露出两排好看的小白牙，看着俞永根揶揄道："俞镇长，我看你这是要跟我们镇整个领导班子作对了啊。"

俞永根一惊，赶忙在皮椅上坐直身体，盯着楚玉问道："你为什么这么说？"

"你想想啊，"楚玉用手撩了一下额前的头发说，"我们镇领导班子成员几乎都在青龙山石矿中入股了，你现在让大家把股份都退出来，不就是要跟整个领导班子过不去吗？尤其是邵书记，他毕竟是一把手，难道你也要与他为敌？"

俞永根一听，身子又松弛下来，他拿起桌上的中华烟，抽出一根，点着，吸了一口，说："我是镇长，县里又要求我负责退股这件事，杨书记让我立了军令状，我只有往前冲了，退股的事不能如期完成，青龙山石矿不能按期关停，我这个镇长是要被撤职的，我已经没有什么退路了，难道我还怕班子成员不满吗？你说邵荣义，他这几年拿了多少干股的分红，他心里最清楚，早就该清退了，他自己做的事自己承担责任，我怎么与他为敌了？"

楚玉的脸上飘过一丝忧郁之色，说："我知道，你也是被逼上了梁山，但这退股的事处理不好，会让你在班子里变成孤家寡人，如果你在镇上没有人支持的话，工作是很难推进的，你能力再强，也不能事事都亲力亲为吧？"

俞永根吐了一口烟，透过烟雾有几分暧昧地看着楚玉："不是有你在支持我吗？"

楚玉嫣然一笑："我当然是支持你的，不过，光我一个人支持你也不行啊，何况……"

见楚玉欲言又止，俞永根将烟头在烟灰缸里撚灭，预感到了什么，问道："何况什么？"

楚玉低下头，神色也黯淡下来，半天才抬起头看着俞永根说道："你可能还不知道，镇上关于你和我的流言蜚语已经在满天飞了。以后，我们还是尽量少接触吧。"

俞永根颇感意外地瞪大了眼睛："真的吗？我怎么一点都不知道。"

楚玉将眉一挑，意味深长地看了他一眼："你是镇长，很多话你是听不到的，但是我能听到一些，世上没有不透风的墙，若要人不知，除非己莫为。"

俞永根将身子往椅背上一靠，目光落在楚玉黑玛瑙似的眸子上，说道："真是这样的话，以后我会注意的，你放心！不过，你要支持我，不然我就真成孤家寡人了！"

楚玉咧开嘴一笑："你怕成孤家寡人就不要跟整个班子作对，其实真的没有必要让所有班子成员的股份全部都退出来的。"

俞永根轻叹了一声，若有所思地说道："不会班子成员除了你我之外，都入股了吧？我在名单上只看到五个班子成员。我要得罪，也就得罪这五个人，其他人还是会支持我的。"

"俞镇长，没想到你还这么天真？"楚玉笑起来，将身子往前倾了倾，用一根葱白的手指在桌子上敲了敲，"你真以为大家都是用真名入股的吗？不少人是以亲戚的名义入的股，乍一看你是根本看不出来的。"

俞永根一惊："原来是这样啊，我一直被蒙在鼓里！"

"说出来你可能不相信，"楚玉犹犹豫豫地说道，"我在矿山也有股份的，是以我一个表妹的名义，你根本就不知道。"

"你也有股份？这我可怎么也没想到！"俞永根瞪大眼睛看着楚玉，好像不认识她似的。

"不过，我已经将股份退出来了。"楚玉说，"那次会议之后，我就主动去把股份退出来了。"

俞永根心里禁不住松了一口气："吓了我一跳，退出来就好。"

"其实我根本就不想在矿山入股，"楚玉说道，"当时是因为邵书记一定要我们班子成员入股，我没有办法才这么做的。"

俞永根明白这是为什么，他鼻子里哼了一声："邵荣义这是要让班子全体闭嘴，他这是在害大家啊！"

楚玉点点头："他就是这个意思，要把大家都赶到一条贼船上。"

俞永根眼睛一亮："也许，也有班子成员跟你一样是被逼的，上次会议之后，可能也会主动从青龙山石矿中退出来。你再看看这份收入明细，肯定造假了吧？"

楚玉抖了抖手中那份明细，十分肯定地说："我敢保证，这里列出的只有班子成员实际收入的一半。"

俞永根并不太惊讶，他将这个任务交给财务小李，就不相信她会把真实的收入情况报上来，毕竟小李一直是邵荣义的人。停了停，他若有所思地问楚玉："我有一个问题始终没想明白，我们班子成员的收入也不算少了，大家为什么还要去入股？"

楚玉把嘴一撇，说："这个社会，谁不想多挣一点呢？你还以为这些家伙真没看出石矿开采的问题啊？他们有些人比我们清楚得多了，只是他们都有股份，你要把石矿关停，就是断了他们的财源，那还不是要了他们的命？！"

楚玉的话俞永根一听就懂，青龙山镇的一些班子成员把矿山的入股收入看作自己应得的灰色收入，没有人会轻易放弃这块一直吃到现在的肥肉。

楚玉离开办公室之后，俞永根马上将纪委书记兼政法委员王骏民、工业副镇长胡恩庆叫了过来，对他俩说："你们应该知道镇干部在矿山入股是明确禁止的。但我听说我们镇有不少干部在青龙山石矿入了股，这个情况你们知道的吧？"

王骏民转头看了一眼胡恩庆，后者飞快地对他使了个眼色，王骏民立马会意，对俞永根说道："俞镇长，据我所知，我们镇干部没有人在石矿入股，最起码班子成员中是一个也没有。"

胡恩庆立即点头赞同，一边拿眼偷偷地瞟了一下俞永根。

俞永根在心里哼了一声，等会有你俩好看的，但表面上他一副波澜不惊的样子，说道："没有就好，我就是担心如果有的话，查出来大家都没好果子吃。保险起见，我们现在就一起到青龙山石矿去走一趟，查一下他们的股份账册，如果没有我们的干部入股，那当然是最好不过的了。"

事发突然，王骏民和胡恩庆始料不及，不禁互相看了一眼，眼神里有些复杂的意味。王骏民毕竟是一个老江湖了，片刻慌乱之后，立马稳住了阵脚，心里已经打好了小算盘，对俞永根说道："好的，俞镇长，我先去跟矿上联系一下。"

"联系用不着了，今天我们直接去！"俞永根不动声色地说，站起身来，对他们两人挥了挥手。

王骏民和胡恩庆又是一愣，面面相觑了一会，还是无奈地跟着俞永根走出了办公室。

俞永根打了电话给楚玉，让她跟着一道去，因为她对镇上干部在矿上入股的情况更了解一些，又是自己最信赖的人，这个时候就指望着她能助他一臂之力了。

一行人乘车很快就到了青龙山石矿，总经理郝昆并没有露面，一个分管财务的副总接待了他们。副总姓刘，是一个留着一头板寸的中年男人，瘦长脸上的鹰钩鼻特别显眼，两只三角眼骨碌碌地转动着，一听是来查入股情况的，马上一推二六五，说入股情况是公司的机密，不能随便向人公开。

俞永根一看这个副总这么滑头，就不打算跟他再说什么废话了，他端起茶杯喝了口茶，一边给王骏民使了个眼色，意思是要他直接查股份账。

王骏民面露难色，但还是硬着头皮对这个副总说道："刘总，俞镇长这次来不是要探听你们的机密，只是想检查一下，镇上干部有没有在你们公司入股，目的非常简单。我们只要股东名单就行，看过也不复印，马上还给你们。"

刘副总伸手摸了一下自己的板寸头，拿眼瞟了一眼俞永根，说道："我们郝总有交代，没有他授权，股东名单谁也不能往外拿。"

楚玉见他一副老奸巨猾的样子，忍不住上前一步，盯着他说："刘总，如果你这里实在不行，我们回去后向市里和县里汇报，让市纪委协调工商、税务一起过来。是不是一定要这样？"

刘副总一听慌了。他赶忙说："你们稍等，我去给郝总汇报一下。"

俞永根想，这个郝昆的后台就是元辉集团，恐怕不会那么容易答应的。今天这个副总在这里推三阻四，肯定也是元辉矿业的人早已交代的了。俞永根在考虑接下去用什么更具杀伤力的话，让这个副总就范。

没想到的是，刘副总电话请示回来后，竟然直接捧来了三大本账册，对俞永根他们说："各位领导，我们郝总很支持镇政府工作，他说让我马上把我们的股东账册交给各位领导审查。郝总说了，他还有一个多小时就能从庆州赶回来，他想请各位领导吃个饭！"

这有些意外。俞永根没有去翻看这些账册，而是盯着这个副总的脸，他的脸上隐隐浮现着一种得意的表情。

俞永根一眼就识破了他们的鬼把戏，眼前的这份账册肯定已经动过了手脚。他站起身来，冷着脸说："替我谢谢郝总了，吃饭就免了。账册今天我们也不看了，等下次我们再专门来找郝总谈吧。"

刘副总一脸的尴尬，只好送他们出门。楚玉装作忘了拿手机，返回屋里，将桌上的账册翻开，快速地浏览了一遍，发现上面一个镇干部的名字都没有，心里不由得佩服起俞永根来，难怪他不愿意再查看这三本账册了。

楚玉放好账册，走出来上了俞永根的车，等车子开出去一段路，她对俞永根说："俞镇长，我看了，那三本账册是假的。"

俞永根呵呵一笑，他将身子往后座上一靠说道："这点我早就料到了，像这种企业，基本都有大小两套账。给我们看的，应该就是那套大账，小账本上才是货真价实的入股人明细，但他们肯定不会让我们看到的。"

楚玉扭过头，有些焦急地说："这可怎么办？这份真实的股东名单如果搞不到的话，后面的退股工作就很难向前推动。"

俞永根心里在打着鼓，但表面上很淡定。他说："不要着急，不管他们的后台有多硬，现在的青龙山石矿已经是四面楚歌，狐狸再狡猾也斗不过好猎人，狐狸的尾巴总会露出来的！"

第二十章

较劲

春寒料峭，大地在经历了一个寒冬的冷寂之后开始慢慢苏醒。如果细瞧一番就会发现，河边柳树枯瘦的枝丫已经绽满一粒粒鼓胀的嫩芽，河湾里的水也不再凝滞，涌动着，盘旋着，仿佛要将积蓄已久的活力全都释放出来，远处错落有致的田畴里泛着一片隐隐的绿意，连绵起伏的竹林和茶山也似乎变得鲜亮起来。毕竟，春天就要来临了。

一大早，万庆强就将他那辆豪气的凯迪拉克开到了徐诗画家的院门外，并给她发了一条短信：我已在你家门口。然后掏出中华香烟，抽出一根，点着，惬意地抽了起来。今天是桃岭村铅中毒案开庭的日子，一周前徐诗画给他打了个电话，希望他到时候能去法庭旁听。毕竟他现在算他们桃岭村最有头脸的人，如果出席庭审，在气势上也会给元辉电源制造公司的人一种无形的压力。他满口答应，虽然他知道元辉集团在安东乃至庆州都是一个赫赫有名的家族企业，创始人周元辉是一个黑白两道通吃的人，与他作对没什么好处，但徐诗画交代的事，即使是刀山火海他都会眼睛不眨一下去闯的。昨晚他就回到了桃岭村，约了徐诗画去镇上一家土味馆吃了饭，两人相谈甚欢。他知道徐诗画正在谋划着一件大事，这件大事如果能做成，将彻底改变桃岭村脏乱穷的面貌，但这件事要做成又谈何容易。作为土生土长的桃岭村人，他太了解这个村子了，他不禁为她捏一把汗，但他没有给她泼冷水，而是鼓励她认准了目标就去干，他肯定是不遗余力地继续给予支持。当时，他看见她眼中溢出了泪水，真的想伸手为她擦去这些眼泪，甚至想把她一把搂在怀里，他觉得这个女孩太值得他去怜惜去爱了，少年时的情怀再一次泛滥。把徐诗画送回桃岭村返回镇上宾馆的时候，他的心仍然处在莫名的兴奋之中，他现在更加确定她就是他这辈子的那个唯一，虽然他还不知道自己在她心中处于什么位置，但他相信自己的执着和热烈的爱最终一定会得到她的回应。他彻夜难眠，在床上辗转反侧，脑海里都是她那甜美可爱的笑容，她的一笑一颦都令他那么着迷。他觉得这一切都是天意，少年时候他就暗恋这个同村的女孩，无奈自己长相一般，皮肤又黑，关键是家里穷，以致在她面前十分自卑。后来她考上了大学，感觉离他更遥远了，一度他在心里已经放弃了对这个女孩的幻想，但命运神奇地又将她拉到了他的身边，她大学毕业竟然回村了，而他现在已经是活跃在上海的地产公司老板，他觉得可以名正言顺地追求她了。在上海这些年，各色女子他也见了不少，但大都是逢场作戏，他从没动过心，而那天再次见到她，他那颗死去了许久的少年心又奇妙地复活了，那种慌乱心跳的感觉让他再次确信，她就是自己这辈子要娶的人。

一根烟抽完的时候，徐诗画背着个小巧精致的白色女式皮包从院子里走了出来，她今天穿着一套淡绿色的套装，脚上穿着一双黑色的高跟鞋，一头长发飘逸在脑后，白皙的脸蛋上微微泛着点红晕，看起来阳光健康、美丽端庄。万庆强不禁看得呆了，忘记了跟她打招呼。

"阿强，你愣着干啥啊？我们走吧。"徐诗画站在车前说道。她今天心情特别好，盼星星盼月亮，终于等来了开庭的这一天，她坚信法律是公正的，一定能为桃岭村那些铅中毒的大人和孩子讨回公道。

"哦，诗画，你来了啊，请上车。"万庆强回过神来，赶忙下车，为徐诗画打开了车门。

徐诗画坐上了副驾驶的位置，感叹道："阿强，你的车子好大气啊！"

"旧车子了，都开好几年了，正准备换掉。"万庆强一边说，一边发动了车子，转头看了一眼徐诗画，"你想要，我可以送你一辆。"

"千万别，这太贵重了。"徐诗画连忙摇手。

"再贵你也配得上。"万庆强说，心里想，如果徐诗画答应嫁给他，别说送一辆凯迪拉克，就是送十辆他也不会眨一下眼睛。

"我们小山村的人坐不了这样的好车。"徐诗画说。

"你怎么坐不了？你将来要成为很有钱的农场主的啊。"万庆强笑笑说，"说不定将来我们会合办一个生态农业公司呢，到时候这凯迪拉克还不是随便开开？"

徐诗画听了，心里似乎有一股热流涌动了一下，建特色家庭农场，将整个桃岭村变成一个乡村旅游网红打卡地，的确是她萦绕在心里许久的一个很大的梦想。但她也很明白万庆强话里的意思，这些天来，她已经强烈地感觉到了他眼神里那满满的爱意，这正是她所担心和苦恼的。不容否认，万庆强对她的支持是诚心诚意的，没有他支持的二百万，村里的简易厕所改造和垃圾清运都无法做到。现在村里的面貌已经发生了很大的改观，改厕这件事还被县报的记者报道了一下，没想到竟然得到了县委书记杨安民的批示，说桃岭村的改厕行动是一个创举，可以考虑在全县推广。这让她深受鼓舞，对下一步要在村里实施的河道治理和道路硬化信心大增。前几天她已经将省中小河道治理项目申请书送交了镇里，如果能顺利拿到这笔一千多万的专项经费，她就可以放开手脚做很多的事情。万事开头难，她要在桃岭村绘制的一幅壮丽蓝图也算开了个头，如果要她感谢什么人，那排在第一的就是这个发小，虽然以后这钱可以通过土地流转、项目合作或更远的农场营利偿还掉，但这个人情债是没法还的。她知道万庆强爱她，追求过她，现在更是处处表达着那种爱意，昨晚她太知道他的心思了。出了土味馆之后，他邀请她到宾馆的房间里去喝喝茶聊一会，她拒绝了，她知道这一步不能迈，迈出去了对他的伤害可能会更大。她扪心自问，自己爱他吗？回答是不爱，只是同学情谊。她现在虽然很需要他的帮助，但她不想利用他的感情，那么她就要尽早对他说明白，他俩之间是不可能的，让他丢掉这个幻想，感情的事是勉强不来的。但她又不知道怎么开口，何况她也不忍心打消他的热情，这真让她很犯难。万庆强这么好的男人她都不爱，那她心里爱的到底是谁呢？这个问题让她一愣。是肖亮？他们已经分手好久了，他也慢慢地在她心里淡去，虽然曾经热烈地爱过，但时过境迁，她不想再去揭开心里这块伤疤了。周晓辰？这个名字在她心里一跳出来，她就被吓了一跳，心也跟着怦怦跳了起来，第一次见到这个富二代她是有些心动的，她似乎从来没有见过长得那么帅的男生，但他和她完全不在一个层面上，不可能的，她在心底里否定了。何况她今天应该还会在法庭上和他见面，也算是仇人了，因为这场官司她是幕后主要的推动者，辩护律师也是她去庆州的银河律师事务所请的，汪海他们都是朴实憨厚的村民，根本不知道这官司该怎么打。不是说仇人见面分外眼红吗，她真不知道今天如何去面对周晓辰这个周家的富二代。算了，不想那么多了，该来的总会来的，一切顺其自然。

"但愿吧，希望我们所期待的都能实现。"徐诗画垂下眼睑，幽幽地说了这么一句。虽然她有吃苦的精神和冲天的干劲，但面对一穷二白的桃岭村，她有时候也会打退堂鼓，比如会想如果当时毕业的时候留在省城会不会没有这么大的压力。

万庆强发动车子，驶出了村子。车子在蜿蜒曲折的山路上平稳地行驶着，沟谷的对面是层峦叠嶂的群山，铺天盖地的翠绿竹林如同一个没有尽头的绿色海洋，近处的竹子一根根直立着，显得修长飘逸，密密的竹叶如一团团绿色的云雾，整个山坡都被竹子占领，这种铺天盖地的阵势也许只有竹子才拥有吧。

这竹海真的壮观啊，也是一处绝妙的风景，徐诗画在心中叹道，没有理由让它们埋没在这个深山里，将来一定要把这个大竹海景区开发出来，不能端着金饭碗去讨饭。她忽然想起了什么，问万庆强道："哦，对了，阿强，你上次回村参加长寿宴的时候跟我说过，要在我们村干一件大事，现在能告诉我了吧？"

"这个你还记着啊，"万庆强一笑，转头看了一下徐诗画，带着几分得意地说道，"我想在我们村搞个几百亩地，种植有机蔬菜。"

"这个主意不错啊，你怎么想到的？"徐诗画钦佩地看着万庆强。

"我在上海的饭店和餐厅里看到有机蔬菜很受欢迎，而且价格也挺贵的。"万庆强两只手稳稳地扶住方向盘，山道蜿蜒，他不敢掉以轻心，"我就在想，如果在我们桃岭村租上个几百亩地种有机蔬菜送到上海的饭店餐厅，一定能赚到钱。"

"太好了！"徐诗画一拍腿，兴奋地说道，"你上次支持我们村的二百万我还一直在考虑怎么给你还回去，这下有了，我们村的地流转给你种有机蔬菜，你要多少，我们就给多少。你也知道，年轻人都出去打工了，村里的地很多都撂荒了，我就在盘算这地该怎么给它重新焕发生机。"

"诗画，你脑子真活啊，是当村主任的料。"万庆强腾出一只手，轻轻地在徐诗画的头上拍了拍，"将来有机蔬菜种得好了，说不定我就留在我们村当个村民，到时候你竞选村主任、村支书什么的我一定投你一票。"

"你不投我一票我可饶不了你，我俩可是发小啊。"徐诗画的语气也欢快起来，"不过，你这个上海的大老板哪稀罕在我们村当个村民啊。"

"那可说不定，我没觉得上海有什么好。"万庆强说着，有些心神荡漾起来，刚才他的手轻轻拍在徐诗画的头上那种感觉太好了，如果有可能，他愿意载着她一直行驶在这条山路上。他侧过头看了一眼徐诗画，意味深长地说了一句："如果我们桃岭村将来真像你规划的那样变成了一个大花园，有十八个特色家庭农场，那不就是人人向往的世外桃源吗，我当然愿意当这样的村的村民了。"

"你这样说，我可是压力山大啊。"徐诗画看着窗外一闪而过的竹林，陷入了沉思。

车子开到县人民法院的时候，已经是上午九点半了。汪海等十来个村民已经乘中巴车先行抵达。十点整正式开庭，徐诗画长这么大还是第一次踏入庄严的法庭，所以对一切都感到十分新鲜好奇。

跟万庆强一起在旁听席落座之后，徐诗画看见主审法官、陪审法官、书记员及双方的辩护律师都已经就位，汪海等三位村民及安东县检察院一位同志坐在原告席上，被告席上坐着的是元辉电源制造公司的副总李健，虾米一样的身体佝偻着，神情十分沮丧。显然，周元辉不会让自己的儿子坐在被告席的，何况铅中毒事件也的确是李健在任总经理时发生的。在旁听席的另一边，她看见了周晓辰，他穿着一身黑色的西装，发型时尚而抢眼，但眉头紧锁，表情严肃，只是眉宇间还是透着一股逼人的俊朗之气。这时候，他正巧又将目光投了过来，两人四目相对，徐诗画心一慌，赶紧转过头去，心想幸好周晓辰没有坐在被告席上，否则她心里的负担就更大了。

周晓辰显然注意到了徐诗画身边坐着的万庆强，猜测他俩的关系非同一般，目光在万庆强的身上逡巡了一番，一股莫名的嫉妒烧灼着他的心。

"那个帅哥是谁？看我们的眼神好像不太友好。"万庆强也很快注意到了周晓辰的存在，他有点疑惑地问徐诗画。

"你还不知道啊。"徐诗画向周晓辰那边瞄了一眼，靠近万庆强压低声音说道，"他是大名鼎鼎的周家大公子周晓辰，元辉电源制造公司总经理。"

"哦，他就是周晓辰啊。"万庆强对这个周家大公子早有耳闻，不仅人长得帅，想法和做法都跟周家其他人不一样，不过据说周家那么大产业绝大部分最后都要由他来继承，属于那种"一出生就到了罗马的人"。

他忍不住又看了周晓辰一眼，两人的目光碰在一起，默默对视了几秒钟，似乎在较着什么劲。

这时候审判长宣布开庭，法庭上的气氛立即紧张起来。在法庭调查环节，徐诗画再次被桃岭村遭受的铅中毒危害感到震惊，检测的五百多村民中，血铅超标者有一百六十多人，其中儿童五十多人，已经接受驱铅治疗者有三人，其中就包括东东。

　　汪海在徐诗画的协助下向法院起诉了元辉电源制造公司。安东县人民法院先后委托了庆州医学院司法鉴定中心、庆州天河司法鉴定所对东东的损害程度做鉴定。庆州医学院司法鉴定中心认定，东东属轻度智力障碍，相当于人体损害的七级伤残。

　　法庭调查结束之后，原告被告及双方的律师进行了激烈的辩论。审判长最后征求了各方意见，宣布休庭。评议结束后，审判长宣布继续开庭。法庭审理后认为，元辉电源制造公司在生产过程中因未建立污染物安全排放设施，导致周边环境受到排放物的污染，对该地区的居民身体健康造成严重损害。东东生活在受污染地区，经诊断为铅中毒。法院在该公司不能举证免责的情况下，认定东东的损害后果系该公司的侵权行为所致。元辉电源制造公司新建蓄电池生产项目，未经环保验收即正式运行生产，长期违反有关环保规定和安东环保分局的项目批准要求，在铅蓄电池项目的卫生防护距离不达标的情况下生产铅酸蓄电池，私自增加铅粉生产线制造铅粉，加大铅烟、铅尘等废气的排放量，并使用高度不达标的废气排放烟囱向大气排放废气，造成该公司周边的农田土壤、空气严重污染，致使附近居住的群众一百六十多人血铅超标，公司东边五千多平方米的农田因土壤中铅含量超标而土壤功能等级下降，消除土壤铅污染的相关费用需五十多万元。审判长最后当庭对桃岭村血铅事件责任人重大环境污染事故一案作出一审判决，依法判处被告单位元辉电源制造公司罚金五十万元，被告人李健有期徒刑一年六个月，并处罚金五万元。

　　听到判决，李健瘫软在座位上。周晓辰紧绷着一张脸，从旁听席上站起身来，看见徐诗画已经被汪海等几个极度兴奋的村民包围了起来。他走过去，冲着徐诗画说了一句："你们赢了！"

徐诗画看着他，一时无言以对，默默地看着周晓辰离去的背影，心里一时间五味杂陈。

"好像一肚子不服气似的，公司严重污染这么毒害老百姓就应该受罚！"万庆强走过来碰了碰徐诗画的手臂，冲着周晓辰的背影没好气地说道。

周晓辰的身影消失在法庭的门口。

徐诗画看了一眼正被两个法警架起来像虾米一样的李健，喃喃地说："我当时没有答应他私了，他说赔一百万都没问题的，只要没有人去坐牢。"

第二十一章

暗战

立春之后，气温明显变暖，天气也变得有些湿闷起来。下午两点，青龙山镇政府大楼的楼道里很安静，几乎看不见有人在走动，但奇怪的是每层楼里都弥漫着一股不安的气息，一些科室的门紧闭着，但里面的人却在小声议论着什么，大家都觉得这个楼里要出什么大事了，而镇党委书记邵荣义可能被抓的小道消息已经在这些楼道里传了好几天。

邵荣义躲在自己的办公室里闷闷地抽着烟，他在等桃岭村的村主任李德海。他抽了一支又一支烟，仿佛只有在不停喷吐的烟雾中，他才能将自己藏起来，获得一种虚幻的安全感。桃岭村打赢铅中毒官司的消息让他很吃惊，他预感到大事不妙，因为这些年来涉及元辉集团的官司没有一次是输的，这次败诉，被罚了款不说，元辉电源制造公司的副总李健还被判了刑。更严重的是，元辉电源制造公司还要马上从桃岭村搬迁出去，这些都只能说明周元辉已经失去了一手遮天的能量，或者说是杨安民的"零点行动"强势关闭了碧云湖边元辉集团的造纸厂和化工厂，已经让元辉集团损失惨重、元气大伤。元辉集团就像一艘到处漏水的船，离沉没不远了。而他正是这艘破船上的一名成员，船沉了，他也在劫难逃。眼下他面临的最严重的事情就是青龙山石矿的干股问题，他自己悄悄算了一下，这几年从石矿里拿的干股分红加起来有四百多万，足够判他个十年八年的了。他知道镇长俞永根正在疯狂地调查石矿里的股份，这是一个一箭双雕的毒招。一来是打开关停石矿的突破口，青龙山石矿之所以迟迟关闭不了，就是因为里面涉及了太多人的利益；二来是趁机将他拿掉，好让自己上位。俞永根肚子里的那个小九九，他一眼就可以看穿。

没多一会儿，李德海悄悄地推开门走了进来。几天不见，他好像瘦了一圈，脸上胡子拉碴的，看起来很憔悴，看来这段时间他的压力也很大，毕竟这在青龙山石矿入股的事快纸包不住火，到了火烧眉毛的地步了。

邵荣义见他进来，淡淡地说了一句："坐吧。"然后抬起眼皮问道："这次桃岭村的官司是不是那个黄毛丫头在背后张罗的？"

"对对，是她，徐诗画。"李德海点点头，又告状似地说道，"这丫头在村里可着劲折腾，不知道她到底想干什么。"

"她现在是在跟元辉集团作对，"邵荣义将一个烟屁股在烟灰缸里使劲地摁灭，脸上的肌肉抖动了两下，看着李德海的目光里流露出几丝凶狠，"跟元辉集团作对，就是跟我们作对，你说对不对？"

"对，我也想到了这一点。"李德海嗫嚅道，他现在很后悔当初受了元辉矿业王总的诱惑，在青龙山石矿里入了干股，还把邵荣义拉下了水，上了这条贼船，就别想下来了。

"以后村里的事没有你同意，不允许她自作主张地去做。"邵荣义看着李德海，带着几丝不满说道，"你不作为，她当然胆子越来越大，她在村里搞旱厕改造的事已经传到县里去了，县委书记杨安民还作了一个批示，说要在全县推开厕所改造，你看这闹的都是些什么事？"

"这丫头的确有点不像话，根本没把徐书记和我放在眼里。本来想看她笑话的，没想到她还真整出点事情来了。"李德海好像被戳到了痛处，摸了一把胡子拉碴的脸，发狠道，"以后我不由着她，惯着她了！"

"德海，凡是和元辉集团作对的人就是我们的敌人，得给这个黄毛丫头点颜色看看。"邵荣义在皮椅子上直起身来，从桌上的文件夹里抽出几页纸，对李德海扬了扬，"瞧，这丫头在向省里面申请中小河道治理项目。这个项目我是知道的，一旦申请通过，可以拿到一千多万元的专项补助款，那她在村里肯定又要折腾出什么花样来，这次我给她压下来了，没有钱，她啥也做不了。"

"邵书记，你这招高，釜底抽薪。"李德海对邵荣义竖了一下拇指，接着说道，"据我所知，村里改厕的钱是万家大小子万庆强出的，他俩是发小，我还听说万庆强高中时候追求过徐诗画，被拒绝了，看来这小子到现在还没有死了这条心，拿钱来砸。可他可能昏了头，不知道我们村就是一个无底洞，多少钱砸下去也成不了事，有他后悔的。"

"就是上海万安集团的那个万庆强吧？"邵荣义想到曾经去上海招商引资受到万庆强父子的冷遇，心里很是不快，"真是吃饱了撑的，把钱砸在这个穷村里，不打水漂才怪呢，那个黄毛丫头根本不了解农村，全凭一股理想主义的冲动在做事，我们就等她去撞南墙吧。"

"邵书记您说得对，这丫头会死得很惨的！"李德海附和道。

"德海，实话对你说吧，现在元辉集团好像也救不了我们了，我们必须自救。"邵荣义语气忽然沉重起来，他给李德海扔了一支烟，自己也重新点了一支，一张脸阴沉得能拧出水来。

李德海一下子耷拉了脑袋，这些天他也清楚地感觉到风声越来紧，他从青龙山石矿拿的上百万分红现在成了烫手的山芋，悔不当初啊，这要是事情败露进去了，连他最喜欢的小酒也喝不成了。

"这几天俞永根像打了兴奋剂似的在挖我们的老底，这不是个好事。我们得想点办法，不能坐以待毙。"邵荣义咬着牙道，"这小子仗着有杨安民给他撑腰，膨胀得厉害，早就不把我这个书记放在眼里了。我也不是好惹的，大不了跟他们来个鱼死网破。"

"想啥办法？"李德海眼睛盯着邵荣义，身子不由自主往前倾了一下。

"我们要给他来一个下马威。"邵荣义目露凶光，压低声音对李德海说道，"你去找两个混混，就这两天，踩好点，教训一下他，让他长点记性。"

"这……"李德海一听，吓了一跳，脑门子开始冒汗。

"德海，你觉得我们还有什么退路吗？"邵荣义用布满血丝的眼睛逼视着他，一字一句地说道，"现在我俩是一根绳上的蚂蚱，他们都巴望着我们完蛋，这事情一暴露，我们一个都跑不了。"

"邵书记，我明白了。"李德海抬手擦了一下脑门子上的冷汗，用力地点了点头。

此刻，在三楼的镇长办公室里，俞永根正靠在皮椅子上，一只手将一张纸高高举起，睁着发红的眼睛看了又看。这份写着"青龙山石矿入股名单"的纸片是楚玉刚刚交给他的，他在这张纸上赫然看到了邵荣义、傅友、王骏民、胡恩庆等人的名字，这些都是镇政府的班子成员，另外还涉及其他一些机关干部，加起来总共有二十来个人。这份名单令他很是震惊，没想到镇政府里这么多人入了股，难怪关闭青龙山石矿的阻力这么大，原来他们都被元辉集团买通了。镇上在石矿入股的群众人数肯定不是一个小数目，这就不难理解为何上次有那么多人去庆州市政府上访闹事了，这种事情根本用不着周元辉本人出面，只要派人在幕后煽动一下就可以了。这份名单太重要了，完全可以作为一个突破口，彻底解决青龙山石矿的问题，他也好向杨安民书记去邀个头功，因为他知道这青龙山石矿一直是杨书记的一块心病。但慎重起见，他还是追问了楚玉这名单的来历。楚玉颇神秘地告诉他，她有一个远房表姐在青龙山石矿做财务，后来不小心出了个差错被矿山辞退了，但是她是一个有心人，老早复印了一份石矿入股人员名单，这些入股的人中有的是投钱进去的，有的是拿干股的。她的这位表姐之所以要复印这份秘密名单，就是为了一旦出什么事情给自己留条后路。但石矿辞退她的时候给的一次性补偿她还算满意，她就没有拿出这份名单去要挟，没想到在这里派上用场了，当楚玉去向她打听石矿入股人员的内情时，她一下子就想起了这份复印下来的股东名单，并把这份名单交给了楚玉，因此这份股东名单的真实性是不容怀疑的。

"这下看你邵荣义还如何抵赖？"俞永根将这张名单看了又看，再次确认其真实性之后，兴奋得将大腿一拍，低声吼了一句，"邵荣义，你的好日子到头了，只要我把这份名单往县纪委一交，你就是死路一条！"

就在这当儿，门外忽然响起了咚咚咚的敲门声，俞永根冷不丁被吓了一跳，他赶紧将名单藏进了办公桌的抽屉里，然后冲着门说了一句："请进！"

门被轻轻推开了，露出了青龙山石矿总经理郝昆光秃秃的大脑门。俞永根立马坐正了身子，看了一眼郝昆，心想，这家伙今天自己跑上门来，肯定是黄鼠狼给鸡拜年，没安什么好心。心里不免警惕起来，于是不冷不热地问道："哦，原来是郝总啊，今天怎么有空过来？"

郝昆哈着腰，在俞永根对面小心地坐了下来，谦恭地说道："俞镇长，真是不好意思，我一直忙，还没有来拜访过俞镇长您哪。"

俞永根揶揄道："哦，郝总是很忙的，不是我们这些镇上干部能比的，我上次倒是去过你们矿一次，可连郝总的面都没能见着啊！"

郝昆挠了挠头皮，装傻道："有这种事情啊？那真是罪该万死了。是我下面的人接待的吧？他们没有告诉我是俞镇长您亲自来了，要是知道了我再忙也会赶回去的。这帮家伙真是该死，回去我要好好教训教训他们！"

俞永根在心里嗤笑了一声，他敢肯定那天郝昆就在矿上，只是躲着不见他罢了。不过他不露声色地说道："郝总是无事不登三宝殿的，今天来我这里，有何贵干啊？"

郝昆从口袋里掏出一包软中华，抽出一支，毕恭毕敬地递给俞永根，点头哈腰地说道："俞镇长，上次怠慢了，今天我可是特意来邀请您去我们矿视察的，我们青龙山石矿以后可要靠俞镇长您多照顾了。"

俞永根意味深长地看了郝昆一眼说："郝总，照顾谈不上。我听说，我们镇上几乎每位班子成员都在你们矿入股了，股东哪会不关心自己企业的事情？"

郝昆心里一惊，好像被人戳破了什么秘密，面露尴尬之色，不过，他很快镇定下来，晃了晃光溜溜的脑袋，对俞永根说："俞镇长，这肯定是别有用心的人在造谣，有些人的话是听不得的，我们矿哪有这么多领导入股啊！如果真有那么多领导在我们矿入股，那是我们矿的福气啊。俞镇长，如果您有兴趣在我们矿入点干股，我一定给您安排好。"

想拉我下水？！俞永根瞧着郝昆的光头，还有那双小小的狡黠的鼠眼，心里忽然泛起一股说不清的厌恶，他正色道："郝总，恐怕你还不了解。省里早在几年前就已经明确规定，领导干部不能在任何经营性企业中入股分红。所以，很遗憾，我是不能在你们矿入股了。"

热脸贴了冷屁股，郝昆感觉有几分自讨没趣，不过他很快转变了话题："俞镇长不入股也没关系，有俞镇长这样的好领导为我们矿保驾护航，我们就吃了定心丸。晚上我们在镇上龙翔大酒店摆了一桌，我就是特意来邀请俞镇长的，请俞镇长赏个光。"

这种酒局一般都是鸿门宴，俞永根太了解了，郝昆此举不外乎是想让他收手不要再去查他们矿上的账了，那是根本不可能的，于是他说："郝总，谢谢你的盛情，我最近胃不好，正在吃药，不能喝酒，所以只能抱歉了。"

被俞永根直接拒绝，郝昆感到很没面子，他有些沮丧地走出俞永根的办公室，心里对俞永根恨得牙痒痒的，石矿被他这样一直盯着，早晚得出事。既然俞永根软的不吃，那就来硬的，他不相信树大根深的元辉集团连一个小小的镇长都搞不定。

回到停在镇政府停车场的车上时，思忖了片刻，郝昆拿出电话拨通了常务副县长孔汉辉的手机，苦着脸说道："孔县长，有个情况我要向您汇报一下。现在青龙山镇邵书记被晾在一边，听说县纪委正在调查他，镇长俞永根一门心思要查我们矿，处处针对我们。我把好话都说尽了，俞永根这小子就是油盐不进、软硬不吃，要继续到我们矿去查账，他要把所有在我们矿拿股份领分红的干部都查出来，这可是要波及一大批人的啊，您看该怎么办？"

孔汉辉分管工业和发改委，矿山产业自然也在他掌控之下，他也在青龙山石矿入了干股，听到郝昆这样说，他也不禁有些焦虑了。这段时间杨安民推进的"零点行动"势如破竹，接连啃掉了元辉集团旗下的造纸厂和化工厂等几块硬骨头，对全县污染企业产生了极大的震慑作用，一时间有点风声鹤唳的感觉。虽然汤达仁一再交代要他想办法保住元辉集团位于碧云湖边的这两个厂，但在杨安民这种铁腕手段下，他已经是心有余而力不足，最近他晚上经常失眠，最大的心病是在青龙山石矿拿干股的事，随着这个石矿关闭的鼓点越敲越紧，他担心入干股的事情会败露，到时候官位不保还在其次，去吃牢饭都极有可能。他不安地问道："俞永根真的是这么盯着你们矿不放吗？"

郝昆笃定地说道："孔县长，是真的啊，俞永根这家伙这段时间就像吃了兴奋剂似的处处针对青龙山石矿，还放话说要在这个月底将我们矿关闭。"

孔汉辉在电话那头沉吟了半晌说："我听说俞永根去找过杨安民，要求对青龙山镇领导班子进行调整。说白了，就是要把邵荣义镇党委书记的位子拿掉，让他上位。因为他要在青龙山镇进行矿山产业整治，就要调整班子，弄一批自己的人来打开局面。"

郝昆一听急了："孔县长，邵书记可是我们的人，可千万不能让别人把他排挤掉啊！"

孔汉辉鼻子里哼了一声："这你放心，我会尽力保住邵荣义的位子的。俞永根这个人，我也有过一些接触，有些怪，跟别的人不大一样。但他不在石矿入股，不是他有多清高，而是想谋取镇党委书记的位子，这个人很有野心，他的目标可能会更大！他要是老盯着你们石矿总不是一个事情，得想点别的办法。"

"孔县长，要不，我去找人把他教训一顿？"郝昆握紧手机，眼睛盯着前方，咬牙道。

孔汉辉制止道："你先别着急，听我的。你回去后，请人再把账给做一下，不要留下任何漏洞。如果俞永根再来查，没发现问题就这么过去了，说明他只是过个场。如果他还要继续挖下去，那你该怎么做就怎么做！"

郝昆的小眼睛里霎时射出一股寒光，他狠狠地说道："好的，孔县长，他不仁别怪我们不义，给他最后一次机会，如果他要揪住我们不放，那我会让他在青龙山镇彻底消失！"

第二十二章

蓄势

进入三月份，春意渐浓，远山朗润起来，吹在脸上的风也变得有几分柔和了。路边的垂柳在不经意中已经垂下万千丝绦，一片绿意盎然。小河水白亮亮的，有几只长腿的白鹭在河汊里觅食，一阵麻雀呼啸着从头顶上飞过。这春天的景象总会让人莫名欣喜，毕竟刚刚过去的冬天过于寒冷了。

早上八点半，车子在青龙山镇政府大院里刚一停稳，杨安民就推开车门下了车。他仰头看了看碧蓝的天空，目光沉着而坚定。他记不清是第几次来这个镇了，但这次的调研他是经过深思熟虑的。在雷霆万钧的"零点行动"即将接近尾声之时，安东县未来的路到底怎么走，这个问题已经非常迫切地摆在了所有人的面前。可以说，安东县的发展已经到了一个很关键的时间节点、一个必须做出选择的十字路口，作为这个县的领头羊，他目前的思路还不是十分明晰，他需要到青龙山这样的镇来寻找灵感，激荡思维，以便形成一个完整的全县域的发展方案和蓝图。另外，这次来青龙山镇调研，他想见一见一个人，为此还让人通知镇上做了特别的安排。

邵荣义、俞永根等镇上一干人等已经站在镇政府大门口恭候多时，这时候都围拢过来，杨安民和他们一一握了握手。第一个握的就是邵荣义的手，他有意地停了停，目光有意味地看了看这个镇的一把手。邵荣义被他这一眼看得有点不寒而栗，身子似乎一下子缩小了一半。杨安民心里明白，根据纪检部门传来的信息，邵荣义的问题不小，甚至可以说很严重，接受调查应该说只是时间问题了。

也好，杨安民在心里暗暗地想，青龙山镇正好趁这个机会换换新鲜血液，他接下来的要以青龙山镇为突破口的美丽乡村建设正需要一批思想解放、务实能干的人冲在前面。目前，元辉电源制造公司已经在搬迁，青龙山石矿的关停工作也在紧锣密鼓地进行，其他一些污染企业的关停并转也已接近了尾声，这一系列的动作让青龙山镇这列横冲直撞的列车终于停下了狂奔的步伐，但在经济上也是元气大伤。这里也是他和元辉集团及隐藏在它背后的各方势力激烈角逐的一个主阵地，虽然初步取得了胜利，但接下来的战斗才是真正重要的，如果青龙山镇找不到更好的发展路径，那就是一种惨败，会让周元辉和汤达仁等一干人看笑话，全镇甚至全县的人都不会饶过他的。反过来说，青龙山镇是他在全县布局美丽乡村建设的一个最重要的突破口，如果成功了，全县发展的问题也将迎刃而解。如果说"零点行动"是他在安东县打响的第一个战役，那么在青龙山镇推开美丽乡村建设就是第二个战役，同样是只能成功，不能失败。

与他同来调研的有县发改委、环保局、农业局、旅游局以及县委办的负责同志，大家寒暄完之后，就一齐上了二楼。二楼的会场已经做了精心布置，茶水及水果都齐整地摆在桌子上，青龙山镇政府相关科室的负责人也都在后排的座位上落座，把会议室挤得满满当当的。杨安民在正中间的位置上落座，拿眼看了一圈，微笑着跟熟识的人都打了招呼。

当他看到对面靠左边的座位上坐着的那个年轻漂亮的女孩面前的

名牌上写的是"徐诗画"三个字，绽开了笑容，特地向她挥了挥手："小徐，你来了，待会听听你的高见啊。"自从给那条"大学生村干部推进旱厕改造让村容村貌大变样"的报道作出批示之后，他就开始关注起她来，后来又不时听到她在到处给人展示PPT，要在村里建特色家庭农场，很多想法都与他正在考虑的问题不谋而合，渐渐地在心里产生了一种要见见她的想法，所以这次来青龙山调研，他就点名让徐诗画参加今天的座谈会了。没想到这姑娘长得这么俊俏，身材挺拔，明眸皓齿，浑身洋溢着一种掩盖不住的青春气息。

在杨安民的注视下，徐诗画的脸不自觉地涨红了。这是她第一次见到县委书记，上次冲动之下她要去县里找他要扶持资金，但最终还是没有这样的勇气。两天前，接到镇上发来的这个会议通知，她很是意外，但她知道这是一次展示自己的好机会，为此她精心做了准备，她要把她的那些在别人看来很不着边际的想法在这个有县委书记参加的座谈会上一下子都说出来。

上午九点，座谈会准时开始。会议由县委秘书长赵光来主持。会上，先由青龙山镇镇长俞永根对青龙山镇现阶段状况及未来发展设想做了一个介绍。俞永根今天穿着笔挺的宝蓝色西服，打着红色的领带，头发梳理得油光锃亮，显得十分精神，显然他是有备而来，要在县委书记跟前露一手。反观镇党委书记邵荣义，却满脸憔悴，一副萎靡不振的样子。杨安民心里清楚，邵荣义近来思想负担很重，也没什么心思搞工作了，而俞永根虽然工作能力是有的，但显得有点猴急，这种急功近利的性格他不喜欢，但目前青龙山镇也没有更合适的人选来担任镇党委书记，除非从县里下派人员来挑起这个重任，但派谁呢，这个问题他一时半会还没考虑好，既然要把青龙山镇作为全县美丽乡村建设第一个示范乡镇，那这个承担重任的人一定要有这个能力，值得他信任，俞永根显然不是这样的人。

汇报完总体情况之后，俞永根抬头看着杨安民道："杨书记，目前我们最关键也是最棘手的问题就是关闭青龙山石矿，正在全力推动干部退出矿山股份，虽然阻力很大，但我们很有信心，这点请杨书记放心。恢复青龙山生态之后，我们主要是想发展乡村旅游，发展竹、茶、中草药等特色产业，再引进亲子、养老、户外运动等项目，让镇上居民和在外面创业的青龙山镇人都参与进来，打造一个休闲青龙山。"

杨安民微微点头，俞永根的这个想法和他考虑的方向是一致的，只是好的想法一定要有抓手，才能真正落地开花结果。

接下来就是大家对这个方案提意见和建议。县发改委主任裴龙安首先发言，他方脸大耳，头发稀疏，有几根头发横着搭在额头上，后面的头发差不多都掉光了，但说话的声音却十分洪亮，中气十足："一个地方的发展今后必须走绿色发展、可持续发展的新路子，青龙山镇的生态环境特别好，有山，有水，有纯朴的民风，是发展生态旅游的好地方。这个座谈会很及时，既可以给青龙山镇谋划一个正确的发展途径，还对安东县的经济转型有一个示范引领作用，可作为一个突破口，带动安东县经济进入一个良性循环，从此摆脱浪费资源、严重污染环境的发展旧模式。接下来最重要的是要制定一个切实可行的总体方案，让休闲青龙山尽快从概念变成现实。"

杨安民对他的发言也只是微微点了一下头，因为觉得没说到什么实质性的问题，他很期待在座的人能说出一些金点子，真正地出谋划策，因为接下来的休闲青龙山可能就是他推动下一步工作的一个重要抓手，他目前心里还没什么底，需要听到有价值的建议。

"我也来说两句吧。"县旅游局局长蔡宝定喝了口茶，清了清嗓子，说道，"依我看，要想打造出一个休闲青龙山，最主要的还是利用好青龙山镇的生态资源，搞乡村旅游。乡村旅游最重要的就是人气，那些网红打卡地都是因为出了名，聚集了大量的人气。青龙山风景好，平时周末就有上海、杭州、苏州的人赶来享受这里新鲜的空气和可口的农家菜，本来就有一定的人气。这两年有人在青龙山种起了茶，茶叶大卖，有钱赚了，不少在外地打工的人都回村里来创业了，你们看每年的茶山上是不是人来人往了？我们接下来要做的，就是想办法将青龙山镇的人气像火堆一样越烧越旺。一个地方要火起来，口碑很重要，现在是网络时代，只要你口碑好，网民们就会蜂拥而至，不管离多么远，他们都会来看看的，所以我觉得策划和宣传很重要，只有把休闲青龙山品牌打出去，有了很高的人气和口碑，休闲青龙山才能成为金字招牌。"

"人气、口碑，说得好，抓住了关键。"杨安民对蔡宝定的发言很认同，马上做了点评，"我建议镇上在做方案的时候，这两点要注意突出一下。"

"我觉得打造休闲青龙山，主要要在'好'字上做文章。"坐在靠左边位置的县环保局局长崔浩开了腔，他是一个身材瘦削，看起来十分精干的中年男子，头发梳得很整齐，应该还喷了啫喱水，亮亮的，很有型，一看就是一个很讲究的人，"头一个，山水要好，人家来我们这里首先要看的就是好风景。青龙山镇有山有水，只要真把石矿关停，让原先的生态得到修复，这种原汁原味的山水风景肯定会大有市场。其次是体验要好，城里人来乡村旅游图的就是一个体验，要开发各类娱乐项目，配合采摘和农耕体验，让城市人回归自然，真正放飞自我。再次，要吃得好。城里人大鱼大肉不稀罕了，要的就是原汁原味的农家菜，绿色的、生态的食物肯定最受他们欢迎。朝这个方向，青龙山镇肯定会火。"

"崔局长说的这三个'好'，真的太好了，俞镇长你赶紧记下来。"杨安民转头对俞永根说道，"这样大方向有了，后面很多具体的事情就好办了。"

俞永根连连点头说："杨书记，您放心，都记下来了。"

县农业局局长孙康健很年轻，看起来四十岁还不到的样子，他的发言显然经过深思熟虑，一下子点到了问题的实质："发展休闲产业最关键的，还是要让大家赚到钱，得到实惠。青龙山镇最大的资源优势就是山林资源和碧云湖，另外就是茶叶和竹笋等土特产。应该说，到目前为止，青龙山的山水都还没有得到有效开发，基本都处于一种原始状态，这太可惜了。我们的茶叶品质相当不错，但没有进行包装和品牌化，养在深闺人未识，与龙井茶根本没法比。农家乐有了一些，但都是单打独斗，没有形成一种阵势，火不起来。我觉得应该在青龙山大片种植茶叶，这种茶叶没有被污染过，色香味都是一流的，我们可以走电商途径，把这个茶叶的名气打出去。另外，碧云湖的水也可以进行包装，像农夫山泉一样卖钱。"

杨安民听了孙康健的发言心里不禁一震，青龙山茶是一个不可忽视的亮点，以前他关注得不够多，听说是东江农林大学的一位退休老教授在青龙山上偶然发现了绝无仅有的一株老茶树，现在通过一连串的嫁接培育已经形成一片一片的茶山了。青龙山茶脆嫩碧绿，口感甚佳，如果扩大规模，加大宣传，说不定会成为一个新的茶叶品牌，而且绝对是绿色环保产业，与目前安东县经济转型的方向完全一致，想到这里，他很兴奋地拿起笔来，在方案的空白处写下了"青龙山茶"几个字，然后目光朝向孙康健，带着微笑说道："孙局长的这条建议说不定很值钱，我们要好好研究青龙山茶，然后在青龙山甚至全县大面积推广种植起来，将它打造成全国的名茶，带动青龙山镇经济迈上新台阶。"

众人一起鼓掌，徐诗画也使劲地拍手，今天各位局长的发言对她也是一个很大的启发和鼓励，她的脸蛋因为兴奋而泛起了红晕。

"小徐，我记得你想在桃岭村开办家庭农场，今天你也对大家谈谈你的想法吧。"杨安民微笑地看着徐诗画，点了她的名。他想，休闲青龙山可能从一个村的角度去考虑会更实际一些，然后从村到镇，再从镇到全县，这样一步一个脚印地走下去，美丽新安东的蓝图才会慢慢变成现实。

被县委书记点名发言，全场人的目光一起投向了她，徐诗画的脸一下子红了。她的心一阵慌乱，不过，她很快镇定下来，意识到这次发言对她太重要了，她可不能掉链子。她鼓起勇气，语气急切地把这些天萦绕在自己脑海中的想法一股脑儿地倒了出来："杨书记，各位领导，也不怕你们笑话我，这些天，我天天都在想一件事，就是想把我们桃岭村变成一个美丽的大花园，由十几个特色家庭农场组成，比如分别以野山茶、特种野山羊、蔬菜果园、绿化苗木、药材等产业为主，没有一家重复。然后设计一条环村观光线，让观光小火车将分散的农场串点成线，使之成为一个整体。美丽农场的定位，重点是给城市人提供一个假日回归农耕氛围的地方。来这里，可以劳动，可以领一块地种植，周边我们会提供特色农家餐饮，在这里能吃到最有机的食物，还要进行诸如自主耕种区、亲子教育农场、食草养生餐厅、香草咖啡厅、乐活市集、乡村俱乐部会所等功能配套，在这里玩上一天，就能放松一天的心情……"

徐诗画一口气讲完的时候，头脑里一片嗡嗡的声音，在这样的场合发言她可是第一次，她甚至忘了自己刚才都讲了些什么，直到一阵热烈的掌声响起，她才回过神来。

"小徐，你讲得太好了，特色家庭农场将会是城里人向往的乐园。"杨安民看着她兴奋地说，"你们桃岭村以后就沿着这个方向去发展，县里镇里都将全力支持！"

杨安民的话掷地有声，徐诗画似乎吃了一颗定心丸，她对先前的想法似乎一下子有了很大的信心。她想，今天来参加这个座谈会真是来对了。

大家又七嘴八舌讨论了很多细节问题。杨安民最后做了总结，他环视了一下全场在座的人，朗声说道："今天的讨论非常有成效，这两天，我也在考虑，到目前为止，休闲青龙山还是一个理念，但我们绝对不能只停留在理念上，否则就是一个空想。我们最大的追求应该是把青龙山打造为'处处有风景、处处有服务'的休闲胜地。我们政府部门一定要树立服务意识，释放当地老百姓的创业热情，吸纳各方的资金来我们这里投资创业，我们政府主要是提供基础设施平台，为他们创业中遇到的各种问题提供服务和解决办法。休闲青龙山不应该是政府一厢情愿的工程，而应该是一种文化，向着这个方向去发展，才可以让休闲青龙山变成美好的现实图景。"

杨安民的话音刚落，大家就热烈地鼓起掌来。徐诗画也兴奋得脸庞发红，眼睛里闪着光彩。她睁大眼睛看着杨安民，心想，有这样一位年轻有为、视野宽阔的县委书记，她的梦想也许真的可以实现了。

第二十二章

亮剑

接到庆州市委常委、纪委书记王天翰的电话时，杨安民的心里一震，他知道王书记一定有重要的情况要告诉他。他立即放下手头上的事情，让秘书陈成安排了一辆车，直奔庆州。

一路上，他思绪翻腾，最近与元辉集团的较量已经到了白热化的状态，周元辉在做最后的挣扎，调动各方力量对"零点行动"进行阻挠，自己收到了好几封恐吓信，完全是黑社会的路子。汤达仁更是上蹿下跳，听说一直在背后撺掇人往市里和省里对他进行莫须有的举报，市纪委因此找他谈了两次话。山雨欲来风满楼，他能感觉到那种黑云压城的紧张与沉重感，但他咬紧了牙关毫不松劲，在心里不断地提醒自己越是风高浪急，越要保持清醒的头脑，"零点行动"动了很多人的奶酪，肯定有不少人对他怀恨在心，甚至是恨之入骨。有一次晚上他步行去安东宾馆住处的时候，发现后面有人鬼鬼祟祟地跟踪他，他后来就不再步行回去，而是让车子直接将他送到宾馆。王天翰曾经好几次提醒他注意人身安全，他都一笑置之，当初一脚踏上安东这片土地的时候，他就将自己的安危置之度外了。他意识到这是一场严峻的斗争，不是东风压倒西风，就是西风压倒东风，眼下的安东县表面看起来是发展之争，但内里却是以他为代表的转型派与汤达仁、周元辉等既得利益集团的激烈交锋，为了恢复安东的青山绿水，为了将碧水蓝天留给子孙，就是要他上刀山闯火海，他也不会眨一下眼睛。现在青龙山石矿成了一块最难啃的骨头，它不仅是元辉集团旗下的一个重点企业，还牵涉方方面面的利益，可以说是牵一发而动全身。青龙山石矿就是一个象征，它像青龙山的一个伤口，很多人为了一己私利，在青龙山上贪婪地攫取着，让这个伤口变得越来越大，流的血越来越多，是该结束这个悲剧的时候了！他必须下猛药将这个利益集团打掉，将汤达仁、孔汉辉、邵荣义等一干贪官蛀虫挖出来，并绳之以法，这样才能恢复安东县正常的政治生态，也才能将生态发展的理念和举措在全县范围内顺利推行和展开。现在一切似乎都集中到了青龙山石矿这个点上，他感觉一场好戏就要拉开大幕了。

到了市政府大楼十一楼市纪委楼层，杨安民轻轻推开王天翰办公室的门。王天翰正在等他，见他进来，立即从办公桌后起身，走过来将他引到窗子边的一圈黑色沙发上坐了下来。

"安民，你来得还挺快嘛。"王天翰给他倒了一杯茶，递给他说道，"叫你来，是让你看一件好东西。"

"什么好东西？"杨安民的心一阵激动，睁大眼睛看着王天翰。他知道这么多年来，王天翰一直都在背后默默地关心和支持着自己，这种默契和信赖在官场是十分少见的，因而就显得无比珍贵。他总是在困惑和迷茫的时候来向王天翰讨教，请王天翰指点迷津，也因此渡过了一个又一个难关。现在他又遇到了一个很大的难关，王天翰又一次在关键时刻站在他的身后，对他施以援手。

王天翰笑笑，没有说话，转身从办公桌的抽屉里拿出了一本账册，递给杨安民，说道："你看看这个。"

杨安民接过来，看到封面上写着"青龙山石矿股份明细"的字样，心里像被什么擂了一下。这份明细一定非同寻常，很多秘密马上就要在他面前揭开了。他一页页地翻阅起来。这份明细有点奇怪，很多名字他都很陌生，但后面括号里对应的名字他都很熟悉，看得他心惊肉跳：镇党委书记邵荣义一百五十万股、人大主席傅勇五十万股、纪委书记兼政法委员王骏民四十万股、工业副镇长胡恩庆四十万股、农业副镇长三十万股、社会发展副镇长三十万股……除了镇长俞永根和组织委员楚玉，青龙山镇其他领导班子成员都赫然在列，这真是让他没有想到，情况竟然如此严重！

"青龙山镇班子成员几乎都在，你没想到吧？"王天翰端起茶杯呷了一口，看着杨安民问道，"你打算怎么办？一窝端？"

"一窝端怕引发不稳定。"杨安民抖了一下手中的账册明细道，"不过，邵荣义拿的是干股，还拿了这么多，作为镇党委书记这个错是十分严重的，必须要拿下。"

"你再往下看。"王天翰笑笑，用眼睛示意他道，"后面还有让你惊掉下巴的。"

"这份名单上还有谁？"杨安民一边嘀咕着，一边往后面翻。前面的名字依然是陌生的，但后面括号里标注的名字让他再一次吓了一跳："汤达仁、孔汉辉？！他俩也在青龙山石矿拿了干股？"

"当然了，这一点也不奇怪啊。"王天翰用手指敲了敲茶几，气愤地说道，"他们入了股，才会一直阻挠关停青龙山石矿，周元辉早已用干股将他们套牢了，他们和元辉集团是一个利益共同体，一荣俱荣，一损俱损，所以他们会和你死磕。除了他们，还有一些县市头头脑脑的亲戚，都在石矿入了股，比如常务副市长的儿子、市委副书记的小舅子、秘书长的侄女等，青龙山石矿这块肥肉大家都要来咬一口，分上一杯羹。这也正中周元辉下怀，这样他就可以将这一大帮人拿捏在手上，你想关掉他的石矿，他随便动动这里面的关系，就会让你寸步难行。"

"我真没想到一个小小的石矿牵涉这么多利害关系，周元辉的能量真的超过了我的想象，难怪青龙山石矿迟迟关停不了，原来是有这么双无形的手在幕后干预啊。"杨安民挠了挠头皮，苦恼地问道，"难道我们手上有了这份名单，还对他们无可奈何？"

"安民，你别着急。"王天翰将股份账册收了起来，对杨安民说道，"我今天把你叫来，就是要和你商量下一步的对策。不瞒你说，这份名单是青龙山镇镇长俞永根搞到手的，他把这份名单交给了安东县纪委，县纪委又将这份名单交给了我们。现在县纪委已经启动了对邵荣义的调查，估计很快就会向你汇报。我这边主要是要调查汤达仁和孔汉辉等人的问题。汤达仁的问题很大，举报信都收到一大堆了，这次他肯定是在劫难逃。决战的时候就要到了，邵荣义拿下之后，你可以趁这个机会将青龙山镇的班子来一次大换血，把有能力、肯干事的人提拔上来。我知道你想把青龙山镇作为生态发展的试点镇，没有一个坚强有力的班子是打不开局面的。你回去要想出一个切实可行的办法，尽快将青龙山镇的班子重新配齐整。记住，不要将入股的人员都公布出来，那样打击面太大了，不利于团结和稳定，本着治病救人的原则，入股的干部只要退了股，就既往不咎，毕竟这种情况很普遍，一定程度上是一种风气问题，千万不能一棍子打翻一船人，事情还要靠那些干部齐心协力一起来做的。"

"王书记，我明白了，您放心吧。"杨安民看着王天翰，看见他鬓角的白发好像增添了不少，心里很是感激，眼角不自觉有点热热的。

"哦，小施那边的工作进展得怎样了？"王天翰忽然想起了什么似的问道。

　　"施庆柯太棒了，王书记您没看错人啊。"杨安民见王天翰问起施庆柯，抑制不住夸赞道，"这小伙子真的没话说，只用了一个月不到的时间就将青龙山石矿违规多采偷采的事情查清楚了。"他清楚地记得，一个月前，他将施庆柯推荐到青龙山镇的时候，邵荣义非常抵触，但施庆柯还是想方设法带队对青龙山石矿多采和偷采的情况进行了全面核实。按照当时签订的采矿协议，如果越过红线多采和偷采的，要按照十倍价格赔付，那么元辉矿业还要拿出将近一个亿赔给镇上。元辉集团在青龙山石矿的投资早已收回，另外，它还享受着市政府和县政府用于工矿企业技术改造的多项补助，其实青龙山石矿拿了补助，却没有投入技术改造中。监督部门得到一些好处，他们就睁一只眼闭一只眼算石矿技改过关，这些钱累加起来已经足够赔付镇上了。一周前施庆柯赶到杨安民的办公室，拿出一张公告，还有一张图纸，指给他看，说公告是当时的矿产出让公告，图纸则是当时的开采施工方案。杨安民看到公告上标明了出让的总吨数、出让的价格，这价格真是非常便宜。开采方案他有点看不懂，云里雾里的，只见很多用铅笔标注的曲线，还有很多数字，看得头皮发麻。施庆柯告诉他这张图就是开采施工山体的整个剖面，边上那些都是界线。如果超过这些界线，那就是多采，属于偷挖国家矿山资源，可以按十倍以上的罚款重罚，矿主可能还要被判刑。从开挖的宽度和深度，可以看出他们偷挖偷采了大量的矿石，几个矿区加起来，数量十分惊人，但奇怪的是竟然一直都没人发现，也没有人吭声。施庆柯一语道破机关，没有人想管这事，因为人家上面有人。施庆柯对杨安民说，他好几次冒着风险潜入矿区，为的就是获取第一手的证据，如果查实，矿主不但要被罚上亿元，还要去坐七八年的牢。有了这样的铁证，扳倒元辉矿业应该问题不大，至少可以关停青龙山石矿了。何况像青龙山镇的矿山，省发改委早就建议关停了，因为省里已经提出了"绿水青山就是金山银山"的理念，环境保护被摆到重要位置，矿山开采受到严格限制，并开始对滥开滥采的矿山进行关停。但由于当时安东县和青龙山镇的领导层面都认为矿山开采是支柱产业，关停了矿山，经济指标就会直线下滑，多次向省里有关领导反映情况，甚至到发改委去公关，要求网开一面，再让青龙山石矿开采一段时间，还说青龙山镇很多人都在矿山上班挣钱，如果不让开采了群众肯定得上访闹事。省里一听这是涉及当地发展稳定的事，就没有再逼着关停，于是便这样拖到了现在。

"王书记，施庆柯搞的材料我今天也带来了，正要给您过目呢。"杨安民说着拿过皮包，从里面抽出一沓材料，递给了王天翰，信心满满地说道，"这些材料加上您刚才给我看的股份名单，足可以将青龙山石矿扳倒了。"

"我也觉得火候到了！"王天翰点点头，翻阅了一下资料抬头对杨安民说，"这份材料非常重要，看来小施是真用心了，不负使命啊。现在问题已经很清楚了。就在这两天，我会召集市发改委、国土局、检察院、公安局和矿治办等有关部门就青龙山石矿问题召开一个专题会议，然后督促他们抓紧调查青龙山石矿的问题，对矿山资产进行查封，然后形成翔实材料向市委程汉章书记专门做一次汇报。之后就是启动纪检程序，对相关人员依规依法进行处理，不管是汤达仁还是周元辉，这样破坏地方政商生态、阻碍地方发展的钉子到了该拔掉的时候了。"

杨安民听了，很是振奋，眼睛里跃动着灼灼的神采，他站起身，握住王天翰的手："王书记，真的要谢谢您！如果能打掉这些拦路虎，按照我的设想，修复青龙山和碧云湖的生态指日可待，青龙山镇往后的发展要重新定位、重新规划，全安东县都要彻底改变以前那种纯粹靠卖资源的发展模式，走绿色、生态、环保的发展之路。"

　　"安民，这条路你选得对，我相信你，也会一直支持你！"王天翰也受到了感染，紧紧地握了握杨安民的手，眼神里满是期待。

第二十四章

访师

正是人间四月天，东江农林大学校园里一派春意盎然的景象，通往教学楼的一条宽宽的马路两边，是高大的枝叶交叠的香樟树，在微风中舒展着婆娑的绿意。灌木丛边上开满了淡黄色的迎春花，远处草坪周围是一棵棵开满了白花的广玉兰，花朵硕大而饱满，远看仿佛是在光溜溜的枝丫上停满了白鸽子。路上走着三三两两的年轻学子，每个人脸上都洋溢着笑意和无法遮挡的青春气息。

"现在才知道，大学生活是多么让人留恋！"重新走在这熟悉的林荫路上，徐诗画心里有一种莫名的激动，又有一种说不清的伤感。一转眼，她离开这里快两年了，这里的青春气息已经不再属于她，她现在正奋力奔跑在另外一个地方，确切地说，是一个遥远的穷困的山村，她的命运已经与这个山村紧紧相连，她现在承受的压力是在这里读书的时候所无法想象的。但她并不后悔，也许从郭外斜带着他们去十八坊村参观的那一刻起，一切就是注定的了。她就是要把桃岭村变成另一个十八坊！她一定能做到的，虽然现在每走一步都是那样的艰难！

这次来省城到自己的母校东江农林大学，她就是来搬救兵的。关于整个村庄未来的布局和十几个农场的设计她心里没底，必须向郭老师讨教。郭老师是园林专业的老师，他在山水园林设计这方面很有研究，对古村落、农家乐、户外休闲也有涉足，他还拉了几个同行成立了一家创意设计工作室。桃岭村未来是个什么样，一定要让郭老师这样的行家里手给规划设计一番。

东江农林大学真大，走一天也不一定走得完。她记得第一天来报到的时候迷了路，根本分不清东南西北，要不是有学姐领着，她都找不到宿舍。后来她才慢慢搞清楚，学校里除了有一个面积很大的东湖外，还有众多的园林，不仅有松柏园、木兰园、金缕梅园、槭树园、杜鹃园、山茶园、翠竹园等植物专类园林，还有水景园、香花园、名花园、名茶园、文化林等特色园林，还别出心裁地划分为"生态人文走廊"和"植物进化之廊"两大廊区。校内有三千多种植被、四百多种鸟类、十一万多个昆虫和病理标本，还有来自一亿五千万年前侏罗纪的硅化石。整个校区几千亩土地就是一个庞大的动植物王国，身在这园林般的校园内读书学习，真的是一种无以言表的享受。遗憾的是大学四年时光匆匆而过，她还是跟这么美丽的校园作了别，同学们也各奔东西，想再见一面已经很难了。

肖亮！她脑海里突然蹦出这个名字，那个高大帅气的阳光男孩，曾经与她在这个校园的角角落落都留下亲密的足印，在木兰园、山茶园、翠竹园里一起徜徉，浓情蜜意，卿卿我我。那时候他们都觉得未来的日子很长，生活永远可以这么美好地过下去，殊不知毕业前夕，因为她执意要回村当大学生村干部而导致两人以分手告终。是她伤了他的心，在他看来，她在那一刻变得那么不可理喻，简直不可救药，不知道是哪一根神经搭错了。她看见他流下了伤心的泪水，而她的心竟然坚硬似铁，就是吃了秤砣铁了心的那种执拗。东湖边留下了他们伤心的回忆，那个男孩不会再回头了。她原本可以留在省城，原本可以和肖亮走到一起，组建一个幸福的小家庭，可现在她又变成了一个村民，成天和一帮"志不同，道也不合"的村民纠缠在一起。虽然她有一个美好的愿望，但能不能实现她现在心里一点儿底都没有。目前的状况是村子变干净了，变漂亮了，但都还是表面功夫，她知道要让村子彻底改变贫穷落后面貌，必须有产业，必须有经济，才能进入自我造血、良性循环的轨道。这条路该怎么走，她现在只有一个模糊的概念，具体怎么干是真的一点头绪都没有。

她摇了摇头，似乎想将不愉快的回忆赶走，现在她没有退路了，只能一股劲地往前冲，不管前方等待她的是什么。

郭老师的创意设计工作室在东湖的西南角，两层的中式建筑，还带了一个小院子，雅致而宁静。徐诗画轻轻推开门走了进去。迎门放了一个很大的根雕，是孔雀开屏的造型，惟妙惟肖，生动自然。屋子里摆满了各类工艺品，中间是由一整块木板搭起来的茶台，油光可鉴，上面摆着一套茶具，茶壶里正煮着茶，一股清幽的茶香弥漫在屋子里。

"郭老师好！"徐诗画一眼看见郭外斜老师正坐在茶桌后面，一下子激动起来，很想跑过去跟他拥抱一下，但出于女孩子的矜持，她还是忍住了。大学时候郭老师对她最好了，一直像一个大哥哥一般照顾着她，郭老师在她心目中不只是高大帅气，还非常有才气，思维总是那么另类超前，她的回乡创业梦想就是郭老师给点燃的，记得当时他对她说过一句话："农林大学的学生最广阔的舞台是在农村，是在希望的田野上。要干大事就去农村，待在城里不会有多大的出息。"

"诗画，你来了啊，快坐下喝茶。"郭外斜见徐诗画走进来，连忙从一把褐色的藤椅上起身迎接，将她让到茶桌跟前坐下，然后给她倒了一杯茶。

"郭老师，我们有一年多没见了吧？"徐诗画呷了口茶，眼睛亮亮地看着郭外斜说道。

"自从你毕业，我们就没见过了。"郭外斜嘿嘿笑了一下，顺手理了一下蓬松的头发，他胡子拉碴的，虽然总是不修边幅，但又特别有男人味，当时班上迷他的女生有很多，他都是一副波澜不惊的样子，"昨天接到你的电话，说要来农林大，我高兴得一晚没睡好觉呢。"

"我也是啊，郭老师，昨晚失眠了。"徐诗画毫不掩饰见到老师的开心和兴奋，秀美的脸庞因此也变得生动起来，"其实我早就想回学校来看您了，就是那边脱不开身，整天忙忙碌碌，也不知道在忙啥。"

"那今天咋就来了？"郭外斜拿起茶壶往她的茶杯里续了点水，微笑着问道。眼前这个女生的确是那一届里他最欣赏的学生，除了她的漂亮和聪明，最重要的是他发现她身上有一种不同于别的学生的劲儿，说回村去当村干部就真回去了，连男朋友都劝不住她。

"郭老师，我这不是快顶不住了嘛，所以来向您求救！"徐诗画说，神色有些黯然。

"怎么了，遇到什么难题了吗？"郭外斜一边往壶里加水，一边看了她一眼，关心地问道。

"难题可大了，郭老师。"徐诗画抚摸着茶杯，抬眼看着郭外斜说道，"我当时是一时头脑发热冲动，没想到农村的事那么复杂，我们村支书和村主任都'躺平'不管事了，村里一大摊子事情都搁我肩上担着，最大的问题是村里没有钱，而什么事情动一动都需要钱，有的还需要很多钱，我一个黄毛丫头，到哪里去弄那么多钱。"

"农村的情况我还是了解的，想干点事情钱当然是最大的问题，你不要急，慢慢跟我说说，看看我能不能帮上点什么忙。"郭外斜安慰她道。

"郭老师，不瞒你说，目前我在桃岭村第一阶段的环境整治工作已经初步完成，但化缘来的钱也用完了。"徐诗画轻轻叹息了一声，"我没想到一个厕所改造就能花掉那么多钱，再加上垃圾集中处理，我这边已经拿不出什么钱了。桃溪河道的清理整治还没开始呢，我指望着申请省里的中小河道整治项目能获得通过，不然真想不出什么办法了。村里环境整治不好，其他的都是空谈，所以我现在不管怎样，都要先把村子打扮漂亮了，还有道路硬化，建公园，增添体育健身设施，这每一步都要很多的钱。"

"诗画，你今天来不会是向我借钱的吧？"郭外斜笑了，"你老师我也穷着呢，拿不出什么钱哪。"

"郭老师，您放心，我可不是来向您借钱的。"徐诗画也笑了，"我今天来是向您要创意的，我现在最缺的其实是这个，我知道郭老师您点子多。"

"创意我倒是有的，说说你需要什么创意吧。"郭外斜听说徐诗画来不是为了借钱，马上一脸轻松。

"比如我们村那条桃溪河的治污，特色家庭农场的整体设计，村民如何致富……"徐诗画掰着指头，一项一项地列着，"这些问题可把我脑壳都想疼了，想来想去也没想出个头绪，只能向您求救了。"

"诗画，你找我还真找对了！"郭外斜将大腿一拍，兴奋地说，"你的问题都踩在我的点上，最近一段时间我正在琢磨这些事，像村里池塘的治污问题，刚好我们这边花四十万元引进了英国最新的阿科蔓技术，就是在池塘里种植大量的人工水草，聚集在其上的微生物可以吸附污染物微粒，使池塘里的污水慢慢得到净化，原本又黑又臭的污水经阿科蔓技术处理后，可以成为直接灌溉的三类水。如果在池塘的周围栽种上一些花草，再修建一个喷水池，那么昔日的臭水塘摇身一变，就成了花红柳绿的生态园，你们村的小河治污可以试试这种神奇的技术。"

"这阿科蔓真的有这么神奇？"徐诗画睁大了眼睛。

"当然了，生态技术的神奇还多着呢。"郭外斜兴致勃勃地说道，"比如，你们那里完全可以建一些生态屋。这种生态屋最独特之处，就是里面装的空调跟我们普通的空调完全不一样，它是一种'水空调'：从河中抽水，再通过管道系统让河水在屋内循环，以此保持室内处于一种恒温状态。还有分散式无动力人工湿地处理系统，看起来像一个沼气池，功能相当于城里的化粪池，生活污水通过它过滤处理，就能变得干净透明，没有了那种难闻的气味，夏天也不再招惹苍蝇蚊子。"

"哎呀，这些技术的确太神奇了，也正是我眼下很需要的！"徐诗画激动起来，"郭老师，您可一定要帮我把这些技术引进到我们村去啊！"

"那当然，谁叫你是我最得意的门生呢，我不帮你谁帮你？"郭外斜哈哈一笑，然后站起身来，冲徐诗画道，"只是这些还不是最神奇的，你刚才不是说要办特色家庭农场吗？走，我带你去一个更神奇的地方，肯定会让你大开眼界。"

"好啊，太好了！"徐诗画跟着站起来，忍不住拍着手说，"郭老师，您有好东西千万不要跟我藏着掖着啊。"

"不会的，这就带你去参观。"郭外斜抓起手机，转过身在前面引路，"我工作室的小伙伴都在那边忙着呢，说实话你不来我也要去桃岭村找你了，我们这个创意团队不能缺了你，而且你们那个村子正好可以让我们去实战一下。"

"郭老师，这么说我们是一拍即合了？"徐诗画笑道。

"没错，就是一拍即合，天时地利人和。"郭外斜轻轻地拍了一下徐诗画的肩膀，"将来你当村委会主任了，我们就合力把你们村变成一个大花园。"

"这正是我的梦想啊，"徐诗画激动得叫起来，"干事业还得靠郭老师多提携，否则我就是一只无头苍蝇，只会乱撞。"

两人说笑着来到了位于东湖西侧的乡村振兴示范园智慧农场。换上白大褂，掀开大棚的帘子，徐诗画一下子被眼前的景象惊呆了，只见各色蔬菜绿意葱茏，青翠一片，看得人眼热。

"这里是我们正在试验的'植物工厂'，种瓜果蔬菜不再用土，将肥料放进水里溶解，蔬菜喝饱了这些营养液长起来就特别快，基本上一天一个样，这就是水培蔬菜的优势所在。"郭外斜边走边介绍道。

往里走是气雾栽培区，只见一排排生菜、芹菜绿油油的，叶面泛着亮光。"这边种菜也不要土，把水和肥料喷到根上就行，种出的菜口感很好。"郭外斜说着伸手摘下了几片菜叶递给徐诗画，让她尝尝。

"这菜能生吃？"徐诗画拿着菜叶迎着阳光端详了一番，将信将疑。

"你吃吃看，知道知道什么叫高科技蔬菜。"郭外斜说。

徐诗画把菜叶放进嘴里轻轻咬了一口。菜叶带着淡淡的清香，入口甜丝丝的。"味道不错，还挺好吃的，我要引进我们村里。"她咂巴了一下嘴说道。

"没问题，我们这边的技术完全可以复制到你们村里去。"郭外斜说，又指着正在旁边调整大棚天窗的技术员冯辉道，"过去看天种地，现在靠的是生态科技，我们团队的成员除了我都很年轻，我们这个智慧农场将近二百亩，利用'5G+互联网'、物联网等信息技术，种植精准、生产高效。"

郭外斜让冯辉带着他们走进了智慧农场指挥中心，电子大屏上正实时显示各个栽培区的温度、湿度、光照以及水肥利用等数据，令人有点眼花缭乱。

"我们通过栽培区的感应设备，监测温度、湿度、光照及病虫害等情况。"冯辉指着物联网智能远程控制柜向徐诗画介绍道，"这个系统可以智能调节，自动补光、通风、换气。与普通农田比，智慧农场亩均节水五十立方米、节电十五千瓦时，农业生产总体增效百分之二十。"

徐诗画听得很认真，看得很仔细，她在心里懊悔来郭老师这个地方迟了点。

"我们这个智慧农场将来还要与四季采摘园区、健康食品产业园区结合起来，把现代农业与乡村旅游、康养产业相结合，推动产业深度融合，如果试验成功就会在农村推广。"郭外斜说完，又补了一句，"当然，第一个要推广的就是你们桃岭村，至于特色家庭农场数量和种类，我们这边会帮助你们村设计一个总方案，在这之前我会组织工作室的小伙伴们到你们村去实地考察一下。"

"谢谢你啊，郭老师！"徐诗画激动得眼泪都要流下来了。在郭老师这里见到的这些"硬核"技术要能在桃岭村变成现实，那是一件多么令人欣喜的事啊，她隐约看到了桃岭村未来的美好图景。

第二十五章

震荡

暮春的傍晚，刚下过一场小雨，一切都显得湿漉漉的。此时，上湾村隐在竹林里的周家洋房里气氛有点压抑，周家一大家子团团围坐在一张大圆桌旁。这天是周六，周元辉的大女儿周晓鸥、小女儿周晓燕和儿子周晓辰都赶回来了，但此刻每个人脸上的表情都很凝重，大家都很机械地吃着饭，没有一个人说话。但每个人似乎都有一肚子的话要说，只是不知道怎么开口，也不知道从哪儿说起。

这种令人窒息的压力自然来自一家之主——周元辉，此刻，他默默地端起酒杯，一仰脖子又喝了下去，如此这般，他已经一连喝了七八杯，还没有停下来的意思。老伴邱红云在一旁担心地看着他喝酒，待他又倒满一杯的时候，伸手过去想要拿走他的酒杯，一边唠叨着："老周，你有糖尿病，又有高血压，不能再这么喝了。"

"你别动我的酒杯，不要管我！"周元辉粗暴地抓起酒杯，梗着脖子对老伴嚷道，他的眼睛瞪得跟铜铃似的，眼白上布满了根根血丝。

"好好，我不管你，喝死了可没人管！"邱红云缩回手，有些懊恼地说道。

"爸，你就少喝两杯吧，妈这是为你好。"周晓燕在一旁劝着他，"我们都知道你心情不好，可心情再不好也不能这么糟蹋身体啊。"

见小女儿这么说，周元辉鼓着的气泄了下来，他放下酒杯，苍老地叹息了一声，然后红着眼圈说道："没想到啊没想到，我周元辉英雄一世，末了却败在一个乳臭未干的毛头小子手里，这口气我咽不下去啊！"

"爸，我们这也不能算败，顶多就是换个地方再干。"周晓鸥用筷子给坐在身边的女儿程思妍夹了一片酸菜鱼片，然后看着周元辉说道，"他杨安民不是关了我们的造纸厂和化工厂吗？这打不垮我们，我跟才宝这段时间正在商量着找一个偏一点的地方继续干！"说着她转过头看了一眼丈夫。

"对，这些天我都在物色场地。"程才宝停下咀嚼的动作，附和妻子道。他头发凌乱，颧骨很高，嘴巴的周围是一圈青青的胡碴。作为元辉化工厂的厂长，厂子被强行关闭的那天，他的心也被撕裂开来。作为周家的女婿，又当了厂长，他原本以为这辈子吃香的喝辣的不用愁了，谁知道突然来了一个"零点行动"，直接把他们家的造纸厂和化工厂给整没了，这一切太不真实了，在安东县谁不知道他老丈人的势力大，怎么就干不过那个来了两年还不到的姓杨的小子呢。他真的想不通啊，难道他这个老丈人真的老了不中用了？

"你们懂个屁！"周元辉将筷子往桌上啪地一放，气呼呼地说道，"你们以为换个地方干就行了？化工厂和造纸厂都属于重度污染企业，这一关你们就别想再开了，我看出来姓杨的是铁了心搞什么生态发展，有污染的企业在他这里都是死路一条，不信，你们等着瞧！"

周晓鸥和程才宝听了，脸上都禁不住一阵黯然，他们怕的就是这个，如果厂子不给办了，他们还没想过还能去干什么。

"杨安民这个人是软硬不吃啊。"周晓燕插话道，脸上也透着满满的无奈，"按理说，我们是同学，他曾经还追求过我，我去求情他总该给我点面子吧，可他就是翻脸不认人，看来我们家的青龙山石矿也保不住了。"一想到那次去县政府杨安民的办公室碰了个软钉子，她的气就不打一处来，她真的没想到杨安民会那么铁石心肠，难道人一旦当上什么干部脸就变了吗？

"哪里还保得住？！"周元辉深深地叹息了一声，声音也变得分外苍老，"石矿有个软肋让他们给抓住了，不然省里的人还可以给我们保一保的。你们应该都知道了吧，县里的汤达仁、孔汉辉，还有青龙山镇的邵荣义最近都被查了，我们的靠山都倒了，杨安民这招叫作釜底抽薪，太毒了，我的胳膊、腿都给他打折了，以后还怎么活哪！"说着说着，周元辉禁不住老泪纵横，斑白的胡须不停地颤动着，只有绝望的人才会这么悲伤。

一屋子的人都沉默不言了，悲凉的气氛笼罩在每一个人的心头。他们都知道汤达仁等人被查意味着什么，周家的发家致富很多时候都是靠这些人在背后支持，大开绿灯，才积累起这么庞大的产业，这些靠山一倒台，他们家也会跟着轰然倒塌，他们是一条船上的人。

"爸，我不这么看！"一直沉默着的周晓辰突然发声道，"我觉得我们还有很多机会，只要我们把思维转变一下。"

一家人一听，都把期待的目光投向这个喝过洋墨水的周家接班人，都想知道从他的嘴巴里能说出什么招儿，让周家度过这个最黑暗的时期，闯过这生死之关。

周晓辰在家人目光的注视下，淡定自若，显然他已经考虑了很久，他说："他杨安民转变发展理念，搞生态经济，难道我们就不能跟上这个节奏？我们家有这个实力啊，只要我们也搞绿色生态经济，谁能有我们强？"

　　周元辉鼻子哼了一声，不屑道："晓辰，亏你想得出，要我跟着他姓杨的节奏走，没门！他祸害了我们，我与他不共戴天！"

　　"弟弟啊，你这脑子灵光啊，把你具体的想法说说看。"周晓燕倒是感觉眼前一亮，她对这唯一的弟弟一贯很宠爱，现在更是以欣赏和期待的眼神鼓励他继续说下去。

　　"爸，我们现在不是跟他赌气的时候。"周晓辰浓黑的眉毛下，一双黑白分明的眼睛透着一种干净和明澈，他的声音洪亮而笃定，"其实，我从留学回来那天起，就在思考一个问题，我们元辉集团在新的时代背景下是不是要转换一下发展思路了。爸这代人走的是粗放型发展路子，资源损耗惊人，环境污染严重，虽然挣了点钱，但心里不会很踏实，因为都是通过牺牲百姓利益和损害环境来达到的。当初那个时代下还可以勉强过关，但现在我们真的不能这样走下去了。说句实话，他杨安民不来搞'零点行动'，我们元辉集团以后自己都会来搞一个，因为我们不那样去做，是迟早要被时代抛弃的！"

　　一家人听了他这番话，脸上都露出了惊讶的神色。周元辉的鼻子里又哼了一声，继续表示不屑，但这次他没有说话。这个儿子是他最钟爱的心头肉，当时周晓辰出生的时候，他一听说是个带把儿的，一下子在产房外双手握拳，高兴得蹦起来，当时他在心里默默地念叨：周家的产业终于有人来继承了！他给了这个儿子最好的生活条件、最好的教育，为此花再多的钞票他一点也不会感到心疼。但渐渐地，他感到这个儿子跟他越来越不像，长相、性格、爱好，都好像跟他是两个世界的人，他曾一度怀疑周晓辰不是他亲生的。但邱红云内向木讷的性格又让他自己打消了这个怀疑，什么人出轨邱红云都不会出轨的，他坚信这一点。但他却无法阻挡儿子在他的反向道路上越走越远，他总想年轻人有自己的见解和思维，他不去干涉儿子想什么做什么，只要能稳稳地接住周家的家产就行。只有一点他很不开心，那就是他一直想跟安东的另一个富豪潘明贵结亲，这个竹制品领域的领头羊有一个比周晓辰小两岁的女儿，名叫潘美竹，人长得很漂亮，也刚从国外留学回来。如果他们两家结为亲家，那将是强强联合，在安东就更没有人可以撼动他们了。潘明贵也很有这个想法，周晓辰他见过，喜欢得不得了。但这事到了儿子这里就变得扑朔迷离，怎么也看不懂了。儿子只见了潘家千金一面就死活不愿意再见第二次了，而人家千金却害了相思病似的，整天嚷嚷着要见他。这也难怪，儿子长得实在太帅了，没有哪一个女孩见了不动心的。潘明贵明里暗里在责怪周元辉，搞得他很没面子，后来一想，感情的事不可勉强，也就随儿子去了。

"弟弟，那你打算怎么帮我们家进行产业转型？"周晓燕依然以欣赏和鼓励的眼神看着周晓辰，让他继续往下说。

"小辰，你说来听听，这段时间我可愁坏了。"周晓鸥也显示了浓厚的兴趣，仿佛抓到了一根救命稻草。

"大姐，二姐，我是这么想的。"周晓辰清了清嗓子，也不去看父亲的表情，朝向两位姐姐说道，"最近我们那个电源制造公司也正在紧锣密鼓地搬迁，估计这个月底就会搬完，我打算在原址上打造一个户外休闲露营基地。另外我要在青龙山脚下租下大片山地，建休闲度假酒店，再在周围种植大片的红枫、薰衣草、格桑花。再远一点的想法是成立一个旅游公司，青龙山风景好，将来做旅游这块肯定能大赚特赚。"说这些话的时候，周晓辰的脑海里浮现了徐诗画那张秀美可爱的面庞，他不禁在心里一笑，他的这些念头的产生原来是跟这个女孩联系在一起的。自从第一眼见到她，她那甜美羞涩的脸庞就在他的心里扎下了根，时不时地会浮现出来，让他不管在什么场合都会不由自主地出神。按理说，他也算是见过大世面的人，不至于被一个大学生村干部给迷住吧，可感情这种事情就这么奇怪，也许这就是所谓的"一眼千年"吧。他记得第一次见到她的场景很特殊，当时她正跟那些到公司门口讨说法的村民在一起，后来他在转身离去又忍不住回头的刹那，在人群中捕捉到了她那一双清澈如水的眼睛，太美了！他那一刻在心里想，原来走遍了千山万水，他要找的人竟然在这个小山村里。可他们的关系非常奇怪，每次见面都是以对手甚至是仇人的面目出现的，她在背后鼓动村民跟他们公司打官司，最后让公司赔了钱还有人去坐了牢。说不怪她一定是假的，但他就是对她恨不起来。好多次他想去桃岭村找她，最后都打消了这个念头，以他的身份和地位，那样做实在是有点不合适，也唐突得很。为此，他很苦恼，但他相信他一定会有很多机会接触到她的。这些生态发展的念头的确也是为他们周家的产业转型而认真思考的，但也在潜意识里跟她在村里做的工作在方向上是一致的，他无端地相信，他们一定会有交集，而且将是密不可分的。想到这里，他的嘴角又不由自主地上扬了一下，跟第一次见到她的时候一模一样。

"弟弟，你这些想法太好了，真的可以这么干，这些创意我都很喜欢！"周晓燕不禁拍手叫了起来，但一见父亲板着一张脸，又赶紧捂住了嘴巴，做了个鬼脸。

得到二姐的肯定，周晓辰难免有几分得意，但抬眼发现父亲正阴沉着一张脸盯着自己，赶忙低下了头。他坐在那里，心里却忍不住在想："徐诗画，我们看谁动作快，你等着瞧，有你来求我的那一天！"

第二十六章

谋划

安东县政府大楼的造型有点别致，由相对独立的四幢楼组成一个整体，每幢楼看起来像一片竖立起来的茶叶，四片茶叶围在一起又宛如一朵盛开的莲花，设计者脑洞大开，观者也惊叹不已。这个山区县产的一种茶叶已经名声在外，主打茶叶牌也许是在这幢政府大楼里的主政者的一个不二选择，但到了杨安民这里，他显然有了更多的想法，在他的脑海中，一幅更大更美丽的蓝图已经渐露雏形。

上午九点，一次显得有点特别的县委常委会在七楼会议室举行。会议由县委书记杨安民主持，他手里拿着一份材料，是一份有关安东县建设中国美丽乡村行动计划的讨论稿，这个计划要在一个月后召开的县委全委扩大会议上讨论。如果把安东县的未来比作一张问卷，那么接下来就看他如何作答了。

"这个行动计划就是我们安东未来五年乃至十年要走的路。"杨安民环视了一下在座的县委常委们，神色肃然，声音铿锵，"'零点行动'取得了决定性的胜利，但也几乎将原来的发展模式打了个稀巴烂，大快人心的同时，我们也承受了巨大的经济压力，但是越是承压，促转型越是刻不容缓，我们必须千方百计引项目、扩投资、增后劲，不遗余力推动产业智能化、集群化、资本化转型，加快培育形成有我们安东自身特色的现代化产业体系，构建绿色发展格局、塑造美丽城乡形态、共创和谐生活家园，打造一个安全、生态、宜居、富民、智慧的全域幸福新安东，把安东打造成为美丽中国集成之地、浓缩之地、经典之地。"

这番话慷慨激昂，赢得了一片掌声。杨安民也感到有点血脉偾张，来安东这么长时间，他还是第一次觉得说话有了底气，前路有了方向，再也不会陷入迷茫和徘徊了。成功地将汤达仁、孔汉辉等掣肘势力打倒，让他有了获得解放和新生的感觉。这还得要感谢伯乐王天翰书记，是他带着青龙山石矿的股份名单和偷采国家矿产资源的证据材料专门去向市委程汉章书记做了汇报，程书记听了汇报也深感震惊，同意对相关人员立案调查。拔出萝卜带出泥，这一查将汤达仁受贿高达两千多万的盖子揭了开来；孔汉辉跟汤达仁沆瀣一气，也被查出受贿了六百多万；邵荣义在青龙山石矿三年拿了四百多万的干股分红也触犯了刑律锒铛入狱。元辉矿业公司总经理郝昆因行贿罪被判了六年有期徒刑；元辉集团董事长周元辉上演了金蝉脱壳之计，不留任何腐蚀官员证据而得以在这场风暴中全身而退，但也元气大伤。这一场苦斗耗费了杨安民极大的精力和心血，好在最后以胜利告终。从此，如日中天的元辉集团也会像一匹被勒住缰绳的野马安静下来，纳入安东县绿色发展的模式里，周元辉能量再大，也得承认这次的失败。毕竟安东县的发展要转入一条崭新的赛道了，谁阻拦都将被滚滚向前的车轮碾碎。安东的"生态立县"之路将势不可挡，一路走下去，直到杨安民心中规划的蓝图彻底变成现实。

"这个行动计划还很粗糙，今天大家就集思广益，对它进行完善。"杨安民说完了这些话，端起茶杯喝了口茶，颇有气定神闲的大将风度，这些天来的走访调研、深思熟虑后，他的心里已经有了一本账。作为县委书记，他感到肩上的担子很沉很沉，但他喜欢去挑战，他有信心带领五十万安东人民走出一条生态美、产业兴、百姓富的可持续发展道路，去创造属于自己的美好生活。

"这个行动计划已经比较完善，起草小组前期做了大量工作。"县委副书记、县长郑乔林翻着手中的行动计划，声音洪亮地说道，"安东县已经走到了一个重要的十字路口，前所未有的机遇正在前方等着我们，我们必须牢牢地抓住它。我觉得现在安东最缺的是人才，我们必须深刻认识到人气越是集聚，优配套、提能级越是刻不容缓，必须增强城乡能级提升的紧迫感，推动硬件配套上品质、软件服务提标准，全面提升城市承载力、服务力、吸引力，我们这几年要引进的大学生不是一千个，也不是一万个，而是十万个！这一点一定要写进去。"

"引进十万大学生，这个好！乔林你和我想到一块了！"杨安民听了很是兴奋，立刻拿起笔在行动计划上写下了这几个字，然后抬头向郑乔林投去了赞许的目光。

县委常委、宣传部部长赵秋韵是一个四十岁出头的女人，模样俊俏，戴着一副眼镜，化着精致的妆容，显得气质不凡，她将手中的材料来回翻了两遍，开口道："既然我们要'生态立县'，那么就应该全力擦亮生态文明这张金名片，我们安东虽是个名不见经传的山区县，但一直是好山好水好风景，这些沉睡的资源一直被我们浪费着，现在是唤醒它们的时候了。生态经济化、经济生态化就是我们未来要走的发展之路，最终还是要以产业为本，推进美丽乡村转化，在扮靓'面子'之后，最重要的是抓实'里子'、做强'底子'。"

"好一个面子、里子、底子，说得好！"杨安民也拿起笔记下了这几个词，同样对赵秋韵点了点头。他眼前突然闪现了徐诗画的面庞，觉得她们俩长得有几分像，皮肤都很白皙，眉眼间都有那么一股迷人的气息。什么时候去徐诗画的那个村子走走看看，说不定可以找到更好的思路，他直觉那个女孩是有很多想法的，他正好要以一个村为蓝本来好好谋划美丽乡村应该怎么个建设法，说不定她那个村子能做出一个示范村。现在省里正在大力推行"千村示范，万村整治"行动，到时候她那个村子一定要推荐列入"千村示范"的名单中去。想到这里，他不自觉地拿起笔，在材料的空白处写下了"桃岭村"三个字。

后面的讨论十分热烈，常委们每个人都发了言，有的建议提得非常到位，杨安民一边倾听，一边认真做着笔记，他还特别在"现代产业振兴、城乡能级提升、共同富裕先行"这一行字的下面加上了着重号，并写下了"三大主攻方向"几个字，又加上了两个感叹号。探索打造中国式乡村现代化路径，而且必须是生态的，他在心里默默说了一句，忽然感觉浑身充满了力量。

讨论完行动计划，接下来一个议题就是投票表决一项人事任免，青龙山镇原党委书记邵荣义被抓，镇党委书记的位子空了出来，必须尽快安排合适的人顶上。首先由杨安民对这次干部调整的目的、范围和原则做了一个说明，县委组织部副部长叶明介绍了此次拟任干部的提名、推荐、考察及拟任理由，当听到"施庆柯"这个名字的时候有几个常委感到有点陌生，脸上流露出疑惑的神情。

杨安民坐在位子上微笑不语，其实提名施庆柯任青龙山镇党委书记是他经过深思熟虑之后做出的决定。青龙镇党委书记职位空缺，最简单的办法就是镇长俞永根提一级，这也是俞永根一直在谋求的。但问题恰恰就出在这里，杨安民早就觉察到俞永根私心有点重，虽然工作也很积极，但目的不够纯。他查青龙山石矿之所以那么卖力，就是想抓到邵荣义的把柄将他扳倒自己好取而代之，俞永根这点心思在青龙山镇几乎是"司马昭之心路人皆知"了，杨安民作为县委书记岂能不知？他并不喜欢俞永根这样的人，在越来越频繁的工作接触中，对俞永根的做派和作风也越来越有看法。青龙山镇要打造"休闲之镇"，做美丽乡村建设的示范镇，俞永根去当这个领头人显然不太合适。那么否定了俞永根，谁去当这个镇的党委书记才是合适的呢？他忽然想到了一个人——施庆柯，市发改委矿治办副主任，他在这次扳倒青龙山石矿总经理郝昆的过程中发挥了很大的作用，可以说没有他冒着生命危险潜入矿区搜集证据，想让元辉矿业低头认罚关闭石矿是绝对不可能的。何况施庆柯是王天翰推荐的人，如果王天翰对他不认可肯定是不会推荐给他的。如果能把施庆柯调来任青龙山镇的党委书记，那整盘棋一下子就活了。施庆柯年轻有为，充满活力，对待工作又特别认真，从市发改委调过来也很能服众。另外将他提拔为青龙山镇党委书记，对他曾经的付出也是一个回报。两天前，杨安民给王天翰书记打了个电话，谈了自己想调施庆柯去青龙山镇任党委书记的设想，王天翰听了很兴奋地说，难得杨安民能想到这一层，小施这个年轻人能堪大用。王天翰也是在一次调查市里的一家煤矿发生的透水事故时接触到小施的，可以说跟他一见如故，后来成了忘年交，这才有后来将小施推荐给杨安民的事。小施果然不辱使命，出色地完成了任务，从各方面的能力和素质来说，他去担任一个镇的党委书记是没有任何问题的。只是稍微年轻了点，但现在的干部都年轻化了，这也不是问题。杨安民对王天翰说，施庆柯下派青龙山镇一个多月，与镇上的领导和干部们都混熟了，这次走马上任镇党委书记应该有一定的群众基础，唯一担心的是俞永根会暗中使绊子，他一心想上位镇党委书记，这回一下子空降这么个人来，俞永根心里肯定会不平衡的，对他这种私心重的人来说，暗地里使点手段来打压报复是非常有可能的。王天翰说，这个不用担心，首先小施到了青龙山镇是一把手，俞永根跳不出天的，退一步说如果俞永根处处掣肘，给小施下套的话，那从组织层面可以考虑将俞永根调走，毕竟他这样的素质待在青龙山镇对该镇的长久发展也是一个障碍。有了王天翰的支持，杨安民心里更有了底。接着他就将施庆柯请到了安东，跟他认真谈了话。施庆柯非常意外，也非常高兴，从研究生毕业分到庆州市发改委一干就是七八年，一直得不到下基层锻炼的机会，他一直为此苦恼。要知道年轻人在官场如果要往上走，有一个硬条件，那就是必须有在基层任职的经验，哪怕只有一年半载都行，没有这个历练很多提拔就直接不考虑了。施庆柯对杨安民感激不尽，说如果有这样的机会，他一定竭尽全力做好青龙山镇的工作，不负杨安民的赏识和期望。稳妥起见，在常委会之前杨安民将想把施庆柯调往青龙山镇任党委书记的事跟县长郑乔林、组织部部长刘海洋都做了沟通，他们都表示同意，那么这个事情就基本没什么问题了。其实杨安民知道，只要是他推荐的，一般人都不会反对，但他不想让人感觉他在人事的任免上有什么私心，事实上他是一点私心都没有的，用施庆柯完全是看他的能力和对工作很负责的那一股子精神。根据杨安民的提议，经过充分的沟通和酝酿，县委组织部将施庆柯列为青龙山镇党委书记的候选人之一，放在这次的县委常委会上进行投票表决，为此还专门邀请了县人大常委会主任和政协主席列席了会议。

　　讨论结束后，常委们开始投票，杨安民的心一直悬着，因为施庆柯毕竟是常委们不太熟悉的人，虽然他之前与部分常委已经做了沟通，但能不能保证半数以上的人都投赞成票，他的心里还没有绝对的把握。

投票结束后，现场计票并公布票数，没想到施庆柯竟然获得了全票通过，杨安民一颗悬着的心此刻才放了下来，他不禁在心里想，果然这常委会上没有孔汉辉的作梗，他受到的阻力要小很多了。现在他又多了施庆柯这样一个得力干将，打造"休闲青龙山"品牌，甚至实现安东"全域美丽"成为"诗画江南"的一个样本，都有了更大的底气，从这一刻起，他要掀开一个新的篇章了。

第二十七章

基地

立夏过后，天气渐渐变得燥热起来，雨也变得多了起来，桃溪河里的水涨得很快，整天哗哗地流淌着，好像随时都会溢出河岸。路边槐树的叶子绿油油的，经过雨水的清洗又变得晶莹明亮。在一种湿热沉闷的氛围里，地上的各色植物似乎都在憋着一股劲，蓬勃地生长着，放眼望去，山上绿色不经意间又深了几许，近处山坡上的竹笋一根根直立着，像一把把绿色的剑刺向蓝天。桃岭村在葱茏的绿意中显得似乎比往日更加秀丽端庄。山村在初夏时节总是显得那么生机勃勃，让人无端地想留下来住上一晚，听听蛐蛐们的鸣叫和青蛙们的鼓噪。

"阿强，看，泡桐树开花了，蓝色的，挺好看的。"徐诗画摇下车窗，指着路边那几棵高大的泡桐树说道。

"是挺好看的，跟我们小时候看到的一样。"万庆强一边握着方向盘，一边转头去看了一下那几棵泡桐树。

"你闻到槐花的香味了吗？"徐诗画嗅了嗅鼻子，眼睛已经看到了路边的槐树。五月槐花香，这槐花虽然不起眼，但闻起来真的有一股扑鼻的清香。

"闻到了，沁人心脾啊。"万庆强心里痒痒的，有一种莫名的兴奋，他转过头，看了一眼徐诗画，问道，"诗画，你还记得我们小时候一起爬到树上捋槐花的情景吗？"

"当然记得，这也没有隔多少年啊。"徐诗画说，眼睛一直看着一棵棵一闪而过的槐树，贪婪地呼吸着浸透了槐花清香的空气，"那时候我们还将捋下来的槐花晒干做成槐花茶呢，喝起来真是太香了。"

"是啊，还是小时候的村子好玩啊。"万庆强感叹道，"现在村子里的年轻人都出去打工了，也没有几个孩子，只有老人们还留在村里，袅袅的炊烟也不见了，我们的村庄似乎正在走向衰老和死亡，幸亏……"

"所以啊，要靠我们来让它复活，让我们的村庄重新焕发生机。"徐诗画忽闪着美丽的大眼睛说道，"就像那几句话说的那样，要看得见青山，望得见绿水，记得住乡愁。"

"我这不是回来了吗？"万庆强转头看了一眼徐诗画，眼睛里闪动着一种异样的神采。不知为什么，只要和她在一起，他的心就会一直处于一种莫名的兴奋之中。

"从大上海回到小山村来创业，你不后悔吗？"徐诗画问。

"不后悔，"万庆强毫不犹豫地回答道，"我回来搞有机蔬菜基地可不是一时冲动啊，我是经过深思熟虑的。"

"你家里人支持你这样做吗？"徐诗画接着问道。她也很疑惑，万庆强怎么会丢下上海建筑公司那么一大摊子事，回村搞有机蔬菜种植，难道他也和她当初一样，凭着一腔热血就冲回来了？

"我爸一开始是反对的。"万庆强打了一下方向盘，车子在山道上转了一个弯，"但我认准的事九头牛都拉不回的，现在上海的公司主要由我弟弟在打理，他能力比我强，我爸也就对我放手了。不但放手，还大力支持我搞有机蔬菜，不然我哪来的一千多万元的前期投资。"

"一千多万？你们家真有钱啊。"徐诗画听了不由得睁大了眼睛看着万庆强。她这是真心羡慕，毫不掩饰。因为这段时间她为村里的河道清理、道路硬化、村庄亮化等一系列项目在筹措资金，弄得焦头烂额，满脑子都是怎样搞钱，到哪搞钱，所以听不得别人说有钱。

"还好吧，我爸在外打拼这么多年，这点钱还是有的。"万庆强淡淡地说，他其实对钱没什么概念，对建筑行业也没什么兴趣，这次回乡搞有机蔬菜他总算找到了一点感觉，觉得似乎找到了属于自己的事业。停了一会，他又想起了什么似的说道："诗画，这次真是多亏了你四处奔波张罗，不然这四百亩的土地流转肯定没这么快，说不定一拖就给拖到秋天了。你看现在，我那边土地都平整好了，这几天工人们正在搭建钢化大棚，我的计划是今年夏天就种上第一波蔬菜。"

车子沿着桃溪河行驶了十五分钟左右，驶进了正在建设中的万家绿色有机蔬菜基地。基地的入口竖立着一块高大的门牌，上面用绿色的字写着"万家绿色有机蔬菜基地"几个大字，十分醒目。这个基地位于桃岭村东南角，南面临着桃溪河，是一片相对平缓的土地，现在都被修整得十分齐整平坦，一些钢化大棚已经竖立起来，路边堆满了钢架、棚膜、苫盖、遮阳网等材料，工人们正在搭建钢化大棚，一派忙碌的景象。那边有几个村民正弯腰在田间忙着做畦、起垄，一条条一米见宽的田垄在他们的身后已经清晰可见。

"阿强，你这个基地的进展真的是神速啊。"徐诗画下了车，前后左右看了一遍，不禁惊叹道，然后想到刚才看到的那块醒目的门牌，冲着万庆强咧嘴一笑，"'万家绿色有机蔬菜'，这个名字起得好，你姓万，你种的蔬菜又要送到万家普通百姓的餐桌上，一语双关。"

"这不是赶着夏天就能种上第一波蔬菜吗？所以没日没夜地在赶

工期。这名字嘛，我姓万，就取了'万家'这个名字。"万庆强一边乐呵呵地说道，一边点头跟忙活着的村民们打着招呼。

"那我可等着吃你这里的有机蔬菜喽。"徐诗画欢快地说，抬脚将路边的一颗小石子踢开，"长这么大，我还没吃过有机蔬菜呢。"

万庆强冲徐诗画一笑："今年你怕是吃不上有机蔬菜了，要吃最起码得等到明年这个时候。"

徐诗画一愣，扭头看着他，疑惑地问："咋的了，这菜种上了不是没几个月就可以吃上了吗？"

万庆强看着徐诗画白里透红的脸蛋，觉得那疑惑的表情十分可爱，便带着几分得意地卖着关子说道："这你可就有所不知了吧，有机蔬菜的学问可大着呢。我最近除了吃饭睡觉都在琢磨这个事，要不，我来给你普及一下？"

"那你给说说，我还真的不知道。"徐诗画看着万庆强，恍惚又回到了少年时代，那时候她和他在上下学的路上经常追逐打闹，无忧无虑，虽然没有喜欢过他，但他绝对是她最好的玩伴。

"首先得搞清楚什么叫有机蔬菜，跟我们平时吃的蔬菜差别大了去了。"万庆强一边走着，一边开始滔滔不绝地说起来，"有机蔬菜在种植过程中很少施肥、打农药，必须有三个不超标，就是农药残留不超标、硝酸盐含量不超标、三废不超标。而且啊，有机蔬菜对种植的地方要求很严格，比如交通要便利，有好的水，有相对集中而又独立的一块或几块地，最好是近几年没有使用过化肥、农药或没有种过的地，周围一定不要有污染较重的工厂，避免空气、水质、土壤污染。这样审批起来会更方便，会更快地投入生产。诗画，说到这里，还真要感谢你呢，没有你的坚持和多方奔走，元辉电源制造公司是不会从我们村搬走的。

他们不搬走，我这个有机蔬菜基地是没办法在这里落地的。"

"原来有机蔬菜标准这么严，对环境要求这么高啊。"听到万庆强表扬自己，徐诗画心里禁不住有点得意。的确，跟元辉电源制造公司的那场官司虽然耗费了她很多精力，但最后的结果令人欣慰。元辉方败诉，引起不小的轰动，因为元辉集团在大大小小的官司中还从来没有败诉过，最重要的是元辉电源制造公司在各方压力之下不得不搬迁到青龙山工业园区，这也是一场重大的胜利，因为从此桃岭村的村民和孩子再也不会铅中毒了，同时也为她计划中的特色家庭农场建设扫清了障碍。只是唯一让她不安和歉疚的是觉得有点对不住周晓辰，他虽然是周家的富二代，但给她的感觉并没有富家公子的毛病，而且他对她也很友善，甚至可以说是颇有好感，她这样做是不是有点不近人情了？

"当然了，所以它才那么受欢迎，价格也才那么贵。"万庆强停下脚步，看着徐诗画说道，"其实有机蔬菜就是纯天然无公害的蔬菜，因为种植的果菜是自然条件下栽培，故没有反季节的。秋天可以种植大白菜、萝卜等秋季作物，冬初收获，间作大蒜、葱、菠菜、洋葱等越冬蔬菜，来年四五月份收获；二三月份可间作土豆等早春蔬菜；之后移栽西红柿、黄瓜、茄子、辣椒、青椒、芸豆、豆角等作物，直到中秋节前。一般三口或五口之家，二十平方米的菜田就能保障蔬菜供应。吃这样的蔬菜对人们的健康有很大的好处，因此很多人会选择吃有机蔬菜，这样就造成了当前有机蔬菜产业的火热，被誉为'朝阳产业'，具有广阔的市场，这就是我决心回来投资有机蔬菜的原因。"

"阿强，你懂的真不少，脑子真灵光啊。"徐诗画真心钦佩道，

"难怪你们万安公司能在大上海立足打出一片天地。"

"上海待了这么多年，还是不喜欢。"万庆强痴痴地看着徐诗画，语气不自觉温柔了起来，又像是自言自语，"也许我骨子里还是一个农村人，在大城市里还是不习惯，也找不到快乐，回来搞这个有机蔬菜基地，心一下子安定了，也许……也许是有你在吧？"

徐诗画转过身，回避着他灼人的目光，低语道："你回来我很开心啊，我们桃岭村的未来就靠像你这样乐于回乡创业的人，我计划中的十八个特色家庭农场大多数要靠在外的乡贤回来创办，单靠我一个人肯定是搞不起来的。"

"诗画，首先我肯定是支持你的，"万庆强看着徐诗画的背影，看她披肩的长发油光发亮，柔韧的腰肢如小白杨一般美好，止不住心旌摇荡，"到时候我会领办一个农场，还会发动其他在外创业、小有所成的老乡回来办你规划的农场，我在老乡中的影响力还是可以的。"

"阿强，那谢谢你了。"徐诗画转过身，看着万庆强发自内心地说道。的确，他对她的支持太大了，也很及时，在她为筹措资金焦头烂额的时候，是他出手相助，这个情分她不管怎样都是不会忘记的。

"跟我还客气啥，能帮上你的忙我是最开心的。"万庆强说，忽然想起了什么似的问道，"你是不是要当我们村的村主任了？"

"哪里？早着呢。"徐诗画反问，"你怎么突然问起这个？"

万庆强一笑："到什么山唱什么歌，现在我们村里的事情我都是很关心的。李德海不是因为青龙山石矿入股的事被查了吗？那么，这个村主任的位子应该是非你莫属了吧？"

"你消息还真灵通啊。"徐诗画斜睨了万庆强一眼，"我资历还浅，再说村主任是要选举的。"

"你群众基础那么好，一定能选上。"万庆强向徐诗画靠了靠，凑在她耳边说，"告诉你一个小秘密，我可能要来当我们村的村支书，我俩将来很可能要搭班子干活呢。"

　　"啊，你要当村支书？"徐诗画大吃一惊，不敢相信自己的耳朵，眼睛睁得大大地看着万庆强。

　　"你不要这么惊讶好吧，这么不愿意跟我搭班子干活？"徐诗画的惊奇完全在万庆强的意料之中，他伸手轻轻地拍了拍她的肩头，说道，"我只是说可能。大前天，新来的镇党委施书记把我叫去谈了话，说是县里为了建设美丽乡村，要把在外创业的能人召集回村任村书记，带领村民建美丽乡村，让大家共同致富。施书记不知道从哪里知道我在搞有机蔬菜基地，觉得我是我们村书记的最佳人选，问我有没有意愿来挑起这个担子。说实话，我还没考虑好，本来只想搞搞有机蔬菜，当村书记想都没想过，不过如能和你搭班子工作我是很开心的，我也相信，真要是答应了他们，凭我俩的干劲桃岭村肯定会大变样的。"

　　这太出乎徐诗画的意料了，所以她愣在那里，半天没回过神来。青龙山镇空降了一个施书记她是知道的，名字叫施庆柯，原来是庆州市发改委矿治办的副主任，听说是县委书记杨安民赏识的人，她觉得这个新书记应该不会差。何况，李德海被查，村支书徐永和一直是"躺平"状态，她的确感到势单力薄、力不从心。万庆强回来当村支书真的非常合适，也肯定能让她如虎添翼，只是那样她就会和他捆绑得更紧，因为潜意识里她还是一直在逃避他的，感情这东西是最奇怪的，不喜欢就是不喜欢，哪怕整天待在一起也不管用。她很担心他会越陷越深，而她是不能给他什么承诺的。

"阿强，如果你来当村支书，我们桃岭村就大有希望了。"徐诗画看着万庆强，真诚地说道。她确实觉得县里这个措施很有创意，也很给力，如果像万庆强这样有能力又有资源和能量的人回村当了领头羊，那么不出两年很多村子的面貌都会焕然一新。

"我要是来当这个村支书，也是为了你！"万庆强痴痴地说。

徐诗画不禁红了脸，转过身，将目光投向远处，假装什么也没听见。

第二十八章

奇招

进入晚秋之后，碧云湖里的水似乎更加清澈了，有一碧万顷之感，对面起伏的山峦在天际勾画出浓淡相宜的曲线，在浩渺的湖水映照下，仿佛是一幅淡雅的山水画。近处的湖滨大道旁一丛丛洁白的芦苇花在微风中摇曳，犹如一朵朵白云停歇在湖边。一只白鹭正在浅水处悠闲地觅食，在宁静的水面上映出了一个雪白的倒影。见有人来，这只觅食的白鹭受了惊吓，扑扇着翅膀腾空而起，从清澈的湖面上向远处飞去。

"这里的风景真美啊，湖水也特别清澈！"周晓辰下了车，站到湖边一块光滑的大石头上，张开双臂兴奋地说道，转头朝站在他身后的大姐周晓鸥和二姐周晓燕说道，"看来杨安民搞那个'零点行动'是对的，不然碧云湖哪会这么干净清澈？"

"切，晓辰，你这是胳膊肘往外拐啊。"跟着周晓辰下车的大姐周晓鸥在沿湖大道的路牙边站定，眯着眼看着远处的湖面，不以为然地说道，"他杨安民关了我们家这么多厂矿，特别是关了我那个造纸厂，我都恨死他了，你还为他说话？"

"大姐说得对，弟弟你没有原则。"站在周晓鸥身后的妹妹周晓燕附和道。她今天穿了一件浅黄色风衣，长发飘飘，站在湖边的芦苇丛旁，看起来像一个女模特。她又想起了上次去向杨安民求情被他拒绝的不愉快经历，对这个同学有一肚子意见，总觉得他是官当得大了就不认人了，现在听弟弟这么说，她当然不赞成。"他杨安民这次搞的什么'零点行动'，其实就是针对我们家的，爸都快被气死了。"

"二姐，你可不能这样说。"周晓辰从那块大石头上跳下来，走到二姐跟前，对她说道，"其实我从国外回来的时候，就发现我们元辉集团的发展模式落后于时代了，也许我在国外待了两年，知道我们这种高能耗、污染严重的生产方式早晚要被淘汰，即使没有'零点行动'，我们自己也要改变这种模式，否则，湖污染了，山挖空了，最后我们还是难以为继，不如趁这个机会来一个釜底抽薪，把过去的模式彻底抛弃了。越早走上生态发展之路对我们越有利，一来我们可以不再被县里打压，二来凭元辉集团的实力，一旦转型成功，我们还是会做全县发展的领头羊，到那时候，就没有人和我们作对了，主动权就会牢牢掌握在我们手里，也肯定会将失去的一切慢慢再拿回来。"

"嗬嗬，难不成我们家真出了一个内奸？"周晓燕好像不认识似的将弟弟上下打量了一番，她虽然一直宠着这个弟弟，对他的那些有些另类的想法也一直采取包容态度，但也许是家族企业接连被关闭，对杨安民的怨恨也越积越深，弟弟的这番话此刻无疑刺激到了她，说话的口气不自觉严厉了起来，"你被杨安民灌什么迷魂汤了，他说走生态发展之路，你就跟着瞎嚷嚷？"

"二姐，我哪是什么内奸啊，我是真心为我们家考虑的。"周晓辰委屈地撇了撇嘴，继续说道，"俗话说，识时务者为俊杰，我们这么大的企业更不能逆潮流而动，否则只有死路一条。爸的那一套曾经是很管用的，但现在真的到了该抛弃的时候了。"

大姐周晓鸥在一旁静静听着，一直没有说话。她和她老公负责的元辉造纸厂和化工厂接连被关闭，她一下子好像被人抽了筋，整天失魂落魄的，她不知道除了管理这两个厂之外她还能做些什么，何况这种污染严重的企业想在安东县重新开启是不可能了，她必须从头开始，寻找新的投资方向，但这对于已经四十好几的她来说有点力不从心了。元辉集团正处于风雨飘摇之中，几个支柱产业都被关停并转，父亲最近已经心力交瘁，她不忍心再给他添堵，自己得想一条出路。自从大学毕业后进入自家的企业到走上管理岗位，她一直觉得他们周家的事业会一直这样红红火火，从来没想到半路会杀出一个程咬金，直接给他们家企业一顿暴击，她瞬间有一种大厦将倾的感觉。作为周家的长女，她是最心痛的，她不知道以后的路该怎么走。父亲老了，这振兴元辉集团的担子都压到了他们几个肩上，只是弟弟还年轻，可能还难堪大任，他讲的这些话听起来有些道理，但总感觉是在纸上谈兵。

"晓辰，爸的那一套不管用了，那你倒是说说看，接下来我们该怎么办？"周晓鸥看着弟弟问道。她拢了拢额前的头发，她头上的根根白发已经十分醒目，这跟她的年龄有点不相称。

"这就是我今天带两位姐姐来碧云湖的目的所在。"周晓辰将手一挥，说道，"大姐、二姐，上车，我们到造纸厂去转一转。"

"去造纸厂？"周晓燕不解地问道，"造纸厂早关闭了，有什么好转的？"

"二姐，到那你就知道了。"周晓辰信心满满地说道。

三人上了车，车子开了十分钟左右就到了元辉造纸厂。被关闭的造纸厂内杂草丛生，废弃的厂房一栋连着一栋，显得十分落寞和萧条，很难相信这里曾经是一个拥有上千员工的大厂。周晓鸥看着厂里破败的样子，想起往日的辉煌和热闹，不禁落下泪来，又怕被妹妹弟弟看到，赶忙用手悄悄抹去眼角边的泪滴。她不知道弟弟为何要带她来看这个破旧的厂房，难道就是为了让她再伤心一次吗？

"大姐，二姐，你们知道吗？这些废弃的厂房将来有大用呢。"周晓辰边走，边指点着那一幢幢静穆矗立着的厂房，故意卖了个关子。

"它们有什么大用，不是都属于'三改一拆'吗？很快就得给拆了。"周晓燕仍然一头雾水，不知道这个弟弟葫芦里卖的是什么药。

周晓鸥也向弟弟投来问询的目光，她也想不出来这些等待拆迁的废弃厂房能有什么用场。

"二姐，对，就是你刚才说的那个改字。"周晓辰接过二姐的话头，兴奋地说道，"不过，我这个改不是他们说的那个改，我要把这废弃的造纸厂改造成一座民国影视城。"

"民国影视城？！"两位姐姐几乎同时发出惊呼，瞪大眼睛看着眼前这个高大帅气的弟弟。

"对，就是要把二十世纪三十年代的上海滩搬到碧云湖边来。"周晓辰看着两位姐姐吃惊的表情十分开心，也为自己一直以来的一个计谋将要"得逞"而自鸣得意，他滔滔不绝地说了起来，"请两位姐姐想象一下，如果在碧云湖边复原了被称为'外国建筑博览群'的上海外滩，集哥特式尖顶、古希腊式穹顶、巴洛克式台柱等众多经典建筑形式于一体，再现鳞次栉比的十里洋场、雄伟华丽的大教堂群、富丽堂皇的公馆别墅、繁荣昌盛的小北街、中西合璧的石库门、夜上海曼妙歌声的百乐门、欧式风情的蜜月长廊、民国江南经典大宅院，还有和平饭店、怡和洋行、交通银行、海关大楼、汇丰银行、旗昌洋行、梅丽莎歌舞厅、新泰拍卖行、十六铺码头等风格各异的建筑，简单点来说，就是再造一座老上海，你们觉得怎么样？"

"你要在这里再造一座老上海？"周晓燕彻底被惊到了，然后连连摇头，"弟弟，你这完全是胡闹！"

"我是认真的，根本没有胡闹。"周晓辰在一排高大的废弃厂房前停下脚步，转头对两位姐姐说道，"你们看，这一排厂房面对的就是一条流入碧云湖的河，非常适合改造成老上海的外滩，各色建筑依势而建，比如那个著名的钟楼，就可以在这排厂房的顶上给再造出来。"

"晓辰，这改造得花多少钱？"大姐周晓鸥睁大眼睛认真地问道。

"我找专业的人计算过了，一期大概就得要七八个亿吧。"周晓辰说，神色一下子黯淡下来，他的想法可能是好的，但这么大的投资他很担心在父亲那里难以通过。

"七八个亿？"周晓燕又一次瞪大了眼睛，接着举起手在周晓辰的眼前比画了两下，"弟弟，你是不是在做梦啊？"

"七八个亿？太多了。"周晓鸥喃喃自语，"我们家现在哪里还拿得出这么大一笔钱来？"

周晓辰挠了挠头皮，弱弱地说了一句："这才是一期呢，后面还有二期、三期，可能要几十亿、上百亿投入的。"

"得了，弟弟，你这个梦该醒醒了。"周晓燕转身对周晓鸥说道，"大姐，我们回去吧，我猜晓辰八成是疯了，我们不能被他带偏了。"

"二姐，我可不是疯了，我是经过深思熟虑的。"周晓辰伸手想拦住两位姐姐，却被周晓燕一把推开了，他只好略显尴尬地跟在她们后面往回走，嘴里还在辩解着，"这个主意可是我一个留学的同学帮着策划的，他爸是上海一家著名影视公司的老总，他们已经拍了几十部电视剧，还有一些票房大卖的电影。他爸说，他们缺少一个拍摄基地，民国老上海的。上次我带他们到这里转了一圈，他老爸看了我们的废弃厂房，眼睛发亮，愿意和我们合作开发这个影视城项目，这可能是我们家产业转型一个重要的机会，不容错过啊。"

"原来你是被你的同学忽悠了啊。"周晓燕坐进车里，拉上安全带，发动了车子。

周晓辰和大姐坐进了后排，冲着开车的二姐说道："我这个同学可厉害了，他回来就任了他爸那个影视公司的副总，野心勃勃，要干一番大事，你可不要小看人家。再说了，这真是一个千载难逢的机会，希望两位姐姐慎重考虑考虑。"

"我们可从来没有接触过影视这个领域啊，你不怕搞砸了？"周晓鸥忧心忡忡地说道，她将一只手搭在周晓辰的手上，"晓辰哪，我们现在是遇到了困难，但也不能病急乱投医啊，我们家经不起折腾了。"

"大姐，你说的我懂。"周晓辰抓起周晓鸥的手轻轻地拍了两下说道，"你要相信我不是那种头脑发热的人，我有信心来改造这个影视城，给我们家的产业发展开辟一条全新的道路。你要帮我做通爸的思想工作，让他全力支持我搞影视城项目，上海那边也答应投资入股，这样我们压力会小一点。"

"他们要投资多少？"周晓鸥冷静地问道。

"我们各占一半。"周晓辰透过车窗看着沿湖大道风景，浩渺的碧云湖波光粼粼，一群鸟在凌空飞翔，近处的芦苇在风中摇曳。他不禁在心里想，这里要是崛起了一座民国影视城，复原了老上海外滩景象，那么除了全国各地的剧组入驻外，还可以成为旅游景点，到时候就可以一劳永逸，成为元辉集团的聚宝盆。

"他们要投资一半？"周晓鸥若有所思，"那倒可以试一试，我们总不能坐以待毙，总得想法子摆脱眼下的困境。"

"大姐，造纸厂的面积有多大？"周晓辰见大姐的态度有所松动，一下子又来了精神。

"有二十多万平方米吧，"周晓鸥说，又想起了什么说道，"不过，如果把边上的化工厂也包括进来，那就会有上百万平方米了。"

"太好了！"周晓辰拍着手说道，"在我的计划中，除了一期，还有二期、三期，有上百万平方米的空间，应该是够用了。"

"晓辰，你口气好大啊，谁给你这么多钱折腾啊？"周晓燕转过头白了周晓辰一眼，"爸是绝对不会同意你这个败家计划的。"

"爸不同意这个项目我也要上。"周晓辰执着地说道，"我就不瞒两位姐姐了，我一直对影视行业有着浓厚的兴趣，管理电源制造公司我只是把它当作一项工作，但未来的影视城我会把它当成事业，我相信我一定能给你们带来惊喜的。我早就发现，我们安东乃至庆州市，大都是绿水青山，经杨安民这么一整顿，环境更好了，将来做旅游一定是一个很赚钱的风口，我准备把我们家原有的旅游公司整合一下，换个名字，做大做强，变成我们元辉集团新的经济增长点，甚至是转型后最重要的发展引擎。在这方面我早有考虑，建这个影视城就是这个计划的部分，说不定我将来还要成立影视公司，投资拍摄电影电视剧呢。"说到这里的时候，他的脑海里又浮现起徐诗画那漂亮的面孔来，心想，如果真的能拍电影电视剧，那么第一部的女主角就请她来演。想到这里，他的嘴角又一次上扬，露出那种熟悉的微笑。

"晓辰，但愿吧。"周晓鸥将头靠在靠垫上，有些疲惫地闭上眼睛，又说出一句，"你是我们周家唯一的男孩，振兴周家的希望就在你身上了。"

第二十九章

领办

当桃溪河边的垂柳飘拂的细丝上再一次鼓绽出点点鹅黄嫩芽的时候，郭外斜终于带着他的设计团队和厚厚的设计图纸来到了桃岭村。这也是徐诗画期待已久的事情，因为她知道郭老师这次带着设计图纸来，她头脑中一直处于想象中的十八个特色农场就真的要落地开工建设了。

郭外斜上身穿着一件草绿色夹克外套，下身是一条洗得发白的宽大的牛仔裤，戴着一顶褐色的鸭舌帽，一下车就热情地握住了早就等在桃溪村村委会办公楼门口的徐诗画和万庆强的手，连连抱歉地说道："诗画啊，真不好意思，路上堵车了，让你们久等了。"

"没事的，郭老师，您从省城赶过来，辛苦了！"徐诗画一边说，一边招手将郭外斜和后面下车的几个年轻人往二楼的会议室里请，"我们到会议室去吧。"

郭外斜握着万庆强的手，打量了一番，带着疑惑的语气问徐诗画："这位帅哥不会是你的……"

"郭老师，您误会了。"徐诗画脸不由得一红，赶忙解释道，"他叫万庆强，我的发小，上海万安建筑公司的副总，现在是万家有机蔬菜基地的老总，这个基地就在我们村。他还是我们村回引的具有企业经营管理经历、'双带'能力强的乡村振兴新青年，很快就要就任我们村的村支书了，镇上那边正在走程序，以后我们俩很可能在村里要做搭档。"

"哦，万总，不，以后可能要叫你万书记。乡村振兴新青年，厉害啊，有机蔬菜这个领域很有前景，你看得准。"郭外斜拍拍万庆强的肩膀，赞许地说道。虽然徐诗画否认了他们之间的关系，但他还是从万庆强的眼神里读出了一些不一样的东西。徐诗画在学校的时候跟肖亮谈恋爱郭外斜是知道的，因为徐诗画的关系，他跟肖亮也打过几次交道，挺好的一个小伙子，听说家境还特别好，可后来毕业的时候他俩却分手了。郭外斜一直感到很愧疚，因为徐诗画回乡当大学生村干部跟他给她灌输的理念有一定关系，如果不是那次带学生去十八坊村去观摩采风，徐诗画不一定会下这么大的决心回村，因此从一定意义上说这对恋人最后劳燕分飞，他是有一定责任的。

"谢谢郭老师鼓励，我一定会努力的！"万庆强一边说，一边往旁边闪身，伸出手客气地将郭外斜等人请上楼。

一行人走进了二楼的会议室，会议室里已经坐了七八个人，他们都是桃岭村在外创业被徐诗画鼓动返乡打算领办特色家庭农场项目的村民，大多是像万庆强这样的年轻人。后排还坐了十几个村民，汪海、山根也在其中。汪海看见徐诗画，主动过来打了招呼，握了手。大家围着一张椭圆形的桌子坐定之后，万庆强忙着给每个人倒上了一杯热茶。徐诗画用遥控器打开了投影仪，清了一下嗓子，声音清脆地说道："大家上午好！今天我们在这里开一个特色家庭农场项目策划说明会。首先我向大家介绍一下今天的主讲嘉宾——东江农林大学园林专业郭外斜教授！郭老师是我大学老师，他开设了一个创意设计工作室，致力于乡村生态产业设计规划，今天能请到郭教授到我们村来指导，实在是我们的荣幸！"然后转向郭外斜道："郭老师，您今天带着团队来就是为我们解决问题和难题的，那我就不绕弯子了，我先来介绍一下我们桃岭村的基本情况，然后请郭老师给我们讲讲特色家庭农场的总体设计，大家可是期盼已久了啊。"

"好的，先听听你的介绍。"郭外斜很松弛地靠在座椅上，点着了一根粗大的雪茄，很享受地吸了一口，补了一句，"上次来看到的村子跟这次来看到的又不一样了，刚才车子进来，发现村里的路都铺上沥青了，河里的水好像也清澈了很多，这样下去，你们这个村要变成'千村示范、万村整治'的示范村了。"

"谢谢郭老师的夸奖！"徐诗画嘴边漾起笑意，"老师您可一定要助力我们村成为全省美丽乡村建设的示范村啊。"

"那还用说，我肯定会不遗余力的。"郭外斜又吸了一口雪茄，看着徐诗画道，"你是我的得意门生，你要打造桃岭村，我们要搞新农村创意设计，正好一拍即合，桃岭村就是我们的一块试金石，这次设计只能成功不能失败。"

一起来的设计工作室的几个大学生都连连点头，很认可郭外斜说的话，这段时间他们都沉浸在十八个特色家庭农场的设计里，也一直听郭老师念叨这"千万工程"，说是这单生意做成功了，以后就不怕没生意做了。

"有郭老师团队操刀，我就不愁了。"徐诗画一边说，一边打开了电脑里的PPT，投影仪上立即出现了几张图片，有青龙山的，也有桃岭村几个村组的，还有桃溪河的，她接着说道，"下面我给大家介绍一下我们桃岭村。我们村位于青龙山镇的东南部，距离安东县城十五公里路程，东临桐子乡子房村，南接本镇梁家庄村，西连本镇赵家村，北临龙湾镇黄桥村。桃岭村面积十八平方公里，人口二千多人，党员六十多人，有十一个党小组，辖十二个自然村，农户六百多户。目前，我们村面临的机遇非常好，为什么这么说呢？一来经过我们前一段时间的大力整治，我们村的环境和面貌已经发生很大改变，村里百分之九十五以上的家庭都用上了抽水马桶，垃圾桶已全面覆盖桃岭村十二个自然村组，垃圾有专门的人来负责清运，村里的空气变得干净清爽，再也闻不到以前的那种臭味了。同时，村里的房屋外墙都进行了统一刷白，并请了艺术家在墙壁上创作了书法和绘画作品，看起来很是赏心悦目；村里的道路硬化也基本完成，烂泥路被宽敞硬实的沥青路所取代；桃溪河的清污工作也进行了大半，一条清清亮亮的桃溪河又将重新回到我们的身边。应该说，我们村脏、乱、差的局面已经得到了根本的扭转，这是非常不容易的。二来县里的杨书记在全县推进美丽乡村建设，要将我们桃岭村作为典型。在杨书记还有新来的镇委施书记的大力支持下，我们村申报的省中小河流治理项目通过了审核，可以得到一千二百万的专项资金，这等于在关键时刻给我们输了很多血，加上万总等一些有能力的新青年返乡创业，这样土地流转也产生了一大笔资金，这些都是我们打造十八个特色家庭农场的底气所在。我们准备采取'公司+村+家庭农场'的模式来建这些农场，目的就是要让这些农场产生真正的效益，我们可以自己养活自己，实现可持续发展。简单来说，这些农场建起来之后，让农田变农场、小村变景区、村民变股民，再用小火车的环村观光线将家庭农场串点成线，形成农旅融合集聚区，带动休闲观光业发展。村民可以拿到三份钱，一是土地租金，二是在农场里上班的薪资，三是还可以参与农场分红。我想把这些农场组合起来，形成一个大花园，吸引上海、苏州、杭州等大城市的人来观光旅游、周末度假，有了人气，我们就不愁没有生意做，就不愁没有收入，我有这个信心！"

"诗画，你说得太好了！"郭外斜忍不住拍手叫好，徐诗画的这番话令他非常振奋，他真的没想到这位在学校里表现不是特别出挑的女学生回乡两年还不到变化会这么大，他兴奋地说道，"上次来桃岭村实地考察之后，我脑子里的一幅美妙的图画就已经生成，十八个特色家庭农场，一列小火车把这些农场串联起来，游客可以穿越不同的农场，体验山水田林不同的乡野风情。这个项目一旦打造成功，一定会火出圈，成为网红打卡地。"

掌声响起，万庆强鼓得最起劲，从他这个返乡的在外打拼的人来看，这两年桃岭村发生的变化真的太大了，变得他好像都不敢认了。他在心里暗暗佩服徐诗画的能力，她真的让他刮目相看，心里对她的欣赏与钦佩不觉又增加了几分，越来越觉得自己返乡创业是一个很正确的选择，虽然他父亲到现在都还没有搞明白他为何要从大上海跑回小山村，还在等着他回心转意。但只有他心里清楚，每天能看见徐诗画，跟她在一起，做什么事都很开心，浑身都是劲。

"谢谢大家！当然，我设想中的桃岭村的未来还远远不只这些。"徐诗画拢了拢额前飘拂的发丝，微笑着环视了一下在座的人，右手点了一下鼠标，投影仪上立即出现一张彩色的"乡村五大能级示意图"，她接着道，"未来几年，桃岭村还要提升五大能级。提升人居环境，让村庄变得更干净，这第一个能级我们正在实现；第二是提升基础设施能级，满足来乡村旅游或创业的年轻人对交通、网络等基础设施的需求；第三是提升公共服务能级，将来在我们村就学、就医也会很方便；第四是提升文化风尚能级，就是要挖掘乡村文化底蕴，让我们村变得更有人文味道；第五是提升融合治理能级，让原乡人、归乡人、新乡人、旅乡人等都能在我们村和谐地生活在一起。"

"原乡人、归乡人、新乡人、旅乡人，都聚集在桃岭村，寻梦，追梦，圆梦，这个事情搞大了。"郭外斜激动地用手指敲击着桌面，身子也跟着摇摆起来，继而得意地高声叫道，"诗画，你看你这么一说，我们这个工作室后面可有做不完的事情了。"

"郭老师，您说对了！"徐诗画也兴奋起来，点了点鼠标，投影仪上又出现了一些五彩缤纷的图片，"你看，我以后还打算在我们村搞洋家乐、村咖、康养、露营……"

"停停停，诗画，打住！"郭外斜做了一个暂停的手势，"你的创意太多了，我们一下子消化不了，今天我们还是先谈家庭农场的事。"

"好的，郭老师，可能我的想法太多了。"徐诗画歉意地对郭外斜笑了笑，然后说道，"下面，让我们用热烈的掌声欢迎郭老师给我们讲解一下桃岭村特色家庭农场的设计方案。"

众人鼓掌，郭外斜站起来走到台前，将一个U盘交给徐诗画。徐诗画接过优盘插在手提电脑上，点开找到"桃岭村特色家庭农场规划图"PPT，再点开，然后将翻页器交给了郭外斜。刚才一直默默听着的那七八个受邀来的在外打拼的村民不由得坐直了身子，伸长脖子，睁大眼睛看着投影仪，这才是他们今天最想听的内容。几天前，他们陆续接到徐诗画的电话，邀请他们回村聚一下，谈谈在村里承包土地开办家庭农场的事。在这之前，在万庆强的引荐下，徐诗画已经分别拜访了他们，他们这些年在外打拼，跟万庆强一样，赚了一些钱，在某种程度上算是成功人士，听说老家有这么好的投资项目，都有点动心，有的两天前就回村了，最迟的也是昨天就回来了。在西安开饭店的李木竹算是个积极分子，是第一个回到村里的。上次的长寿宴，他跟徐诗画已经有所接触，觉得这丫头能成事，关键他也看中了乡村旅游这个领域的前景，他已经考虑好在桃岭村开个农家乐，再办一个野山茶家庭农场，把家从西安迁回村里。这两年在外打拼也很不容易，他虽然表面上看开了一家饭店，但事儿特多，感觉特别累，他要换一种活法，这次的机会他一定要抓住。

"这是我们设计的十八个家庭农场总体布局图，后面还有十八个农场的分图，我会一一详细讲解。"郭外斜站在投影仪前，他身材十分高大，体格健壮，看起来像一个蒙古人，有人说他像成吉思汗，说他去演成吉思汗不用化妆直接可以出镜。他一边用翻页器上的红外线指点着布局图，一边说道："我们是按照4A级景区标准对全村进行规划设计的。先看这个总体布局，我们是根据桃岭村山水田林的分布和河渠沟谷的走势来规划的，先期设置的十八个家庭农场，则根据区域功能划分，量身定制各自的面积、风格、位置、功能等，其中包括一个核心农场，位于中心村，其余十七家农场错落有致分布在四周，即以桃岭村为轴心，辐射十二个自然村，依着桃岭的山势起伏，形成一个环状结构，分为野山茶、特种野山羊、蔬菜果园、竹子、绿化苗木、药材、草莓、蘑菇、红枫、花海、猕猴桃、葡萄、灵芝、鲜花、牡丹、薰衣草等不同主打特色的家庭农场，游客爱吃什么，游客爱看什么，我们就经营什么，最重要的是让他们融入进来，体验农耕生活和田园牧歌情调，留住他们的胃，继而留住他们的心，让他们来了还想来，来了就不想走。"

大家聚精会神地听着，饶有兴味地看着，似乎都被带入了一个想象的情境中，这要真能实现，不就是陶渊明笔下的桃花源吗？

　　"然后我们用一辆像童话里那样的小火车将十八个农场连接起来，"郭外斜见大家都听得入神，讲得更起劲了，"游客可以坐着小火车，一路欣赏竹林、茶山、溪水，体验一个个不同的农场，把十八个农场都体验完，要一两天的时间，有的游客就会在农场里住下来，吃住玩一条龙，这样村民才能赚到钱，这才是真正的乡村旅游。"

　　"哗——"大家情不自禁地鼓起掌来。这次是李木竹带头鼓的掌，他根本没想到徐诗画会请这么专业的团队来设计，他觉得这次回来太值了，他急切地想知道野山茶农场具体是怎么设计布局的。他知道桃岭村山里出产的茶叶味道好，以后一定会大卖，说不定可以包装出一个品牌，到时候还可以把一座茶山承包下来，甩开膀子大干一场。

　　郭外斜花了一个多小时讲解完了十八个农场的具体布局，随后徐诗画对家庭农场的领办和投资方式做了一个说明，返乡的那七八个在外创业的人当场都签下了一个初步的领办农场意向性协议。万庆强领办了竹林农场，他打算将最近很流行的户外团建及有机蔬菜餐馆结合起来，再在竹林里散养一批土鸡土鸭，如果以后再搞点越野和攀岩项目，肯定能大火。他是第一个签约的，以实际行动给予徐诗画的特色家庭农场计划以最有力的支持。另外几个乡贤领办了蔬菜果园、绿化苗木、药材、红枫等几个农场，他们都乐滋滋地在协议上签了字。李木竹如愿以偿地领到了野山茶农场，他是第二个签协议的。汪海领办了猕猴桃农场，他家后山上本来就种了十几棵猕猴桃树。山根领办了养蛇农场，他说从小喜欢在山里捕蛇，人们对这玩意儿又怕又好奇，如果开办一个养蛇的农场，估计人气会爆棚。汪海和山根一开始因为经济条件限制不敢认领，徐诗画给他们吃了个定心丸，没有钱，村里会先给他们垫着，以后赚了钱再还村里，两人这才乐滋滋地签了领办协议。

领办协议签完，众人散去，徐诗画上前握住郭外斜的手，感激地说："郭老师，我真没想到今天一下子就签了这么多，都是您的功劳啊！"

"哪里哪里，是你这个思路好，我只是奉命设计。"郭外斜谦虚地笑笑说，"农场我是不担心了，剩下的几个肯定也会有人来领办的，但你那个环绕农场的小火车怎么办呢，我们不会造，你自己也造不出来啊。"

"哎呀，我正担心这个呢。"徐诗画一下子被说到了心坎上，摇着郭外斜的手，撒娇似的说道，"郭老师，您肯定有门路，您干脆帮我帮到底了。"

"这个你得找一家大一点的旅游公司合作才行。"郭外斜说。

"找旅游公司合作？"徐诗画脑子里一片空白，她根本不知道去哪找旅游公司，这方面的公司她之前一个都没接触过。

"对，就是要成立一个公司，拉他们入股，让他们购买。"郭外斜点点头，在徐诗画的肩头轻轻地拍了拍，"就是说，你找的这家公司要有购买和运营这种小火车的经验。"

"啊，要成立公司，还要去拉旅游公司来合作？"徐诗画一时间感到有点头大，这方面她可完全是白纸一张，啥经验也没有。

"你可以去打听，也可以去求助上级部门给予帮助。"郭外斜说。

"哦，我明白了，那我去求求看。"徐诗画说，一时间有点失神，向上级部门求助是她最不擅长的，但为了这计划中的十八个农场，为了村里未来的发展，她是什么都能豁出去的。

第三十章

牵线

进入梅雨季节之后，一切都显得湿漉漉的，山是湿的，竹林是湿的，山路也是湿的。车窗外，一片雨蒙蒙的，细雨还在下，好像就一直没停过。沟谷里的溪水清澈而响亮，唱着欢快的歌儿一路流淌，与山间的风声与鸟鸣应和着，这大自然的轻音乐总是比人工的要动听得多。

杨安民靠在车窗边，看着窗外漫山遍野的竹林和远处在山峦间飘动的白雾，不禁思绪翻腾，他记不清这是第几次来青龙山镇了，但他知道这一次来的意义不同寻常。

"杨书记，看，青龙山复绿了！"忽然，坐在副驾驶的秘书陈成指着窗外的青龙山叫了起来。

"是的，复绿了！"他仰头望过去，山腰上那曾经被劈开的山坡露出的一大片黄土色已经看不见了，取而代之的是一片新植上的绿色，看起来这片绿与山上原本的翠绿还有点不相融，像贴上去的一块绿皮，但这块绿在他眼中却很有象征意义，好像是一面胜利的旗帜在迎风飘扬，宣告着他主政安东县之后的一场重大的胜利。青龙山石矿终于被关闭了，青龙山得以慢慢复绿，这可是经过了漫长而艰难的博弈。青龙山石矿隶属于曾经财大气粗的元辉集团，元辉集团后面又有汤达仁、孔汉辉等这样强大的保护伞，这场斗争异常艰苦，但毕竟是打下来了。"零点行动"以雷霆霹雳手段关闭了碧云湖周边的污染厂矿企业，汤达仁、孔汉辉等人锒铛入狱，最难啃的骨头——青龙山石矿最终也被成功关闭，现在山上的复绿工作已经全面展开，相信不久青龙山就会恢复它原来青翠可人的模样，与碧云湖一样，这一山一水在即将被糟蹋殆尽之危急时刻，他作为安东县的领头羊，及时踩下了刹车，保住了安东县的命脉。这一点足以令他欣慰，但他知道自己没有歇一歇松口气的时间，巨大的压力随之而来，因为关闭了很多纳税大户企业，安东县的生产总值呈断崖式下滑，全县社会经济发展陷入困局，有不少人在骂他是个败家子。他知道他要马不停蹄地投入下一场战斗，这场战斗甚至比上一场更加严峻惨烈，而且是只许胜利不许失败，如果失败了他就会身负骂名，成为安东县的千古罪人。

"小陈，你觉得复绿后的青龙山能开发什么项目？"他忽然抛出这么一句。

"这……"陈成没想到杨书记会这么问他，一时语塞，脸不禁涨红了。

"呵呵，不为难你了，我就是随便问问。"他也觉得这个问题问陈成有点突兀了，接着像是在跟陈成说，又像是在自言自语，"我们现在要做的就是建设美丽乡村，再把美丽生态变成美丽经济。"

"杨书记，您说得太对了！"陈成从刚才的窘态中摆脱了出来，兴奋地说，"我们安东的美丽乡村建设现在都闹出大动静了，上次有几家中央级新闻媒体都做了报道。"

"这一切才刚刚开始。"杨安民说出这句话后，将目光投向窗外，车子还在弯曲的山道上行驶着，修长的竹子一根根齐刷刷地向车后退去，前方竹影婆娑，如一团一团绿色的雾，在蒙蒙细雨中看起来真是美极了。他不禁心驰神往起来，好像浑身被注满了一股力量。现在，一场声势浩大的美丽乡村建设行动在他的推动下已经在全县范围全面铺开，各乡镇都在进行治理污染、垃圾分类、公厕治理，整治人居环境，美化乡村生态。这不仅需要表面的环境美化、污染治理与生态提升，更需要的是配套的政策扶持、财政补贴、资源嫁接，需要实事求是、因地制宜，需要农村基层党组织的团结带头，需要导入市场化思维，挖掘特色产业资源，让人居环境提升、生态环境改造与经济社会发展融合并进，实现可持续发展的动态正循环，实现从美丽生态到美丽经济的嬗变升华。在他的想象之中，安东县应该变成这样一个地方：城与乡在这里握手，车行其中，城市与乡村的界线已经模糊。西部茂林修竹、山清水秀；中部田园小镇、宜业宜居；东部古镇古色古香、穿越千年……有面子，更要有里子，打破城乡迁徙的户籍障碍，实现公共服务均等化，赋予乡村要素以市场价值，实现人、财、物在城乡之间自由涌流，将农业集体化经营转变为家庭经营，彻底解决农业边缘化、农民老龄化、农村空心化等问题，在生态文明新时代，凸显乡村生态、人文优势，让发展资源要素向乡村回流，让乡村全面复活，实现乡村产业兴旺、生态宜居、乡风文明、治理有效、生活富裕的目标，从美丽生态，到美丽经济，再到美丽生活。这就是他要在安东县干的一件大事，现在，他正整装待发，信心满满。

车子驶进青龙山镇政府大门，在大楼前的平地上停下来，杨安民下了车，施庆柯带着镇班子成员已经恭候多时，这时候都围拢过来，杨安民跟他们一一握了手。

"杨书记，您来了，他们都在楼上会议室等着了。"施庆柯热情地握住杨安民的手说道，然后欠身做了一个楼上请的手势。

杨安民说了一句"好的"，迈开脚步朝二楼走去，刚才围拢来的一群人立即跟在他身后上了二楼。

镇长俞永根的脚步却有些迟滞，冷着一张脸，明显带着点情绪，因为施庆柯空降过来，将他上位镇党委书记的美梦一下子给击碎了。他有一肚子的怨气，本来他使出浑身解数扳倒邵荣义，感觉镇党委书记的位子非他莫属，周围已经没有一个人能跟他竞争了。邵荣义被抓那段时间他最开心了，他主持镇党委工作，有几个班子成员甚至私下给他摆酒席提前祝贺，他也开始以镇党委书记一把手自居，不想竟然半路杀出个程咬金。施庆柯空降青龙山镇当了党委书记，这对一直沉浸在即将当一把手幻想中的俞永根来说无异于晴空霹雳。施庆柯这个人他很熟悉，从市发改委矿治办临时下派到安东县来调查青龙山石矿偷采问题，很能干，胆子也大，但仅凭调查有功就一下空降到青龙山镇来当书记，这让他大感意外，这背后一定藏着什么猫腻。后来他托人打听到施庆柯的来头，他才搞清楚这个施庆柯是县委书记杨安民的人。他感觉受到了极大的欺骗，因为杨书记在交代他调查青龙山石矿镇干部入股的事情时，似乎曾有所暗示，那就是如果邵荣义真被查出了违纪违法的问题，他俞永根很有可能会填补镇党委书记一职，但真实的结果却是被别人取代了，他被抛弃了。那一刻俞永根在心里把杨安民恨得要死，决定摆烂，以示对杨安民的抗议。

会议室里，桃岭村村主任助理徐诗画和万家有机蔬菜基地总经理万庆强已经坐在那里。杨安民一眼看见徐诗画，就微笑着冲她点了点头。徐诗画赶忙站起身，走过来握住他的手，激动地说："杨书记，很高兴又见到您！"

杨安民也用力握了握她的手，眼睛里满是欣赏："小徐，你的那封求救信写得好，这不，今天我就是来给你解决问题的。"

徐诗画一下子红了脸，垂下目光："杨书记，给您添麻烦了，我实在是有点走投无路了才出此下策。"

"你这话可是说错了。"杨安民呵呵一笑说道，"你们有什么困难就找上级部门，就跟老百姓有什么麻烦找警察一样，没什么不对的啊，你有困难不跟我说，我想帮你也不知道怎么帮啊。"

徐诗画一时语塞，低着头，回到自己的座位上，脸还在发烫。自从那次郭外斜来过桃岭村之后，她满脑子考虑的都是怎么成立一家公司，然后去找哪家旅游公司合作。前一段时间，经过她的不懈努力，也得益于县委杨书记的大力支持，桃岭村成功获得了美丽乡村建设扶持资金三千万元，还从省里争取到了一个绿化项目，又是一千多万元的扶持经费。特别是从省财政厅和农业口争取到了一个农业开发项目，拿到了一千八百万元项目资金，还可以将项目规划里的机耕路变成未来的火车轨道和观光绿道，真可谓是一举两得。但这些钱都用在基础设施建设上了，她手上等于一分钱也没有，怎么成立公司，又怎么跟人家合作？正当她焦头烂额之际，万庆强帮她出了个主意，就是成立安东乡土农业发展有限公司，将所有基础设施用掉的钱折算成股份，分给村民，再去找一家旅游公司合作，村民占股份总体的大头，大约是百分之五十一，愿意合作的旅游公司必须出资购买剩下的百分之四十九股份。如果合作成功，那就意味着乡村景区基础建设三千多万元资金可以换来旅游合资公司百分之四十九的股份，村里和村民不需要掏一分钱，就成为公司的合伙人和控股人，在公司盈利的时候可以按股份拿到分红，村民还可以到公司去打工，拿一份薪酬，如果有土地出租，又能拿到一份租金，变成一箭三雕了。这个主意太好了，而且操作性很强，她听了很激动，第二天就去县里跑乡土农业发展公司注册的事。在万庆强的大力帮助下，公司竟然注册成功了，她兼任了公司的总经理，万庆强任副总经理。接着她马不停蹄地寻找合作的旅游公司。县里的旅游公司不多，她也不熟，市里的旅游公司倒是有几个，但她一个也不熟。后来万庆强联系了上海两家旅游公司，可人家对跟一个村的发展公司合作压根儿不感兴趣。回过头来，只有找县里的几家旅游公司比较靠谱，可她连人家总经理叫啥都不知道，怎么好直接去找人家谈合作的事。万般无奈之下，她想到了县委书记杨安民。第一次跟他接触的时候，她就感觉到他是一个干实事的书记，有想法，有魄力，而且很亲和，对她也比较有好感，她就大着胆子给他写了一封信，说了自己面临的难处，希望他能出手相助。其实她也是抱着试试看的心态写这封信的，没抱什么希望，但一个星期还不到，她就接到了镇上打来的电话，说杨书记要亲自来青龙山镇，研究解决她信中提到的问题。这让她太意外了，也太高兴了，简直跟做梦一般。今天坐到镇政府的会议室，她才意识到，一切都是真的，杨书记真的来帮她解决问题了。

大家刚坐定，门口忽然闪身进来了一个帅哥，一米八五的个头，穿着白色休闲服，整齐光亮的发型十分打眼，他急急地往里走，身上似乎带着一股风。

徐诗画将头一抬，一下子睁大了眼睛：这不是周晓辰吗？他来干什么？

周晓辰在自己的位置上坐下来之后，向坐在对面的杨安民、施庆柯等县、镇领导抱歉地说道："不好意思，路上有点堵车，迟到了！"

杨安民对他点点头："你就是晨晓旅游公司的周总？"

"是的，您应该就是县委杨书记吧？"周晓辰是第一次见到杨安民，虽然在电视新闻中经常见到，但面对面见到感觉还是不一样。

"我就是。周总你今天能来，我很高兴啊。"杨安民笑了笑，心里一时五味杂陈。俗话说"仇人见面分外眼红"，他来安东的几记重拳差点将元辉集团给打残了，与安东的首富周元辉也成了死对头。按道理，作为元辉集团的少掌门，周晓辰应该把他给恨个半死才对，但令人意想不到的是，周晓辰不但没有把他当成仇敌，还一百八十度大转弯变成了合作伙伴。原来，接到徐诗画的求救信之后，他就迅速让秘书陈成去了解了一下安东县几家较大的旅游公司，发现只有东江晨晓旅游有限公司比较有实力，也愿意和桃岭村谈项目合作。杨安民大喜过望，马上让县旅游局去联系协调。在得知晨晓旅游公司总经理就是周元辉的儿子周晓辰的时候，他犹豫了一会儿，这可是一个烫手山芋啊，刚把老爷子给整惨了，现在却要去求他儿子谈合作？不过，只要对方没把路封死，哪怕只留了条缝儿，他就不会轻言放弃。毕竟，美丽乡村建设的号角在他的推动下已经在整个安东吹响，桃岭村的女大学生村干部徐诗画又是一个很有想法的村主任助理，她在一个村的层面上正在做美丽乡村建设的积极探索，这正是当下他最需要的东西，因为美丽乡村建设是全新的实践，作为决策者的他也在摸着石头过河，太需要一些富有创意的举措和来自最基层鲜活的实践经验了。如果徐诗画遇到了困难，他们作为上级政府不能给予有力的支持去帮助解决问题，那么他们作为上级部门是不合格的，也没有资格再去要求基层一级做这做那。所以，哪怕刀山火海他也要去闯一闯了。何况他听说这个周家的富二代留过学，思想比他老爸开明多了，上次还打了报告给碧云湖经济开发区管委会，要求将他们家废弃的造纸厂和化工厂改造成民国影视城。这个创意非常好，一般人不会有这么个堪称新奇的想法，可见这个周晓辰视野很开阔，脑子相当灵活，周家有他来接班，前景一定是光明的。所以，他让县旅游局安排周晓辰参加了这次在青龙山镇的调研活动，他还真的赶来了，这让他既高兴也有点歉疚。

"杨书记召唤，我肯定会来的。"周晓辰落落大方地回答道。面对这个把周家害惨了的人，他的心里不可能是平静的，他也恨过这位专门盯着他们周家不放的县委书记，但从另一个层面来说，他认识到人家做法也是对的，安东真的不能再走靠消耗资源、污染环境来换取发展的老路了，要脱胎换骨就必得有壮士断腕的决心，他们周家前些年得到了改革开放的超级红利发了财，现在也该到做出牺牲的时候了，何况走上生态发展之路后，也将给他们周家带来新的机遇，他们肯定还会东山再起。他有这个信心，也有这个能力，带领元辉集团这艘大船改变航道，再次扬帆远航。

听到周晓辰这么说了一句，徐诗画不禁抬起头再次将目光投向了他，发现他也正向她这边看过来，脸不由得泛起了潮红，赶忙将头低了下去。这一切正好被坐在她身边的万庆强看在眼里，他有些疑惑地看了看周晓辰，又看了看徐诗画，心里嘀咕道："难道他俩以前就认识？"

座谈会由镇党委书记施庆柯主持，他在介绍了在座的领导嘉宾之后说道："当前，我们县推进美丽乡村建设已经到了一个关键阶段，杨书记今天来我们青龙山镇调研的目的就是，为在全县深入推进美丽乡村建设提供新的思路和对策措施。今天我们主要是围绕桃岭村的美丽乡村建设展开讨论，献计献策，好给全县的美丽乡村建设提供借鉴。下面先有请桃岭村村主任助理徐诗画介绍一下他们村美丽乡村建设推进情况，大家欢迎！"

全场响起了一片掌声。杨安民将目光投向徐诗画，微微颔首。他的确很期待她的发言，从一个村的层面来剖析美丽乡村建设，可能会看得更细致一点、清晰一点，只有把一个村一个村的工作做实做细了，全县的美丽乡村建设才经得起推敲和考验。

周晓辰此刻也带着一种异样的心情看向徐诗画，觉得她今天看起来更美了，一头秀发给她增添了几许江南女子的飘逸和柔美，白皙的脸蛋像剥开了的鸡蛋，一双眼睛顾盼生辉，更不必说那个秀挺的鼻子、红润的嘴唇，一切都显得那么完美，让人莫名心动。

徐诗画没去接周晓辰的目光，她看了一眼杨安民和施庆柯，开口说道："感谢杨书记、施书记对我们桃岭村的关心和厚爱，现在我来简要汇报一下我们村推进美丽乡村建设的进展情况。前一段时间，我们在乡贤大力支持的基础上，又向政府申报了几个项目，盘活了村集体闲置资产，共投入近两千万元修建了商业街、办公楼、篮球场，铺了沥青路，通了自来水，拆除了简易公厕和违规建筑，并为每家每户修了围墙……桃岭村脏乱差的面貌焕然一新，村民们也都十分积极地参与美丽乡村建设，桃溪河也改头换面，成了村里的一个新景点。桃岭村是'四无村'，没有名人故居，没有古村落，没有风景名胜，没有主要产业，我就在思考桃岭村的出路在哪里，桃岭村能干什么？就算是招商引资引来了企业，村民也只能拿点土地租金，到企业打个工拿点死工资，怎么样才能让村民和村集体得到更大的实惠并持续不断？这个问题想得我脑壳都疼。那天，我突然想到，能不能成立一个公司，将政府投入美丽乡村基础设施上的几千万资金，转化成一种乡村可持续发展的资产，折成股份，让村民人人拥有，再以此为资本与有实力的旅游公司合作，从而让它成为村民有持续收入的资产？"

"说得好，这个思路太新奇了，有创意！"杨安民禁不住拍手叫好。

"引入社会企业，共同组建经营公司，构建'公司＋村集体＋家庭农场'的模式，带动一、二、三产业融合发展。"徐诗画继续趁热打铁，"桃岭村当时有一些较为分散的小农场，村里九成土地都是低丘缓坡，导致产业规模效益低下，但换个思路一看，却成了发展家庭农场的优势。最让我振奋的是，中央一号文件首次提出发展家庭农场，这就更加坚定了我们的信心。现在我们村的发展规划已经出炉，全新的蓝图中有十八个特色家庭农场，其中有六个核心农场居于中心村，其余十二个农场分布四周，分别以蔬菜、果园、药材、茶叶等产业为主，然后用一列乡村小火车串联起村居和农场，布局错落，规划合理，目前已有十多位乡贤领办了农场。我们现在就是要寻找一家有实力的旅游公司共同投资成立安东乡土农业发展有限公司、旅游公司桃岭村分公司，前者负责串联游客接待场所、交通系统、风情街、十八个家庭农场等主要场所，后者利用多年经验和客源做好营销宣传，负责建设游客中心、购买观光小火车、建设停车场，村里则负责铺设火车轨道、建设绿道、绿化环境、整治溪流。"

"好啊，这不，我们给你找来了晨晓旅游公司。"杨安民说着，将目光转向了周晓辰，脸上露出灿烂的微笑，"周总，你介绍一下你们的公司。"

"好的，杨书记。"周晓辰嘴角上扬，微笑着说道，"我们晨晓旅游公司在安东乃至庆州也算是一家老牌的旅游公司了，但发展一直不温不火。年初我们对公司进行了战略重组，主要是进军休闲度假娱乐板块，目前主要是开发青龙山休闲度假村和民国影视城两个项目，当然还有露营、漂流、民宿等其他多种小项目，目的是打造一个全方位的旅游集团，将安东乃至庆州的好山好水推介出去，变成我们的金山银山！"

"好一个金山银山！"杨安民听了很振奋，周晓辰的这番话正好吻合了他对青龙山一带的开发设想，可以说他们完全想到一块去了，于是对周晓辰说道，"周总，那你们就与桃岭村合作吧，这也是天作之合，未来可期啊！"

听了杨安民"天作之合"这句话，周晓辰心里一动，忍不住抬眼去看了一下徐诗画，也许这就是缘分，这个女孩不就是自己一直魂牵梦绕的人吗？

徐诗画听到周晓辰说要打造青龙山休闲度假村，这跟她想象中的田园牧歌完全搭调，心里非常开心。如果跟晨晓公司合作，那么桃岭村未来的十八个特色家庭农场就是驶上了快车道，这前景太令人期待了。想到这里，她禁不住又去看了周晓辰一眼，却发现他也正痴痴地看着自己，一下子羞涩难当，脸又不自觉地红了。而这一幕恰好又被万庆强捕捉在眼里，他的脸色骤然变了。

"杨书记，假如我们要跟桃岭村合作，要入股多少？"周晓辰问道。

"这个你问一下小徐。"杨安民转头去看徐诗画。

"百分之四十九，三千万的百分之四十九。"徐诗画答道，这次她没敢抬头去看周晓辰，因为她直觉坐在身边的万庆强有些异样。

"不算多，我们可以合作。"周晓辰看着坐在不远处欲语还休的徐诗画，心里不由得乐开了花。

第
二
十
一
章

竞
选

入夏后的一天下午，天气闷热难当，一场引起全村关注的村主任竞选即将在桃岭村的礼堂里上演，喧腾的人声从窗户里溢出来，笑声一阵接一阵，孩子们在屋外追逐打闹，几条小黄狗、小花狗也跟着窜来窜去，除了去年年底前雪夜里那场长寿宴，这礼堂好像还从来没这么热闹过。

对于这次村主任的竞选，青龙山镇党委、政府非常重视，镇党委书记施庆柯亲自出马来压阵。他端坐主席台，看着全场黑压压的村民代表，脸上露出的是兴奋和期待的神情。因为这次选举非同寻常，主要是这次一个重要的候选人是村主任助理徐诗画，县委书记杨安民给他交代过，徐诗画这样有能力的年轻人要加快提拔、大胆任用。施庆柯与徐诗画已经打过多次交道，印象十分深刻。这是一个非常能干的年轻女孩，有思想，有活力，能吃苦，抗压能力也很强。他知道，一开始全村人都不看好这个黄毛丫头，对她毕业回村的举动多是挖苦和嘲讽，但这两年的时间下来，经过徐诗画的努力，桃岭村发生了肉眼可见的变化，村里变干净了，变漂亮了，河水变清澈了，土地流转出去不少，回乡创业的年轻人增多了，有机蔬菜基地建起来了，农家乐也开张了好几家，特别是规划中的十八个特色家庭农场已经陆续启动，其中竹林农场和野山茶农场下个月就可以接待游客。当然让村民们最高兴的事是一分钱不用花，就可以成为安东乡土农业发展有限公司的股东。刚才在他的主持下举行了这个公司的揭牌仪式，这是桃岭村发展史上的一个里程碑，因为这个公司挂牌之后，桃岭村村民的生活就将发生一个翻天覆地的变化，他为能见证这样的时刻而感到荣幸和激动。想到这里，他不由得侧过头去看徐诗画。徐诗画坐在第一排，穿着一件淡青色上衣，留着一头乌黑的短发，显得很精神，很干练，这个村主任简直可以说非她莫属。他对她点头示意，她还他浅浅一笑。

竞选由新任村支书万庆强主持，今天他穿着一件白衬衫，头发梳理得整齐而清爽，下巴的胡子也刮得很干净，倒也显出几分乡镇干部的模样。一个星期前青龙山镇组织委员楚玉代表镇党委来村里宣布了任命决定，万庆强属于安东县第一批回引的在外优秀创业人才。对这个任命他感到特别兴奋，觉得比在上海万安建筑有限公司当副总有意思多了，也许只有他本人知道之所以有这种特别的感觉，是因为这里有徐诗画在。不过，让他心里有点不爽的是，台下与徐诗画并肩坐在一起的是那个晨晓旅游公司的老总周晓辰，看他俩在那交头接耳低声说着话，他的心就像被一堆火炙烤着一样难受。不过，他也没法发作，因为他知道周晓辰之所以来参加这个会，是因为刚举行的安东乡土农业发展有限公司揭牌仪式。前期大家都在紧锣密鼓地筹备这个公司，周晓辰三天两头来村里和徐诗画泡在一起，看着他俩眉来眼去的样儿万庆强就受不了。平心而论，周晓辰比他帅多了，又是安东首富的公子，与周晓辰死磕肯定只有死路一条。不过，他也不是一点优势都没有，他和徐诗画是发小，他们知根知底，他们家虽不能跟周家比，但在方圆十里八里也算得上是富豪级别了。他在桃岭村经营的有机蔬菜基地一开张即进入开挂状态，第一波有机蔬菜已经在网上被抢购一空，现在他又走马上任担任了桃岭村的党支部书记，徐诗画即将成为村主任，可以说他俩从此就是绑定在一起了，而周晓辰毕竟只是一个暂时的合作对象而已。桃岭村发展强大了，完全可以换另外一家公司合作。这样想着，万庆强的心情也平和了许多，走到台前，拿起话筒，开始主持这次竞选。

"乡亲们，大家安静一下，桃岭村村主任竞选大会马上就要开始了。"万庆强亮开嗓门，中气十足，"下面首先让我介绍一下出席今天竞选大会的领导和嘉宾。他们是——青龙山镇党委书记施庆柯，大家欢迎！"

掌声响起，施庆柯站起身来，向着坐在台下的村民们点头致意，然后又坐了下去。

"镇党委组织委员楚玉，大家欢迎！"万庆强继续介绍道。

楚玉站起来，微微欠身，对大家微笑了一下。其实她心里一直开心不起来，自从施庆柯空降青龙山镇将俞永根的党委书记梦打碎了之后，她跟俞永根一样心里感到憋屈，因为她一直和俞永根是同一条战线上的，心里也想着俞永根当书记了，她好跟着提一级当副镇长，但这一切都被施庆柯打破了，她和俞永根曾经付出的种种努力都打了水漂。因此，她表面上装着很配合很顺从的样子，实际上心里对施庆柯十分排斥，虽然他在调查青龙山石矿偷采问题立下了头功，但当初俞永根和她为了查清青龙山石矿的干部入股账目，吃了多少苦头，冒了多大的风险，毕竟是在和安东的首富周元辉作对，他这个老虎屁股是一般人轻易摸得了的吗？但又想着施庆柯上面有人，大有来头，俞永根和她肯定是惹不起的。后来再想想，施庆柯也许就是来青龙山镇镀镀金的，市发改委过来的，能在这个偏僻的小镇上待上多久呢。所以她暗地里也劝过俞永根，忍一忍风平浪静，退一步海阔天空，先熬着，等施庆柯走了，该是他的还是他的，别人是抢不走的。这一招还挺灵，俞永根怨恨躁动的心也慢慢平复下来。他俩其实是一根绳上的蚂蚱，一荣俱荣，一损俱损。留得青山在，不怕没柴烧，现在能做的就是个忍字。想到这里，楚玉将两手交叉在一起，轻轻地舒了一口气。

万庆强接着介绍了刚退下来的老支书徐永和。徐永和只是微微睁了一下眼，好像一尊刚睡醒的弥勒佛。他的身体明显发福了，头发花白了许多，一双眼睛陷在褶皱里，睁开来的样子看着挺费劲的。这个村子曾经烂透了，又脏又臭，真正是"垃圾靠风刮，污水靠蒸发，蚊蝇满天飞，臭气四季吹"，村里也没啥钱，想干什么事都没法干，他那时是很灰心的，就挂了空名，一门心思搞自己的那个竹制品厂，前些年也赚了些钱，日子过得也算滋润，村里的穷和富他就管不着了，反正有门路的都出去挣钱了，最不济的也能在青龙山石矿开山炸石头挣钱，这个村差不多就是处于一种自生自灭的状态，所以才在全县卫生评比中倒数第一。这事是很丢人，但有什么办法呢，他早就无所谓了。没想到一个大学刚毕业的黄毛丫头杀回村，这一两年折腾下来，村里的面貌一下子变化了很多。他原来跟村主任李德海一样，是不看好徐诗画的，一个多读了几年书的丫头片子有什么招数能把这个又穷又脏的村治理好，根本不可能的。但令他没想到的是，这丫头还真的有两把刷子，硬是带领村民将元辉电源制造公司给告了，还让人家赔了铅中毒的村民几十万元，单这一点桃岭村就没有人做得到。何况不知道她从哪里弄来的钱，拆了全村的简易厕所，给家家户户安装了抽水马桶，跟城里人一样，上完厕所一冲就干净了。村里垃圾也看不见了，取而代之的是遍布全村的垃圾桶和垃圾箱，有专门的人来收这个垃圾，常年飘荡在村里的臭味从此彻底消失了。村里变干净了，这的确是一件了不起的事情，他打心眼里佩服。更让他惊讶的是这丫头还要在村里建十八个家庭农场，这听起来有点像天方夜谭，可听说她马上就要和外面的大公司签约真正动手开始干了。说实话，这个村需要这样的人，但这丫头有一点让他很不爽，那就是上次她跑到他的竹制品厂里来，说厂子排出的污水全部流到村前面的池塘里了，污染太严重，得马上关掉。这就有点不像话了，这不是断了他的财路、砸他的饭碗吗？这他肯定不会答应的，这丫头搞什么都可以，就是不要来动他的厂！他的村支书职位被拿掉他无所谓，反正他一直也没什么作为，更没捞到啥好处，加上年纪也大了，退掉正好，但他要守住他那个竹制品厂，如果这丫头敢动这个脑筋，那就走着瞧！

介绍完主席台上坐着的领导嘉宾之后，万庆强举着话筒，高声道："下面，让我们用掌声请出第一位候选人李木竹上台发表竞选演讲！"

在一片掌声中，李木竹走上了主席台前的舞台中央。他拿着话筒，神情有点腼腆，可能也知道今天自己的主要任务是陪着竞选，因为徐诗画在桃岭村的影响太大了，傻子都能看出来，她才是村民们众望所归的村主任。不过，即便是陪跑，也要跑出个样子来，他定了定神，开口说道："各位乡亲，大家下午好！我叫李木竹，是在我们村长大的。八年前我十八岁，就离开了我们村，去外地打工，一直做着厨师，后来自己开了饭店，也算挣了一点钱。但我们这些长年漂泊在外的人，最思念的就是自己的家乡。试想，如果在村里就有工作做，能挣钱，谁愿意四处漂泊？令我高兴的是，这两年我们桃岭村发生了很大的变化，说实话，我上次回来竟然有点不认识路了。现在我们县正在回引像我这样在外闯荡的人回乡创业，我们村规划的十八个特色家庭农场，我领办了其中的野山茶农场，现在我干劲十足，农场前期的整理和搭建已近尾声，我要将我们桃岭村的野山茶与特色餐饮农家乐结合起来，打出名气，变成网红打卡地，我有这个信心。当然，我最大的愿望是带领所有的村民一同富裕，如果我竞选上村主任，我会尽职尽责，带领乡亲们苦干实干，争取在三到五年内，将我们桃岭村打造成中国美丽乡村，成为人人都要来打卡的网红村！我的具体设想有如下三条……"

李木竹演讲完毕，在众人的掌声中走下舞台。万庆强将目光投向坐在台下的徐诗画，语气不由得带了几分感情色彩："下面，我们有请第二位候选人徐诗画上台演讲，大家欢迎！"说完，他将话筒夹在腋下，率先鼓起掌来。

徐诗画在村民们热烈的掌声中款步上台，她等待这一天已经很久了。周晓辰注视着她轻移莲步上台的背影，觉得她宛如莲花仙子降临人间，一个人如果连背影都这么美，那谁还抵挡得住这样的诱惑？"你是山野吹来的风"，他的心里忽然冒出了这样一句话，多年来在他的心里一直有一个梦，在如诗如画的乡间小路上，有一个善良、淳朴、端庄的女孩款款走来，洁白如玉，美丽无瑕。而在这一刻，他似乎看到了这样的幻景，不禁有点目醉神迷了。这也就能解释他为何见了父亲要他去相亲的那个富家千金没有一点感觉，因为他的梦在乡间，在这样的田园牧歌中，他也说不清是为什么，也许是源自他内心一种神秘的召唤，就像他对乡村旅游产生了浓厚的兴趣一样，高楼华屋、金枝玉叶都非他所愿，他所爱着的，就是这在他眼前呈现的乡村，就是在他眼前正款款走上台去的人。

万庆强发现了周晓辰看着徐诗画的异样的目光，在鼻子里哼了一声，真的不能再让这个周家公子接触徐诗画了，感觉迟早要出什么事情。

"各位亲爱的乡亲，我叫徐诗画，是我们这个村土生土长的人。"徐诗画拿着话筒，开口说道，声音像百灵鸟一样好听，"还在上大学的时候，我的老师带着我们去了一个叫十八坊的村庄，真是如诗如画、美不胜收，恍若人间仙境，当时我就在心里想，我们村为什么不能变得这样美呢？就这样，这个梦一直在我心里酝酿着，到大学毕业那一天，我毅然决然地回村做了大学生村干部，我就是想要把我们村打造成另一个十八坊村，甚至比它还要美。现在，我刚刚踏上征程，前路还十分漫长艰难。如果我这次能当选村主任，我将带领全村百姓将我们村打造成一个大花园，十八个家庭农场项目已经启动，中药农场、花园农场、万竹农场、野山茶农场都进入前期整理搭建阶段，我们还将建起三十公里绿道和四点五公里的绕村铁轨，用观光小火车串联起十八个家庭农场，让它成为我们村一道独特的风景。我们已经与晨晓旅游公司签订了合作协议，今天安东乡土发展公司已经挂牌成立，乡亲们不花一分钱就成了这个公司的股东，将来每个村民可以拿到三份收入。此外，我还打算在村里建设'一河三中心'，即桃溪河、游客集散中心、文化中心、体育中心，实施'村庄美化、道路硬化、庭院绿化、村组亮化、水源净化'等'五化'工程，建村幼儿园、老年活动中心、标准篮球场、门球场、文化舞台等一批公共基础设施，撬动更多的社会资本进入桃岭村发展，实现'绿水青山入画来'：远处，绿水青山；近处，五彩斑斓。"

　　"哗——"徐诗画的话音还没落，就被一阵热烈的掌声淹没了，施庆柯也情不自禁地鼓起掌来，心里很振奋地在想，这不就是青龙山镇乃至整个安东县农村要走的发展路子吗？

　　汪海和山根坐在一起，他俩的目光自打徐诗画走上台就没有从她身上移开过，此刻两人都使劲地鼓着掌，手心都拍红了。没有徐诗画，他们两家的日子一直都过得紧巴巴的，更别提办什么家庭农场了。现在他俩领办的一个猕猴桃农场、一个养蛇农场，将在安东乡土农业发展公司的资助下开工，估计明年开春就能开门迎客。就是说他俩苦了大半辈子，也要当小老板了，这在以前可是想也不敢想的事情，是徐诗画给他们带来了福音，改变了他们的人生。

徐乐山和老伴倪彩琴也默默坐在人群中看着台上的女儿，倪彩琴一直不停地抹着眼角流出的眼泪，女儿大学毕业回村她承受的压力太大了，现在她终于可以透出这一口气了，女儿是能做事的人，那些嚼舌根的人可以闭嘴了。徐乐山抽着纸烟，目光一直注视着女儿的一举一动，眼神里满是慈爱。他心里美滋滋地想着，还真看不出这妮子有这么两下子，硬是把这个破村子带到了正道上，比他当年任村支书的时候强多了，这就叫"青出于蓝而胜于蓝"吧。

徐诗画演讲结束，又是一阵更加热烈的掌声响起。接下来就是投票、计票及公布结果环节，根据规定，她和李木竹都走出礼堂暂时回避。村民们也在原地休息，等待公布投票结果。半小时之后，万庆强手里拿着一张记录着计票结果的纸条重新回到台上，大声宣布徐诗画全票当选新一届桃岭村村委会主任，全场随即再次响起雷鸣般的掌声，过了好久才渐渐落下。

施庆柯走过去握住徐诗画的手，由衷地说道："祝贺你，徐主任！"

徐诗画也兴奋得脸蛋发红，她真诚地对施庆柯说："施书记，谢谢您的大力支持，我一定会继续努力！"

这时，在涌动的人流中，万庆强和周晓辰几乎同时挤过来伸出手要与徐诗画握手祝贺，三双眼睛六只眼珠对视着，似乎有着丰富的内涵，但在场的人几乎没有谁看得出来。

第三十二章

落地

进入盛夏之后，一向沉寂的桃岭村好像在一夜之间变成了一个大工地，随处可见的施工现场一个接着一个，人们挥汗如雨地忙碌着，热火朝天的景象和闷热无比的天气竟然十分合拍。村委会大楼门厅的墙壁上张贴着各种项目的推进信息，密密麻麻，给人一种无形的紧迫感。楼里的每一间办公室和会议室几乎都在开对接会，楼道里也不时地响起踢踢踏踏的脚步声，人们脚步匆匆、神情亢奋，村委会这时候看上去更像是一个繁忙的工程指挥部，这里好像还从来没这么热闹过。

在最大的一间会议室里，一场隆重的签约仪式正在举行。会议室里坐满了人，徐诗画、周晓辰代表安东乡土农业发展有限公司坐在主席台上，参加签约的另一方是上海莱蒙乳业集团。他们派来的代表一律西装革履，打着领带，领头的是一个副总，姓董，四十五六岁的模样，国字脸，耳垂很大，笑起来有点像弥勒佛。双方就职工疗养中心项目的细节进行了讨论，然后就举行了签约仪式。

"周总，你来签吧。"轮到安东乡土农业发展公司签字的时候，徐诗画将要签字的协议红本往周晓辰手边推了推，"这个项目可是你引进来的。"

"应该是你签，你是村主任，又是公司总经理。"周晓辰一笑，将红本子推了回来说，"项目虽然是我引进的，但村里拿主意的还是你。"

"那我就不客气了，这是我们村的一件大喜事啊。"徐诗画一边说，一边拿起笔唰唰地在红本上乙方的签名处写下了自己的名字。五千万的项目就这么在桃岭村落地了。五千万啊，这可不是一笔小数目的钱哪，她感觉有点恍惚，不相信眼前的一切是真的。可当她侧过脸看到周晓辰那张俊朗的面庞时，马上又觉得这是真的，安东乡土农业发展公司成立后的第一单大生意做成了。

双方交换了签名红本子，会议室里随即响起了热烈的掌声。徐诗画将红本子交给了站在身边的一个小伙子，他麻利地将红本子收好，接着拿出手机对现场继续拍照。他的名字叫李彬彬，是这次安东县发布"千个团队、万名创客、十万大学生"人才召集令之后，被桃岭村的"新农人计划"吸引过来的。他毕业于南京理工大学建筑学专业，十八个特色农场的个性化设计正好是他的用武之地，何况这小伙子脑瓜子很灵活，带来很多新鲜的理念，让徐诗画感觉如虎添翼。

签约仪式完成之后，徐诗画和周晓辰带着上海客人去了李木竹新落成的半月儿民宿。在那儿招待客人比较体面，还可以顺带给李木竹的民宿做点生意，打个广告。

半月儿民宿位于桃岭村西南端的坡地上，总共有三栋木屋、四间庭院房。木屋都是纯实木结构，独特的尖顶造型十分别致，富有童话色彩。四周修竹环绕、野花簇拥、溪流潺潺，与青龙山漫山遍野的绿色竹海相得益彰、浑然一体。三栋木屋都是依山而建，与大自然及满山的翠竹不过是隔着一层纱的距离，那葱茏的绿意和绝美的风景似乎伸手可触。四间庭院房也经过了精心的设计，每一间房都有其独特的主题或者说灵魂，东篱下、石上流、月下风……一间房即一处景，置身木屋落地窗前，遥望山谷之中，如果再沏上一壶清茶，那一定会非常闲适与惬意。

"这地方真美！"一坐进包厢，这帮上海客人都禁不住赞叹道。

"董总，不美你们也不会将职工的疗养中心建在我们这儿啊。"周晓辰冲着董副总一笑，"我们这里空气负离子含量很高，满山竹林就是一个巨大的天然氧吧，你们公司的职工来这里疗养，身上有点小毛病什么的，不用看医生，不用吃药打针，待上几天毛病就会自动消失。"

"真有这么神奇？看来我们没有选错地方啊。"董副总很开心地笑了。他们这个乳业集团是上海一家很有名的企业，也是上市公司，总公司和分公司合在一起有上万名员工，一直想寻找一个山清水秀的地方建一个职工疗养中心。这次也是巧了，他在上海举办的一次长三角经济发展论坛上遇见了周晓辰，两人年龄相差了二十多岁，但竟然一见如故，相谈甚欢。当他随口说出集团让他负责为未来的职工疗养中心选址而他正在为此举棋不定的时候，周晓辰向他推荐了安东县桃岭村。半个月前，董副总撺掇着集团老总过来转了一趟，老总对这里的环境很满意，还说很有点陶渊明笔下世外桃源的意思，这事就算定下来了。世上的事情有时候就这么奇妙，五千万的一个项目就这么在闲聊中落地了，前面董副总折腾了半年，老总也没有点头同意。后来他才知道，那次来考察，老总的千金也跟着来了，她一见周晓辰就被他的高大帅气深深吸引了，让老爸把疗养中心就放在桃岭村。老总一贯对女儿言听计从，恨不得把天上的月亮都摘下来给她，五千万算个啥，只要闺女高兴，再加个五千万他也不会眨眼，何况这还是为集团广大职工谋福利的好事，桃岭村这地方也的确适合职工疗养，一举两得，他何乐而不为呢？

"当然有这么神奇，现在好山好水都可以卖钱了。"周晓辰有些得意地说，他跟徐诗画对了个眼神，"我们这个乡土农业发展公司主打的就是旅游休闲项目，可融合乡村观光、游乐、休闲、运动、体验、度假、会议、养老、居住等多种旅游功能，打造乡村特有的'田园综合休闲旅游'，如开设垂钓、果蔬采摘、农事体验等项目，除了十八个特色家庭农场，休闲康养是我们另一个主营项目，我们要让来这里的每个人，春天能在露营地感受大自然，夏天在青龙山上骑马赛跑，秋天用红枫美景配一杯咖啡，冬季在滑雪场开板竞速……一年四季，都有不同的美景和娱乐，我相信，将来我们的环境会变得更好，一定会有更多的公司在这里建疗养中心、职工养老基地。"

"对，对，到那时候我们村就是一个大花园，打开门就是青山绿水，就是风景。"徐诗画觉得周晓辰讲得太好了，简直说到了她的心坎上，她忍不住转头看了他一眼，接过话头道，"请董总回去务必帮我们村多宣传宣传。"

"好的，我一定会宣传的。"董副总说，目光不自觉地在徐诗画身上多停留了一会，"以后我们集团的疗养中心建在了你们村，打交道的机会多着呢。"

吃饭的时候，李木竹到包厢来敬了大家一圈酒。刚才他一直在厨房掌勺烧菜，这个半月儿民宿几乎耗尽了他这些年在外打拼的所有积蓄，他也是看准了一下子豁了出去，起点高、档次高、布局讲究，内部装修也专门请人做了设计。他的想法是不干便罢，要干就做那个最好的，他想把半月儿做成桃岭村民宿第一品牌，他预感桃岭村要火，他厨艺一流，半月儿品质一流，这双一流合在一起，相信一定能做成网红民宿，到那时候这半月儿就成了聚宝盆，他就能天天守在屋子里数钱了。

"徐主任，周总，你们陪客人多喝点，想吃什么菜，尽管点，我炒个菜还是很麻利的。"李木竹敬完了酒，擦了擦额头上的汗说道。

"木竹哥，你真不愧是大厨啊，做的菜太好吃了。这本鸡煲和船头鱼客人可太喜欢了，你看都吃光了。"徐诗画由衷地说道。上次村委会主任竞选让李木竹陪跑，她心里一直过意不去，村支部还缺一个副书记，她已经和万庆强商量好了，推荐李木竹担任，并向镇上打了报告。

"徐主任过奖了，我的厨艺还是不精。"李木竹拱拱手，心里却乐开了花。

吃完中饭，徐诗画提议带上海客人去万庆强的有机蔬菜基地转一转，董副总连声说好。一行人从半月儿民宿里走出来，上了车，一刻钟不到的时间就来到了万家有机蔬菜基地。

万庆强早已站在大门口迎接，大家下了车，一起往基地里面走。钢化大棚一个挨着一个，一眼望不到边，棚子里面都是翁翁郁郁、葱葱茏茏，辣椒、茄子、西红柿、黄瓜、马铃薯、茭白、菠菜、大蒜、洋葱、西兰花、包菜、黄花菜等各色蔬菜应有尽有，令人眼花缭乱。

"哇，这些蔬菜都是不施化肥、不洒农药的吧？"董副总惊奇地问道。

"对，不洒农药，施的都是有机肥。"万庆强一边走一边做着讲解，"我们这个有机蔬菜基地可以一年四季不间断生产市场上需要的瓜果蔬菜，价格要比普通的贵五六倍。这些蔬菜从选种到出产全过程不加入任何人工合成物，农药是绝对禁用的。我们还特意聘请了一位专家，试验成功了一种生物活性液技术，这些生物活性物质能使生态蔬菜的亩产量提高百分之十至百分之二十，同时降低百分之十左右种植成本，并且还能使作物的生长周期缩短四五天。"

"都请来了专家，看来你们这个基地比较高大上，现在有毒的蔬菜太多了，在上海都很难吃到这样的有机蔬菜。"董副总感叹，眼睛在钢化棚里大片大片的西红柿上扫来扫去。

"董总，万总这里的有机蔬菜很大一部分都是销往你们上海的。"徐诗画紧走了两步，对董副总说道，"你们集团的食堂要是需要，可以从这里订购，现在物流很方便的，运到上海这些菜还是很新鲜的。"

万庆强感激地看了徐诗画一眼，接到电话他就知道徐诗画之所以要带莱蒙乳业集团的人来基地参观，就是想帮他的基地宣传。上海的确是他主攻的一个大市场，他在上海待了好几年，情况也相对熟悉，上海人对有机蔬菜也比较青睐，所以要是能把上海的市场打开，那他这个有机蔬菜基地就一定能做大做强。不过，刚才看见周晓辰和徐诗画一道下车走进来，他心中的醋坛子又被打翻了。虽然他知道这次上海人来是为了签约职工疗养中心项目的，周晓辰作为项目引进人和安东乡土农业发展公司的合伙人，肯定是要到场的。正因为如此，徐诗画叫他出席签约仪式的时候，他借口基地有事分不开身给推脱了，但实际上就是不想和周晓辰正面接触，在他看来，周晓辰就是阴魂不散，整天缠着徐诗画不放，他一时半会还想不到什么办法可以不让周晓辰再见到徐诗画，只能无可奈何地看着他俩又走在一起了。

"这个真的可以考虑，我们总部的食堂每天需要的蔬菜量很大。"董副总咧开嘴，对徐诗画笑道，"徐主任，你的脑子真的很灵光啊，这聊着聊着又要促成一笔生意了。"

"万总，这个机会你可得抓住啊！"周晓辰也附和了一句。不知为何，每次见到万庆强他心里都有一种无形的压力，他感觉万庆强对他有点敌意，而且他能清晰地感觉到这种敌意是因为自己和徐诗画的接触和靠近。的确，他对徐诗画的喜欢或者说爱是不容置疑的，这些天来，他都在想着什么时候以怎样一个方式向她表白，为此他很苦恼。说实话，以他的身家和长相，一直都是女孩子主动追求他，现在要他主动去追求一个女孩子，而且还是一个村主任，他感到有点束手无策，但感情这东西真的很奇怪，喜欢上一个人了就像中了一种病毒，你不去想，它也会像一个虫子似的时时刻刻咬噬着你的心。而且，自从发现万庆强对徐诗画有强烈的爱恋倾向之后，他的焦虑感一天比一天强。虽然就他的观察，徐诗画对万庆强并没有那种感情，但人都是会变的，何况他到现在都搞不清自己在这个女孩子心中处于什么位置，这才是他最感到苦恼的地方。现在，在他们周家他算是一个逆子了，因为铁了心要走生态旅游这条路，并几乎是一意孤行地连着出手搞了民国影视城、青龙山休闲度假区、云上草原、三星谷项目，特别是与桃岭村合作成立了安东乡土农业发展有限公司，父亲周元辉震怒，已经不认他这个儿子了，两个姐姐虽然还是爱护他这个弟弟，但摄于父亲的威严，也不敢再支持他了。可以说，他现在算得上是孤家寡人，但他坚信自己走的路是对的，未来将证明他不是周家的败家子，而恰恰是周家产业重新振兴的真真正正的接班人。如果说还有什么人可以给他安慰和力量，那就是徐诗画，从见到她第一眼起，他就忘不掉这个女孩了。他倒宁愿自己一无所有，从头再来，与徐诗画地位对等，自己好去光明正大地追求她。

"这个机会我会抓住的。"万庆强对周晓辰的有意讨好并不领情，不冷不热地回了一句，走到了一边，心里在想另一个问题：得尽快找个时间向徐诗画求婚，免得夜长梦多。

第二十二章

亮色

"彬彬，你挺有创意的啊，真是个人才！"一大早，徐诗画来到村委会办公楼前，看见场地上摆放着一排垃圾箱。这些垃圾箱一部分被分为"会烂垃圾"箱，是绿色的，上面写着"骨髓内脏、菜梗菜叶、果皮、果核"等字样；另一部分则是"不会烂垃圾"箱，是灰色的，上面写着"玻璃、牛奶盒、金属、塑料"等字样，一目了然，她不禁开口赞道。

　　"这也是我在网上查到的，借鉴一下。"李彬彬见徐诗画过来夸奖他，挠了挠头皮，有点不好意思起来，"等会我还要在垃圾箱上竖个牌子，联系党员、农户名、编号都要写得一清二楚，这样责任就明确了。以后会烂的垃圾就送到镇里去处理，不会烂的垃圾则集中送到县里处理。垃圾一定要分类，对不遵守的村民要开出罚单。"

　　"你这招一出，我们村以后就更干净了。"徐诗画高兴地说道，"我打算在村里成立一个小型物业公司，指定五到六个村民专门负责垃圾的运送和村里的卫生清扫。"

　　"徐主任，你这个想法挺好的，成立物业公司才能保证整个村子的整洁干净。"李彬彬说。早晨的阳光打在他的脸上，这张洋溢着青春气息的面庞在晨辉中显得更加帅气、年轻。

　　"彬彬，垃圾箱先放这里，我今天要带你去村里的农场转一圈。"徐诗画说，"你稍等一下，我去办公室拿点资料。"

李彬彬愉快地说了声"好的"，直起身来，双手交叉到脑后上举，伸了一个大大的懒腰。抬眼望去，晨光中的桃岭村太美了，远处的山谷里翠竹连绵成一片绿海，有轻纱似的白雾在这片竹海上缓缓地飘动，山脚下的这座村庄刚从睡梦中醒来，显得十分祥和，可以听到鸡鸭的叫声，还有一两声犬吠夹杂在其中，溪边还隐约传来捣衣声，三三两两的人影在村口出现。显然，这又是令人愉快的一天的开始。一个月前，李彬彬做出了人生中一个非常重要的决定，那就是放弃去北上广大城市就业的想法，来到了安东县。他与安东的缘分源于三月份安东县在他们学校搞了一次人才招聘会，带队的是安东县委书记杨安民，他清楚地记得这位年轻的县委书记在他们学校学生活动中心大会议室里的激情演讲："安东县正在推进全域美丽乡村建设，未来随着全域旅游格局的逐步打开，整个安东就是一个大景区，我们提供的工位很特别，可以称为'大自然工位'，你可以拎着包、带着电脑，把工作岗位搬进绿水青山。在此，我向你们这些青年英才发出诚挚的邀请：来我们安东吧，你来了就有钱，来了就有房，来了就有伴，让你们实现'在旅行时办公，在风景里成功'的梦想，拥有真正的诗和远方。"说实话，他听过不少来他们学校招聘人才的演讲，但还没听过这么富有激情和诗意的，这个年轻的县委书记的一番话打动了他，从那一刻起，他改变了留在大城市的主意，决定要去安东看一看。他给安东乡土农业发展有限公司投了简历，因为这个公司描绘的十八个特色家庭农场打动了他，他相信自己所学在这里一定用得上，何况他还有很多很多的想法要在这绿水青山中慢慢实现。虽然远在山东老家的父母很不理解他的选择，但他的主意已定，他相信未来有一天父母会为他的选择感到自豪的。现在，他真的来到了桃岭村这个世外桃源，融进了这片山水。让他开心的是，村主任是一个很年轻的美女，跟他差不了几岁，重要的是富有开拓精神，好多事情都与他的想法合拍，他现在的职位是安东乡土农业发展公司办公室主任，主要的工作是负责家庭农场的日常运营和推广，这是一份需要烧脑子的工作，很有挑战性，但这也正是他所喜欢的。在"大自然工位"上工作，又有这样一个美女做搭档，人生能如此，夫复何求？

在李彬彬这样想着的时候，徐诗画已经从村委会办公楼里走了出来，手上拿着个文件袋。

"彬彬，你的活来了。"徐诗画走过来，将文件袋交给了李彬彬，说道，"这是十八个农场的设计图，是我们请专业团队设计的，等会我带你去每个农场转转，你好好琢磨一下，他们的房子刷漆、装饰、改造、设计都需要你出谋划策，你可是建筑学高才生啊。"

"好的，徐主任，我会好好琢磨的。"李彬彬接过文件袋，有点沉甸甸的，不过装饰设计可是他的拿手好戏，大学毕业前他在一家环境设计公司实习的时候曾经独立设计了一个大型农庄，后来被长三角的一家生态农业龙头公司相中了，这种自己构思又将实现的感觉真让人上瘾。现在，他又有用武之地了。

两人一前一后沿着村口的一条小路向前走去。他们第一个要去看的是万庆强的竹林农场。走到村口那个池塘的时候，徐诗画停下脚步，指着水面有点浑浊的池塘对李彬彬说道："彬彬，你看，这水多脏，这个池塘一直是我的一块心病。我们花了几十万元引进了英国最新的阿科蔓技术，在池塘里种植了大量人工水草。我还打算在池塘周围栽花种草，修建一个喷水池，想让这个臭水塘变成一个花红柳绿的生态园。但事与愿违，我治理的速度赶不上全村生活污水排放的速度，特别是老书记徐永和的那个竹制品厂，有一道漂洗工序会产生大量污水，最后都排放到了这里。我们让他把这厂子关了吧，他还一百个不愿意，跟我们死磕，我都没什么招了。这个池塘就在我们村口，每个来我们村的人第一眼就能看到，这么乌七八糟的，对我们村的印象马上就不好了，这可咋办？"

"徐主任，说到这个可巧了。"李彬彬转身一拍大腿，兴奋地说，"我毕业前给一个大型农庄做了一个总体设计，后来他们采用了我的设计方案，我因此去过那个农庄几回，农庄所在的村子这几年陆续开了十几家农家乐，生意十分火爆，几乎每天都是客满，每天排放的污水可想而知，但村子前面的那口池塘却一点也不脏，池水特别干净清澈，我就好奇地问他们是怎么做到的，人家告诉我，这个村每家都安装了一套污水处理系统：污水汇入一个深两米的厌氧池，再缓缓流进多介质土壤层滤池，在这里经微生物分解，最后变成一池清水，这水再排放到池塘里，你说池塘里的水还能不清澈吗？"

"啊，有这样的污水处理系统？"徐诗画听了，不由得睁大眼睛看着李彬彬。

"当然有了，这还能有假。"李彬彬肯定地点点头，"听说是当地政府委托浙江大学科技攻关的成果，每套总造价不到四千元，每天却能处理六吨餐饮污水。如果每家都能装上一套，那就不用担心池塘被污染的问题了。"

"太好了，我们村也要引进这种污水处理系统！"徐诗画高兴地叫道，然后对李彬彬说，"彬彬，你去把他们的联系方式弄来，我们要马上行动！"

"好的，徐主任，这事交给我了。"李彬彬答道。

两人接着往前走，走到小山坡上的时候，徐诗画驻了足，回望了一下村口的那个池塘，她突然若有所思地问李彬彬："彬彬，你看，我们村这个池塘能不能扩大一下，建成一个水库？"

"完全可以啊。"李彬彬手搭凉棚看了看那个池塘，回转身对徐诗画说道，"徐主任，如果能把池塘扩展为水库，不仅可以涵养水源，还会成为一道风景，你看，这有山有水的，村庄安卧在其中，看起来不就是一幅青山绿水的画了吗？"

"彬彬，其实我之所以想建个水库，是想把我们池塘下面的稻田扩展一下。我脑子里一直有一个画面，就是到了丰收时节，金黄的稻田一片连着一片，稻谷飘着香，那才是真正的田园。"徐诗画说，在金色阳光的照射下，她的脸庞显得更加明媚动人，"不过，你说的话启发了我，水库也可以变成我们村最靓丽的风景。以后，我想立下一条新村规，那就是不准砍伐树木、不准开矿挖石、不准电枪捕鱼……就是说，我们村里的每一块石头都不能动，溪水中的小鱼都要受到特别的保护！"

"徐主任，你这条村规好啊，这样的村规真的立起来之后，我们村的绿色生态就没有人敢破坏了。"李彬彬一边在前面走着，一边忽然想起了什么似的说道，"上次上海莱蒙乳业的董副总一行来桃岭村时，我听周总说了一句好山好水可以卖钱，就想到了桃溪河上游山谷里流出的清澈山泉白白地流淌太可惜了，完全可以研发出一种婴幼儿水和优孕水，售价肯定比矿泉水要高得多，如果能打入上海、杭州的超市，那就变成'贵如油'的财富了。"

徐诗画一听，激动地伸手扯了一下李彬彬的衣袖："彬彬，你说我们这里的山泉可以卖钱？"

"当然了，包装一下还可以卖个好价钱呢。"李彬彬仰着头看着徐诗画，笃定地说，"我见过有人卖这样的水，但论水质肯定比不上桃岭村的山泉这么纯净。"

"那就太好了！"徐诗画愈加兴奋起来，"彬彬，你来我们村时间不长，可能还不知道，原来我们这里的山泉水上面都漂了一层灰白色的石粉子，跟桃溪河一样，都被青龙山石矿飘散出来的石粉子给污染了。自从石矿被县里强行关闭之后，我们就开始清理桃溪河，河变清了，鱼儿回来了，从山谷里流出的山泉又重新变得清澈透亮，直接可以舀起来喝，喝起来也很甘甜。说到这个，还得感谢县委的杨书记，没有他排除万难关闭了青龙山石矿，我们桃岭村就不可能恢复曾经的绿水青山，我们也就什么也做不了。"

"杨书记是一个了不起的人，有他做领头羊，安东县真的是有福了。"李彬彬感叹道。

"怎么，你也认识杨书记？"徐诗画惊讶地看着李彬彬。

"听过他一次演讲，太有感染力了，在我们学校的毕业生招聘会上。"李彬彬说，摸了摸后脑勺，笑道，"我就是被他的话忽悠到你们村来的。"

"原来是这样啊，那我更要感谢杨书记了，因为是他给我送来了你这位高才生。"徐诗画笑了，"你现在负责我们乡土农业发展公司产品的策划和推广，那么接下来这山泉水包装的事情也交给你了，我指望你这神水卖钱救急呢。"

"哎呀，徐主任，我这就压力山大了。"李彬彬挠了挠头皮。

"有压力才有动力啊，"徐诗画脚步轻快地向一个小山坡走去，又对李彬彬说，"我们发出的'农创召集令'你可是第一个来响应的，是我们村的第一个新农人呢，以后我们还要召集更多像你这样有才华有想法的大学生，到时候你还要负责把他们组织起来，一起干点跟以前完全不一样的事情呢。"

沿着山路，拐了几个弯，万庆强的竹林农场就到了。这个农场掩映在一片竹林之中，占地有六十多亩，农场的建设已初具规模。迎面的一幢三层高的竹楼很打眼，一楼挂着一块竹匾，上面用隶书写着三字：居有竹。万庆强已站在门口迎接，看见徐诗画，他眼里洋溢着异样的神采，走过来握住她的手说："诗画，听说你要来转转，我一大早就从基地那边赶过来了。"

"阿强，今天带彬彬到各个农场转一圈，看看各家的进展，第一站就是你这儿。"徐诗画擦了一下额头渗出的细汗珠子，刚才走得有点急了，又是爬坡，她看了一眼李彬彬对万庆强说道，"彬彬是你招进来的，我看他脑子的确挺活的，负责我们十八个农场的策划与推广肯定没问题。这十八个农场要搞出点名气，还要彬彬多出点子。"

"小李，你厉害啊，以后我们农场的宣传推广都靠你了！"万庆强走过来握住李彬彬的手，使劲地抖了两抖。他知道，现在外来创业的人和像他这样返乡创业的人越来越多了，这是个好兆头，证明他的选择是对的。他在杭州广告传媒公司上班的表弟上次回来在他农场的小竹楼上住了几天，不想走了，说他在公司里是做交互影像的，带上那套设备就可以在这里办公，不用挤在杭州逼仄的办公室里。这边的绿水青山让表弟感觉心情特别舒畅，做起创意设计来也特别有灵感，还说等农场彻底完工了，他就搬过来住，就在这里上班，当时还把他吓了一跳。现在想想，他觉得表弟的想法也有道理，时代不同了，一切都有可能。

"万书记，您可是我领导啊，又是实干家，您要多指导我才对。"

李彬彬谦虚地说道。他属于那种脑子特别灵光的年轻人，觉得村支书应该比村主任权力大，既然徐诗画都是他的领导，那万庆强就更不用说了。

"小李，可千万别叫我什么领导啊，我最头疼这个了。"万庆强略显尴尬地看了一眼徐诗画，对李彬彬说道，"我呢，也指导不了你，以后还不知道有多少烦心的事要麻烦你呢。"

"阿强，你这是在推脱责任啊。"徐诗画瞥了一眼万庆强，揶揄道，"你现在可是我们村支书，彬彬是我们村引进的人才，你这个回引乡贤有义务也有责任带好他们这些新农人啊。"

"诗画，你现在说话也是一套一套的啊。"万庆强打趣道，"这村主任果然不是白当的，说话的水平和站位都很高了。"

"到什么山唱什么歌，我这不是被赶鸭子上架嘛。"徐诗画被万庆强说得脸都红了，她也感觉到自己现在跟刚毕业回村的那会儿明显不一样了。

万庆强带着他俩在"居有竹"的茶室里坐下来，给每人都泡了一杯野生茶。"居有竹"里面开了个餐馆，每道素菜用的都是基地里生产的有机蔬菜，现在已经开门迎客了，虽然客人还不多，但每天总有两三桌人，而且大多是苏州和上海的游客。

"等我们把观光小火车买来安装好，你这里的生意一定会火起来的。"徐诗画说。上次周晓辰跟她说过，订购观光小火车的厂家已经落实，下月初就能运到桃岭村并由厂家负责安装，这样分布在中心村的六个农场和分散在村组里的另外十二个农场就可以连接在一起了，到时候大花园的主体格局就会呈现出来。

"小火车是周晓辰他们公司负责买吗？"万庆强问。

"是啊，当然要他们买，我们村哪有那么一大笔钱啊。"徐诗画端起杯子呷了口茶，接着道，"当初签合作协议的时候就说好了的，我们村负责铺设五公里的小火车轨道，他们公司负责购买安装小火车。"

"哦，那他们这次真的是出大血了。"万庆强有点酸酸地说道，"我有时候真搞不明白周晓辰为何对我们村的事这么上心、这么肯花钱？听说他为了这个旅游公司，连元辉电源制造公司总经理都不干了，拱手让给别人了。"

"你说为啥？还不是为了赚钱。"徐诗画似乎没听出万庆强语气中浓浓的醋意，自顾自说下去，"人家那是有眼光，将来休闲旅游特别是乡村旅游定会大行其道，周晓辰早就做了布局，他搞了民国影视城、青龙山休闲度假村，还有露营项目，都踩在点上。这次跟我们村合作成立乡土农业发展公司，他也是只赚不赔的。你看啊，将来赚大钱的就是周晓辰，人家都说他老爸周元辉厉害，殊不知他以后一定会超过他老爸的。"

见徐诗画这么毫不掩饰地夸赞周晓辰，万庆强脸上有点挂不住了，他怕自己会失态，就站起身来说道："我带你们去看看我这里的攀岩项目，这两天工人们一直都在加班加点地安装各种设备，我想赶在国庆前完工，这样可以在国庆长假时投入运营。"

"好啊，今天我带彬彬来就是看看各个农场的进展情况。你的这个攀岩项目我很感兴趣，这可是我们村最时尚的项目了。"徐诗画也站起身来高兴地说道，丝毫没有察觉到万庆强情绪的变化。

倒是一直在旁边默默喝茶的李彬彬感觉到了万庆强的异样，他站起身看了看万庆强的背影，心里升起一丝疑惑，但脸上一点也没表现出来。

第二十四章

考察

王天翰的车队下了高速到达安东南站的时候，杨安民和县政协主席蓝聆领着一班人员已经在路口等候多时。看到王天翰摇下车窗，露出微笑的面庞，杨安民三步并作两步地奔过去，握着王天翰的手，激动地说道："王主席，您来了！"

"让你们久等了！"王天翰用力地回握了一下杨安民的手，他知道眼前的这个年轻人值得他完全信赖，他们一步步走来，经历了风吹雨打，如今两人之间的友谊变得更加深厚了。所以，他从庆州市委常委、纪委书记的位子上退下来走马上任市政协主席还不到一个月，考察调研的第一站就放在了安东县，一来杨安民是他的知己，二来安东县这两年在美丽乡村建设方面搞出了大动静，已经引起省内外媒体尤其是新华社这样的国家级媒体的关注，他必须来看一看，这也是他搁在心头许久的一个愿望。

"没有久等，您来安东考察调研，我最开心了。"杨安民说，松开王天翰的手，"王主席，我们第一站先去青龙山镇，庆柯在那边已经安排好了。"

"好，小施那里我一直想去看看的。"王天翰满意地点点头。施庆柯是他推荐给杨安民的，当初查青龙山石矿的时候起了关键作用，可以说如果没有施庆柯冒着生命危险潜入青龙山石矿搜集到元辉矿业偷采国家矿产的铁证，就扳不倒元辉集团，当然也就打不掉汤达仁和孔汉辉这些保护伞。有这些拦路虎在，安东县想走生态发展之路是不可能的。两条发展之路的交锋也是很激烈甚至是残酷的，好在杨安民这边获得了胜利。想到这里，王天翰将身子往座椅上一靠，轻轻地舒了一口气。

车子一开始在铺着沥青的柏油马路上前行，没多久就进入了弯曲的山道，两边如绿色云雾般的竹林不停地向后退，远处绵延着一道道山梁，半山腰缓缓移动着轻纱般的白雾，不时闪出几间房屋，有时候会出现一座小村庄，可以听见路边溪谷里潺潺的流水声，伴着三两声清脆的鸟鸣，如同穿行在世外桃源一般。

"安东这地方可真美啊！"王天翰看着窗外的风景，在心里叹道。在庆州为官这么多年，安东他也不知来过多少次了，但每次来都有一种新鲜的感觉，这次感觉尤其强烈，道路、村庄、河流、田畴，所有的一切都好似被精心修理过一番，比如道路基本都是用沥青铺过的，房屋一律是白墙黛瓦，墙上都画了具有江南韵味的水墨画或水彩画，村口大都立着一块大石头，上面书写着这个村庄的名字。特别是村口路边都种满了花草，此时这些花红的黄的白的开得正艳。如果再往农家的小院子看，也是一片姹紫嫣红。路边的菜园子一片连着一片，各种菜蔬葱葱茏茏、生机盎然，让人不由得想要在这里留下来，住上个几天。在他的印象中，以前可没有这么美的景象，脏乱差的村子还真不少，即使坐在车上一闪而过，那刺鼻的臭味还是冲到车里来，让人无处躲避。他还记得以前在安东县任副县长的时候，有一次来青龙山镇走访，遇见一个叫赵金宝的村民，读完初中就进了矿山。头几年，他在石灰窑里烧石灰，一个月能挣到六十多块钱，后来慢慢涨到了一百多块钱。那个年代"万元户"还很稀罕，一个人一年能赚到一两千块钱，那已经很厉害了。对于一个才二十出头的年轻人而言，这份工作的收入已足够吸引人，而且只要愿意干下去挣的钱就会越来越多。但干了几年，头脑灵活的赵金宝又先人一步去考了驾照，成了矿山上的一名司机，每天负责把四五车矿石运到水泥厂。因为成了技术工，他的收入比一般矿工又高出了一截，眼看着就要高枕无忧，过上富裕安稳的日子，却被一件烦心事越搅越心烦。"钱赚了，人却进了药罐子。开矿挣钱血债太多，又严重糟蹋环境，吃的是子孙饭，不长久！"记得赵金宝曾对他说过这样一句话。当时开山炸死人、石头压伤人是常事，活着的人虽然赚了钱，却整天生活在石灰与烟雾中，有命挣没命花。那时候，青龙山是安东县最大的石灰岩开采区。"石矿，就是青龙山人的金饭碗"，这话一点也不为过。炸山采石，靠山吃山，是再自然不过的事情。那些年，"环境"还是个生僻词，尽管村民们挣了点钱，但身体上的不舒服，却是实实在在的。那时候水泥厂烟囱的烟把整个村子一年四季都弄得灰蒙蒙的，山上成片的竹叶全部都被烟灰熏黑了，村子里池塘的溪水眼看着脏了，干涸了。安东县生产总值虽然一路高歌猛进，但也掩盖不住浑浊的溪流、漫天的烟尘。那时除了矿山，安东还有水泥、造纸、竹拉丝等高污染企业。青龙山上成片的石头切面、一个接一个的大石坑，就像一道道伤疤，刻画着粗放式发展的粗暴与丑陋。这种竭泽而渔、杀鸡取卵的发展模式一直持续了好多年。直到有一天，安东人普遍认为开矿致富这条路不能再走下去了，杨安民就是在这样的关键时刻去了安东县，在全县掀起了"零点行动"风暴，关停了众多矿区、水泥厂、石灰窑，关掉了一大批污染企业，尤其是否决了一百多个投资项目，其中包括某跨国企业一个年税收可达十亿元的造纸项目，这种决心可谓前所未有，真正称得上是壮士断腕。此举从根本上改变了安东严重污染的面貌，于是有了现在群山叠翠、竹海摇曳、碧水潺潺的新景象。其实，也不用怎么考察调研，单是坐在车上这一路看过去，就可以知道杨安民这几年在安东推进美丽乡村建设取得了怎样的成果。

"这小子有两下子，当初我没有看错人啊。"王天翰靠在车窗边，看着窗外闪过的风景，用手指有节奏地敲击着车窗边沿，心里感到十分宽慰。

车子驶进青龙山镇政府大院里的时候，施庆柯领着镇党委政府一班人也早早站在门口迎接，王天翰、杨安民、蓝聆和他们一一握手寒暄，市政协考察组成员及县政协的陪同人员也跟着一一握了手。

施庆柯握着王天翰的手显得特别激动，连声地说道："王主席，可把您给盼来了！"

王天翰拍着他的手说："小施，我也一直想来你这边看看。你看，这不就来了嘛。听说你在这边搞得很不错啊，都快成全市的典型了。"

"哪里哪里，王主席，您过奖了。"施庆柯兴奋得脸有点发红，神情十分恳切，"都是王主席的指点提携，不然我哪有今天啊！"

"对对，王主席向来是慧眼识人，"杨安民在一旁插话道，"当初就是王主席把你推荐给我的。"

站在一旁的俞永根把这些话都听进了耳朵里，心想，施庆柯果然是上面有人啊，让他当书记十有八九是杨安民的主意，他们是穿同一条裤子的。俞永根越想心里越有气，但脸上还不能表现出来。

一行人上了镇政府三楼大会议室落座，会场主位后面的墙壁上挂了一条长长的红底白字横幅：热烈欢迎庆州市政协美丽乡村建设考察团莅临青龙山镇！

座谈会一开始，杨安民首先介绍了安东县在环境整治和美丽乡村建设方面的一个总体情况："在'零点行动'之后，全县十五个乡镇街道全面深入推进环境整治和美丽乡村建设。洞头引水工程、凤栖水厂、横山水厂等基础设施先后建成，日供水能力达四万多吨；安东县垃圾发电厂和青龙山、凤栖、坝塘、三合等乡镇的污水处理站陆续建成投用；新建村组道路近六十条，新增通车里程七十公里；新安装路灯六百余盏，新建标准化篮球场八个、足球场四个；通信网络、光纤宽带实现村村通。以青龙山镇为中心，文旅新城正成为我县绿色产业高质量发展的汇聚地。教育、体育、文化三大绿色产业在文旅新城应运而生。文教核心区、文体产业创新园、体育制造加工园、文旅产业园的'一核三园'布局，将文旅新城的版图勾勒成一只振翅欲飞的蝴蝶……"

杨安民的发言迎来了热烈的掌声，接着是施庆柯介绍青龙山镇的情况："要向'绿水青山'要'金山银山'。青龙山镇在乡村旅游中，尝试跨界融合发展。依托青龙山恢复过来的良好生态，引进'九溪乐园''大石浪漂流''三星谷·望乡'等文旅项目，着力打造'桃岭村特色家庭农场'和'野茶山民宿群落'，逐渐走出一条农文旅深度融合发展道路，成为安东县茶旅融合发展典范。对于老百姓来说，强镇意味着机遇更多、前景更广、钱袋子更鼓。我一直在思考，青龙山镇如何满足群众的期待？如何让五万余名常住人口感受到强镇的魅力？去年，青龙山镇全面完成新滨湖路、工业园、镇文化中心等项目征地拆迁，共征地八百多亩，拆迁了二百多户上千人，搬迁包括元辉电源制造公司在内的污染企业六家、可以说创造了'青龙山速度'。随后，各项目在青龙山镇陆续动工，各施工工地一派热闹场面，一栋栋高楼拔地而起。我们还将与晨晓旅游公司合作，在青龙山建立一个野山茶基地，首期占地面积超过千亩，种植野山茶树超十万株，计划投入资金五千万元，完善道路、水源、生产用房等基础设施，填充茶马古道、山地越野车等附属林间旅游项目，力争把这个野山茶基地打造成为集野山茶种植、乡村旅游、镇企合作于一体的综合体验性乡村旅游休闲胜地。力争在每个村形成三到五个有规模、有特色的经果产业，将点状和分散的产业连点成带，打造五十里乡村振兴经果林产业示范带。同时，我们利用青龙山传统资源打造'文旅融合、宜居宜游'的乡村精品旅游路线。青龙山海拔三百米左右，空气清新、气候宜人，可以打造集旅游观光、田园文化、休闲度假于一体的大型综合性乡村旅游项目，现在已建成绿色生态果园四百余亩，另有山顶休闲广场约一千平方米、生态蔬菜及养殖区五十余亩等，成为人们休闲度假的好地方。在经济发展上，我们的目标是打造三大基地，即以绿色制造为主的中小企业基地、'公司+村+农户'模式的生态绿色蔬菜示范基地、以提升工艺为核心的竹制品基地，一幅'山上有竹、坡上有茶、园中有果、村中有景'的田园美景画卷将在我们镇徐徐展开。"

又是一阵热烈的掌声，王天翰微微点头，这真是选对了一个人就可以带动一个县、一个镇的发展，杨安民和施庆柯两人分别在安东和青龙山可圈可点的表现完全证明了这一点。

座谈会结束之后去桃岭村的时候，杨安民坐进王天翰的车子里，两人并排坐在后座说着话。

"王主席，我们马上要去的桃岭村，原来是全县卫生评比倒数第一的村子，现在恐怕要排名全县第一了。"杨安民说，"这个村马上要成为我们县美丽乡村建设的示范村了，十八个特色家庭农场快要建好了。所以，我觉得你们这次来考察的第一站应该放在这个村子。"

"哦，从倒数第一到顺数第一，谁这么厉害？"王天翰惊讶地问道。

"是一个女大学生村干部，不过，她现在已经是村主任了。"杨安民的脑子里浮现出了徐诗画那张年轻美丽、充满青春朝气的面庞，"她的想法很多，也很务实，桃岭村在她的带领下将来成为全市、全省的典型也说不定。"

"这小丫头这么厉害，我倒是要去瞧瞧。"王天翰笑笑道，"安民啊，你真有福气啊，你来安东搞美丽乡村建设，就有这么一个年轻人在下面村子里默默探索实践着，你俩是一高一低，可谓配合默契、相得益彰啊。"

杨安民听了这话，笑意也不自觉地从嘴角溢了出来。

考察车队到达桃岭村村口的时候，徐诗画、万庆强和周晓辰等人已经站在那里等候多时。施庆柯先下了车，将市、县来的领导一一作了介绍。王天翰和徐诗画握手的时候，特别看了她一眼，然后问道："你就是徐诗画？你们杨书记说你很厉害呢，把一个脏乱穷的山村来了个大变脸。"

"王主席，杨书记他这是在鞭策我呢，村里的工作到现在还是一团乱麻、千头万绪，弄得我焦头烂额。"徐诗画说，脸也不自觉地红了。她是第一次见到王天翰，只觉得他是市里来的大领导，从他说出来的话来看，杨书记一定跟他谈起过她。因为工作的关系，她跟这位年轻的县委书记已经有了多次的接触，上次为村里建农场"散点批地"的事她又去找了杨书记，在她印象中，杨安民好像已经不是手握重权的全县一把手，而是一位可亲的大哥，处处为她着想。所谓"散点批地"就是桃岭村坡地多，成片的土地少，而建农场需要灵活用地，所以在土地审批方面遇到了难题。没想到她一提出来，杨安民就决定特事特办，没几天就把这事给解决了。

"说的也是，要成为全县的典型，还真的要再加把劲！"杨安民看着徐诗画，微笑着说，现在他已经把桃岭村的一些做法在全县推广，他心中的那个曾经还有点模糊的美丽乡村建设蓝图仿佛白雾飘散后的山峦，渐渐变得清晰起来。

"小徐，你很年轻，振兴乡村的舞台很大，好好干，一定能干出个名堂来。"王天翰向徐诗画投去鼓励的眼神，眼睛里流动着一股慈爱之情。

在王天翰跟周晓辰握手的时候，杨安民在一边特意插了一句："周总是元辉集团董事长周元辉的儿子，留过学，很能干，现在主要致力于绿色生态旅游的开发，已经上马了民国影视城、青龙山休闲度假村、九溪乐园等项目。"

"哦，周元辉的儿子，真是青出于蓝而胜于蓝啊。"王天翰握住周晓辰的手，看着他，心里一时间有点五味杂陈，然后意味深长地说了这么一句。他知道，杨安民来安东这两年的主要对手就是周元辉，扳倒周元辉及其背后的主要保护伞汤达仁是一次非常重大的胜利，几乎决定了安东未来的发展道路。作为市委常委、纪委书记，他当时也在其中发挥了举足轻重的作用，可以说，仅靠杨安民一个人绝对不是周元辉的对手，而有了他在更高的层面上鼎力相助，才顺利地将周元辉这一方的势力一网打尽，这点他感到很自豪。但今天面对周元辉之子，他感觉多少有点尴尬，因为他知道杨安民在安东发起的"零点行动"让元辉集团关掉了几个重要的厂矿企业，损失非常惨重。

"我也在摸着石头过河，以后还靠王主席和杨书记多多指点和关照。"周晓辰谦虚但又落落大方地说道。他心里明白，站在眼前的这两位庆州和安东的位高权重之人，都曾是父亲的对手，甚至可以说是仇人和敌人，元辉集团在"零点行动"中蒙受的重大损失都是拜杨安民所赐，而他知道王天翰正是那个一直在背后支持杨安民的人。按理说，应该是"仇人见面分外眼红"，但他心里却十分平静，他们周家的暴风雨早就平息了，他和父亲俨然已经到了断绝父子关系的份上，他无法说服父亲抛弃发展旧观念，父亲也阻拦不了他去探索重振企业的新路子，那么就让时间来证明一切吧。现在，他不想与任何人为仇为敌，只想将自己头脑中的那些设想和蓝图一步步地去变成现实。元辉集团在他的手上一定有重整旗鼓、再创辉煌的那一天，他对此坚信不疑。

在村东头的一块空地上，一群村民正在铺设观光小火车的轨道，现场一片忙碌景象。徐诗画一路给考察团的成员们做着解说，全长近五公里的轨道已基本铺就，蜿蜒穿过十八个家庭农场，并将它们连成一线。小火车总共设了二十四个站，以二十四节气给它们命名，比如春分站、谷雨站、芒种站，方便游客随时上下，在十八个农场间穿梭逗留。未来整个桃岭村就是一个大花园，门一推开，看到的都是风景。现在，观光小火车已经由晨晓旅游公司买来，等轨道铺好就可以试运营了。

王天翰不禁连连点头，为这样的创意竖起大拇指，他好奇地问道："这主意是谁想出来的？"

"我猜应该是徐诗画吧，除了她还能有谁？"杨安民看了徐诗画一眼说道。

"就是她想出来的点子。"一直没说话的万庆强开了腔，然后马上拿眼去看徐诗画的反应，他说这句话有点讨好她的嫌疑。

周晓辰嘴角漾起不易察觉的微笑，他觉得万庆强的举动有点可笑。

第三十五章

受辱

看到周晓辰发来的微信消息，徐诗画对着手机屏幕愣怔了半天。一直以来，他俩在微信上谈的都是工作上的事，但这次有点不一样，周晓辰的这条微信消息是这样写的："诗画，下午有空吗？我想请你到我们影视城去转转，然后一起吃个晚饭，早就想请你吃顿饭了。"

徐诗画的第一个反应是不能答应周晓辰，虽然从第一眼见到他的那一刻起，这个人就闯进了她的心里，在他转身走进元辉电源制造公司大门的那一瞬间，他又突然回过头来在人群中准确地找到了她，而那一刻她的目光正紧跟着他走进那扇门，被他猝不及防地回头吓了一跳，他们的眼睛对视了可能一秒都不到，但她真的相信什么叫"一眼千年"，就因为在人群中多看了一眼，从此这个人再也没法从她的心头抹去了。那一段时间里，她真的很纠结，明明很喜欢这样一个高大帅气的大男孩，可他偏偏是那个导致村里大人和孩子铅中毒的电源制造公司的总经理，偏偏是安东首富周元辉的儿子，他们是对立的两方，她代表的是原告，他是被告。打了很长时间的官司，最后她代表的桃岭村打赢了，他赔了钱，虽然没去坐牢，但他们公司的那个副总李健还是被判了刑。他俩也算得上是仇人了，但后来周晓辰渐渐让她看不懂了，他不但不怨恨她，还热心帮她的忙，特别是安东乡土农业发展公司成立之后，因为变成了合作关系，两人碰面的机会多了起来，隔三岔五就要待在一起商量事情，她能感觉到他看自己的眼神里隐约有另外一种东西，经常弄得她耳热心跳，每次总是她低下头或移开目光。她可以判定他是喜欢她的，但她也可以确定，他们是不可能在一起的，因为他是安东首富家的公子，拥有庞大的家族企业和巨额的财富，而她只是一个小小的村主任，其间的鸿沟跟王子与灰姑娘没什么两样。所以，她一直都没有去想这样的事，因为心里没想法，跟周晓辰的合作共事反而轻松了许多。现在，忽然收到周晓辰这样一条微信消息，她的心一下子乱了，像被风吹起的漫天柳絮一样。

去还是不去？徐诗画呆坐在办公室的椅子上，拿着手机，脑子里一团乱麻。去的话就好像是答应跟周晓辰约会了；不去的话又担心扫了周晓辰的面子，以后村里的农场还要跟他们晨晓公司长期合作，那不就尴尬了吗？

"下午两点我开车来村里接你。"这时候手机发出"嘟"的一声，周晓辰又发来了一条微信消息。

她在回复框内打出一行字："周总，我下午村里有事走不开。"打完字，要按"发送"键的时候，她又犹豫了，然后一个字一个字地删除了。如此三番，她一气之下将手机扔到了办公桌上。

下午两点，村委会大楼外面传来了几声汽笛声，徐诗画的心一惊，她知道一定是周晓辰来了。这时候她已经顾不了那么多了，拿起包三步并作两步下了楼。真是怕鬼有鬼，在门口她和万庆强差点撞了个满怀。

"诗画，这么急匆匆的，要去哪里？"万庆强看着她一脸狐疑地问。

"去和周总商量点农场宣传的事。"徐诗画撒了个谎，她知道万庆强的嫉妒心很强，这时候一定不能跟他说真话。也许从没撒过谎，所以她的脸不自觉红了。

"跟周总？"万庆强转过头，看到村委会大楼门口停着那辆黑色的宝马车，心里的火腾地一下上来了，"你俩怎么天天都有事情要商量？"

"你啥时候看到我们天天商量了？"徐诗画杏眼圆睁，脸涨得更红了，她被万庆强的话刺激到了，大声地辩解道，"今天是真有事！"

"好吧，你去吧，我也没权力管你的。"万庆强让开身子，无奈地说道。他心里很清楚，尽管他很爱徐诗画，但她对他好像一点感觉都没有，他都没有勇气去追求她，因为怕又吃闭门羹，少年懵懂时候的记忆太深刻了，他不想自己再被伤害一次。

万庆强落寞的神情被徐诗画看在眼里，一刹那间她动了恻隐之心，她知道这个男人是为了她才从繁华国际大都市上海回到桃岭村的，而且每次都是在她陷入困境的关键时候帮助她，她这样对待他是不是有点残忍了？但外面周晓辰就在车里等着她，于是她转过身快步走向那辆停在村委会大楼门口的黑色宝马车。

"诗画，你来了啊，快上车。"周晓辰见徐诗画走过来，赶忙下了车，拉开车门，让徐诗画坐进了副驾驶位置，然后他一踩油门，车子立即从村委会大楼门口的柏油路上滑了出去。

万庆强站在村委会大楼二楼的窗户前，将这一切都看在了眼里，他眉头紧锁，紧紧地咬住了自己的嘴唇，心里像被千万只小虫子噬咬着似的。

周晓辰驾着车，嘴角不自觉地上扬着，此刻他的心情十分愉快，刚才徐诗画与万庆强碰在一起的情景他都看到了，看那样子是万庆强看到徐诗画跟他出去很不高兴，但徐诗画没有听万庆强的，这就证明在徐诗画的心目中，他比万庆强重要。实际上他也一直不屑把自己拿来跟万庆强比，因为从各方面看他都要碾压万庆强，拿时髦的话来说就是降维打击，难怪万庆强经常生闷气，处处看他不顺眼。今天他给徐诗画发了微信消息，但她一直没回，他能猜到她的心思。他经常碰到的都是一些对他主动投怀送抱的女孩，像徐诗画这样漂亮、清纯又羞涩的女孩还真的不多见。他知道他只要把车开到村委会大楼，徐诗画一定会下楼的。事实证明，他猜对了。说真的，他还真没有主动追求过一个女孩，徐诗画是第一个，他也搞不清她身上到底是什么吸引了他，惹得父母和两个姐姐对他都是一肚子怨气，因为他们给他安排的与豪门千金见面都被他一一拒绝了。他心里住着一个姑娘，他要跟她在青山绿水中成为神仙眷侣，过一种诗意的人生。他早就发现自己与周家的其他人有点不一样，他对金钱不感兴趣，只爱自由洒脱的生活。当电源制造公司总经理的那段时间里他总是很不耐烦，这种工作他一点都不喜欢，他也不知道自己为什么就被派来管理这样的公司。因此后来公司搬迁，他借机向父亲提出辞职，现在独立出来的晨晓旅游公司完全激发了他的创造力，一个个灵感从他的脑子里冒出来，一个个看起来匪夷所思的项目签约落地。像民国影视城，把元辉集团废弃的造纸厂和化工厂改造为影视城，再造一个小上海滩，打造成影视拍摄基地和旅游网红打卡地，他觉得这个想法太棒了。现在这个影视城在碧云湖边变魔术般地冒了出来，让安东人大吃一惊，他自己也颇为得意。一个好的点子可以化腐朽为神奇，他有信心将这个民国影视城打造成安东乃至庆州市最靓丽的一张金名片。就是说，以后来安东旅游的人如果不到影视城里去转一圈，那就白来了。

"诗画，如果将来有一部电视剧让你去演女主角，你愿意吗？"周晓辰扭过头，看了一眼徐诗画忽然问道。

"让我演女主角？"徐诗画显然没有这样的思想准备，不由得睁大了眼睛。

"对啊，你这么漂亮，完全可以演女主角的。"周晓辰眼睛直视着前方，一边说道，"不瞒你说，我见过不少女明星，她们卸了妆，真的没法跟你比。别的不说，你的皮肤天然就是这么白里透红，根本不需要化什么妆。"

"我哪有啊，普通村姑一个。"徐诗画被他说得有点不好意思，红着脸低下了头。

"我们的影视城将来会有很多剧组来拍戏，我们自己也可以拍电视剧的。"周晓辰又转头看了徐诗画一眼，语气也柔和起来，"我们拍的剧可以让你来当女主角。"

"我可当不了女主角，对着镜头我会紧张得说不出话来的。"徐诗画说，转头看了一眼周晓辰，觉得他的侧脸太帅了，心里瞬间好像被什么融化了似的，如果真的能和他……不，不，他俩是不可能的。何况，自从和肖亮分手之后，她的心就封闭起来了，怕去触碰感情这种东西，她现在所有的心思都在村里的工作上，十八个农场的建设已经接近尾声，如何运营、如何宣传、如何揽客、如何赢利，单这几项就够她忙活的了。

两人说着话，车子已经驶进了影视城大门口的广场上，停好车子，周晓辰和徐诗画一起下了车。大门楼造得很有气势，采用的是巴洛克风格的建筑样式，让人感觉还没走进去，就有一股民国风扑面而来。

"这么短的时间，就建得这么像模像样了。"徐诗画一边跟着周晓辰往里走，一边眯起眼看着那些鳞次栉比的民国时期的建筑，像汇丰银行、嘉德里住宅、美霖大酒店……感觉每一座建筑都非常逼真，不由得感叹道。

"速度的确挺快的，我们一直在加班加点赶工期。"周晓辰指着汇丰银行的门楼对徐诗画说道，"这些民国时的旧景之所以能够在短时间内复原出来，是因为几乎都是在原有待拆的厂房上改造出来的，我计划一期投资是八亿元，现在已经用掉了六亿，估计后面还得追加很多。"

"投入这么大啊。"徐诗画说，又环视了一下周围的那些老上海风格建筑，"不过，要打造这样规模的一座影视城，是得花这么多钱。"

"这才是一期呢，"周晓辰说，"如果把我计划中的二期、三期都包括进去，那肯定是一百亿都挡不住。"

走到外滩这段路，徐诗画禁不住"哇"了一声，这也太像印象中的上海外滩了。标志性的大钟楼，六号，七号，二十七号，一幢幢富有异国情调的建筑将老上海的格调演绎得淋漓尽致。站在这样的街道上，你可以想象极具上海特色的有轨电车正穿梭其中，街道上，车水马龙，卖报童吆喝着，行人匆匆地过着马路。他们用一个铜板找身边的卖报郎买一份报纸，从贴在墙上的各色海报上寻觅一场夜上海即将上演的电影或演出。这里竟然把一整个上海外滩都搬来了，从一比一复原的外白渡桥，到十六铺码头中间的万国建筑博览群，完完整整地还原了一百年前的建筑和码头上的繁忙场景。

"天涯呀海角，觅呀觅知音，小妹妹唱歌郎奏琴，郎呀，我们俩是一条心，哎呀哎哟，郎呀，我们俩是一条心……"走着走着，徐诗画的脑子里忽然响起了这段熟悉的旋律，这是二十世纪三十年代上海滩金嗓子周璇唱的电影《马路天使》的插曲《天涯歌女》，跟那首有名的《夜上海》一样，很有老上海的情调，在上大学的时候她非常喜欢，也会经常唱，这时候她情不自禁地哼唱了起来，忘了周晓辰就走在她的身旁。

"什么什么，咱俩是一条心？"虽然徐诗画只是哼唱，声音很小，但还是被周晓辰捕捉到了，他停下脚步，一把抓住她的胳膊问道。

"哎呀，你想哪里去了，我是在唱歌，老上海的歌。"徐诗画好像被人窥破了内心的秘密，一下子羞红了脸。

"分明是你说的，咱俩是一条心。"周晓辰故意装傻，抓着徐诗画的手臂，一副不依不饶的样子。

"好了，我不唱了可以了吧。"徐诗画甩开周晓辰的手，向前跑了两步，心里在责怪自己，怎么就唱起了这首歌，还被周晓辰听到了，真难为情。

周晓辰追上来，对徐诗画说："不闹了，我们去坐一下有轨电车，这车已经试运营了半个月了，让你亲身感受一下老上海风情。"

这倒是一个好主意，徐诗画点头同意。周晓辰拿出手机打了个电话，不一会儿，有轨电车就开了过来，周晓辰扶着徐诗画上了电车，两人俨然是一对热恋中的情侣。近处，商铺银行等建筑一栋挨着一栋；远处，是一条弯弯曲曲的河，河里停泊着一艘仿真的老式游轮，这也是为后面的影视剧拍摄而专门搭建起来的。

"如果全部建成的话，我们这里将是国内最完整的复原旧上海样貌的影视基地，与国内其他影视基地形成错位。"周晓辰说道，他挨着徐诗画坐着，一股异样的感觉在他的心里涌动着，"我打算一边建设一边引剧组进来拍摄，整个影视基地可以同时接纳多个剧组，根据不同剧组的要求，搭建他们所需的拍摄场景。下个月我们就要试营业了，目前已有艺德环球、惠工数字电影院线等七家知名影视公司与我们签约。我的目标是引进百家以上影视及文化传媒公司或者明星工作室驻扎影视城，将来说不定会跟横店影视城一样火爆。"

"我对影视剧的拍摄非常感兴趣，以后可以经常来片场看看。"徐诗画开心地说，十八九岁的时候她还真做过当明星的梦呢，因为她知道自己长得挺好看，也追过不少明星。不过，现在已经不会做那种梦了。

"我说了，你不仅可以来看片场拍摄，而且完全可以当女主角的。"周晓辰转头定定地看着坐在自己身边的徐诗画，那黑玛瑙似的眼睛清澈透亮，甚至那长长的眼睫毛也十分好看。徐诗画浑身洋溢着的无法抑制的青春气息令周晓辰深深陶醉。这不就是电影电视剧里的画面吗？如果此时有人扛着一台摄像机来把这个场面拍摄下来，那肯定就是原汁原味爱情片里的镜头。

"二期项目应该在明年春天启动，我给它起了个名字叫'梦上海'"周晓辰抑制住内心的躁动，接着说道，"主要是完成跑马总会大楼、上海邮政总局大楼、百乐门、百老汇大厦、俄罗斯大使馆、静安寺、浦江饭店等拍摄基地的建设。当然还会有三期，那就更远一点了，我想在这里打造亚洲虚拟数字摄影棚群，同时，建造清明上河图、十里秦淮、皇家园林、异域风情小镇等内外景拍摄基地，都要建成的话，没有二百个亿肯定是不行的。"

"还有清明上河图啊，这前景真让人期待！"徐诗画充满向往地说道，心里暗暗佩服周晓辰有头脑有魄力，这种化腐朽为神奇的创意，这种大手笔的投入，有几个人能做到呢？

有轨电车在十六铺码头停下，周晓辰扶着徐诗画下了车。脚还没站稳，一个尖厉的声音突然在他们的耳畔炸裂开来："好啊，晓辰，你真有女朋友了啊，瞒了我们这么久！"

徐诗画抬头一看，是一个三十几岁的女人，烫着卷发，妆容精致，穿着一套灰色的女士西装，气质高雅干练。她不由得一愣，不认识这个女人。

"二姐，你怎么在这啊？"周晓辰见是二姐周晓燕，也愣了一下。二姐虽然跟他很亲，但这段时间也有点疏远，就是因为他不听话，两次把老父亲气得血压升高差点要送医院。他自己也知趣，好久没有回梅山镇上湾村周家那座小洋楼了。

"我怎么不能在这？"周晓燕将眉毛一挑反问道，一边圆睁着一双丹凤眼将徐诗画上上下下打量了个遍，话里有话地说，"嗬，眼光还不错啊，的确长得很标致，皮肤又这么白，难怪爸给你介绍这个介绍那个都入不了你的法眼呢。"

徐诗画的脸一下子红了起来，她已经听出眼前这个精致的女人是周晓辰的二姐，也明白周晓辰的家里给他介绍过好几次对象他都没答应。不过，自己并不是他的女朋友啊，这个二姐未免太自以为是了吧。

"二姐，她不是我的女朋友。"周晓辰也被二姐的话说得有些窘迫，徐诗画的确还不是他的女朋友，虽然他在心里早就想把她当成自己的女朋友，他有点底气不足地解释道，"她叫徐诗画，是桃岭村的村主任，也是安东乡土农业发展公司的总经理，我们是合作伙伴。"

"哦，徐诗画，我想起来了，就是上次在新闻里跟杨安民一起出镜的女村主任吧？"周晓燕忽然睁大了眼睛，像发现了新大陆似的叫起来，"这么年纪轻轻的，就得到县委书记的青睐，这里面一定有什么猫腻吧？"

"二姐，你瞎说什么呢。"周晓辰瞪了周晓燕一眼，"人家是因为美丽乡村建设得好，县委杨书记要树她为典型，才专门去他们村考察的。"

"这不就结了吗？杨书记为何要树她为典型，还不是因为她年轻漂亮嘛，男人都是一路货色！"一提到杨安民，周晓燕的气就不打一处来。那次为保住家里的造纸厂和化工厂她去找他，可他一点面子都不给，什么同学情也不讲。果然是人一当上个什么官马上就变脸，她周晓燕也不是吃素的，安东国际大酒店老总当了这么多年，什么神仙没见过，什么人都得给她点面子的，可偏偏这杨安民油盐不进、荤素不吃，很不客气地将家里的两个厂子给关了，后来又强行关了他们家的青龙山石矿，这笔账都要算在杨安民的头上，那么和杨安民沾边的人自然也没啥好果子吃。

"你说话给我注意点！"周晓燕的话有点过分了，徐诗画的脸色一下子变了，她涨红着脸对周晓燕说道，心想，这平白无故的，干吗要这样被人指责？

"二姐，你不要这样，她是我的合作伙伴！"周晓辰也急了。

"你的合作伙伴？"周晓燕气冲脑门，摆出一副一不做二不休的架势，"我看啊，她就是一个狐狸精，整天把你迷得晕头晕脑的，她是不是还脚踩着两只船，跟那个姓杨的有一腿？！"

"你……你……不要血口喷人！"徐诗画气得浑身颤抖，脸都变白了，她真的没有想到周晓辰有这样一个二姐。

"我血口喷人？"周晓燕不依不饶，"你们这些长得漂亮一点的女孩子我太了解了，有一个杆儿就要顺着往上爬。你跟周晓辰在一起，是不是看中我们家的钱了？我告诉你，我们周家不欢迎你这样的人，你趁早给我死了这条心，没有我周晓燕点头，他周晓辰休想把你娶进家门！"

"二姐，你今天是怎么了？少说两句不行吗？"周晓辰上前抱住了周晓燕，把她往一边推。

"晓辰，你推我干啥？"周晓燕挣脱了周晓辰，走过来指着徐诗画的鼻子，"今天真是巧了，我正好陪两位客人来参观影视城，没想到让我给撞上了，否则我还一直被蒙在鼓里，原来晓辰是被你迷惑了，现在好了，你们给我一刀两断，以后不要再来往了。晓辰是什么样的人？希望你有自知之明、好自为之，不要拖累他！"

在这一刻，委屈的泪水顺着徐诗画的脸唰唰地流了下来，她真没想到今天会受到这样的羞辱。她满脸羞愤，看了周晓辰一眼，一句话也说不出来，抹着泪转身跑开了。

第二十六章

采访

66 这是《东江日报》的记者肖亮，他来你们村要采访一个人。"当东江日报社庆州记者站站长楼震将肖亮介绍给徐诗画的时候，她整个人一下子像凝固了似的。

"是你？"看着站在村委会大楼门口的肖亮，徐诗画简直不敢相信自己的眼睛，她曾经幻想过无数次肖亮在桃岭村的村口出现，她一直不相信曾经的深情就因为她回到了山村就一下子烟消云散了，但是他一直没出现。每一次她从梦里醒来，总是泪湿枕巾。为了实现自己的梦想，她舍弃了爱情，选择了孤单。而她也不再相信爱情，因为她相信真正的爱是不会因外界的一些变化而轻易改变的，肖亮没有跟她一起来到桃岭村，那就证明他还不够爱她，当然她也不能苛求他做到这一点，毕竟他有那么好的家境，在省城会有大好的发展前途，他的选择是绝大多数人都会做出的那种，她并不怨恨他。是她的错，怎么能怨恨他呢？但肖亮此刻却意外地出现在桃岭村，出现在她的面前。

"是我，"肖亮看着站在面前的徐诗画，一时间也是百感交集，"报社派我来采访你们村的家庭农场主汪佳慧。我现在在东江日报社主要负责采写乡村振兴方面的稿件，汪佳慧的云端农场太特别了，一定可以写出一篇很有价值的新闻稿。"

"好啊，汪佳慧的确有好多可写的地方，我们这就带你们过去。"徐诗画说，转头将站在身边的万庆强做了介绍，"这位是我们村支书万庆强，我们带你们一起坐观光小火车过去吧。"

"你们认识？"万庆强从两人有点慌乱的眼神和表情中敏感地意识到了什么，狐疑地问道。

"我们是大学校友。"徐诗画回答道，她知道说多了也没用，万庆强现在的嫉妒心很强，前面有好几次差点和周晓辰起冲突，而她和周晓辰之间啥也没有，以后更不会有什么了。自从上次在影视城被周晓辰二姐无端羞辱之后，她就发誓和周晓辰除了工作，不再有任何瓜葛。

"肖记者，楼站长，我们去坐小火车吧。"万庆强虽然心里有很大的一个疑问，但也不好再问什么，就对他俩挥了挥手说，"只要十分钟就可以到汪佳慧的云端农场，很近的。"

一行人向村东头观光小火车总站走去。李彬彬很灵活，已经提前去和村里开小火车的师傅杨阿毛对接了。小火车总站位于桃岭村东头的桃溪河边，是一座两层高的楼房，有模有样。远处，青山隐隐，连绵起伏的山丘如眉黛，有零星的农家小屋点缀在翠绿的竹林之间；近处，可看见烂漫开放的山花，还可听见潺潺的流水声，间或有几声清脆的鸟鸣应和着，置身其间有一种心旷神怡之感。

"这地方可真美啊！"肖亮忍不住感叹道。他在来之前，已经查阅了不少资料，并且知道徐诗画就在这个村子里，接受这个采访任务就意味着要和她面对面，为此他纠结了好几个晚上。这几年来，他最放不下的就是她，毕竟曾经爱得那么深，何况到现在为止再也没有一个女孩能让他动心。虽然老妈给他介绍了好几个，不是机关里的公务员就是大公司的女白领，他一开始碍于老妈的面子还去见了两个，后来干脆就直接拒绝了。他心里还住着那个古灵精怪的美丽女孩，很多次他都有辞职的冲动，想去那个小山村找她，只有找到了她，他这颗心才有了安放的地方。可他又没那个勇气，爸妈也绝不会答应他去找一个在山村的女孩，无数个日日夜夜他就在这种悔恨和纠结中度过。后来越来越繁忙的工作似乎让这种痛变得轻了许多，好像他已经将这个女孩暂时忘记了，但当这个采访任务出现的时候，当他得知要去采访的村子的村主任就是徐诗画的时候，他再也不淡定了，所有的记忆在瞬间复活，他又期待又惶恐，接连几个晚上都没有睡好觉。他想，也许这是上天的旨意吧，不然怎么会有这么巧的事情？他这时候才发现自己竟是如此思念她，如此迫切地想见到她。来桃岭村的前一晚，他激动得几乎一夜无眠，他要去看看她的家乡到底是一个怎样的村庄，能让她不顾一切地回去当了村干部。他还要看看她现在过得怎样，有没有后悔当初的选择。

听到肖亮的赞叹，徐诗画的心里十分开心，她也环视了一下周边起伏的山峦、村庄、道路、河流，然后说道："当初总站的选址也颇费了一番心思，现在看来是完全选对了。"

李彬彬招呼大家上车。这辆小火车按先前的协议是由晨晓旅游公司出资从喜宝娱乐公司购买的，通体为红色，车身上加了一道黄色的线，分车头和车厢两部分，车厢共有四节，每节车厢安装了十张木制长椅，一律涂成了紫红色，可容纳好几十人。小火车安装好已经有半个多月了，现在处于试运营阶段，每天前来试坐的村民和游客络绎不绝，杨阿毛忙得不可开交，但开心得很。因为他以前是开小四轮在青龙山石矿运石头的，每天风里来雨里去，还很危险，有时候甚至是在隆隆的放炮声中出入矿区的。现在他开上了小火车，算是有了一份固定工作，而且每天穿梭在十八个农场间，眼前都是如画的风景，听到的都是小火车上乘客的欢声笑语，拿到的工资还不比拉石头低，这样的工作打着灯笼也找不到啊。说起来还要感谢徐诗画这姑娘，真的是有本事，硬是把这个脏乱差的穷村整成了一个大花园，虽然现在还很粗糙，但架子摆在那了，以后的桃岭村肯定会变得越来越美、越来越好。他现在就佩服这丫头，看见徐诗画带着几个人远远地走过来，他就热情地打起了招呼："徐主任，你们来了，快上车吧，我刚才特意把车上的座位又擦了一遍。"

"杨叔，辛苦您了，我们要去云端农场。"徐诗画一边说，一边招呼肖亮和楼震上车。她上车的时候，特意单独坐在一边，与万庆强拉开距离，也和肖亮离得比较远。

"呜呜呜"，汽笛声响起，杨阿毛启动了"桃岭号"观光小火车，沿着环村观光线，一路穿行在农田、竹林和茶园间，穿过了野山茶、蔬菜、竹园、高山牧场、中草药、野猪等家庭农场，在云端农场前停了下来。

汪海和女儿汪佳慧早就站在农场门口迎接。看见徐诗画，汪海连忙走过来握着她的手说："徐主任，欢迎你们啊，听说有省报记者来采访佳慧，我心里这个高兴劲儿就甭提了，这都是托了你的福，真要好好谢谢你呢！"

"汪叔，你不用谢我，是佳慧自己努力，云端农场都名声在外了。"徐诗画说，她在汪佳慧的肩头轻轻拍了拍，"佳慧，今天你可要好好给省报的肖记者介绍一下你的成功经验啊。"

"对，要毫无保留，我才能把这篇稿件写好。"肖亮在一旁说道，一边忍不住拿眼去看了一眼徐诗画。几年不见，她变得越来越美了，是那种清新脱俗的美，也许是让这山野的淳朴给打磨的吧。

站在徐诗画身边的万庆强敏锐地捕捉到了肖亮的眼神，他再次在心里确认，这两个人绝非大学校友那么简单，肯定有什么故事。他很懊恼，周晓辰这个情敌还没有打退，又来了一个肖亮，他感觉到了严重的危机，看来他真的要采取行动了。

　　"我吧，也没啥成功经验，就是想回来帮帮我爸来着。"汪佳慧红了脸，她长着一张娃娃脸，圆乎乎的，脑后扎着两根马尾辫，看起来十分活泼可爱。

　　"怎么会想到回村里开办家庭农场呢？"在农场东边一个白色的帐篷里坐定之后，肖亮拿出笔记本，问了汪佳慧第一个问题。

　　"村里变化太大了，到处都是年轻人，很多外乡人也来这里创业，我一个本村人为什么不尝试一下呢？"汪佳慧眨了一下眼睛，打开了话匣子，"恰好，我爸认领了村里的一个特色农场，但他没什么文化，不知道怎样办好这个农场，我呢，毕业后一直在杭州做设计，都是在线上接的单，当时就想着回村里，可以一边继续做平面设计，一边帮我爸打理家庭农场，我想把这个农场打造成一个以沉浸式亲子体验为主题的生态农场。说干就干，从设计方案到修改完善再到具体施工都是我一手完成的，我好像就是在桃岭村的山水之间设计着一件自己最得意的作品。现在，在镇上特别是村里的支持和帮助下，我们这个占地五十余亩的农场已逐渐成形，包含萌宠喂养、野山茶采摘、共享菜园等多个项目，形成了一条集游玩、农耕体验、亲子互动于一体的产业链。大人来这边喝喝咖啡看看美景，还能带着孩子采摘草莓、葡萄，喂养小动物，在小溪水里抓鱼，这些都是城市里体验不到的。眼下，越来越多的游客慕名而来，对我家农场里的游玩体验都是赞不绝口。"

　　"农场的人流量怎样？"肖亮问。

　　"我们这个农场虽开业不到三个月，但人气已经很旺。这两天是周末，农场日均人流量都在三四百人以上。"汪佳慧答道。

　　"从城市回到农村，你后悔过吗？"肖亮又问道，同时有意瞥了一眼坐在对面小竹椅上的徐诗画。

　　"不后悔啊，"汪佳慧不假思索地回答道，"我每天都在农场里忙活着，比如今天就很忙，为游客送完餐食后，要去动物区喂养，然后还要到农田里看看作物生长情况，忙得都没有时间去想是在城里好还是在农村好这样的事。不过，虽然很忙，但真的很开心！"

　　肖亮点点头，又去看徐诗画，发现她也在点头，与他对视的眼神里似乎有一种"这下你明白了吧"的含义。

　　"在农村创业，或者说重新振兴乡村，你觉得最大的难点在哪？"肖亮问，这应该是他此次采访的一个重点问题，他希望能在汪佳慧这样的新农人身上找到答案。

　　"最大的难点？"汪佳慧顿了顿，开口道，"应该还是环境、政策、资金和人才。"

　　肖亮笑了："你这是全包括了啊，我说的是最大的难点。"

　　汪佳慧一时被难住了，仰着头思考了半天，蹦出一句："我觉得应该是创意，现在最缺的就是好的创意。你看那些网红村和网红打卡地，都是因为某方面好的创意带动起来的，做一个新农人容易，但做一个有创意的农创客就很难。"

　　"有创意的农创客，这个概括很好。"肖亮点头，很认可这样的说法，然后又问道，"听说安东县要招十万大学生来创业，你觉得这个目标有可能实现吗？换句话说，农村最吸引大学生来创业的是什么？"

　　这个问题一问出来，徐诗画就在心里一惊，看来肖亮来桃岭村采访是做了一番功课的，"千个团队、万名创客、十万大学生"是县委杨安民书记一手主抓的一个招揽人才的新举措，桃岭村也据此发出了"农创召集令"，又在酝酿"父亲的稻田"合伙人计划。不过，她真的还没有认真思考过"农村最吸引人的地方是什么"这个问题。她将期待的眼神投向汪佳慧，看她能给出一个怎样的回答。

"我觉得有可能实现。"汪佳慧一下子来了精神，思路好像一下子又被打开了，"我们农村最好的条件就是山清水秀，能满足现在的年轻人拥有诗和远方的梦想，我们安东不是提出要为所有来安东创业的年轻人提供一个'大自然工位'的承诺吗？你想一想，在大自然里打工是什么样的感觉？我本来是挤在杭州的一个小办公室里搞平面设计，有时候真是一点灵感也没有；现在呢，我打开窗户就面对一个草长莺飞、鸟语花香的如画世界，心情好得不得了，这时候再喝上一杯咖啡，那灵感就如泉涌，什么样的创意都会有，订单也比以前多了好几倍，但却省去了在大城市生活的高额成本，何乐而不为呢？"

"你说得太对了，跟我想的完全一样。"李彬彬在一边忍不住鼓起掌来，"我跟你一样，现在也是一个新农人，要的就是这么一个'大自然工位'。"

"我们小李很优秀，他正在研究怎样把我们这里的山泉水包装成婴儿可饮用水、优孕水卖钱呢。"徐诗画插了一句，等于是不失时机地表扬了一下李彬彬。

肖亮埋头在笔记本上唰唰地记录完这些话，又抬头向汪佳慧问道："农村没有城里的各类娱乐设施，像你这样年轻的大学毕业生回村，会感到孤独寂寞吗？"

徐诗画觉得肖亮的问题表面上是在问汪佳慧，其实是在问她，她不由得在心里思量起这个问题。一晃她大学毕业回到村里也快三年了，扪心自问，她有没有感到过孤独寂寞？肯定有的，但都是一闪而过，这几年她都是在忙碌中度过的，根本没时间来考虑个人情感方面的事情，所以被父母催婚了几次，她都以工作太忙给搪塞过去了。

"倒还没有孤独寂寞的感觉。"汪佳慧抿嘴一笑，"也许是和家人待在一起的缘故吧。我爸妈特别疼我，我还有一个调皮的弟弟整天缠着我。另外，村里经常举行各类活动，一大群年轻人在交流中碰撞出新的想法，比如开'村咖'的事，就是大家碰撞出来的。现在我们村周边也有人开了咖啡店，生意都很火爆，超出了我们的想象。大家都在互相学习鼓劲，这种氛围一直鼓舞着我，所以并没有感到怎么孤单。农场还在不断改进中，这两天正在打造围炉煮茶的空间，希望能给游客带来更丰富的体验，为村里带来更多人气。"

徐诗画频频点头，她仿佛在汪佳慧身上看见了刚回村的自己，一时间百感交集。当初就是因为汪佳慧的弟弟东东等村里的孩子铅中毒，她才领头去跟元辉电源制造公司打官司，最后艰难地赢了官司，汪海等一批受害的村民都得到了赔偿，这也是她获得村民信任的第一仗，也是与周晓辰不打不相识的开始。想到这里，她忍不住问汪海："汪叔，今天怎么没看见东东啊？"

"你问东东啊，他上学去了。"汪海满脸笑意地对她说道，"多亏你啊，他现在恢复得跟正常孩子一个样了。"

"哦，那太好了。"徐诗画感到很宽慰，又问道，"东东现在读几年级了？"

"五年级了，上次语文考试还拿了全班第一。"汪海自豪地说。

"我弟弟很聪明，将来说不定能考个985或者211，留在大城市，我就安心在村里创业了。"汪佳慧说道，脸颊上的小酒窝里似乎都盛满了喜悦。

肖亮记完笔记，抬起头看了看徐诗画，觉得接下来要采访一下这个村主任了。刚才汪佳慧的回答颇出乎他的意料，他意识到前面的问题可能跟今天采访的主题有点跑偏，就正了正身子，对徐诗画说道："现在东江省正在努力探索中国式农业农村现代化东江路径，要在'土'里挖掘资源，'特'上做强优势，'产'上集群延链，首要的一条就是吸引一大批青年人才到农村来创业，要壮大乡村头雁人才特别是农创客队伍。安东县及你们村的做法都非常有特色、有创意、有价值，像汪佳慧这样的青年人正在乡野逐梦。因为他们的到来，乡村充满朝气，满目皆新。我想问一下徐主任，你们村十八个家庭农场正常运营之后，你对招揽青年人才来村里还有什么好的举措？"

冷不丁被肖亮提问，徐诗画一时没反应过来，直接愣在了那里。坐在徐诗画身旁的万庆强见状伸出手拉了拉她的手臂，提醒她回答记者提问。肖亮看到这一幕在心里不自觉地泛起了一股醋意，连他自己都感到奇怪。徐诗画跟他都分开快三年了，就是跟别人谈恋爱了也很正常啊。

"哦，招揽人才的举措啊，我想起来了。"被万庆强一拉手臂，徐诗画才如梦方醒，她抬眼看了一眼肖亮，说道，"上次我跟镇里施书记汇报过一项计划，那就是要在我们村建一个'百人楼'，要招一百名大学生来村里创业。还有就是'父亲的稻田'合伙人计划也在酝酿之中。"

"'百人楼''父亲的稻田'，这两个创意太好了！"肖亮在采访本上记下这两个名词，把笔一放，看着徐诗画兴奋地说道。他心想，这篇稿子有了！这要是还在那个青春勃发的大学时光，他此刻肯定要站起来一把抱住徐诗画转上一圈了。

第三十七章

出彩

桃岭村十八个特色家庭农场全部正式营业这天，安东县美丽乡村建设推进现场会也在这个村的万竹农场隆重召开，全县十五个乡镇街道的书记、镇长悉数到场，加上县委组织部、县发改委、县农业局等相关部门的负责人，还有省农业农村厅、乡村振兴局等省级部门的处室负责人，场面十分壮观。这种规模和规格的现场会对安东来说是第一次，对桃岭村这样的山村来说更是史无前例。这次的现场会放在桃岭村是县委书记杨安民亲自拍板的。两周前他接到村主任徐诗画邀请他参加十八个家庭农场开业典礼的电话，当时他正在考虑要开一个全县美丽乡村建设的推进会，因为从各方面来看，全县的美丽乡村建设都到了一个最关键的时期，非常需要再加一把力，再添一把火，而发展势头迅猛的桃岭村正是现场会会址的不二选择。

会议由县委副书记、县长郑乔林主持，首先是各乡镇街道代表做了交流发言，青龙山镇被安排在第一个。镇党委书记施庆柯显然做了充足的准备，对下辖十二个行政村的推进情况了如指掌、如数家珍。

俞永根却挂着一张脸，一副置身事外的样子。最近他跟施庆柯的矛盾愈演愈烈，凡是施庆柯赞成的事情他就反对，或者在背后使绊子，比如要推选徐诗画为美丽乡村建设先进个人，要把这次现场会放在桃岭村，他都极力阻挠。但毕竟施庆柯是一把手，很多时候他这样做也是徒劳无功，两人的矛盾在镇政府已经是公开的秘密。俞永根在青龙山镇多年，人脉很广，施庆柯虽然是空降过来的，但背后的靠山很硬，所以两人暂时都撼不动对方什么，就这样拧着两股劲。这种无谓的内耗对青龙山镇的发展很不利，杨安民已经看到了这一点，他正在考虑把青龙山镇的镇长换掉，俞永根这样私心很重的人，是不能让他长期待在这么一个重要岗位上的。

"下面，我想给大家重点介绍一下农创客。"施庆柯忽然将话锋一转，嘴角带着一丝微笑，"我知道农创客对在座的多数人来说还是一个新名词，说实话，我也是在不久前才接触到这个新名词的。关闭青龙山石矿及一批污染企业之后，我们镇的生态环境得到了最大限度的修复，可以说已经回归以前的一片绿水青山，但环境恢复之后，经济怎么发展成了摆在我们面前的一个极为迫切的问题。除了引进一些无污染的智能制造企业入驻我们的工业园之外，我们还想让我们的土地重新迸发活力，让我们的农产品和乡村旅游一起起飞。就是在这个关键时候，我接触到了农创客这个概念，十分惊喜，觉得这就是我们下一步要重点打造的一个重大项目，将来会让我们青龙山镇真正地腾飞起来。"

在座的人都神情专注地听着施庆柯的发言，只有俞永根在鼻子里哼了一声，那副表情好像在说，你就吹吧，谁信你啊。

"下面我还是请一个人上台来讲比较合适，他是农创客概念的提出者。"施庆柯说着，将目光投向了坐在台下前排的万庆强，"他就是桃岭村的村支书、万家有机蔬菜基地的总经理万庆强。"

所有人的目光都看向了万庆强，和他坐在同一排的徐诗画、周晓辰，还有东江日报社记者肖亮也都转头看着万庆强向台上走去。徐诗画心里是清楚的，桃岭村即将推行的"父亲的稻田"合伙人计划就是万庆强出的点子，现在全村正在合力整治村口的水塘，打算将其扩展成一个小水库，而水库下面就可以辟出几百亩的水稻田。如果这个计划第一步成功了，那就还能在桃溪河两岸辟出更多的水稻田来。到那时候，她那个儿时就有的到了秋天全村稻谷飘香的梦想也许就能实现了。周晓辰的目光却有些复杂，自从那次徐诗画在影视城意外被二姐羞辱之后，她与他就刻意保持着距离，在一定程度上与万庆强走近了不少，也许就是想叫他死了那条心。他有时候也觉得万庆强跟徐诗画在一起更合适，一个村子长大的，小学、中学都是同学，彼此知根知底，现在一个是村支书，一个是村主任，真正的黄金搭档，还能有比这更好的组合吗？他何必去插一杠子？但他又在内心反反复复问自己，到底喜不喜欢这个女孩？每次得到的答案都是肯定的，这又让他跌进了烦恼的旋涡里不能自拔。肖亮的目光里则充满了醋意，上次来过桃岭村之后他就彻底搞清楚了，这个万庆强也是个财大气粗的富二代，关键跟徐诗画还是发小，现在作为乡贤回到村子里受到重用。而在他看来，万庆强回村的目的并不单纯，估计一大半是冲着徐诗画来的，因为他的一言一行无不流露出对徐诗画的好感甚至可以说是痴迷。

万庆强并不知道他背后的那些目光，他走到发言席前坐下，今天他特意穿了套藏青色西装，头发也梳得特别整齐，还用啫喱水固定了一下发型，整个人看起来非常干练、精神，因为施书记在几天前专门把他叫到了镇政府，向他了解了一下农创客的事，并交代他要准备在全县现场会上发言。这可是一个非常隆重的场合，所以他特意去了一次理发店，把自己的头发打理了一番。另外一层用意他是要在这个场合展现最好的自己给徐诗画看看，因为他知道徐诗画到时候一定会坐在台下看他发言的。

"各位领导，各位来宾，大家上午好！我叫万庆强，是桃岭村的党支部书记，也是万家有机蔬菜基地的总经理。"万庆强的开场白显得很正规，与他今天的正装出场很搭调，"今天来参加这个在我们村召开的全县美丽乡村建设推进现场会我很高兴，这两年回村后的实践让我对美丽乡村建设和乡村振兴有了更深的思考。为了回答'乡村发展最缺什么'这个问题，我带领基地几名骨干成员花了三个多月时间，深入东江省一百多个乡村寻找答案。南部一个古村落的一位村干部向我们倾诉了他的烦恼——当地风景十分优美，平时也有不少来打卡的游客，但民宿、餐饮还有土特产销售等配套产业还不成气候，村里平常看起来很热闹，但村民得到的实际收益并不多。有句流行语不是这样说的吗？'没有风的时候，那就创造风。'在农产品上行和游客下行的两条链路中，怎么让乡村农产品不愁卖、有价值，怎么破解旅游资源'接不住'的难题？我想到了'认养'这个模式。其实，它也不是什么新鲜事物，很多地方都在搞了，本质上属于'订单农业'，它不仅对农产品的价格和销路有双重保证，还能把城里人引到乡村来，从而带动乡村旅游、文创等业态，给村民带来看得见的实惠。琢磨了一圈，我得出结论：市面上流行的认养模式通常面向家庭，个性化需求高，规模也有限，做起来难度不小，于是就想着打造一个数字化认养平台，面向国内所有的企业。一定规模的企业，其实也是自带流量的组织，不仅对农副产品有稳定需求，也有团建、做活动的场地需求。在我看来，企业认养有更稳定的天然优势，把认养的农作物在数字平台上以积分形式累计，可以兑换农副产品，也能来村里游览体验，村里的产业不就活了吗？现在，我们的基地已经在数字化平台上开启了认养一亩菜田的招募，响应的人超乎我们的想象，可以说热得发烫，几百亩地一下子就被认养出去了，所以说这种模式大有可为，可以向外拓展，比如'认养一垄草莓''认养一亩茶园''认养一片果园''认养一箱蜜蜂'……所有的认养人和认养公司都会成为我们的合伙人，成为新一代的农创客。而这个兼具乡村旅游、农产品线上销售、文创功能的数字化乡村产业运营模式，如果在我们青龙山镇甚至整个安东县全面铺开，会让更多乡村有闪耀的可能。"

"哗——"万庆强的话音还未落，一片掌声骤然响起，施庆柯带头鼓掌，他觉得找到了破解难题的钥匙，还是万庆强的脑子活，想到了搭建数字化认养平台，这可是个金点子，可以将绿色生态产业和乡村旅游全部带动起来，而且这不是表面上的热闹，是实实在在可以让村民口袋鼓起来的金点子。

杨安民也情不自禁地鼓起了掌，掌声落下之后，他插了一句话："这个农产品认养模式很富创意，我相信这会吸引很多人重返农村，新一代农创客将源源不断地产生，成为我们安东乡村振兴的生力军。"

县委书记的话等于是给这种发展模式一种肯定和赞扬，其他乡镇街道当然会群起而效之，这正是开现场会的价值所在。

在各乡镇街道做了交流之后，郑乔林请出了徐诗画，要她介绍一下十八个特色家庭农场的建设情况，这也是桃岭村引起广泛关注的亮点所在。徐诗画款款登台，她今天穿了一条淡青色裤子，上身穿了一件大开领白色衬衫，看起来飘逸洒脱，又不失庄重。坐在台下的周晓辰、万庆强和肖亮三个人的目光都一直跟着她，似乎都没从她的身上挪开过。肖亮更加后悔当初跟徐诗画分手，上次回去他就动了来桃岭村当农民的心思，因为只有这样才可以跟徐诗画重续前缘，但这个想法又很不现实，是要被他爸妈骂死的。后来他想到了一个办法，就是先动动关系到东江日报社庆州记者站来当个站长，这样就离徐诗画近了不少，工作上也有了更多的交集，以后再慢慢劝徐诗画来庆州找个工作，等他们结婚有孩子了，再一起调往省城。他觉得这个计划是可行的，爸妈也不会反对。有了这样一个想法之后，他的心情好了不少，从庆州记者站站长楼震那里得知这次要在桃岭村开现场会，他是主动请缨来的，因为上次那个云端特色农场主汪佳慧的报道很成功，引起了不小的反响，所以他想再去桃岭挖点东西，报社领导二话没说就同意了。现在，他的目光就像一只无形的温柔的手，将徐诗画浑身抚摸了个遍，这个曾经跟他如胶似漆的心爱的人虽然离他只有几步之遥，但现在他们两颗心的距离已隔得十分遥远。但他并不灰心，从今天起，他会慢慢缩短这段距离，他相信曾经爱过的两个人并不会变得陌生，如同两根暂时熄灭火焰的木柴，只需要有一颗小火星子，就可以重新燃烧起来。

"各位领导、各位来宾，今天我站在这里，心情特别激动。"徐诗画在发言席站定之后，没有看事先准备好的稿子，面对着大家，真诚地说道，"现在，我们村的十八个家庭农场可以正式对外开放了，这是我们村的一件大事、喜事！衷心感谢县镇两级领导以及各位乡贤的大力支持，我们桃岭村才走到了今天！桃岭村真的变成了我梦想中的一个大花园，十八个特色家庭农场可以为游客提供农事体验、民宿休闲、农产品采购等服务，比如果蔬农场，就是一个集农事体验、科普研学、萌宠互动等特色活动的新型农场，占地约五百亩，分为欢乐草坪、萌宠乐园、果蔬采摘园、轻食餐厅、趣味农事园、稻田种植区、稻田体验区等七大板块，可以根据不同季节和作物生长情况，组织油菜花摄影、春耕插秧、草坪团建、干塘摸鱼、龙虾垂钓、竹筒饭烧制、水果采摘、秋收打稻等活动，我们还结合农业场景设置了多种农事研学课程，如草鞋编制、青布扎染、植物认知、夜探昆虫、节气科普等，形成'游、吃、住、购、娱'一体的休闲生活体验。特色农场由此带来的利润和效益是普通种养业的五至十倍，村民在旅游区中利用自己的住房开设民宿、农家乐，仅此一项就可以为全村的农家乐每年带来千万元的额外收入。我们的农场预计每年可接待各地考察团和游客三十万人次，旅游收入可达三千余万元，农旅结合发展效益将会持续放大，直接产生几百个工作岗位，间接产生的岗位就更多了，可超过一千个。我们还将打造'父亲的稻田'合伙人计划，要将我们村变成一个到了秋天就被包围在一片金黄的稻田里的美丽村庄。"

全场掌声雷动，徐诗画就在这样热烈的掌声中走下台，坐在台下的三个小伙子的目光再次被她美丽的身姿牢牢地吸引住，只是她脸上泛着红晕，谁也没看，走到自己的位置上坐下来，闭上眼，长吁了一口气。

"今天的现场会开得很成功，在这个关键点上，我们找到了一把钥匙，那就是如何把美丽风景变成美丽经济，这才是美丽乡村建设的内核所在。"最后是县委书记杨安民做总结讲话。此刻，他心潮澎湃，感觉浑身充满了力量，要说的话也很多，但他不打算长篇大论，只是说道："经过几年的不懈奋斗，我们安东乡村已经呈现出一村一品、一村一韵、一村一景的大格局。后山坞村从空心村摇身一变成了网红打卡地，被文化和旅游部定为全国集群民宿村落及新生代民宿的样板区；东章村以书画文化为核心元素，深挖历史文化、壮大制扇产业，发展形成'文化+咖啡馆+博物馆+研学'新模式……美丽乡村向美丽经济的转化，不光要有产业，还得有特色，在产业运营中要具备更多的像'数字化认养平台'这样的爆款思维。目前，国内不少乡村还处于'千村一面'的阶段，如何在村庄基础建设提升的基础上，真正带动产业发展，企业还有很大发挥空间，探索农文旅深度融合，以提速破竹之势撬动美丽经济发展，促进农业高质高效、农村宜居宜业、农民富裕富足，一幅幅村美人和共富的美好画卷在安东大地上徐徐铺展。"

会场再次响起一片热烈的掌声，在这片掌声中，杨安民站起身来，大声说道："我宣布，青龙山镇桃岭村十八个特色家庭农场正式营业！"

掌声和嘹亮的汽笛声同时响起，那列红黄相间的车头上标有"桃岭号"字样的观光小火车缓缓地开了过来，杨阿毛在驾驶室里拼命地摁着汽笛，脸上洋溢着一种不可抑制的欢快和喜悦。李木竹、汪海和他的女儿汪佳慧，还有山根等农场主都已经坐在小火车上，脸上都是一片灿烂的笑容，他们会到各自的农场为客人们做导游和解说，这两天十八个家庭农场也都做了精心的准备。

"大家上车吧，我带你们去看各家的农场！"徐诗画站起来向在场的人说道。说完，她迈着轻快的步伐跑向杨安民，到了跟前向他做了一个请的手势："杨书记，你们都上车吧！"

"好啊，这一刻我可期待已久了！"杨安民高兴地对徐诗画说道，然后转头对坐在主席台上的一干人挥了挥手说，"走，我们一起坐小火车看农场去！"

第三十八章

搭桥

转眼入秋，桃岭村迎来了几件喜事。上海莱蒙乳业在桃岭村的职工疗养中心落成，中心从村里选了二十多人去当服务员、保洁员，还有负责花木修剪的，这可把徐诗画给乐坏了，等于又有一批村民洗脚上田，可以拿到三份收入了。由桃岭村安东乡土农业发展公司包装推出的"龙泓"牌系列婴幼儿饮用山泉水和优孕水在上海、杭州的市场上受到追捧，销量直线上升。但最让村主任徐诗画高兴的事，还是村里一直在努力引进的智能网联房车营地项目签约了，投资上亿，算是一个很大的项目了。另外，投资六个亿的桃岭花园项目和上海的一家公司正在洽谈之中，如果能成功，还能撬动十几个亿的社会资金进入桃岭村，这对于一个山村来说，绝对是惊天动地的大事了。

她知道这些项目的背后都晃动着周晓辰、万庆强的身影，但这两个人她现在都不能走得太近。自从那次在影视城受辱之后她就没有和周晓辰单独相处过，万庆强约了她两次去李木竹的半月儿农家乐里吃饭也都被她婉言谢绝了。她知道他们的心思，但她不能让自己陷入那种烦恼里，再说每天要忙的事情太多了，她都没有什么闲心来想自己在这两个男人之间的位置应该怎样摆才算摆正。何况还有一个肖亮，现在三天两头给她打电话，发微信消息更是频繁，她都不知道怎么应对了，干脆就装起了糊涂，每天都用忙碌来逃避这些烦心的事，晚上回到家倒头就睡，有时候澡都不洗，第二天醒来继续连轴转。有一次她妈妈还特意到她的房间里来摸了摸她的头，怀疑她是不是生病了。这村里的事干吗这么拼命啊，她妈妈真的想不通，村里跟她一般大的姑娘都嫁人生孩子了，只有她，到现在连个对象都没有，整天都在忙村里的事，这样下去真的会嫁不出去。她要是知道有三个小伙子在追自己的女儿，肯定得一下子晕过去。父亲倒不催她，总是对着她闷头抽烟，要么就默默地编着竹篮、竹筐，但这也给了徐诗画无形的压力，她知道其实父亲心里也急，只是不在她面前表现出来而已。

徐诗画变得比以前更忙了，好像是被抽打了无数鞭的陀螺，天天带着李彬彬在村里各处跑，除了家庭农场的事，还有"父亲的稻田"合伙人计划、数字游民公社、房车营地的事，样样都操心，要跑到这部门那部门去协调，有的是用地指标审批不下来，有的则是资金周转出了问题，还有的是人员安排遇到了麻烦，她感觉自己就像那个永不知疲倦的"马大姐"，一直被各种事情缠住了难以脱身。

那天下午，徐诗画带着李彬彬转了好几家农场，又去看了房车营地的选址，两人都有点累了，正好路过半日闲咖啡店，李彬彬建议进去喝杯咖啡休息一下，徐诗画点头同意，她的腿也走得有点酸痛了，休息一下也好。

半日闲咖啡店是桃岭村第一家"村咖"，刚开张不久。坐下来之后，李彬彬带着几分揶揄说道："徐姐，我们这真叫马不停蹄啊，这个村如果离了你，我估计恐怕还真转不了。"他现在都不叫她"徐主任"了，直接叫上"徐姐"了。

"你尽瞎说，地球离了谁都照样转，何况一个村呢。"徐诗画扑哧一笑，这一坐下来才觉得浑身像快要散架似的，她挥手把服务员叫了过来，然后问李彬彬，"彬彬，你要喝什么咖啡？"

"有卡布奇诺吗？"李彬彬抬头问服务员。

服务员点点头说"有的"，她是一个十八九岁的女孩，模样十分清秀。

"那就卡布奇诺吧，来两杯。"徐诗画说，一边拿眼打量着咖啡店里的陈设。桌子凳子都是木制的，桌面也是一块原生态木板，显得朴拙而别具一格。整个空间是敞开式的，但又被木栅栏隔成了一个个相对独立的小空间，有可坐两人的，也有可以坐三人、四人的。她清楚地记得那个叫程煜的小伙子为开这家咖啡店来找她时的情景。程煜也是返乡创业的大学生，读计算机专业，毕业后原来一直在上海搞软件开发。"我们把城市青年喜欢的文化元素和消费场景引入农村，"场景＋咖啡"就会产生很好的叠加效应。"小伙子眼睛亮亮的，很有神采。当时她就被打动了。把废弃的矿坑改造成别致的咖啡馆，而且还是在离县城有几十里地的乡村，这个创意真是太大胆了，她为这个年轻人捏了一把汗。他说他们总共有七个合伙人，即使失败了，亏损的成本摊到每个人头上也还是能承受的，没想到这一眨眼的工夫，他们的"村咖"就开张营业了。她不得不佩服这些年轻人都是行动派，说干就干。

"我们主打的就是环境，或者说风景。"想到程煜说的这句话，徐诗画不禁抬头透过窗子向远处眺望。只见两边群山起伏，极目远眺，万亩竹海尽收眼底。一条沥青铺就的山间公路盘旋而上，蜿蜒在连绵起伏的竹海中，时隐时现，仿佛一段悠扬的旋律。在午后温暖的阳光中，修葺一新的房屋错落有致，安卧于青山绿水的怀抱之中，如同一幅秀丽的山水画。好一幅竹海人家图！这不就是无数人心中的"诗和远方"吗？这不就是我们村最好的资源吗？在乡村喝咖啡，喝的就是乡野的风景。这一刻，徐诗画有一种恍然大悟的感觉，这端在她手上的可是个"金饭碗"哪！

"你们程经理今天在吗？"她问那个年轻的女服务员。

"程经理啊，他今天不在，去杭州了。"女孩子答道，声音里有几分羞怯。

"徐姐，想到过有一天在乡下也可以喝到跟城里一样的咖啡吗？"李彬彬转着手中的咖啡杯，看着她问道。

"还真没想到过。"徐诗画一笑，"以前还是在读大学的时候喝过咖啡，这一晃都好几年没碰咖啡了。"说这话的时候她脑子里又闪现出跟肖亮谈恋爱的时候经常去必胜客喝咖啡的情景。记得必胜客里有一种叫意大利罗兰院长的咖啡，选用烘焙最熟的咖啡豆，并且咖啡都是现磨的，一杯经典现磨咖啡大概要用八颗咖啡豆。那是他们热恋的记忆，现在一切都烟消云散了，即使现在肖亮频繁联系她试图再续前缘，她也觉得自己如同湿了的木柴再也点不着了。

"一切都有可能，乡村以后是创业的热土，尤其像桃岭村这样生态好的地方。"李彬彬有些自得，"你看，我不就是有先见之明，提前来了。"

"你来农村，有没有后悔过啊？"徐诗画看着李彬彬问，又轻轻抿了一口咖啡。

"后悔啥，高兴还来不及呢。"李彬彬说，没意识到自己有点眉飞色舞，"随着安东'千个团队、万名创客、十万大学生''全球合伙人''百人楼'这些高招频出，来安东农村创业的人会越来越多，我听说在三河镇前溪村，他们将原本废弃的水厂变成5D餐厅，猪圈改成了咖啡厅，羊圈变身为漫画馆，一下子吸引了上百名年轻人返乡创业，这个经验我们也可以借鉴。"

"好啊，你的脑瓜子灵活，给我们多出些好点子，现在我们村正在城里大超市热卖的婴幼儿饮用水和优孕水不就是上回你给出的点子吗？"徐诗画说，看了一下手机，"哦，不早了，我们今天还得去数字游民公社那里一下。我帮陈总约了镇上耕云青春社的苏总，三点钟在他那碰头，时间快到了。"

"好的，我们这就去。"李彬彬说，站起身来去吧台付了两杯咖啡钱，揉了揉酸痛的腿，跟着徐诗画跨出了店门。

数字游民公社在村西头，靠近李木竹的半月儿民宿，已经初具规模。一进大门，一排长条形白色房屋的墙壁上有一行红色大字——"全世界有趣的人联合起来"，让人感觉这里的主人一定是一个非常有趣的人。中间有一幢三层高的白色主楼，一楼是开放式的公共区域，布置得简洁而时尚，落地窗是三角形的，一个连着一个，这样的造型给人一种十足的动感。那边，有几个年轻人正坐在一圈布艺沙发上聊着天。

"徐主任，李主任，欢迎你们！"数字游民公社的总经理陈磊走过来欠身握了握徐诗画和李彬彬的手，语气十分客气谦逊。他戴着一顶帽檐长长的帆布帽，脑后扎着个小马尾，留着黑黑的一把大胡子，脸上有一些麻坑，眼白有点多，看起来有点凶巴巴的。其实他这个人一点都不凶，脾气也特别好。他另一个身份是诗人，笔名叫"三石"，在东江省乃至全国都小有名气，在《诗刊》上也发表过不少诗。虽然很多人都表示看不懂，不过这并不妨碍他成了著名诗人，女粉丝有一大堆，他不失时机地将其中一个漂亮的女粉丝变成了自己的第二任老婆。陈磊此前一直住在杭州，除了写诗，还搞古董和字画收藏，这些年倒腾了不少钱。他老家是安东县城的，听说安东的环境好了，又在招募乡贤回来发展，他脑子灵光，看中了桃岭村，将一个废弃的竹制品厂改造成了数字游民公社，他的目标是在未来几年里聚集吸引三百名高技能、高学历、高收入的数字游民，让他们在这青山绿水之间享受自然淳朴的山村生活，从而找到"赚钱生活"同"诗与远方"的平衡。

"徐主任，我也是刚到这里。"苏浩明也过来握手，他戴着一副宽边眼镜，浓眉大眼，嘴角有一块大大的黑痣，二十六七岁的模样。

"苏总，您很准时啊。"徐诗画回握了下苏浩明的手，又转身四下看了一圈，对陈磊道，"陈总，您这游民公社进展挺快的啊。"

"不是想赶着国庆假期的时候开张营业嘛，这些天工人们都在加班加点。"陈磊对徐诗画和李彬彬招了招手，"来，我带你们到后面院子里去看一下。"

走进后面的院子徐诗画才发现这里别有洞天，沿着院墙建了一圈造型别致的小房子，外墙都统一用蓝色的玻璃装饰着，有的像一只停泊在草坪上的飞碟，有的则像一个遨游宇宙的太空舱，还有的像个小型空间站，充满着强烈的科幻感，让人感觉好像一下子来到了外太空。

"哎呀，这地方太好了，我都想带一本笔记本电脑来这上班了。"李彬彬叫道。

"好啊，欢迎啊，李主任你也是标准的'三高'人群哪！"陈磊高兴地说，"不瞒你说，我这里广告打出去还没半个月，就有上海、杭州、苏州的年轻人来踩点了，有的已经报了名，正回去办离职手续呢。"

"彬彬，你真的可以搬到这儿来办公。"徐诗画对李彬彬说，"我们乡土农业发展公司也要接上高科技的天线，才能有大的发展。我们那些特色农产品，还有你策划包装的婴幼儿饮用水和优孕水，都可以在这搭建一个宣传平台，你在这里开个直播也不是不可以啊。"

"徐主任，你的脑子就是活，这一说，局面就完全打开了。"陈磊说。

"那我可真要把我们的销售中心搬到这儿来了。"李彬彬很是兴奋，这段时间他正在琢磨怎样推销桃岭村的竹笋、野山茶、猕猴桃，如果能在数字游民公社这里设个点，与一帮跟他一样有想法的年轻人在一起经常搞一搞头脑风暴，那产生的叠加效应就难以想象了。

"陈总的数字游民公社的确创意十足，值得我们耕云社好好学习。"苏浩明看了这里的环境也啧啧称赞。大家看了一圈，回到大厅的沙发上坐下。陈磊给每人泡了一杯咖啡，空气里立刻弥漫起一股淡淡的咖啡香。

"苏总，您介绍一下你们耕云青春社的情况吧。"徐诗画对苏浩明说道，她与他是不久前在镇上对接"百人楼"项目时认识的，当时她就觉得这个"百人楼"的创意太好了，后来才知道是县委书记杨安民为安东招揽青年人才放的一个大招，各乡镇街道纷纷行动，青龙山镇也在最快的时间里上马了"百人楼"项目，起名叫"耕云青春社"，一下子吸引了七十多位青年人才入驻，苏浩明就是其中之一，他现在负责管理"百人楼"。

"我是去年大学毕业来到安东的，"苏浩明推了一下宽边眼镜说道，"当时怀揣着一个创业梦想。我和大多数来这里创业的年轻人一样，我看中的是这里的政策可以让我实现低成本创业。耕云社空间这边我们前期是免租的，包括一些水电费。我们的住宿也都是镇里免费提供的。我算过一笔账，这个耕云社能享受为期三年的场地租金减免，每月还能享受到三千元的创业补贴。此外，每一位到安东来就业的大学生，还能领取每月一千五百元的补贴，为期两年。这对于一个新到安东的人，会有一种很强的获得感，很大程度上减轻了我们这些年轻人的压力，比如经济压力、就业压力、买房压力。我所在的耕云青春社还有一个名字叫'百人楼'，意思是要吸引上百名年轻人在楼里创业、就业。听说安东各乡镇街道已建设运营二十多幢'百人楼'，集聚大学生两三千名了。'百人楼'作为青年创业创新的集聚地，由政府委托第三方运营，我看经营耕云青春社大有可为，就把这个项目拿下来了，作为我创业的一个开始。我现在每天在思考的就是如何让年轻人喜欢上乡村的空间。我把一楼设置成了一个公共咖啡休闲区，门口的草坪也被充分利用了起来，让他们在乡村也能喝到咖啡，可以看到窗外田野的自然景色。我们还在外面的场地设置了帐篷，可以开一些露营篝火晚会之类的活动，另外还特意给大家设计了一些'大自然工位'，再加上一个联通世界的无线网信号发射器，这就构成了一个个乡村里独一无二的办公场所。因为户外会比较轻松，可以闭上眼睛冥想，也可以提高工作的效率，有助于灵感的迸发。"

"看来'百人楼'这个计划是找准了乡村振兴的关键点了，将来科创兴农肯定会成为大趋势，人才将成为第一要素。有了'百人楼'，科创兴农就有了实打实的保障。"徐诗画听了苏浩明的一番话，很是欣慰。当初镇党委施书记跟她第一次谈到这个计划时，她还觉得有点天方夜谭之感，现在觉得这个计划触手可及。桃岭村推出的"农创令"及后来提出的"父亲的稻田"合伙人计划，都需要"百人楼"聚集的高层次青年人才的智力支持，他们给乡村带来的创意及活力将是无限的。因为越来越多年轻人的加入，为乡村引入了非常丰富的业态，这些业态又吸引了更多的客流涌入，乡村就会有越来越大的客流，有了客流和人气，整个美丽乡村建设的一盘棋就真正活了，美丽经济将会让乡村更美，充满永不枯竭的活力。

"以后都得靠年轻人！"陈磊不失时机地插了一句。

"所以呢，我今天约苏总来，就是希望你们两家对接一下，强强联合，打造出一个我们青龙山镇和桃岭村的人才高地。"徐诗画说，她漂亮的眼睫毛一闪一闪，"你们以后可以互通有无，相互支持，吸引聚集更多的青年人才来我们这里创业。"

"我就是这么想的，所以跟徐主任谈了这方面的想法，没想到徐主任雷厉风行，这就把事给办了。"陈磊说完，从烟盒里拿出一根粗大的雪茄，问苏浩明抽不抽，苏浩明摆手，他就自己叼在嘴上用打火机慢慢点着了，吸了一口，接着说道，"我们的数字游民公社本质上跟'百人楼'很像，但我们更侧重于让这些游民在这里运用现代传媒及高科技手段创业。比如杭州有一家互联网科技企业的副总，他上次来我们这里考察，觉得可以把整个公司都搬过来，因为这里不仅可以正常开展以前的种种业务，还可以开发一个新的软件系统，因为他发现我们安东近两年民宿如雨后春笋般冒出来，他就想开发一款助力乡村旅游产业管理的操作系统，提升安东民宿的数字化与信息化能力。这就是在乡村找到了新的发展赛道，他们也才能长期驻扎下来。"

"陈总，您说得太好了，对我有很大的启发。"徐诗画看了一眼陈磊，又看了一下苏浩明，"我今天来，就是帮你们两家牵线搭桥的，你看这样行不行，以后就把数字游民公社当成耕云青春社在桃岭村的一个分部，这样人才的流动就畅通了，我们桃岭村也能'近水楼台先得月'了。"

"好啊，完全同意！"陈磊和苏浩明两人齐声答道。

"那就这么定下来了，后面再签个协议。"徐诗画心里似乎又有一块石头落了地。这些天来她都在思考一个问题：桃岭村脱胎换骨之后，下一步该怎么走？新的时代背景下，一定要抢占先机，吸引更多青年人才来到乡村，才能真正绘就美丽乡村的新画卷。现在有了数字游民公社和耕云青春社，她觉得这一切来得正是时候，说不定就此打开了一个魔盒，从里面飞出许多令人眼花缭乱的宝物来。

第二十九章

求婚

66 木竹哥，你看这些茄子、西红柿、黄瓜、豆角、辣椒、菠菜、毛豆、花生、番薯，都是不洒任何农药的有机蔬菜，你想要多少都有。"万庆强指着钢架大棚里一片连着一片绿油油的蔬菜对李木竹说道。

"万总，你现在这基地规模越来越大了啊。"李木竹看着这满大棚的蔬菜，有点眼热，"我以后农家乐里的蔬菜都从你这里买了。"

"规模还可以吧，"万庆强从口袋里掏出一包软中华烟，给李木竹递了一根，"目前我这个基地蔬菜种植面积已经突破二千亩了，连栋大棚有一万五千平方米，钢架大棚八百亩，保鲜冷藏也有上万立方米了，而且我这里的大棚蔬菜都配套了喷滴灌，不洒一滴农药，现在在上海、苏州、杭州的市场都站住脚跟了。二期的大棚正在规划，就是土地有点紧张了，还要跟徐诗画去说说，看看能不能再想办法流转一点给我。"

"万总，你不是我们村的村支书嘛，这流转土地的事你还要去找徐主任？"李木竹有点不解地问道。

"木竹哥，这你可能就有所不知了。"万庆强一笑，"我这个村支书就是挂个名的。徐诗画能力太强了，其实我的主要精力还是在我这个基地和万竹农场。你也知道这次国庆，我们村十八个农场个个都人气爆棚，我都忙不过来，正考虑将基地交给我的一个表弟打理，这样我好腾出精力来把农场引上正轨。"

"我也有同感，"李木竹说，"我那个野山茶农场在国庆期间竟然接待了好几千名游客，都是上海、杭州、苏州等大城市过来的，最远的还有北京来的。我那个半月儿民宿有三十个房间，每天都是客满，我也正考虑扩大民宿的规模，但也是没有地儿了，愁人哪。"

"现在我们桃岭村快红得发紫了，谁能想到三年前还是一个又脏又破的小山村呢。"万庆强感叹道，"你还真别说，徐诗画真的有两下子，我们村就是在她手上发展起来的。"

"这丫头有点头脑的。"李木竹点点头，"说实话，当初农场招标的时候我回村，是抱着试试看的心理，因为在外面打拼久了也累，就把领办农场当作了一次机会，没想到还真给我做成了，这农场的收入一点不比我在外面开饭店低啊。"

"我们村以后发展得还要好呢，"万庆强猛吸了一口烟，然后扔掉烟头，将目光投向远处说道，"你看徐诗画又在干什么了，打造桃岭花园，要种万亩梅花，办赏梅节。还有什么智能网联房车营地啊，稻田合伙人计划啊，数字游民公社啊，这在全国农村都是很创新的，而且科技含量越来越高。按这样的势头，要不了两年，桃岭村就会变成全国美丽乡村建设典型。"

"这个我相信，徐诗画的确有这个能力。"李木竹在一片黄瓜架子前停住脚步，忽然想起什么，转头看着万庆强，欲言又止。

"木竹哥，你好像有什么话要说？"万庆强盯着他问。

李木竹犹豫了片刻，还是开了口："我听说，你从上海回村搞这个蔬菜基地就是为了徐诗画这丫头？"

"你从哪里听来的？"万庆强好像一下子被人窥破了什么秘密，脸上露出几分不自然的神色。

　　"万总，你跟我就别隐瞒了。"李木竹转身在万庆强面前站定，"其实这在村里应该是无人不知的秘密了吧，说你上中学的时候就给徐诗画写过情书。"

　　"木竹哥，这可不能乱说啊。"万庆强的脸不自觉地红了起来。

　　"而且，我还知道，你现在还在追她。"李木竹呵呵一笑，看着越发陷入窘境的万庆强又问道，"听说你和那个晨晓旅游公司的周总还成了情敌？"

　　"木竹哥，你这说的都是哪跟哪啊。"万庆强脸上有点绷不住了，血液涌到了他的脸上。

　　李木竹一看情势不对，赶忙打住话头："万总，你别生气啊，算我没说。我们村就这么大，就这么几个人，哪有什么秘密啊。不过，我觉得那个周总他追徐诗画肯定只是为了玩玩，我知道他是安东首富周元辉的公子，家里富可敌国，怎么会娶一个村干部？我觉得你跟徐主任倒是很般配的，你俩从小一块在村里长大，现在又是最好的搭档，各方面都很配，你得抓紧啊，不要让这朵花被别人摘走了。"

　　李木竹这最后一句话倒是说到了万庆强的心坎上，这段时间他都在为这个事苦恼不堪，他何尝不想早点向徐诗画表白，奈何人家根本不给他单独相处的机会啊，两次邀约都被她拒绝了，真的让他伤透了心。

　　见万庆强沮丧着一张脸不说话，李木竹也猜到了八九分，便试探地问道："难道你表白过被拒绝了？"

　　"没有。"万庆强又掏出一根烟点上，狠狠地吸了两口，说道，"我想向她求婚，但她一直不答应出来和我一起吃个饭。"

　　"这样啊，为何不来找我呢，我有办法啊。"李木竹从万庆强手里抢过软中华香烟，抽出一根，叼在嘴上，点着，悠悠地吐了一圈烟雾。

　　"你有办法？你有啥办法？"万庆强急切地看着李木竹。

　　"后面你听我安排就好了。"李木竹拍了拍万庆强的肩膀，说道，"兄弟，先把我这些急需的蔬菜弄好，我这两天就会通知你怎么做。"

　　万庆强愣愣地看着李木竹，将信将疑，没有再说话。

　　隔了两天，李木竹果真一大早打电话过来与万庆强说，提前准备好求婚用的玫瑰花和戒指，下午来半月儿民宿。他虽然半信半疑，但还是在上午特意赶到安东县城买好了玫瑰花和戒指。

　　下午四点，他按李木竹要求提前了一个小时来到半月儿民宿。一段时间不见，他发现半月儿民宿完全变了样。只见院子一边竹枝环绕，竹亭、竹廊、竹编……满眼都是竹元素，突出了桃岭村竹子多的特色；另一边则随处可见一些枯树老藤、旧石板、小石头和颇具年代感的旧物件，恰到好处地将小院装点得趣味盎然。矮墙外是大片大片的翠绿竹林；矮墙内，精心种植的各色花木让院子花团锦簇、芳香四溢。

　　"木竹哥，你这里真是神仙住的地方啊，难怪国庆期间游客会挤破门槛。"万庆强深吸了两口气，感叹道。

　　"来，也让你当一回神仙。"李木竹指了指院子西南角的一张圆桌，对万庆强说道，"我们到那去围炉煮茶，把你今晚求婚的大事商量一下。"

　　走近圆桌，万庆强发现上面架着火炉烤架，旁边摆着一套茶具，还有野生茶、板栗、南瓜、番薯、花生等，就饶有兴致地坐了下来，早就听说现在很流行"围炉煮茶"，但他一直不知道是怎么回事。

　　"这野生茶是在我农场的茶山上采的，味道很不错。"李木竹坐到桌子边，将野生茶放到茶壶里，倒上水，放到炉子上煮，然后开始清洗茶具，"我们这里的野生茶跟竹子一样可是一个宝啊，上次我跟李彬彬说了，打算把我们的野生茶包装一下，打出个品牌来。这个年轻人头脑可灵活了，把我们这里的山泉水包装了一下，在上海、杭州的超市里就能卖到十九元一瓶呢。听说他会拍视频，搞直播，在小红书上打广告，徐诗画招了这么一个能人，不怕我们村不成网红村啊。"

"这小子是有两下子，不过现在都成诗画的跟屁虫了。"万庆强脱口而出了这么一句。

"嗨，你不会连李彬彬都嫉妒吧？"李木竹哈哈笑了起来。

"怎么可能？"万庆强说，不过刚才说的话是有点嫉妒的色彩，他挠了挠头皮，"他在我眼中还是个小屁孩呢，诗画比他大了好几岁呢。"

"就是啊，我想你也不至于。"李木竹给万庆强的茶杯里倒了茶，一股清冽的茶香立刻飘散开来，"我们谈正事吧，叫你早点来，就是想把你晚上的事安排得妥当一点。"

"诗画真的会来吗？"万庆强还是有点狐疑地问道。

"那还能有假，也不看看我是谁？"李木竹得意地将眉毛一扬，"我说今晚十八个农场主请她吃个饭，感谢她带领大家打开了致富之门，她二话没说就答应了。"

"这跟我向她求婚有啥关系呢？"万庆强反而被弄糊涂了。

"哎呀，万总，你真是榆木脑袋啊。"李木竹在他的肩膀上猛拍了一下说，"只要她人到场，后面就由我们说了算了。"

"你要我当着村里这么多农场主的面向她求婚？"万庆强心里一惊，"万一被她拒绝了，我这张脸往哪儿放啊，我可丢不起这个人！"

"你看你就这点出息！"李木竹鼻子里哼了一声，"古话说得好，富贵险中求，这追求漂亮的媳妇儿也是一个理，你得胆子大一点，豁出去才行。"

万庆强低头不语，他心里的确没底，是因为一直以来，徐诗画对他都是不冷不热的，或者说对他只是有些感激，但没有那种情感，哪怕一点点他都没有感觉到。

"别担心，浪漫的求婚场面会瞬间感动女孩子的。"李木竹蛮有把握地说，"我都安排好了，等会我带你去隔壁包厢把玫瑰花和戒指放好，到时候你听我的指令就行了。"

"这行吗？"万庆强还是很忐忑，像一个即将登台表演的小男孩那样紧张。

"当然行了。"李木竹说，"这次求婚成功的话，你就抱得美人归了。万一不成功，也没什么，从此你把她放下就行了。"

是啊，这样拖着熬着的确也不是个事，万庆强在心里下了决心：今晚就勇敢点，大不了回上海。总之，这次是豁出去了。

五点半的时候，另外十六个农场主陆陆续续都到了半月儿民宿最大的包厢竹月轩，汪海和女儿汪佳慧，还有山根，看见徐诗画走进来都很热情地走过去跟她寒暄，其他农场主也围拢过来。大家都很兴奋，七嘴八舌地说起国庆期间农场的人气和收益，大部分村民现在都洗脚上田了，要么成了家庭农场的工人，要么成了在村里公司的员工，都有了一份稳定的收入，当初徐诗画让大家拿三份钱的承诺竟然实现了，特别是手中持的股份，当初每股作价才三百多块，现在竟然已经涨到了一千多块，而且到后面还会涨得更多，这真是躺在家里也能赚钱了。

酒菜上齐，李木竹端起酒杯站起来说道："今晚，我们十八个家庭农场主欢聚一堂，非常高兴地请来了我们的村主任徐诗画，我们有今天的火红日子，都是托她的福，没有她回村带领大家这一番努力，我们的村还是个穷村，我们可能还在过苦日子。现在，我提议，我们这第一杯酒先共同敬一下徐主任！"

"好，感谢徐主任！"大家呼啦啦一下子都站了起来，齐刷刷地端起酒杯举向徐诗画。

"谢谢大家！"徐诗画的脸红了，这样的场面她还是第一次见到，"感谢乡亲们的大力支持，否则我一个人什么事也干不了。"

万庆强默默地看着她。今晚她上身里面穿着一件绛红色的衬衫，外面套着一件黑色的休闲服，下身穿着一条水磨蓝牛仔裤，勾勒出修长的身材。她没有像白天那样扎着马尾，而是让头发披下来，衬得脸蛋特别白，一双美目顾盼生辉，连那隐在嘴角的微笑似乎都有无限的魅力。万庆强觉得她真的是越来越美了，这不就是他要爱一辈子的女孩吗？但一想到等会没有什么把握的求婚，他的心又忐忑不安起来。

敬完徐诗画的酒，大家就各找对象喝起来，场面十分热闹。徐诗画端起酒杯挨个走到每个农场主身边回敬他们，她和每个人都热情地交谈，酒也是一杯一杯地喝下去。她深知，家庭农场能如此成功，离不开在座村民的有力支持，要把桃岭村打造成一个真正的大花园，要让所有的村民真正富起来，还有很长的路要走，她还要更紧密地依靠这些村民，大家继续不懈地奋斗努力，才能将她梦寐以求的愿景真正实现。到了今天，她更加确信自己的路是选对了，故乡这片土地没有辜负她的一腔热血，她也将不负这青山，不负这碧水，不负这片深情的土地。

酒过三巡菜过五味之后，正当大家有点意兴阑珊之时，忽然包厢里的灯灭了。就在大家疑惑之际，包厢台案上的一排蜡烛被点亮了。万庆强一手持着一束玫瑰花一手拿着戒指盒走了进来，他径直走到徐诗画跟前，单膝跪地，高举起玫瑰花，大声地说道："诗画，我爱你，嫁给我吧！"

徐诗画一下子像遭遇雷击一般愣在那里，一瞬间不知道发生了什么，但跪在地上手举玫瑰花的万庆强马上惊醒了她：不可能啊，怎么可能嫁给他？这饭局怎么还上演了求婚的戏码？

"诗画，嫁给我吧！"万庆强又说了一遍，他如雕塑般跪着不动，但他的身子却在微微颤抖。

"诗画，嫁给他吧，你俩是天生的一对！"李木竹不失时机地说了一句，众人马上附和道，"嫁给他，嫁给他！"

徐诗画蒙了，大学里跟肖亮谈恋爱的时候也没被这么求过婚啊！她一直把万庆强当发小，当同学，当合作共事的好伙伴，就是没想过要跟他怎么样。她是不能答应他的求婚的，感情的事强求不来，她也不能委屈自己。但当着这么多乡里乡亲的面，她也不能驳了他的面子，否则会伤了他的心，还会让他从此抬不起头来。到底怎么做才好啊，情急之下，一个主意闯进了她的脑海，对，就这么办！

在全场农场主的注视下，徐诗画接过了万庆强手中的玫瑰花，但没有接受他送的戒指，她对他说："阿强，我现在还不能答应你，再给我一点时间。"

"诗画，那我等你！"万庆强站了起来。徐诗画没有一下子拒绝，这已经让他很意外了，但毕竟求婚没有成功，当着这么多乡亲的面，他还是感到特别难为情，他将戒指盒揣进兜里，一句话也没说，转身匆匆地走出了包厢。

第四十章

新生

正当国内近百家影视工作室和剧组陆续入驻民国影视城，一部四十集的民国大剧《月正圆》在影视城举行开机仪式的当儿，影视城总经理周晓辰却突然被其父周元辉剥夺了影视城和晨晓旅游公司总经理的职位，并冻结了他所有的资金账户，也就是说他被周氏家族扫地出门了。事情最初的起因当然是他一直跟他的父亲对着干，但最后的触发点是他一直坚持不和桃岭村村主任徐诗画断绝来往，对家里安排的相亲一概拒绝，按他二姐周晓燕的说法就是脑子坏掉、油盐不进，已经无药可救。在极其失望和绝望之际，周元辉终于下了狠心，快刀斩乱麻，断了儿子的经济来源，意思是让他吃点苦头，再回头是岸。

新上任的晨晓旅游公司总经理韩刚立即宣布与安东乡土农业发展公司解除合作关系，即使损失巨大的利润也在所不惜，显然这是周元辉彻底动怒的后果。桃岭村的十八家农场就像蒸笼里的馒头正在往上涨气，却突然被人揭掉了笼盖。徐诗画赶紧打电话给周晓辰，得到的只是一句："诗画，对不起，我也没想到会这样，以后你就别再找我了，就当我在这个世界上不存在吧。"徐诗画再打过去，对方已经是关机，后来就一直打不通了。

徐诗画一时气结，周晓辰也太不负责任了吧，把人给扔在半道上，这算怎么回事？她越想越生气，想想自己曾经还对这样的人动过心，简直是瞎了眼了。

生气归生气，问题还是要解决，现在必须去找另一家公司接盘乡土发展公司，还要是优质的旅游公司。现在十八个家庭农场正处在发展壮大的最关键时期，不能有任何闪失，但这样的公司在哪里呢？她想到了万庆强，但立马又摇头否定。自从万庆强向她求婚被她拒绝后，他们两人的关系似乎就降到了冰点，虽然万庆强见到她表面上还客客气气，但正是这种客气将他们之间的距离拉得更大，何况她已经听说万庆强求婚被拒绝之后心灰意冷，想回上海了。至于桃岭村的一摊子事包括有机蔬菜基地和万竹农场，他都打算交给他那个表弟去打理了。听说他还向青龙山镇党委递交了辞去桃岭村支部书记的报告，由于他去意已决，镇党委大概率是会同意他这个请辞的。这时候去找他谈合作，纯粹自讨没趣。有时候她也会觉得自己是不是对万庆强太过无情了，他帮了她这么多，她竟然当众拒绝了他的求婚。但又一想，感情的事真的不能勉强，她扪心自问，自己爱万庆强吗，回答是不爱。她还会在心里进一步想，如果一定要问她爱谁，她的回答是周晓辰，从见到他的第一眼起，她就爱上他了。可是，这个人现在却拍拍屁股跑了，给她留下了一个大麻烦。

思前想后，每当她陷入困境之时，她都是向她的老师郭外斜求救。郭老师还真没让她失望过，得知情况后立即给她推荐了在省城的三石旅游公司，说这个公司实力很强，对乡村旅游这块尤其感兴趣，应该可以合作，老总是他的一个好朋友三石。

她感觉三石这个名字有点耳熟，猛然一拍脑门，这三石会不会就是数字游民公社的老总陈磊呢？一问，郭外斜在电话里说："是的，三石就是陈磊，写诗，搞收藏，旅游公司也开得很不错。"

"太巧了，他在我们村开了一家数字游民公社。"徐诗画兴奋地对老师说。

"嗬，这小子什么时候又折腾到你们村去了？"郭外斜说，"怎么还瞒着我呢，真不是好兄弟，我要去跟他说道说道。"

"郭老师，他这个项目也是刚在我们这里落地不久，我估计他是想等整个弄好了再请您来看的。"徐诗画为陈磊打着圆场。

"好，诗画，为了你，我不跟他计较了。"郭外斜呵呵一笑，"我待会给三石打个电话，你直接跟他说我是你的老师，让他把你这个盘子接了。必要的时候我会过来一趟，我也好久没见你了。"

"谢谢郭老师，您永远都是我的及时雨啊，欢迎您随时来桃岭村，我这里还有一个项目要请郭老师您来参与呢。"徐诗画开心地说道。一切都这么巧合，这事十有八九能成了。

"你那有什么好项目啊？"郭外斜问。

"'父亲的稻田'合伙人项目，很适合郭老师您来加入。"徐诗画满心欢喜地说。要是郭老师能来桃岭村加入这个项目，那她又可以重温大学校园里的美好时光了，她现在走上这条路都是因为东江农林大学郭老师严谨的治学精神、开阔的眼界和超前的理念深深影响了她，郭老师是她真正的人生导师，每次关键时候都无私地帮助了她，在她陷入困境之中时拉了她一把。"父亲的稻田"这个项目让郭老师来主持更合适，因为在她的心中，郭老师已经是一个慈父的角色了。

"好啊好啊，这个项目听起来就让人心动啊。"郭外斜很高兴，"下次我来桃岭村，你要给我好好说一下，以后我也有地方种田啦。"

果然，徐诗画去找陈磊的时候，听说她还是好朋友郭外斜的学生，距离一下子又拉近了不少，他二话没说就答应接盘晨晓旅游公司留下来的一摊子事。

"找个时间把合作协议签了吧。"陈磊抽着雪茄，看着徐诗画，"不瞒你说，我看你们家庭农场运营得那么好，早就心痒痒了，这不就巧了，老天就把这个机会送到我面前来了。"

"太好了，陈总，那就这么定了。"徐诗画说，眼睛里闪着光亮，心里的一块石头总算落了地。

燃眉之急一解除，她的心事就像梅雨季节的桃溪河水一样泛滥开了。她一想，不对啊，这周晓辰给她说了句"对不起"就关了机，就联系不上了，他是去哪儿了，究竟遇到了什么事？从晨晓旅游公司来了新的总经理，然后立马跟他们村解约来看，周晓辰那边一定发生了很大的变故，会不会与她有关？那次在影视城受到他二姐周晓燕羞辱的情景还历历在目，如果周晓辰发生的变故是因为她，那她将寝食难安，她必须找到周晓辰，把这一切问个明白。

于是她开始到处打听周晓辰的下落，但被问的人都是摇头说不知道。那天，她坐在办公室里发呆，李彬彬进来向她汇报智能网联房车营地项目的进展情况，见她这个模样，就关心地问道："徐姐，你是不是身体有哪里不舒服？"

"没有。"她闭着眼没精打采地回答道，忽然把眼睛一睁，"哎，对了，彬彬，你在数字游民公社，又发短视频又上小红书的，信息很灵通的，你知道原来晨晓旅游公司的周总去哪儿了吗？"

"徐姐，你还真问对人了。"李彬彬一边说，一边拿出手机，点开微信，拿给徐诗画看，"你看，这是他们公司市场部那个叫雪倩的女孩昨晚跟我的聊天记录，她告诉我周总还在青龙山镇，在一个叫什么小银坑的地方搞露营基地呢。"

"哦，让我看看。"徐诗画大喜过望，拿过李彬彬手机这么一看，立即惊叫起来，"好啊，终于找到你了，这就叫'踏破铁鞋无觅处，得来全不费功夫'啊。"她把手机还给李彬彬，看了他一眼说："彬彬，我们合作都取消了，你还在跟人家小姑娘聊啊？"

李彬彬的脸一红，将微信页面关闭，说道："徐姐，不瞒你说，以前是想和她发展发展的，不过，现在已经不想了，我已经有女朋友了。"

"啊，你的女朋友是谁？"徐诗画睁大了眼睛，一下子来了兴趣。

"这个嘛，现在还没到公开的时候。"李彬彬面露难色。

"跟你徐姐还有什么不能说的，快告诉我她是谁。"徐诗画故作生气，瞪起了一双美目。

"汪佳慧。"李彬彬不好意思地说。

"汪佳慧？！"徐诗画听了，十分意外，接着两手一拍，"好啊，彬彬，你这是兔子吃了窝边草啊，佳慧可是汪叔的掌上明珠，长得好看人也能干，你可不许欺负她，否则我可饶不了你！"

"徐姐，我肯定会对佳慧好的，你就放心吧。"李彬彬说。他跟佳慧因为工作关系接触过几次，后来又在数字游民公社有了更多的接触和交流，互生爱慕之心，慢慢就走到了一起。

"彬彬，你娶了佳慧，就成我们村的女婿了，这辈子都别想走了。"徐诗画说，嘴角漾起一股笑意，两颊的小酒窝也露出来了。

"自从来到桃岭村我就没打算走了，除非徐姐你赶我走。"李彬彬涎着脸说。

徐诗画一点也没有耽搁，第二天就去了青龙山西南面的小银坑。正是初春时节，这里的山坡上种满了枫树。此时枫叶绯红，连成一片，仿佛是一朵朵红云停在山坡上，成了这春日里最靓丽的风景。明晃晃的阳光之下，肆意铺展的红枫与天际线连接在一起，仿佛是漫天火红的朝霞铺满天边，远远望去，阡陌之间好似燃烧着无尽的激情，红彤彤、亮灿灿，十分壮观。当满山坡的红枫与青龙山上的翠竹相映成趣时，一幅青山红叶图就这样展开在眼前。

"这里真美啊！"徐诗画不禁被眼前的美景陶醉了，又在心里嘀咕道，"这人挺会找地方啊，躲到这里来了。"

但当她在露营基地找到周晓辰的时候，却被眼前的一幕惊呆了。只见草坪上堆满了啤酒瓶、塑料盒、竹签等各种各样的垃圾，苍蝇乱飞，一股酸臭的味儿直往鼻底钻。有一个人正在往一辆卡车上搬运着空啤酒瓶，一箱接着一箱，浑身的衣服脏污不堪，几乎看不出是什么颜色，露出的手臂上肌肉鼓起，显得十分有力量。

"请问，周晓辰是在这里吗？"没有别的人，徐诗画只好向这个人靠近了一点问道。

"我就是，你……"满脸脏污的周晓辰转过脸来，看见徐诗画站在那儿，不禁愣住了，"你怎么找到这里来了？"

"你玩失踪，还不让我来找了？"徐诗画嘟着嘴说道，周晓辰的样子着实把她吓了一跳。在那张汗水和污泥混杂在一起、只能看清楚两只眼睛的脸上，她还是看到了以前那个周家富二代的帅气劲儿，只是没想到现在搞得这么狼狈。也许周晓辰这个样子看起来太滑稽了，她一时没忍住，竟然扑哧一声笑了。

"看我落难的样子是不是很爽啊？"周晓辰斜睨了她一眼，嘴角一如既往地向上扬着，然后抬手擦了一把脸上的汗，转身从身边的一捆矿泉水瓶中抽出了一瓶扔给了她，自己也拿了一瓶，打开盖子仰起脖子咕咚咕咚地一口气给喝完了。

"我哪爽了，你干吗这么虐自己啊？"她也的确走得口渴了，打开矿泉水瓶喝了一大口，突然之间眼睛一热，似乎有泪水涌出。

"你怎么还哭了，我这不好好的？"周晓辰走过来，伸手要给她擦眼泪，被她一闪身躲开了。他就在原地站定，对她说："我没有虐自己，我是来这里创业，从头开始的。我要把这里打造成安东乃至庆州最大的露营地，我要做上几百顶帐篷，让城里人周末或节假日来这里露营，吃烧烤，喝啤酒，看星空，我已经跟这边的村子签了合同。现在我每天都在清理这里的垃圾，因为这里以前就有很多人自发来露营，没人管，搞得像个垃圾场。"

"你这个主意很不错，有前景。"徐诗画说。她不知道自己的睫毛已经被泪水打湿，睁大眼睛看着周晓辰问道："告诉我，到底发生了什么？"

"很简单啊，"周晓辰说，眼睛一眨不眨地看着她，阳光下，她亭亭玉立，宛如山野里一棵可爱的白杨树，"我一直和我爸作对，后来还跟全家人闹掰，众叛亲离，被剥夺了所有的职权和财权，现在成流浪汉了。"

"和我有什么关系吗？"她认真地问。

"没有，"他答道，不过有些犹疑，又加了一句，"他们总给我介绍这个，介绍那个，我都没同意，我心里……"

她什么都明白了，还真跟她有关系，还真是她导致了他现在的一无所有。她的胸口剧烈地起伏着，泪水在眼眶里打转，她感觉自己快不能呼吸了。

"你心里是个啥，你快说！"她几乎颤抖着嘴唇说出了这句话，眼睛死死地盯着他。

"我心里只有你！"周晓辰终于把这句压在心底许久的话说了出来，好像如释重负，不过很快神色就黯淡下来，"不过，我现在没资格……"

"谁说你没资格了？！"此刻，巨大的情感力量像潮水一样冲击着徐诗画的内心，她再也顾不得什么，冲上前，一把抱住周晓辰，泪水从眼眶里奔涌而出。她伏在他的胸前，颤声说道："我心里也只有你！你不用担心，你从头开始，我一定支持你！"

周晓辰再也绷不住了，泪水盈满了他的眼眶，他伸出双手把徐诗画紧紧地揽在怀里，为了这个女孩，他的确是付出了太多，但此时此刻，一切都值得了！

尾声（两年后）

夕阳落下，天边最后一抹晚霞轻轻收起，无边的夜色渐渐遮盖了青龙山脚下的桃岭村，一点一点的灯火次第亮起，秋虫们开始奏起轻柔的小夜曲，这又是一个美好而静谧的秋夜。在一片安宁之中，从一座农家院落里飘出来的央视新闻联播主持人的声音显得格外清晰：

　　"又是一年秋收时，庆州市安东县桃岭村'父亲的稻田'再获丰收！认养平台上线两年多来，已累计吸引客流量近三十万人次，认养收入超过一千万元。村支书徐诗画正带领着她的团队打造更多在乡村落地的数字化应用场景。走进桃岭村的村文化礼堂，大屏上实时显示着水稻田的土壤温度、湿度、光照等各项数据，而水稻田的主人是各家企业。村里特意修建了一个水库，将核心区块的一千亩土地发展成企业认养稻田，按照每亩九千元的价格提前一年进行数字认养，也就是说，这里的稻田还没播种，就已完成销售。目前，已有超过七十家企业累计认养水稻田共一千三百亩，稻米单价每斤提高了近十元。"

　　这时，电视上出现了桃岭村村支书徐诗画的镜头："认养田的主人可以在手机上实时追踪自己的田地。我们还将采集PM值、水质等更多维度的数据，实现生产环节的自动化，让客户在手机端不仅能看到田，还能实现远程种植，提升体验感和参与度。"

　　"老头子，快来看哪，我们画儿上电视了！"晚上七点多光景，刚吃完晚饭没多久，倪彩琴忽然大声地对正在院子里编织竹筐的徐乐山喊道。

"画儿不是上过好多次电视了吗？"徐乐山不为所动，手拿着竹片仍不停地在竹筐上绕来绕去，现在除了女儿的婚事，没什么要让他操心的了。

"我看这次好像是中央台呢。"倪彩琴兴奋地说，"新闻联播，你平时不是喜欢看的嘛。"

"啊，画儿上新闻联播了？"这下徐乐山坐不住了，赶紧站起身来，冲进了屋子里。

电视里，徐诗画正在接受记者采访，她美丽的面庞上洋溢着喜悦和自信的神采："……很小的时候，我就希望村子有一大片一大片的稻田，还有站立在田野里的稻草人，我觉得那才是真正的乡村风景，与袅袅的炊烟一样，让我们留得住乡愁，看得见我们曾经的童年。我们村这个'父亲的稻田'合伙人计划，圆了我儿时的一个梦。我们这些新一代农人的使命就是赋予乡村更多想象，让乡村成为'有风的地方'，这将是我们毕生的事业。"

"我们画儿说得真好，这可是新闻联播啊。"徐乐山激动得花白的胡子都颤抖起来。

这时，郭外斜也出现在画面中："现在，我们还开发了犁田、插秧、割稻等一系列休闲旅游项目，一到节假日，村里的民宿都是爆满的。"

最后是记者采访安东县委书记杨安民的画面。

记者问："杨书记，安东县的美丽乡村建设已经取得了令人瞩目的成绩，桃岭村'父亲的稻田'合伙人计划应该是很新鲜的乡村振兴做法，请问安东县在下一步推进美丽乡村建设方面还有哪些值得借鉴的方法举措？"

杨安民："桃岭村是我们全县美丽乡村建设的示范村，他们独创了很多方法，比如创建家庭特色农场、桃岭花园，引入社会资金发展智能网联房车营地、数字游民公社以及'村咖'等等，都是好点子。当前安东县的美丽乡村建设正在迈入一个更为关键的时期，即在实现全域美丽之后，如何将美丽乡村转变为美丽经济，让农民都富起来，让更多的人回归乡村成为新农人和农创客，实现乡村全面振兴，这才是我们真正要追求的目标。为了这一片山变得更青，为了这片水变得更绿，我们还将继续踔厉奋发、勇往直前！"

"这个杨安民不简单啊，他来我们安东这几年，我们县的变化真是太大了，可以说是天翻地覆。"徐乐山连连点头，对老伴感叹道。

"我们画儿跟县委书记同上中央台了，看谁还敢笑话我们！"倪彩琴堵着气说道。

"现在哪还有谁说我们画儿，都夸她呢！"徐乐山笑哈哈地说，"你啊，也太小气了，还记着当初人家唠我们画儿的哪些闲话呢。"

"你说的也是，我们画儿把全村的人都带富了，他们还能说啥？"倪彩琴说，又幽幽地叹了口气，"你说吧，这村子也闹腾起来了，乡里乡亲的也都富了，那画儿还折腾个啥呢，还不去找个好人家给嫁了。哎，都老大不小的了，一晃要往三十岁走了，真愁死个人了。"

"船到桥头自然直，你瞎急个什么呢。"徐乐山嗔怪地看了老伴一眼，"就我们画儿这长相这条件，还怕找不到好人家？"

"好好，我不急，我看到时候是你急了。"倪彩琴说，忽然想起了什么，问徐乐山，"哎，画儿今晚到现在还没回来，又到哪儿去了？"

"你问我我也不知道。"徐乐山将手一摊，"我们画儿一直工作都很忙，经常很晚才回到家，你不是早就习惯了吗？"

此刻，在青龙山脚下小银坑露营地的一块大草坪上，一场热闹的聚会正在进行。郭外斜被苏浩明、李彬彬、汪佳慧等一群年轻人围在中间，脸已经喝得通红了。徐诗画、周晓辰，还有陈磊，则坐在另一边。长木桌上放着几扎啤酒，还架着一个烧烤炉，上面摆满了各类烧烤的食材，有羊腿、羊肉串、鱿鱼、茄子、辣椒、韭菜，另外还有鸭舌、花生米、拍黄瓜、盐水毛豆等下酒的菜。汪佳慧一直在烧烤炉上忙着烤各种食材，李彬彬则在一边帮着她将烤好的羊腿、羊肉串、鱿鱼、茄子、韭菜等分给大家。高悬的白炽灯将草坪照得雪亮，人人脸上都洋溢着兴奋和喜悦。

这时候，郭外斜端起一杯啤酒有点摇晃地站了起来，对大家说道："今天在座的可能数我最开心了。诗画是我最得意的门生，大学毕业后回到桃岭村，把一个村彻底变了模样，这是非常了不起的，作为她的老师，我由衷地感到自豪。现在，诗画也找到了她的爱情，晓辰高大帅气，年轻有为，白手起家，短短两年时间就把小银坑露营地搞成了网红打卡地，在上海、杭州这样的大城市都有了知名度，不容易啊，听说又在开发漂流和滑雪项目，我相信他肯定会越做越好。他们两人就是神仙眷属，今天算是他们的订婚酒，来，让我们共同举杯，祝福他们永远幸福！"

"好，干杯！"大家纷纷站起来，端起杯子一饮而尽。

"晓辰哥，说说你是怎么把我这么漂亮的徐姐给追到手的？"李彬彬端起满满一杯啤酒走到周晓辰跟前说道，"我先干了这杯酒。"说完，一仰脖子将满杯啤酒喝了下去。

"这个你得问你徐姐，是她追的我。"周晓辰有点得意地说，转头看了看徐诗画。

　　"我追的你？你就臭美吧！"徐诗画鼻子一哼，瞪了周晓辰一眼，知道他指的是那次她去小银坑找他，"我承认他当初在小银坑搬啤酒瓶的时候，我是来找过他，不过，我是看他身无分文，成了流浪汉，太可怜了，才来安慰安慰他的。"

　　"晓辰哥，是不是这样啊？"李彬彬抓住周晓辰的一只胳膊，"我姐这么一个大美人，追的人不要太多哦，还会去追你？"

　　周晓辰呵呵傻笑，他想到了万庆强。那人向徐诗画求婚失败后不久就回了上海，把桃岭村的一摊子事情全部交给了他那个表弟打理，从此再也没有回过村。还有肖亮，听徐诗画说，他一定要她调到庆州，并以此为筹码要挟她，否则他就不来东江日报社庆州记者站。诗画说她绝对不会离开桃岭村，肖亮的要求有点过分了，特别是一次肖亮竟然跑到桃岭村来以死相逼，更是让她伤透了心。他们曾经是爱过，但那份爱现在已经不存在了。如果说他们三个人都苦苦追求过诗画，那么他就是最后的赢家，这辈子能娶到诗画这样才貌双全的女孩子，他也是心满意足了。

　　"晓辰，你可要好好珍惜啊，我的这个学生在大学里可是校花一朵啊，追的人可多了。"郭外斜带着点醉意对周晓辰说道，"不过呢，现在变成了一朵村花，还是这样美丽动人！"

　　周晓辰满上一杯啤酒，扯上徐诗画，一起向郭外斜敬酒："郭教授，没有您的支持，就没有诗画今天的事业发展。来，我跟诗画敬您一杯！"说完他咕嘟咕嘟喝完了杯中的啤酒。

　　徐诗画也跟着喝了一杯，动情地对郭外斜说道："郭老师，晓辰说得对，这一路走来，都是您在背后默默地关爱和支持我。我回村创业是您给我的启发和鼓励，现在您又是我们村'父亲的稻田'合伙人计划的总监，以后桃岭村的发展还要靠您多多指点和支持！"

"哎呀，你们看，我的这个学生又给我压担子了。"郭外斜哈哈大笑，"不过呢，我来桃岭村这段时间发现这地方真的大有可为，创业环境太好了，从县到镇再到村，都有一股生气勃勃的力量。绿水青山就是金山银山，在这里已经不再是一句空话，而是真真切切的现实了。我相信再过几年，这里聚集的高层次人才会更多，三石的那个数字游民公社我看要开分社了。"

听见郭外斜提到自己，陈磊也端起酒杯站了起来，中气十足地说道："我来敬一下徐书记和周总，祝福你们！"说完，一口就喝干了杯中酒，接着又道："真的特别感谢老郭将与桃岭村合作的机会推荐给了我，现在桃岭村的十八个家庭农场运行已经进入良性循环，我们要做的就是在农场的硬件软件上提档升级，在宣传上再上一个台阶，做成全国知名品牌。我还有一个想法就是要和周边村庄联合起来，做成一个田园综合体。我在电视上看过县委杨书记的讲话，他要把安东打造成中国美丽乡村建设的示范地，实现安东的全域美丽，我们这块大有可为，前景一片光明。至于我那个数字游民公社，现在已经有好几百位社民了，清华、北大的都有，这些高学历、高智商又富有创新精神的年轻人回流乡村，乡村振兴才真正有了希望！"

"哗——"大家情不自禁地鼓起掌来。徐诗画边鼓掌边转头看周晓辰，周晓辰也对她点了点头，她的心像被什么融化了似的，眼前的一切似乎有点不太真实了，从四五年前回到又脏又破的桃岭村时的茫然失措到今天的意气风发、未来可期，只有她心里清楚都经历了什么，这时候她很想跑进一片旷野里大声地呼喊，疯狂地奔跑，释放心中所有堆积的情绪，但她不能，她默默地拉过周晓辰一只手，紧紧地握在自己的手里。周晓辰将另一只手伸过来，扣在她的另一只手上。两人深情地凝视着对方，似乎忘记了周围一切的存在。

不知什么时候，草坪上燃起了篝火，所有人都站起来，手牵手围着火堆载歌载舞，欢快的笑声久久回荡在小银坑宁静的夜空中，这真是一个不眠之夜。

徐诗画抬起头来，仰望高远深邃的夜空，月儿正圆，她的一双明眸中映出了遥遥的灿烂星光。

2023年9月25日初稿完成于仁皇山下

2024年1月29日修改

跋 一

谱写一曲"诗画江南、美丽乡村"艰难蝶变的时代之歌
——简评长篇小说《山水谣》

郑天枝

　　应其恕之邀，为其新创作的长篇小说《山水谣》写跋，这还是有不小压力的。因为我和其恕是全椒县同乡，这里又出了一个写出一部《儒林外史》的吴敬梓，让我们都对文学多了一种别样的虔诚和执着。我一直关注着其恕的文学创作并寄予厚望，此次明知有难度，但还是爽快地应允下来。

　　用近一个月的时间，我仔细研读《山水谣》，越读越觉得这部小说非常耐看，可以说，《山水谣》是其恕近几年创作的几部长篇小说中最好的一部。随着研读的深入，写跋的自信心也开始日渐增长。

　　《山水谣》以大开大合的笔法生动描摹了安东县围绕"一山"（青龙山）、"一水"（碧云湖）的修复和治污，展开两条发展道路的沉重抉择和激烈交锋，最终坚定地走上生态发展之路的艰难历程。据我所知，为了写好《山水谣》这部长篇小说，其恕做了大量的"功课"，深入故事发生地进行深入细致的调研，可用风餐露宿、不知疲倦来形容他的工作状态。在掌握了大量的第一手创作素材后，其恕开始反复考量小说的主题、故事构架、人物角色及命运走向等。因为，

在其恕的心中，将要创作的这部长篇小说，是一次对"诗画江南、美丽乡村"艰难蝶变过程的深度展现，更是一次对解决中国农业农村发展及农民出路问题进行的有意义的探索和解读。与报告文学的最大区别是，长篇小说对这种主旋律题材的演绎，绝对不能流于空洞的说教和图解，而是要通过具体生动的人物形象和真实可信的故事情节去体现，难度可谓相当大。因此，其恕深感肩上的担子非常沉重，但他选择了迎难而上，竭尽全力将这部作品打磨成精品力作。所幸的是，经过长时间的素材搜集和艰难的酝酿创作，这部长篇小说较好地实现了预定的目标。

这部小说主要讲述的是两条发展之路的激烈交锋和美丽乡村蝶变的艰难历程。安东县新任县委书记杨安民的对立面主要是安东县首富周元辉和县政协主席汤达仁、常务副县长孔汉辉、青龙山镇党委书记邵荣义等既得利益集团的代表，他们代表着旧的发展模式——高能耗、重污染，是阻挠安东县走上生态发展之路的主要势力。杨安民甫一上任就拉开了与周元辉代表的旧势力较量的序幕，针对碧云湖被重度污染，开展了凌厉的"零点行动"，关停并转了污染严重的厂矿企业。为恢复青龙山生态，关闭青龙山石矿，杨安民与周元辉这一派势力展开了艰苦的缠斗，最后成功地将这块硬骨头啃下，并将拴在这条利益链上的汤达仁、孔汉辉、邵荣义等人一网打尽，扫清了美丽乡村建设的所有障碍。桃岭村女大学生徐诗画毕业后毅然回乡当了一名大学生村干部，她怀揣着把桃岭村变成一个大花园的梦想，但她面临的阻力和困难都非常大，她毫不畏惧，脚踏实地，一步一个脚印地改变着村庄的面貌，将最新的生态发展理念融入了村庄的建设中，最后终于获得了成功。

这部小说着力塑造了徐诗画、杨安民、周晓辰、万庆强、施庆柯以及周元辉、汤达仁、邵荣义、俞永根等一系列生动饱满的人物形象，力求通过这些人物形象和精彩曲折的情节，来诠释湖州乃至浙江全省生态发展波澜壮阔的历史进程。那些为保护绿水青山、追求可持续发展殚精竭虑、默默奉献的人，是这部长篇小说着力表现的主体，从而深度解读生态理念下发生在湖州大地乃至整个浙江省日益深刻的变化——这是前所未有的历史性巨变，为中国的今天和未来，谱写了一曲壮美的史诗。

阅读完这部小说，给我留下最深印象的是女主角——女大学生村干部徐诗画。在徐诗画这个人物身上，作者倾注了理想和抱负。作为新一代大学生，徐诗画回到生她养她的故乡，面对眼前一幕幕触目惊心的现实，在阵痛之后，她暗暗下定决心，一定要团结一切可以团结的力量，去改变村庄脏、乱、穷的面貌，让青山常青、绿水长流。"自从到岗村主任助理一职之后，她就可以说与桃岭村同呼吸共命运了，而且村里的状况也让她揪心。既然选择回乡当了这个村干部，那她就要真正担起这个责任，要用自己的聪明才智、青春热血换得桃岭村大变样"这段描述，实际上为徐诗画这个人物奠定了基调。虽然徐诗画只是一名大学生村干部，但她聪慧、睿智，巧于周旋各色人等，努力化解矛盾，甚至化敌为友成为志同道合的"同盟军"。比如，徐诗画和周晓辰，从相遇到经历了种种纠葛，她用自己坚定不移的信念和实际行动，最终感化了周晓辰，两人成为携手并肩、攻坚克难的战友，并肩作战，为改变家乡的面貌竭尽全力，让理想之花绽放在故乡广袤的大地之上。"徐诗画"，一幅徐徐展开的如诗如画的秀丽画卷，让我们对年轻一代充满期待；这个名字的寓意，紧扣《山水谣》宏大的主题，非常精妙！

同样印象深刻的是周氏家族的"叛逆者"周晓辰。这个人物的设置主要是在他身上寄托了一种寓意——以其父亲周元辉为代表的旧的发展模式受到了挑战和反叛，以周晓辰为代表的年轻一代创业者抛弃了杀鸡取卵式的高能耗发展旧模式，拥抱了绿色生态发展新路子，他最后与周家的决裂预示着生态发展理念已经深入人心，也是我们这个新时代的必然选择。周晓辰这个人物一出场，面对的是其父办的电源制造公司造成的严重污染，已经危害到群众的生命和健康，以致群情激愤……如何收拾这副烂摊子，身为元辉电源制造公司总经理的周晓辰，虽然心中没底，但是面对父老乡亲，周晓辰掷地有声地说道："我刚从国外回来不久，很多情况都不了解，你们说的这些问题我会去认真调查，如果情况属实，我会做出处理方案的，该我们公司承担的责任我们绝不逃避，一定会给大家一个满意的交代！"如此一来，父子之间的尖锐矛盾这幕大戏，就拉开了序幕……

《山水谣》对徐诗画与万庆强、周晓辰、肖亮之间情感纠葛的描写，生动、耐看，尤其是人物的心理刻画给人留下深刻的回味。徐诗画因为回村与男友肖亮分手。她的发小万庆强是上海万安建筑公司的副总，万庆强总是在关键时候向她伸出援手但她最后还是拒绝了他的追求，因为她并不爱他。徐诗画爱周晓辰但又觉得他俩之间存在着巨大鸿沟而没有可能，最后是周晓辰被周家逐出家门重新创业两人才走到了一起。

语言的魅力，在《山水谣》中有了充分的体现。比如，书中的这段文字，我读后深为感动，甚至有流泪的冲动——

"你心里是个啥，你快说！"她几乎颤抖着嘴唇说出了这句话，眼睛死死地盯着他。

"我心里只有你！"周晓辰终于把这句压在心底许久的话说了出

来，好像如释重负，但是很快神色就黯淡下来，"不过，我现在没资格……"

"谁说你没资格了？！"此刻，巨大的情感力量像潮水一样冲击着徐诗画的内心，她再也顾不得什么，冲上前，一把抱住周晓辰，泪水从眼眶里奔涌而出。她伏在他的胸前，颤声说道："我心里也只有你！你不用担心，你从头开始，我一定支持你！"

周晓辰再也绷不住了，泪水盈满了他的眼眶，他伸出双手把徐诗画紧紧地揽在怀里，为了这个女孩，他的确是付出了太多，但此时此刻，一切都值得了！

阿兰曾经说过，小说在本质上是从诗到散文，从表象到一种实用的、仿佛是手工产品的现实的过渡。其恕是一名善于把握人物命运的小说家，他既善于讲述宏大的故事，也擅长对细小的故事精雕细琢；他笔下的人物，有着我们共有的经验，我们会从某一件普通的事物、某一个生活片段或场景，去洞悉人生固有的波澜起伏；人性和人心，是一个无法回避的命题，其恕用独有的表达方式进行揭示，给我们留下启迪和沉思。当你阅读了《山水谣》之后，也许会认同我的这些观点。

从长篇小说《伏地》《小赵的机关生活》《破城记》到《消逝的村庄》《织梦人》，再到现在这部三十多万字的《山水谣》，我们欣喜地看到，其恕在长篇小说创作的道路上一步一个脚印，走得扎实稳健，视野越来越开阔，关注的主题越来越宏大，文笔和写作技巧也有了质的飞跃。相较以前的长篇小说，这部《山水谣》在结构上颇费心思，围绕"一山"（青龙山）和"一水"（碧云湖）的恢复与重建，采用"两线交叉、双流合一"的主体架构，即：两个主要人物——安东县委书记杨安民和桃岭村村主任徐诗画，一个从安东县全域高度决心与高能耗、重污染的发展模式决裂，大力推行绿色生态发展，建设中国美丽乡村，久久为功，最后实现全县全域美丽；一个则从改变一个脏、乱、穷小山村面貌的愿景出发，带领乡亲们克服重重艰难险阻，励精图治，终将这个小山村打造成了一个由十八个特色家庭农场组成的大花园。两条人物线各自发展又有千丝万缕的关联，并在中途交会，演奏出动人心弦的交响曲，既让人看到了中国美丽乡村建设这首交响乐的宏大叙事，也让人窥见了中国乡村蝶变进程中的细小浪花。两个主要人物一个从宏观规划、一个从微观实践两个不同角度展现了中国美丽乡村建设的艰难历程。同时，这部小说在发展道路选择的大主线之下设置了几对矛盾关系和几条感情线，让人物一直处于一种紧张和纠结的关系之中，使情节更加引人入胜，用一个个鲜活的人物形象去演绎时代的发展和变迁。应该说，摆在我们面前的这部《山水谣》，艺术性和思想性都达到了一定水准，值得一读，也衷心期待这部作品的问世获得更广泛的关注。

许是同生于吴敬梓故乡的缘故，我对其恕的长篇小说创作一直寄予厚望，听说他已在酝酿一部规模更大的作品。路漫漫其修远兮，我深信其恕的目光会透过《山水谣》看到更远的远方，而且这远方奇异的风景会一一呈现在他的笔下，让我们共同期待。

2024年春天写于湖州无名斋

（郑天枝，中国作协会员，中国报告文学学会会员，中国法学会会员，鲁迅文学院第二期公安作家班学员，首届全国公安文化理论高研班学员。曾任第五、第六届湖州市作协副主席，湖州市公安文联副主席兼市公安作协主席）

以新观念塑造时代新人
——评其恕的长篇小说《山水谣》

沈文泉

　　《山水谣》是湖州作家其恕创作出版的第六部长篇小说。我没有全部看过这六部长篇小说，但看过其中的《消逝的村庄》和《织梦人》，发现《山水谣》明显优于前两部作品，如果将它改编拍摄成电影或者电视连续剧，一定会非常好看。

　　《山水谣》围绕安东县的"零点行动"、生态立县、转型发展、美丽乡村建设展开，描写了县委书记杨安民、大学生村干部徐诗画、"海归"富二代周晓辰等人坚持"绿水青山就是金山银山"理念，与安东县首富周元辉和贪腐的县政协主席汤达仁、常务副县长孔汉辉、青龙山镇党委书记邵荣义、桃岭村村委会主任李德海等既得利益集团代表激烈交锋，转变村民们的传统守旧观念，振兴乡村，实现山乡巨变的故事，是作者向习近平总书记提出的"绿水青山就是金山银山"理念二十周年献上的一份厚礼。

　　作为湖州人，阅读这部长篇小说，会有很强的亲切感，因为里面的很多元素、意象都是湖州的。你会发现，小说中的安东县很像我们湖州的安吉县，碧云湖像太湖，青龙山镇像天荒坪镇，桃岭村像余村更像鲁家村。你还会发现，小说描写的很多新鲜事物直接采自湖州，如利用废弃的造纸厂改造而成的民国影视城，喊出"全世界有趣的人联合起来"口号的数字游民公社，还有云上草原等。

小说创作，尤其是长篇小说创作，塑造人物是关键。这部长篇小说给我印象最深刻的是，作者以新的观念来塑造"新"人物，成功地塑造了一群拥有全新世界观、人生观、价值观，怀揣美好梦想，敢于挑战、勇于奋斗的新的年轻人形象，杨安民、徐诗画、周晓辰、万庆强……他们给人以美好，给人以希望。

年轻的安东县委书记杨安民与他的前任不同，他不是那种只要生产总值，不管不顾生态环境和群众利益的地方官员，他有着"绿水青山就是金山银山"的全新理念，有着生态立县、建设美丽乡村的美好理想。正如庆州市委常委、纪委书记王天翰所认为的那样，杨安民"当初一脚踏上安东这片土地的时候，他就将自己的安危置之度外了"。他不惧艰难险阻，敢于迎接挑战，排除安东首富周元辉、县政协主席汤达仁、常务副县长孔汉辉等官商勾结而成的利益集团设置的层层阻扰，抛弃因关停企业整治环境影响经济发展从而影响个人升迁的私心杂念，以壮士断腕的决心和铁腕手段强力推进"零点行动"，整治环境污染，修复青龙山和碧云湖的生态环境，开创了全县转型发展和美丽乡村建设的崭新局面。

在最困难的时候，"不光是元辉集团，还有不少在这次行动中将要被清理整顿的企业都托方方面面的关系来他这里疏通说情。一时间，他仿佛陷在一个巨大的旋涡中无法自拔，他感觉自己要被吸进一个黑洞中……"。但是，"作为县委书记，他感到肩上的担子很沉很沉，但他喜欢去挑战，他有信心带领五十万安东人民走出一条生态美、产业兴、百姓富的可持续发展道路，去创造属于自己的美好生活"，"为了恢复安东的青山绿水，为了将碧水蓝天留给子孙，就是要他上刀山闯火海，他也不会眨一下眼睛"。

如果说，杨安民这个形象还不够新的话，那么徐诗画这个第一主角的形象就是一个全新的文学形象了。

徐诗画是一个漂亮的女大学生村干部，她本来可以在大学毕业后留在省城，并和家境不错的男朋友肖亮结婚，组建一个幸福美满的小家庭。但是，她在参加了郭教授组织的赴东江省最南端的网红村——十八坊村考察后，脑子"好像突然被劈出了一道亮光"，决心改变家乡贫穷落后的面貌，让"全县卫生评比倒数第一"的桃岭村脱胎换骨，让所有的村民脱贫致富，让自己的家乡摘掉脏乱穷的帽子，让它变成一个"如诗如画的大花园"，成为像十八坊村那样美丽富裕的网红村，为此不惜与不理解、不支持她的男朋友分手，毅然决然地回到了桃岭村。

跳出农门，离开贫穷落后的农村，到繁华的城市里去工作、生活，是中国农村大学生的流行价值观，但徐诗画却特立独行，反其道而行之，回到桃岭村当了个村主任助理，村民们无法理解，都以为她脑子坏了。她那当过村支书的父亲和老实巴交的母亲也觉得脸上无光，无地自容。徐诗画也有过打退堂鼓，想逃离桃岭村的想法，但最终还是不顾非议，顶住压力，乘着村支部书记徐永和"躺平"、村主任李德海只顾喝酒不理村务、村里没有人管的机会，甩开膀子干了起来。她先是帮助村民打赢了与严重污染村庄环境的元辉电源制造公司的官司，使得铅中毒的村民获得了治疗和赔偿，赢得了村民们的信任。然后，她在儿时玩伴万庆强的支持下，改造了村里的露天厕所，使村民们用上了和城里人一样的抽水马桶，又在村里实行了垃圾分类、集中清运，还争取到了政府的专项经费，清理了桃溪河，使得昔日垃圾遍地、臭气熏天的村庄焕然一新。紧接着，她又为桃岭村描绘了一幅美丽的蓝图，建设十八个各具特色的家庭农场，用观光小火车将这些农场串联起来。"这样的梦想就是她所有行动的动力所在，是她百折不回的精神依托。"在县委书记杨安民、镇党委书记施庆柯、"海归"富二代周晓辰、富二代发小万庆强和老师郭外斜等人的支持和帮助下，徐诗画终于将美丽的蓝图变成了美好的现实，将桃岭村建设成了全县美丽乡村建设的示范村，使桃岭村由倒数第一变成了顺数第一，自己也实现了事业和爱情的双丰收。

作者对徐诗画的塑造是成功的，当我看到她竞选村委会主任的时候，还有她主动去寻找因为追求她，也因为跟与父亲"不共戴天"的仇人杨安民走了同一条绿色发展道路而被家庭抛弃的周晓辰的时候，被感动得热泪盈眶。她拒绝万庆强的求婚，主动去寻找周晓辰的做法，凸显了她独立、坚毅的性格特征。

在英国留过学的富二代周晓辰同样是一个富有新观念的人物。西方的人本思想、人权观念、环保理念对他的影响是深刻的，使得他的"想法和做法都跟周家其他人不一样"。他曾对家里人说："我从留学回来那天起，就在思考一个问题，我们元辉集团在新的时代背景下是不是要转换一下发展思路了。爸这代人走的是粗放型发展路子，资源损耗惊人，环境污染严重，虽然挣了点钱，但心里不会很踏实，因为都是通过牺牲百姓利益和损害环境来达到的。当初那个时代下还可以勉强过关，但现在我们真的不能这样走下去了。说句实话，他杨安民不来搞'零点行动'，我们元辉集团以后自己都会来搞一个，因为我们不那样去做，是迟早要被时代抛弃的！"正因为这样，他能积极配合徐诗画打官司，很配合地赔偿和治疗铅中毒的村民，并将负责管理的元辉电源制造公司搬迁到工业园区去。他还不顾父亲和整个家族的反对，理解和支持杨安民的"零点行动"和美丽乡村建设，"勇敢地站出来，迎接这场整治风暴，凤凰涅槃，求得新生"，以至于被二姐周晓燕认为是一个"胳膊肘往外拐"的"内奸"。然而，正如作者所写的那样，周晓辰认为杨安民"的确是年轻有为、敢想敢做，从安东县的发展来看，有了这样一位县委书记，安东县未来令人期待。但从另一面来说，他在全县推行的生态发展路子受影响最大的却是他们周家，大姐他们的化工厂和造纸厂将直接面临声势浩大的'零点行动'，估计被强制关停的可能性很大。自己的电源制造公司也面临着搬迁，还有他们家的青龙山石矿也在清理关闭之列。可以说，杨安民挥起来的几板斧都砍在他们周家的要害处，而且刀刀见肉、招招致命。作为周家未来的接班人，他不可能置身事外，看到父亲苍老的面容、长吁短叹的仓皇，他在心里也恨过这个杨安民，觉得这个人现在是周家最大的敌人。但他毕竟是留过学看过世界的年轻人，思维开阔，不拘于眼前利益，他明白安东县的发展的确要壮士断腕，他们元辉集团作为安东县最大的民营企业有责任有义务适应社会新的发展趋势，不能充当拦路虎，否则就是逆潮流而动，最后要被抛弃到历史的垃圾堆里"。

此外，从上海返乡办有机蔬菜基地、后来当了村支书的万庆强，来桃岭村做了"新农人"的李彬彬，返乡帮助父亲打理家庭农场的汪佳慧，创办数字游民公社的陈磊，等等，都是富有新思想、新观念的时代新人。

　　最后需要指出的是，这部小说的成功是建立在作者熟悉湖州市坚持走"绿水青山就是金山银山"的发展道路，建设美丽乡村的生动实践基础之上的，也是建立在作者熟悉新时代政治生态和当代江南城乡社会生活图景基础之上的，充分体现了文学作品源于生活高于生活的原则。作为一部长篇小说，能够做到结构如此严谨，叙述如此流畅，人物形象如此鲜明，是非常难能可贵的。

2024年2月于韵海楼

　　（沈文泉，研究员，中国作协会员，湖州市人文建设促进会秘书长、市作协副主席，出版著作十九部）